한국 현대문학의 문체론적 성찰

푸른사상 학술총서 12

한국 현대문학의 문체론적 성찰

김 상 태

 푸른사상
PRUNSASANG

참으로 오랜만에 학술서를 발간하는 셈이다. 대학 강단에 서 있을 때는 교수직을 유지하기 위해서라도 의무적으로 논문을 발표했다. 그 의무에서 벗어나자 자연 학술지에 발표하는 논문을 등한시하게 되었다. 대신 문예지에서 청탁이 오거나, 문학회에서 발표해야 원고를 쓰는 경우가 더러 있었다. 본 저서는 정년퇴임할 무렵에 쓴 논문과 이후 문예지에서 청탁을 받아 쓴 원고, 문학단체에서 부탁한 강연 초고 등으로 이루어진 글이다. 출간할 것인지 말 것인지 한동안 망설였다. 다시 읽어보니 썩 마음에 들지도 아니 했지만, 학계에 도움이 될 만한 글도 아니었기 때문이다. 결국 출간하기로 결심한 것은 삼십여 년 이상 학계에 몸담아 오면서 선배, 후배, 제자들에게 아직도 내가 완전한 휴면 상태에 있지 않다는 것을 알리기 위해서라고 할 수 있다. 좀 우습게 들릴지 모르지만 내 나름의 안부를 전하는 것이라고나 할까.

글을 모아놓고 보니 역시 문체론의 관점에서 쓴 것이 많았다. 그렇다고 본격적인 문체론은 아니었다. 1982년 『문체의 이론과 해석』이라는 졸저를 출간한 이래 불만스러운 점이 많아서 언젠가는 제대로 된 문체론을 써야지 했지만 세월만 허송하고 말았다. 지금도 마음속에 품은 내일이라도 착수해야지 하는 원망(願望)에는 변함이 없다. 공부에 대한 정열도 식고, 기억력도 창의력도 떨어지고 있는데 과연 착수할 수 있을까.

선승이 화두에 매달리듯이 나의 화두는 '문학성'이었다. 문학작품의 문학성은 어디에 있는 것인가 하는 생각이 늘 따라 다녔다. 물론 영원히 해결될 수 없는 것이기는 하지만 그 화두를 팽개치고 문학을 공부하는 것은 아무래도 무리인 것 같았다. 내가 문체론을 도구로 해서 그 주변에서 늘 맴돌았던 이유도 바로 그 때문이었다.

문체론은 아직 초보 단계에 있다. 한국문학 연구에 있어서는 적어도 그렇다. 여간해서 성과도 나오지 않을 뿐 아니라, 전공하는 학자도 워낙 희소해서 서로 도움을 받지도 못하는 형편이다. 최근에 젊은 학자들 중에 컴퓨터를 이용해서 수량적인 문체론을 연구하는 학자들이 더러 있다. 그러나 방법론이 제대로 수립되어 있지 못해서 아직 괄목할만한 성과를 거두지는 못하고 있다.

본 저서를 출간하는 이유 중의 하나도 바로 거기에 있다. 후학들 중에 문체론에 관심을 가지고 공부하는 문학도들이 배출되었으면 하는 바람이 담겨 있다. 나 자신에게도 제대로 된 문체론을 써야지 하는 다짐을 해 두기 위해서다. 과연 그 희망이 실현될 수 있을지 없을지는 장담을 할 수가 없다. 인간은 목표를 세워 그것을 향해 걸어가고 있는 과정이라고 헤겔은 말했다고 한다. 비록 그 목표를 실현할 수 없다고 할지라도 목표를 향해 걸어가고 있는 한 나는 학자라고 할 수 있다. 비록 더디기는 하지만 이 발걸음 그대로 한국문학을 음미하면서 살고 있다면 적어도 그렇다. 비록 훌륭한 저술을 생산해 내지 못한다고 할지라도.

수지 타산이 맞지 않으면서도 본 저서를 출간해 주는 한봉숙 사장에게 감사를 표한다.

2012. 3. 18

김 상 태

제2부

제1부

한국문학을 넘어서 세계문학으로

1. 서론

30년 전 쯤의 일이다. 내가 풀브라이트 장학금을 얻기 위하여 인터뷰를 치렀을 때 한 시험관이 "당신은 한국문학을 전공한다고 했는데, 한국문학의 특징이 대체 무엇이라고 생각하시요"라고 물었다. 그 때까지 그 문제를 깊이 생각한 적이 없었던 나는 매우 당황했다. 선배 학자들이 말한 것을 대충 둘러 대었으나(예를 들면, 조윤제 교수 같은 분이 말한 '은근과 끈기' 등이라고 할 수 있을 것이다.) 그것은 물론 내 자신이 생각하고 느낀 것이 아니었기 때문에 자신 있게 말할 입장은 아니었다. "내가 풀브라이트 장학금을 얻어 비교문학을 공부하려는 이유가 거기 있다. 내가 공부하고 난 뒤에는 그 대답을 해 주겠다"고 말했던 것으로 그 당장의 곤경을 모면했으나 미국 유학을 마친 다음도 물론 해결된 것은 아니었다. 그것은 한국문학도라면 평생 안고 살아야 할 화두라고 생각한다. 비록 영원히 풀 수 없는 과제일지라도.

한국문학의 특징이라고 했지만, 다른 말로 하면 한국문학의 정체성(identity)이라고 할 수 있다. 'identity'란 동일성이라는 뜻도 가지고 있다. 그것과 동일한 특성이 어떤 증후군을 이루고 있을 때 정체성이 될 수 있다는 말이다. 다시 말하면 한국문학이 보편적으로 갖고 있는 어떤 성질이 다른 문학과 차이를 가질 때, 그것은 한국문학의 'identity'가 되는 것이다. 만약 한국문학에서 보편적으로 감득되는 특징이 아니거나, 또 그것이 다른 문학에서 흔히 발견되는 요소이거나 하면 한국문학의 특징으로서 내세울 수 없을 것이다. 따라서 한국문학의 특징은 비교문학적 관점에서만 가능하다는 말이 된다.

한국문학도 천여 년을 거슬러 올라갈 수 있으므로 시대마다 지역마다 다른 특성을 가지고 있을 것이다. 그것을 한 묶음으로 말하기는 매우 어려울 것이다. 하지만 그 다름에도 불구하고 우리가 갖고 있는 문학적 유산을 토대로 하여 그 특성이 무엇인가를 생각할 수 있다. 문학이란 인간의 문화적 산물이다. 구술로 전해지든 혹은 기록으로 전해지든 언어로 이루어진 문화적 산물인 것이다. 따라서 어떤 특정한 환경과 역사에 의해서 이루어진 문화에 따라 문학도 형성된다고 볼 수 있다. 그렇다면 그 민족, 그 국가가 가지고 있는 문화에서 꽃 피어나온 것이 문학이다. 그런 의미에서 어떤 문화 기억을 갖고 있느냐는 것이 그 문학의 특성을 만드는 데 중요한 요인이 된다고 볼 수 있다. 문화 기억을 이해한다면 각양각색으로 나타나고 있는 문학의 근원을 보다 쉽게 이해할 수 있을 것이다.

문화 기억(cultural memory)이란 어떤 문화의 정수를 담아두고 있는 저장 탱크와 같은 것이라고 할 수 있다. 그것은 또한 새로운 문화를 발생시킬 수 있는 원동력을 갖고 있다. 문화 기억보다 한 단계 위 차원이 원형(archetype)이라고 생각된다. 원형은 문화가 전개되기 전 단계의 자연의 질서에 따르는 법칙이다. 그것은 문화의 차이를 초월한 전 인류에게 보편적으로 적용될 수 있는 어떤 힘이고 이미지라고 할 수 있다. 융(Carl Jung)이 말하는 집단 무의식은 원형과 문화 기억 사이의 어디에서 적용된다고 볼 수 있다.

한국문학을 이루는 문화 기억은 어떤 것이 있을까 하는 것이 본고의 주제다. 그것은 우리들의 문학적 감동의 역이 어디에 있는가를 찾는 것과도 맞물려 있다고 볼 수 있다. 다시 말하면 으리는 어떤 작품의 어떤 스토리, 어떤 주제에 민감한 반응을 토이는가? 어떤 패턴의 문학이 우리를 감동시키는가? 하는 것과도 관련이 있다는 말이다.

2. 「춘향전」의 미스터리

「춘향전」을 한국의 대표적인 고전 작품으로 드는 데 이의를 제기할 사람은 없는 듯이 보인다. 그만큼 널리 알려진 작품이기도 하지만 한국인 누구나 좋아하는 작품이기 때문이다. 사실 「춘향전」을 읽어보지 못한 사람도 「춘향전」의 스토리는 다 알고 있다. 그럼에도 불구하고 일정한 간격을 두고 한국인은 반복적으로 「춘향전」의 열기에 휩싸인다. 영화로, 연극으로, 혹은 오페라로 「춘향전」은 각색, 상연되기도 했거니와 때로는 유례없는 공전(空前)의 히트를 거둔 적도 있다. 이런 현상이 거듭되는 미스터리를 우리는 어떻게 설명해야 할까? 「춘향전」은 분명히 우리 민족의 가슴을 울리는 어떤 것이 숨어 있음에 틀림없다. 길게 설명할 것 없이 그 속에는 한국인의 매우 중요한 문화 기억의 하나가 내재해 있는 것이리라.

이 「춘향전」의 미스터리를 설명하기 위하여 학자들은 여러 각도에서 시도한 바 있다. 1940년대부터 최근까지 수십 편의 연구 논문들이 있다. 「춘향전」의 모티브를 이루는 근원설화도 수십 종에 이른다. 또 그 주제도 계급 타파, 사랑의 구가, 秕政의 고발 등 관점에 따르게 해석할 수 있다. 그러나 그 아무것도 만족하게 설명되어지는 것은 없다. 그만큼 다양한 요소들이 복합되어 민중에게 호소력을 가진 「춘향전」 증후군을 만드는지 모른다.

나는 이전에 「춘향전」은 신화적 요소가 있기 때문에 우리에게 호소력이 있다는 점을 말한 바 있다. 근원설화 중에 신원(伸寃)설화가 있다. 남원에 춘향이라는 기생이 있어(혹은 서민 추녀이기도 함) 사또의 자제를 몰래 사모하다가 병들어 죽고 난 뒤에 재앙이 들어(심한 가뭄이 들었다고도 함) 이는 그 여인의 원한 때문인 것으로 생각되어 액풀이를 하는 데 그 제문을 지어서 읽은 것이 그 근원이 되었다는 것이다. 이승의 삶만이 아니라, 저승의 삶과도 관계가 있다는 점에서 신화적 요소가 있다. 그뿐 아니라, 춘향이 이 도령과 사랑을 이루기 위하여 통과제의(initiation)의 과정을 거치고 있는 점이 신화의 기본 골격과 같다. 서양의 신화는 신들의 이야기고 또한 그것은 인간의 마음속에 간직하고 있는 원망의 자유로운 표현이다. 반면에 한국의 신화는 인간의 생활에 그 원망이 육화되어 현실적 구속이 없이 자유롭게 표현되고 있다. 기생이나 서녀가 정경부인이 되는 것은 현실적으로 불가능한 일이다. 그 불가능한 일을 「춘향전」에서 이루어내고 있다. 이몽룡이 춘향과 헤어져 상경한 뒤에 과거에 급제하여 어사를 제수 받고 춘향을 구출하는 것도 현실적으로는 불가능한 일이다. 그것은 신화의 세계에서만 가능한 스토리가 된다.

나는 이 작품이 한국인의 가슴을 울리는 것은 기다림의 미학이 절절하게 표현되어 있다는 점을 말한 바 있다. 조선조 한국 여인의 일생은 기다림의 일생이라고 해도 좋다. 춘향은 기다리지 않으면 안 되는 한국 여인의 상징이다. 그녀의 기다림이 누구보다 투철했기 때문에 독자의 가슴을 울리는 것이다. 춘향의 기다림에 불순한 동기가 있었다면 이야기는 우리들의 가슴을 울리지 못하였을 것이다. 암행어사의 신분을 감추고 초라한 몰골로 나타난 으몽룡에게도 춘향은 실망하여 그녀의 기다림을 포기하지 아니한다. 춘향의 절개는 기다림의 가장 승화된 표현이다.

조선조의 유교가 우리 선조들의 가치체계를 결정한 것으로 알고 있다. 그러나 우리의 원망과 이상이 유교의 이념과 일치하기 때문에 유교를 발생시킨 중국보다 더 철저히 유교 이념을 지킨 것이다. 다시 말하면 우리의 문화 기억과 유교는 서로 흡인하는 힘을 지니고 있었던 것이다. 유교를 통해서 우리의 문화 기억을 방출하였고, 유교의 가치체계를 통해서 문학도 꽃을 피운 것이다. 그 문화 기억을 한 마디로 요약하자면 기다림의 미학이라고 나는 말하고 싶은 것이다.

3. 단군신화의 의미

인내와 기다림의 원형은 한국의 건국신화에 잘 나타나 있다. 곰과 호랑이가 있어 사람이 되고자 간절히 빌었다. 신은 쑥과 마늘을 주면서 동굴에 들어가 그것을 먹으면서 참고 견디면 소원이 이루어진다고 했다. 호랑이는 중도에 포기했으나 곰은 잘 참고 견디어 마침내 여자가 되었다. 이 여인이 아기를 갖기를 원하므로 환웅(신)과 결혼하여 얻은 아이가 우리의 건국 시조가 되는 단군왕검이다.

쑥과 마늘만을 먹고 햇빛을 보지 못하고 동굴 속에서 견딘다는 것은 여간한 인내심이 아니다. 참고 기다리는 미덕, 그것이야말로 소망하는 바를 이룰 수 있는 최고의 미덕이라는 것을 말하는 것이다. 호랑이의 날쌤이 기마민족의 민첩성을 나타내는 것이라면, 곰의 인내심은 농경민족의 참을성을 말하는 것이다. 흔히 한민족을 몽고족의 후예라고 말한다. 몽고 민족은 騎馬민족이다. 기마민족은 민첩해야만 살 수 있다. 狩獵 생활을 해야 하기 때문이다. 반면에 농경민족은 참고 기다릴 줄 알아야 한다. 참을성 있게 가꾸어야만 좋은 결실을 볼 수 있기 때문이다. 북방의 몽고족이 남진하여 압록강을 건너서부터는 그들의 살아가는 방식을 바꾸지 않으면 안 되었던 것이다. 한반도에 정착하면서 그들은 농경민족이 되지 않을 수 없었던 것이다. 참고 기다리는 자만이 살아남을 수 있는 것이다.

4. 인내와 기다림의 미학: 한국문학

우리 문학에는 인내와 기다림의 미학이 절묘하게 표현된 작품이 많다. 천 년 전의 향가에서부터 고려가요, 이조의 가사, 시조 등 훌륭한 작품에서는 예외 없이 이 인내와 기다림의 미학이 표현되어 있다. 9~10세기에 쓰인 것으로 추정되는 「처용가」에서 이미 나타나 있다. 역신이 처용의 아내를 탐하여 몰래 스며들어 그녀를 범하였다. 그 현장을 목격한 처용이 화를 내기보다 이 노래를 부르며 조용히 물러났다고 한다. 역신은 처용의 참을성에 감동하여 다시는 나타나지 않겠다는 맹세를 한다. 고려가요인 「가시리」는 떠나가는 임을 안타깝게 바라보면서 부르는 노래이다. 잡으면 떠나가지 않을지도 모르는 임이건만 잡지 못하는 그 심정을 헤아려 달라는 것이다. 시인은 임이 돌아오기를 기다리는 수밖에 없다는 것이다. 정철의 「사미인곡」에서도 "긴 밤을 고초 앉아/전공후 놓아두고/택 받고 비겨시니/이 밤은 언제 셀고"라고 하면서 임을 향한 기다림이 주제로 되어 있다.

현대시에 있어서도 이 '기다림'의 미학이 승화되어 나타나고 있다. 김소월의 시 「진달래꽃」은 현대시의 절창으로 잘 알려지고 있거니와 이 시 또한 기다림의 미학의 절묘하게 표현하고 있다. 나를 싫어해서 떠나는 그 임에게 죽어도 눈물을 보이지 않겠다는 것은 참으로 어려운 인내를 요구한다. 그리고 임이 돌아오기를 기다리겠다는 것이다. "선하면 아니 올세라"라고 노래한 고려가요의 기다림이 그대로 현대시에 그대로 재현되고 있다. 서구 시의 대부분은 사랑을 騎士들처럼 쟁취하려는 생각이 깔려 있다. 아니면 어쨌든 연인의 마음을 돌려서 자기에게 돌아오도록 요구하는 내용이 담겨 있다. 그러나 한국의 戀詩는 사랑하는 그 임이 돌아오기를 끝없이 기다린다. 나에게 다가오는 임이 아니라, 나를 떠나가는 임이다. 그 임을 얼마만큼 인내하며 기다릴 수 있느냐는 것이 내 사랑의 척도로 되어 있다. 이 외에 한용운의 「님의 침묵」, 서정주의 「歸蜀道」, 「국화 옆에서」, 유치환의 「깃발」 등은 현대시의 절창으로서 기다림의 미학이 절절하게 표현된 작품들이다. 소설로서도 이효석의 「메밀꽃 필 무렵」, 이상의 「날개」 등은 인내와 기다림이 중요한 모티브가 되어 있다.

5. 결론

한국 민족의 문화생활을 아무리 줄여서 잡아도 천여 년의 역사는 지니고 있다는 것이 역사학자들의 공통된 견해다. 문학 또한 기록하는 문자는 바뀌기는 했지만 그 정도의 오랜 전통을 지니고 있다. 그렇다면 우리의 문학 속에는 분명히 한국 민족만의 문화 기억이 내재해 있을 것으로 생각된다. 그것이 무엇인가를 확인하는 작업은 우리 문학을 위해서나 세계문학을 위해서나 머우 유익한 일이라고 생각된다.

매스미디어의 발달로 문화적 세계화가 급속하게 이루어지고 있다. 그러나 그 세계화는 대체로 명시적이든 묵시적이든 서구 문화가 그 중심에 놓여 있는 것을 볼 수 있다. 아마도 문화의 세계화를 자연과학과 같은 패러다임에 놓고 생각하기 때문일 것이다. 우리가 역사를 통해서 지금까지 경험한 바로는 획일화되면 문화는 정체된다. 반면에 다양화되면 찬란하게 피어나는 것을 보아 왔다. 매스미디어가 극도로 발달하면 표면으로는 문화의 세계화가 이루어지는 듯이 보일지 모른다. 그러나 그것은 획일화 될 위험성을 내포하고 있는 것이다. 또한 그것은 일시에 유행하는 거품의 문화에 지나지 않을 뿐 아니라 바람직한 세계 문화에 이바지 하지 못한다. 문학도 마찬가지다. 각 민족의 문화 기억에 뿌리를 둔 문학, 그것은 그 역사와 전통의 다름만큼 다양할 것이고 그것이야말로 다양성을 지닌 문학의 세계에 공헌할 것이다. 그런 의미에서 한국문학 속에 내재하고 있는 문화 기억이 어떤 것인지 확인해 보는 작업은 결코 가치가 없다고 말할 수 없을 것이다.

매스미디어와 한국 근대문학

1. 서론

서구 문화 전반에 걸쳐 중세에서 근대로 이행되는 과정에서 매스미디어의 역할이 지대했다는 것을 새삼스럽게 말할 필요는 없다. 매스미디어로 말미암아 정치, 경제, 사회의 모든 제도에 일대 변혁이 왔듯이 문학에 있어서도 종래 볼 수 없었던 큰 변화의 물결을 일으킨 것이 사실이다. 앞서고 뒤서고의 차이는 있지마는 양의 동서를 막론하고 매스미디어의 출현은 문학의 기능과 형태에 있어서 큰 충격을 주면서 그 전후를 큰 분수령으로 갈라지게 하였다. 왜냐하면 문학을 생산하는 환경이 달라졌으며, 작가와 독자의 태도가 근본적으로 달라졌기 때문이다. 우리는 편의상 그 이전을 고전문학, 그 이후를 근대문학이라고 명명해도 큰 무리가 없을 것으로 생각된다.

에이브람스는 문학을 결정하는 요소로서 작가, 우주(현실), 독자, 작품을 들고 있다. 어느 요소에 중점을 두느냐에 따라서 표현주의, 모방주의,

실용주의, 객관주의의 관점의 작품이 성취된다고 한다.[1] 이 네 요소는 문학을 구성하는 필수적 요소로서 사실 문학사에서 볼 때 아무리 다양한 문학 이념과 유파가 존재했다고 하더라도 이 네 요소의 어디에 강조점을 두었는가, 혹은 그 강조의 배합이 어느 정도였느냐의 차이에 지나지 않는다. 그런 점에서 볼 때 확실히 탁견이다. 그러나 에이브람스는 작품이 작가로부터 독자에게 전달될 때 어떤 매체, 어떤 방식으로 전달되느냐에 대해서는 전혀 배려가 없다. 독자 개인으로 볼 때는 큰 차이가 없을지도 모른다. 작품의 향수는 결국 개인의 문제이기 때문이다. 곧 인쇄된 대량생산의 책이든 개인이 필사한 책이든 읽기에 다소의 차이는 있을망정 본질적으로 문학성의 감상에는 대동소이하기 때문이다. 그러나 작품을 창작하는 작가에게는 엄청난 차이가 있다. 독자로부터 오는 반응이 개인적인 차원에서 머무는 것이 아니기 때문이다. 그중에서 이전에는 없었던 출판업자와의 관계가 큰 비중으로 작용하는 것이다. 그것은 독자의 반응에 따라 여러 가지 의미를 갖는다. 이에 따른 경제적, 사회적, 정치적 문제가 뒤따를 것은 명약관화(明若觀火)하다. 곧 매스미디어로 인해서 이전에 볼 수 없었던 독서 대중(reading public)이 형성되고, 이로 말미암아 작가와 독자 간에는 새로운 관계가 수립될 수밖에 없을 것이다. 이러한 변화의 접점에서 나타난 대표적인 문학 장르가 17~18세기 서구 각국, 특히 영국에서 풍미하던 근대소설, 즉 노블(novel)이다.

이 노블의 비조를 1605년에 나타난 세르반테스의 『돈키호테』로 대체로 보고 있다. 『돈키호테』를 흔히 로망스의 세계를 피카레스크 이야기(picaresque tale)의 현실로 조우시킨 장르라고 말하고 있지만, 매스미디어의 출현과 밀접한 관계가 있다. 15세기 후반부터 인쇄술이 발전하면

---

1 M.H. Abrams, 『*The Mirror and the Lamp*』, New York, Oxford University Press, 1971, pp.6~29.

서 이전과는 비교할 수 없을 정도의 대량 인쇄가 가능해지고 그것은 독서 대중을 형성시켰으며, 독서 대중의 반응에 따라 출판업자는 민감하게 움직일 수밖에 없었던 것이다. 이 즈음하여 처음으로 발간되기 시작한 신문 또한 인쇄술의 발전에서 비롯된 것이다. 이때의 신문들은 소박한 관보 수준에서 출발했지만, 차츰 짜임새를 갖추어 갔고, 독서 대중을 형성시키는 데 큰 역할을 했다. 초기 유럽의 신문들은 아직도 신문의 형식과 요건을 갖춘 뉴스 간행물이 등장하기 이전이기 때문에 사람들에 관한 이야기, 혹은 역사책과 별로 다를 것이 없다는 점에서 소박한 형태의 문학과 유사했다고 말할 수 있을 것이다.[2] 1세기 후 『돈키호테』를 분명히 모방한다는 것을 밝히면서 영국의 노블 시대가 열리기 시작하는 것이다. 곧 영국의 근대소설을 개척한 데포(Daniel Defoe), 리처드슨(Samuel Richardson), 필딩(Henry Fielding)의 노블이 화려하게 전개되는 것이다. 영국의 소설 또한 인쇄술의 발달에 의한 매스미디어의 역할이 절대적이었다. 곧 신문, 잡지책의 출간으로 이전에 볼 수 없었던 독서 대중이 형성된 것과 때를 같이 한 것이다. 이로 인해서 이언 와트의 말처럼 "일단 작가의 일차적인 목표가 더 이상 후원자(patron)나 문학적 엘리트의 기준을 만족시켜 주지 않게 되자, 다른 배려가 더 새로운 중요성을 차지하게 되었다."[3] 이 새로운 배려란 그

---

2 Anthony Smith 저, 최정호, 공용배 역, 『세계 신문의 역사』, 나남출판, 1994, 20~27쪽 참조. 신문은 4단계로 발전했다고 한다. 1단계가 렐라-찌온(relation), 또는 렐라치운(relacioun)이라고 알려진 하나의 개별적인 이야기를 발행하는 것, 2단계는 이야기의 시리즈를 코란토(coranto) 형태로 계속 발행하는 것, 코란토는 "온 세상의 이야기를 전해 주려고 시도하였으며, 세상에서 일어난 일에 대하여 포괄적이며, 정기적으로 알게 된다는 느낌을 주도록 시도"하였다. 3단계가 다이어널(diurnal), 4단계가 머큐리(mercury)로서 차츰 근대 신문의 형태로 바뀌어 간다.

3 Ian Watt, 『The Rise of the Novel』, University of California Press, 1957, p.56.

하나가 그들의 귀족 후원자를 대신해서 나타난 서적출판업자이며, 다른 하나는 독서 대중이라고 할 수 있다. 전자에게는 출판된 작품이 아무쪼록 많이 팔려서 출판업자의 수지를 맞춰주어야 하는 것이고, 후자에게는 가능한 평이하게 이해되도록 해야 하는 것이다. 노블은 바로 시대적 요구에 의하여 태어난 문학 형태인 것이다. 이는 영국뿐 아니라, 서구 제국의 근대문학의 개화는 이와 유사한 사정에서 출발하였다.

한국의 근대문학의 출발도 그 사정이 이와 별반 다르지 않다. 한국의 근대문학은 박영효, 김옥균, 유길준, 서재필 등이 이끄는 개화파들에 의하여 이미 토양이 마련되었고, 일본에서 들여온 신식 인쇄기에 의하여 맹아(萌芽)가 돋기 시작한 것이다. 1883년 8월 17일 박문국(博文局)이 설치되고, 그 해 10월에 《한성순보(漢城旬報)》가 창간되면서 우리의 출판문화사상 획기적 매스미디어의 시대가 열리기 시작한 것이다. 물론 《한성순보》는 관보로서 극히 소수의 한정된 독자가 읽은 것에 불과했지만, 그 창간호 서문에서 밝혔듯이 "정부가 박문국을 설치하여 외국 소식을 널리 번역 소개하고 국내의 여러 가지 사정도 실어 국내는 물론 국외까지도 널리 알린다."[4]는 취지에 따라 당시의 국민들에게 많은 내외 소식을 전해 준 것이다. 그러나 《한성순보》는 아직도 순 한문이었고, 그것도 1년 만에 발행이 중지되었다. 곧 이어 한글 활자를 포함한 새 활자와 기계를 들여와 국한문 혼용의 《한성주보(漢城周報)》가 창간되었다. 역시 관보이긴 하나 한 단계 발전된 매스미디어의 구실을 하게 되었다. 이후 일인들의 손에 의하여 《한성신보(漢城新報)》, 부산의 《조선시보(朝鮮時報)》, 인천의 《조선주상보(朝鮮週商報)》, 목포의 《목포신보(木浦新報)》 등이 나타나게 되었는데, 이는 한발 앞서 개화한 일인들

---

4 전영표, 『韓國出版論』, 대광문화사, 1989, 22쪽.

이 신문의 역할이 중요하다는 것을 깨닫고 발행한 것이다. 이들 신문은 일본의 국익을 대변하고 있어서 우리 민중들에게는 상당한 거부감을 안겨 주었으나 바로 그 때문에 우리 신문의 필요성을 절감하게 하는 계기가 되었다. 1896년 4월에 발간된 서재필 주간의 《독립신문》이야말로 이 땅에서 본격적인 신문의 구실을 한 매스미디어라고 할 수 있을 것이다. 이 신문은 시대를 훨씬 앞서서 순 국문으로 기사가 작성되었다는 큰 의의가 있다. 1898년에는 《협성회보》를 비롯하여 《경성신문(京城新聞)》, 《대한신보》, 《매일신문》, 《제국신문》, 《황성신문(皇城新聞)》 등의 여러 가지 주간 또는 일간신문이 쏟아져 나왔다. 1904년에는 "抗日의 急先鋒"인 《대한매일신문(大韓每日新聞)》이, 1906년에는 최초의 신소설 「血의 淚」를 연재했던 《만세보(萬歲報)》가 창간되어 신문의 시대를 열어 놓았다.[5] 한편 박문국에 이어 민간 출판사가 나타나기 시작했는데 광인사(廣印社), 휘문관(徽文館), 보성관(普成館), 고문관(古文館), 광학서포(廣學書鋪), 광덕서관(廣德書館), 신문관(新文館), 안동서관(雁東書館) 등이 설립되어 개화 서적과 함께 많은 신소설을 발간하였다.[6]

그러면 매스미디어의 출현은 문학에 어떤 변화를 초래하게 하였는가? 세 가지 점에서 그 변화를 실감할 수 있다. 첫째, 간접적이든 직접적이든 독자의 요구에 부응하는 작품을 창작하기 시작했다는 것이다. 이전의 작품은 독자가 원하는 것이라기보다 전통적인 규범에 따랐거나 작가가 독자에게 일방적으로 전달하고자 하는 내용을 기술했던 것이다. 다시 말하면 작가가 독자를 전혀 의식하지 않았다고는 말할 수 없지만, 그 반응이 작가에게 직접적으로 와 닿지 않았던 것이다. 대부

---

5 최준, 『한국신문학사』, 일조각, 1993, 69~108쪽.
6 전영표, 앞의 책, 24~25쪽.

분의 문인들은 한문을 진서라고 말하면서 창작의 매체로 사용하는 것에 오히려 엘리트 의식을 갖고 있었던 점, 역대의 명시와 전적을 가능한 많이 암송하고 있어야 하고, 고사성어를 훌륭하게 인용해야만 좋은 작품(특히 중국의 명시와 전적이 모델이 되었다)으로 평가받았던 점은 독서 대중의 급속한 확대를 오히려 꺼리는 증거라고 할 수 있다. 반면에 신문학은 이런 고정관념을 완전히 파괴해 버렸다. 신문학의 작가는 독자가 가능한 쉽게 접근할 수 있도록 했으며, 가능한 많은 독자를 확보할 수 있는 방향으로 기술하였던 것이다. 엘리트만이 이해할 수 있는 한문으로 창작되던 문학작품을 일반 민중이 이해할 수 있는 국문으로 바뀐 것도 그 때문이다. 둘째, 시대정신에 부응하는 것에 높은 가치를 부여했다. 당시의 시대정신이라는 개화가 최우선으로 되어 있었다. 윤리와 도덕을 무엇보다 존숭되던 전통적 문화를 선진한 과학 문명을 따라야겠다는 개화문화가 시대적 사명과 함께 그 자리를 대신하고 있었던 것이다. 미신 타파, 신교육에 대한 열기, 남녀평등, 구습의 폐지 등이 신문학의 가장 흔한 주제였던 점도 그 때문이다. 본격적인 근대문학이 시작되던 1920년 전후, 동인지 문예 활동을 통해 서구에서 한 시기를 풍미했던 로맨티시즘, 리얼리즘, 심볼리즘 등이 우리 문학에 크게 영향을 준 것은 그 때문이다. 셋째, 첫째 사항의 구체적 실천 사항이지만 문체의 변화가 두드러지게 나타난 점이다. 한문 투에서 국한문 혼용으로, 다시 순 국문으로 창작하게 된 것이 가장 두드러진 특징이지만, 율문체 문장에서 구어체 문장으로 이행되어 간 것도 이 예에 속한다. 뿐만 아니라, 전형화된 전통적인 문장에서 개인 문체를 중요하게 인식해 간 것도 그 때문일 것이다.

매스미디어의 발달은 물론 물질문명의 발달에 기인한 것이지만, 대중 정치, 사회, 경제와 대중문화의 발달과도 밀접한 관련을 맺고 있다.

소수 특권층에 의하여 좌우되던 정치, 사회, 문화의 패턴이 대중에 의한 그것으로 바뀌게 된 사실과 맞물려 있는 것이다. 문학에 있어서도 신화의 세계에서는 신이나 초월적 존재를 위무하는 것이 그 주된 기능이었을 것이다. 다시 전제군주 시대에서는 군주를 비롯한 소수의 엘리트들에게 문학적 가치를 인정받으면 족했다. 그러나 매스미디어의 시대가 열리면서 그 가치관은 급전직하로 바뀌기 시작한 것이다. 독서 대중의 지지를 받지 못하면 작가로서의 가치를 인정받을 수 없는 시대가 도래한 것이며, 가능한 많은 독자를 확보하는 것이 그 문학의 가치를 결정해 주는 중요한 요인이 된 것이다. 물론 이 독서 대중이라는 것은 당대만을 말하는 것은 아니다. 시간과 공간을 초월해서 독서 대중을 갖는다면 그것은 고전적 가치를 가지는 것이라고 할 수 있다. 요컨대 문학의 가치를 결정하는 가치의 잣대가 근본적으로 바뀌게 된 것이다.

2. 개화 초기의 매스미디어와 문학

1) 신문과 개화기문학

1883년에 발간된 《한성순보》와 1886년의 《한성주보》는 극히 제한된 기능이기는 하나 전술한 바와 같이 이 땅에 새로운 매스미디어의 시대를 열어주었다. 이후 일인들에 의한 지방신문들이나 1896년 서재필에 의한 순 국문의 《독립신문》, 2년 후 1월부터 몇 달의 간격으로 창간된 《협성회회보》, 《매일신문》, 《경성신문》 《황성신문》, 《뎨국신문》, 그리고 1904년 발행된 《대한매일신보》와 1906년 발행된 《만세보》는 매스컴에 대한 당시 우리 민중들의 열기를 충분히 증명해 주는 것이라고 할 수 있다. 이들 신문에서 나타나고 있는 것은 경영자나 기자들의 투철한 개화 의지를 읽을 수 있지만, 이에 부응하는 당시 민중들의 관심과 열기가 신문 속에 반영되고 있는 것이다. 이 관심과 열기는 말할 필요도 없이 신문 제작에도 그대로 영향을 미쳤다. 한국의 근대문학도 그 관심과 열기 속에서 새롭게 피어난 문학이다. 다시 말하면 문학이 독서 대중 속에서 자랄 수 있는 토양을 만들어 준 것이 이 시대에 간행된 신문들이다. 이들 신문들은 또한 소설 작품을 연재함으로써 독서 대중과 확실한 연결고리를 만들어 주었다.

이야기류의 소설을 처음으로 연재한 신문은 인천에서 발행된 일본인 경영(荻谷籌夫)의 국문신문 《대한일보(大韓日報)》였다. 이 신문은 1904년(광무 8) 12월 10일부터 「관정제호록(灌頂醍醐錄)」을 회장형식으로 발표된 연재소설이다. 2회까지는 순 국문으로 표기되었으나 3회부터는 현토한문체(懸吐漢文體)로 표기 형태를 바꾸었다.[7] 1년 여 지나서 「일념홍(一捻紅)」(1906. 1. 23~2. 18: 一鶴散人), 「용함옥(龍含玉)」(1906. 2. 23~4. 3: 金華山人), 「여영웅(女英雄)」(1906. 4. 5부터 연재: 白雲山人), 「참마검(斬魔劍)」(1906. 4. 18~4. 26까지 연재), 「반혼향(返魂香)」(1906. 4. 27부터 연재) 등의 작품이 발표되었다.

《뎨국신문》에서도 1906년 9월부터 '小說' 혹은 '쇼셜'이라는 이름으로 무서명의 작품들이 연재되었다. 이들을 이어서 「정기급인(正己及人)」(1906. 10. 9~10. 12), 「보응소소(報應昭昭)」, 「견마충의(犬馬忠義)」(1906. 10. 19~10. 20), 「살신성인(殺身成仁)」(1907. 10. 22~11. 3), 「허소승(許生傳)」(1907. 3. 20~4. 19). 「血의 淚(下)」(1907. 5. 17~6. 1), 「행목화(杏木花)」(동농(東儂) 작 1907. 6. 5~10. 4) 등의 작품이 연재되었다.

1904년에 창간된 《대한매일신보》에서는 1905년 우시싱이 「향긱담화」(1905. 10. 29~11. 7)의 연재를 시작으로 무서명의 작품들이 연이어서

7 송민호, 『韓國開化期小說의 史的 研究』, 일지사, 1975, 31쪽.

연재되었다. 「소경과 안즘방이 문답」(1905. 11. 17~12. 13), 「이틱리국 아마치전」(1905. 11. 17~12. 13), 「향노방문의생(鄕老訪問醫生)이라」(1905. 12. 21~1906. 2. 2), 「청루의녀전(靑樓義女傳)」(1906. 2. 6~2. 18), 「차부오해(車夫誤解)」(1906. 2. 20~2. 18), 「시사문답(時事問答)」(1906. 3. 8~4. 12), 「해외패담(海外稗談)」(1908. 3. 29~5. 1), 「이순신(李舜臣)」(1908. 5. 2~8. 18: 錦頰散人), 「독사신론(讀史新論)」(1908. 8. 27~12. 13: 壹片丹生), 「천희당시화(天喜堂詩話)」(1909. 11. 9~12. 4), 「동국ㄱ걸(東國巨傑)」(1909. 12. 5~1910. 5. 27: 錦頰散人) 등이 연재되었다. 1909년에 창간된 《대한민보》에는 무서명 작가들의 「병인간친회록(病人懇親會錄)」, 「부청화(溥淸花)」 「금수재판(禽獸裁判)」 등이 연재되었다. 같은 해 창간된 지방신문인 《경남일보》에서도 1912~13년에 걸쳐 박영운(朴永運)의 「애락소설 옥연당(愛樂小說 玉蓮堂)」, 「금산월(金山月)」, 「부벽완월(浮壁翫月)」 등이 발표되었다. 미주에서는 재미교포를 위해서 발행된 《신한민보》에서도 「쇠픽국인문답」, 「만리경(小必誤)」, 「사쳔삼뵉년」(마팅씨), 「애국자셩공」(리대위), 「챵쟝부뎐」(검영셩), 「夢遊白頭山」(秋泣生), 「밍마리아(孤雲處士)」 등 1918년까지 13편이나 발표되었다. 이 외에 《황성신문》에서는 한문 독자를 위해서 중국 공안(公案)소설의 영향을 받아 무저명의 「신단공안(神斷公案)」이 연재되기도 했다. 이 중에서 1906년 6월 17일에 창간된 일간지 《만세보》에 연재된 이인직의 「血의 淚」(동년 7월 23일 23호부터 50회에 걸쳐 연재)는 고소설과는 구별되는 신소설로서의 이정표를 만들었다고 할 수 있다. 이 신문은 천도교주 손병희의 발의로 오세창을 사장으로 하여 이인직, 권동진, 장효근 등이 주축이 되어 새로운 인쇄시설을 갖추어 일간지로 출발한 신문이다. 이인직은 돈 지의 주간이었다.[8) 「혈

8 최준, 앞의 책, 108~110쪽.

의 누」는 처음은 단지 '쇼셜'이라는 무서명의 소설로 게재되었으나, 2
회부터 '菊初'라는 작가명이 밝혀져 있다. 특기할 것은 〈국문독자구락
부(國文讀者俱樂部)〉란이 개설되어 독자의 소리가 편집에 반영되고 있다
는 사실이다. 이는 소설에도 그대로 적용되어 독자의 반응이 작가에게
도 영향을 줄 수 있다는 것을 의미한다.

　한국 최초의 근대소설이라고 일컫는 『무정』역시 신문의 연재소설로
시작되었다. 이광수는 《매일신보》에 「동경잡신(東京雜信)」을 연재한 바
있었는데, 신년소설을 쓰라는 청탁을 받고 구고(舊稿) 중 영채에 관한
부분을 정리하여 1917년 1월 1일부터 연재하기 시작했다. 당시 이 소
설에 대한 독자의 반응은 대단하였다고 한다.[9]

　『무정』을 연재한 《매일신보》는 《대한매일신보》의 후신으로서 이미 이
때는 총독부의 국문 기관지가 되어 있던 시절이었다. 《대한매일신보》는
앞서 언급한 바와 같이 한때는 "항일의 급선봉"이며, "민족적 대변기
관"으로서 민족의 긍지를 지킨 신문이었다. 당연한 결과로서 일본 당국
의 탄압을 세게 받기 시작한 것이다. 명의를 빌려 사장으로 앉힌 영국인
기자 베델을 축출한 다음 총무인 양기탁을 국채보상금 횡령이라는 죄목
으로 구속까지 하였고, 이후에도 온갖 탄압이 계속되었고 마침내 1910
년에는 정간에 이어 총독부가 매수하여 이름까지 《매일신보》로 바꾸어
버렸다.[10] 따라서 《대한매일신보》는 우리 민족에게 대 환호를 받았지
만, 《매일신보》는 백안시당했다. 이런 상황 아래서 이광수가 아무리 민
족주의를 신념으로 갖고 있다고 하더라도 『무정』이 민족의식을 더 명료
하게 드러낸다는 것은 무리라고 할 수 있다. 《매일신보》는 당시 총독부

9　윤홍로, 『이광수 문학과 삶』, 한국연구원, 1992, 227쪽.
10　최준, 앞의 책, 117쪽, 119쪽, 169~170쪽 참조.

한국 현대문학의 문체론적 성찰

32

의 기관지적 성격 때문에 우리 민중들에게 냉대 받고 있던 처지를 반전하기 위하여 『무정』의 연재를 기획하였다고 짐작된다. 예상했던 대로 『무정』의 연재는 젊은 청소년들에게 큰 인기를 얻어서 『무정』을 보기 위하여 《매일신보》를 구독하였다는 말도 있다. 따라서 『무정』의 민족의식에는 한계가 있고, 『무정』의 민족의식 자체를 비판하는 학자도 있지마는 당시의 상황으로 보아서 나름대로의 민족의식 고취를 인정할 수 있다. 근대문학 초기의 신문에 연재된 소설을 도표로 보인다.(*부록 참조)

3·1 독립만세운동이 전개되자 당황한 일본은 총독을 사이토 마코토[齊藤 實]로 교체하여 우리 민족에 대하여 희유정책을 편다. 이 덕분으로 1920년 민족지 《동아일보》와 《조선일보》, 친일지 《시사신문》이 창간된다. 앞의 두 신문은 문인들의 발표 지면이 되어 주기도 하고, 현상작품 모집을 단행하여 우수한 문인을 발굴하였을 뿐 아니라, 우리의 현대문학을 선양함에 큰 공적을 끼쳤다고 말할 수 있다. 1920~30년대의 매스컴과 우리 문학에 대해서는 다른 기회에 보다 상세히 고찰하고자 한다. 개화기에 있어서 매스미디어란 신문과 잡지를 의미하기 때문에 다음에 주로 신문과 잡지를 통한 우리 문학의 전개 양상을 살펴보겠다.

2) 잡지와 개화기 문학

신문 못지않게 여러 종류의 잡지 또한 발간되어 문예면을 통하여 우리의 근대문학을 촉진시키는 데 적지 않은 공헌을 하였다. 김근수의 조사에 의하면 1895년 2월 재일동경 대조선 유학생 친목회의 기관지로 창간된 《친목회회보(親睦會會報)》를 필두로 하여 1910년까지 44종의 잡지가 발간되었다고 한다.[11] 이들 잡지들은 대부분 회보의 성격을 띠고

---

11 김근수 편, 『한국잡지개관』, 영신아카데미, 14~5쪽.

있어서 전문 분야의 논문이나 교양적 논설이 대종을 이루고 있다. 그 중에서 최남선에 의하여 1908년 11월에 창간된 『소년』이야말로 우리의 근대문학을 선도한 중요한 잡지로 생각된다. 『소년』은 통권 23호의 발행으로 1911년 5월로 종간된 잡지로서 창간호에는 신시의 효시라고 할 수 있는 최남선의 「海에게서 少年에게」가 권두에 실려 있다. 이 잡지의 내용을 김근수가 정리한 바에 의하면 교훈적인 글, 전기와 일화, 역사, 지리, 자연과학, 소설, 시가 등으로 되어 있다. 개화기에 있어서 신문이 신소설의 진흥에 보다 공헌하였다면, 잡지는 시가 면에서 공헌이 크다. 『소년』 역시 신시의 진흥에 개적적인 공헌을 인정할 수 있다. 그 대부분의 지면이 계몽적인 논설이나 서구에 관한 지식에 할애되어 있는 것은 사실이나, 번역시를 포함하여 총 57편의 시가 실려 있는 것을 볼 수 있다. 시의 대부분은 편집자인 최남선 자신에 의하여 창작된 것이지만, 그 중에서 국풍(國風)이라고 하여 시조를 창작하여 보급시킨 것은 또 하나의 공적이라고 할 수 있다. 소설이라고 할 수 있는 것은 겨우 몇 편이 게재되어 있다. 그것도 대부분 번역 작품이다. 스위프트 원작의 「巨人國 漂流記」, 톨스토이 원작의 「사랑의 성전」, 「祖孫 三代」, 「어른과 아이」, 「한 사람은 얼마나 땅이 있어야 하는가?」, 「茶館」, 데포의 「로빈손 無人絶島 漂流記」 등이 초역되어 있다. 특기할 것은 이광수의 초기 단편소설 「어린 犧牲」과 『獻身者』가 실려 있는 점이다.

『대한자강회월보』는 1906년 7월부터 이듬해 7월까지 총권 13호로 종간된 회지다. 이기(李沂)의 소설이 거의 매호 빠짐없이 실려 있다. 때때로 수필 등의 문예문 성격의 글도 싣고 있다. 1906년 11월부터 발간한 『소년반도』도 통권 6호밖에 내지 못했지만, 이해조의 신소설 「금상태(쯤上苔)」가 6회에 걸쳐 연재되어 있다. 《대한유학생학보》는 재일 한국인 동경유학생회에서 1907년 3월부터 동년 5월까지 발간한 회지로서 3

회로 종간되기는 했지만 몇 편의 수필과 시를 싣고 있다. 이 외에《장학월보》,《대한학회월보》,《기호흥학회월보》 등에서 이따금 수필류의 글을 싣기도 했다.

김근수의 조사에 의하면 1910년부터 1919년까지 45종의 잡지가 발행되었다고 한다. 이 중에서 『학지광』(1914. 4.~1930. 4. 통권 29호), 『청춘』(1914. 10.~1918. 9. 통권 15호), 『여자계』(1918. 2.~1920. 6. 통권 5호), 『유심』(1918. 9.~1918. 12. 통권 3호), 『태서문예신보』(1918. 9.~1919. 2. 통권 16호), 『창조』(1919. 2.~1921. 5. 통권 9호), 『삼광』(1919. 2.~1920. 4. 통권 3호), 『서광』(1919. 11.~1920. 9. 통권 7호) 등은 근대문학 초기에 있어서 적지 않은 공적을 남긴 잡지들이다.

김근수는 이 시기를 무단정치 시대의 잡지로 규정짓고 있다.[12] 조선을 병탄한 일본은 총독부를 설치하고, 헌병과 경찰을 통합하여 극단의 무단정치를 실시한 시기를 말한다. 우리 민족이 경영하던 신문은 폐간되거나 강압으로 인수되어 이른바 "언론 암흑 시대", "언론 부재 시대"를 현출하였다. 이 기간 일제는 신문, 잡지를 규제하는 법규를 2차에 걸쳐 공포하여 우리 민족의 언론 자유를 극도로 제한하였다. 그 주요 골자를 보면 "文書圖書를 出版코자 하는 者는 稿本을 添附하여 지방장관을 經由하여 許可를 申請할 것"이라 하여 허가제로 하였고, "國交를 沮害하든가 政體를 破壞하든가 國憲을 紊亂키 하는 文書圖書를 출판했을 때는 3년 이하의 懲役"에 처한다는 것이다. 이 시기의 잡지는 종교(대부분 불교, 기독교도 몇 개 있다) 잡지가 대종을 이루고, 나머지는 학회보 그리고 소수의 일반 대중잡지가 있다.

그럼에도 불구하고 앞 시기에 비하여 문예물이 양으로나 질로나 월

---

12 김근수, 위의 책, 111~172쪽.

등히 많이 발표되었다는 주목할 필요가 있다. 곧 앞 시기의 회보나 잡지는 대부분이 논문 위주였던 점에 비하여 문예적인 성격을 띤 작품이 적지 않게 발표되었다는 것은 무엇을 의미하는가? 두 가지 점에서 이 시기 글의 특징을 지적할 수 있다. 첫째는 신교육을 받은 유학생의 수가 증가하였고 이에 따라 일본을 통하여 일본 또는 서구 문예물에 대한 이해가 높아졌으며, 문학작품을 창작하는 작가가 많이 생겼다는 의미다. 두 번째는 논문보다 문예물이 현실의 표현에 간접적이기 때문에 일제의 탄압을 다소 덜 받을 수 있다는 이점이 있었다는 것이다.[13]

『학지광』은 재일동경조선유학생학우회의 기관지로서 연 2회 발간되었고, 매호 면수는 80~90면 내외에 지나지 않았으나 개화기에 있어서 신문화 수입과 학술계와 사상계에 적지 않은 영향을 끼쳤다. 1914년 4월 2일에 창간되어 28호를 내고 한동안 휴간되었다가 1930년 4월 5일 갱생호를 내고는 종간되었다. 논문, 기행, 수필, 시, 희곡, 한시, 소설 등이 실려 있다. 안서, 소성, 최학송, 김석송, 이찬, 김우평, 성적 등의 시, 김재은, 백악, 순성, 성해, 석천, 현자명, 임원교 등의 소설, 청월, 김찬영, 소월, 고주, 정월, 극웅, 김준연, 전영택, 추강, 김윤경 등의 수필 등이 실려 있다. 이 외에 주요한이 서구 작품을 수 편 번역, 게재한 것을 볼 수 있다.

『청춘』의 발행인 겸 편집인은 최창선, 주간은 최남선이다. 최남선이 경영하던 『소년』, 『붉은 저고리』, 『아이들 보이』, 『새별』이 폐간 되자

---

13 이광수는 원래 소설가가 되려고 하지 아니했다는 것이다. 글을 쓴다면 당당히 논물을 쓸 것이라고 그는 말했다. 그가 소설을 쓰는 동기는 "民族意識, 民族愛의 高潮, 民族運動의 記錄, 檢閱官이 許하는 한도의 민족운동을 찬미, 만일 할 수만 있다면 煽動"(나의 告白)에 있다고 말하고 있다. 이런 점으로 보아 개화 초기에는 문사라면 소설보다 논문을 쓰는 것이 더 자랑스러운 것으로 생각하였던 것 같다. 유학의 전통이 아직도 많이 남아 있는 것을 볼 수 있다.

뒤를 이어 1914년 10월에 창간되었다. 일제의 가혹한 검열로 어려움을 겪다가 6호에 이르러 '국시위반(國是違反)'으로 정간을 당했다. 1917년 2년 만에 속간호가 나오자 경향 각지의 호응과 환영 속에 불과 3, 4일 만에 4천부가 매진될 정도였다. 그러나 1918년 9월 일제의 탄압으로 인한 경영상의 어려움으로 종간되었다.

김근수에 의하면 『청춘』지의 문학적 공적을 세 가지 점으로 요약하고 있다. "첫째 서구문학 명작의 소개", "둘째 국문학 고전의 소개", "셋째 시조, 한시, 잡가, 신체시, 보통문, 단편소설"의 현상모집으로 지적하고 있다.[14] 이 중에서 현상모집을 통하여 신인을 발굴함과 아울러 독자에게 문학 창작의 지침을 제시함으로써 근대문학의 새로운 지평을 여는 데 적지 않은 공헌을 하였다. 춘원은 현상소설의 고선자로서 「현상소설고선여언(懸賞小說考選餘言)」(12호)에서 "순수한 時文體"로 쓴 것을 추장(抽獎)하였으며, 소설을 "할 일이 없으니 소설이나 쓰겠다"는 생각을 버리고, "정성스러운 태도"로 써야 할 것을 강조하였고(그는 문학을 신성한 사업이라고 말한다), "전통적 교훈적인 舊套를 脫하여 예술적 氣味"로 쓸 것을 주장하였다. 지금으로서는 전혀 새로운 것이 없으나 당시로서는 참신한 주장이다.

『청춘』 역시 당시의 대부분의 잡지와 마찬가지로 논문에 지면을 많이 할애하고 있으나, 문예물에도 상당한 지면을 할애하고 있다. 또 『소년』에서는 거의 모든 글이 최남선에 의하여 집필되었으나 『청춘』은 많은 필자의 글이 실려 있다. 특히 『소년』에서는 그의 시가 독점적으로 실려 있었으나 『청춘』에서는 논문을 많이 집필한 대신 춘원의 시와 소설이 많이 게재되어 있는 것을 볼 수 있다. 춘원의 초기 단편소설 「金

---

14 김근수, 앞의 책, 119쪽.

鏡」(6호), 「소년의 悲哀」(8호), 「어린 벗에게」(9~11호), 「彷徨」(12호), 「尹光浩」(13호) 등이 『청춘』에 실려 있다. 이 외에 小星(현상윤)의 「薄命」(3호), 「再逢春」(4호), 「曠野」(7호), 「逼迫」(8호) 등이 이 잡지에 발표되고 있다. 이 소설들은 신소설보다는 조금 발전된 형태로서 근대소설의 효시를 장편 『무정』이라고 한다면 그 중간 단계의 소설이라고 할 수 있다. 필자는 이 소설들을 전근대소설이라고 명명하고 싶다. 또 현상문예 소설로서 이상춘, 주낙양, 김명순의 작품이 발표되어 있다. 시 혹은 시가라는 이름으로 할애된 난에 한시와 함께 우리말 시가 실려 있는데 한샘, 외배(이광수) 등의 시가 보이며, 독자문예라고 해서 정열모, 나시규, 차용운의 시가 게재되어 있다. 시가 몇 편 되지 않은데 비하여 수필은 상당수 발표되어 있다. 한샘, 외배, 소성 등이 수필도 썼으며, 진순성, 노문희, 우보, 김형원의 수필이 실려 있다.

『여자계』는 1917년 1월 발간하여 1921년 6월 통권 6호로 종간된 여성을 위한 잡지라고 할 수 있다. 춘원, 극웅, 제월, 상아탑, 전영택 등의 논문이나 시가 발표되어 있다. 여성 문인이 거의 출현하지 않은 당시로서 정월의 「경희」(2호), 「회생한 손녀에게」(3호) 등이 발표되어 있는 것은 특기할 만하다. 천원 오천석의 희곡 「初春의 悲哀」(3호)가 실려 있는 것도 주목할 필요가 있다.

『태서문예신보』는 1918년 9월에 창간되어 이듬해 2월 통권 16호로 종간된 주간지였다. 제호 그대로 서구문학을 소개하는 것이 주 임무였다. 안서와 해몽 양인이 번역한 서구시가 많이 실려 있다. 롱펠로, 투르게네프, 이예츠 등의 시다. 번역시뿐 아니라, 이 양인의 창작시도 실려 있다. 이외에 백대진, 상아탑, 최영택 등의 창작시가 실려 있다.

1910년대의 마지막을 보내는 해에 출현한 문예동인지 『창조』야 말로 한국의 근대문학을 본격적으로 전개시킨 공로를 차지해도 좋을 것이다. 금동 김동인, 백악 김환, 추호 혹은 장춘 전영택, 벌꽃 주요한, 극웅 최승만 등이 동인이 되어 출발한 문예지는 그 의욕이 대단했다. 『창조』는 1919년 2월 1일에 창간되어 1921년 5월 통권 9호로 종간된 순 문예동인지다. 동인의 출자에 의하여 동인과 요한이 주로 편집한 문학동인지로서 80여 면의 창간호에 실린 동인의 소설 「약한 자의 슬픔」과 요한의 시 「불노리」는 우리의 근대문학사에 한 획을 그을 수 있는 중요한 작품이다. 이 외에 학우회 망년회에서 실연한 바 있는 최승만의 희곡 「황혼」과 김환의 소설 「神秘의 幕」과 전영택의 소설 「惠善의 死」가 실려 있고, 요한이 번역한 「日本近代詩抄」가 실려 있다. 편집여언에 해당하는 「남은 말」에서 주요한은 이렇게 말하고 있다.

> 우리의속에서니르나는막을수없는욕구로因하여이雜誌가생겨낫습니다. 各가지曲解와誤解는처음부터올줄밋습니다. 그러나우리는다만참으로우리쯔슬알아주시는적은部分의손을잡고나아가려합니다. (…중략…) 여러분 중에 엇던분이 생각하시는것가치, 우리는決코道德을破壞하고 멸시하는거슨아니올시다, 마는, 우리는 貴한藝術의 장긔를가지고저 언제던얼굴을찌푸리고계신道學先生의代言者가될수는업습니다.

이것은 최남선, 이광수 등의 계몽문학과는 분명히 선을 긋는 문학 본연의 목표에 충실하겠다는 선언이다. "곡해"와 "오해"라는 말까지 동원할 정도로 당시로서는 획기적인 문학 목표를 설정한 것을 알 수 있다.

김동인은 같은 난에서 이렇게 말하고 있다.

> 여러분은이**약한자의슬픔**이 아직까지世界上에이슨모든투니야기(作品)--릐알리즘, 또 로만티씨즘, 씸볼니즘, 들의니야기--와는描寫法과作法에다른點이잇는거슬알니이다.

우리 문학에 대하여 새로운 지평을 열겠다는 자긍심의 표현이다. 독자를 구체적으로 인식하고 있다는 표현이며, 서구 문학의 단순한 모방이 아니라 새로운 문학을 개척하겠다는 의욕의 표현이다.

『창조』에 발표된 중요한 작품을 추려 보면 다음 같다.

소설
김동인: 「마음이 얇은 자여!」(3~6호), 「목숨」(8호), 「배따라기」(9호)
전영택: 「天痴? 天才?」(2호), 「生命의 봄」(5~7호), 「毒藥을 마시는 여인」(8호), 「K와 그 어머니의 죽음」(9호)

시
주요한: 「해외시절」(2호), 「상해 이야기」(4호), 「短曲」(5호), 「외로움」(6호), 「生과 死」(7호), 「그 봄을 바라」(8호), 「큰 길을 사모함」(8호), 「별밑에 혼자서」(9호)
동　원: 「동경아 잘 있거라」(3호), 「新生의 日」(6호), 「小曲」(8호)
오천석: 「꿈길」(5호), 「고향을 떠남」(6호)
김소월: 「浪人의 꿈」(5호)
상아탑: 「눈으로 애인아 오너라」(6호)

이 외에 수필 기행문, 평론 등이 실려 있다. 이광수, 김엽, 김유방 등의 글이 보인다. 김억은 이 문예지에서도 많은 서구 시를 번역하여 게재하고 있다.

3. 결론

근대문학 개척기에 있어서 매스미디어인 신문과 잡지는 우리 문학에 지대한 영향을 끼친 것을 우리는 확인하였다. 우리 문학사에 남을 중요한 작품도 신문과 잡지를 통한 발표로 이루어졌음을 알 수 있다.

이것은 서구 제국(영국, 프랑스, 독일 등)의 근대문학과는 다른 양상을 우리나라 문학에 전개시킨 것이 사실이다. 그 순기능과 역기능이 무엇일까를 생각해 볼 필요가 있다.

순기능으로서 첫째, 문학 작가와 독자의 확산을 단기간에 이룬 사실을 들 수 있다. 뒤늦게 개화한 신문학을 불과 수십 년의 짧은 기간에 본격적인 근대문학의 수준으로 발전시킨 공적은 신문과 잡지의 매스미디어적인 공적이 크다. 수백 년에 걸쳐 전개돈 서구 문학에 비하여 불과 수십 년의 전통으로 그 형식에 있어서는 서구 문학에 견줄 수 있는 수준이 된 것이다. 더구나 한국은 오랫동안 한문 전통의 문학이 지배적이었다는 점을 감안한다면 경이적 속도의 확산이다. 개화기에 와서야 국문이 공적인 전달 매체가 되었고, 문학 창작의 매체도 실질적인 전환이 이루어졌다고 볼 수 있기 때문이다.

둘째, 각 장르의 문학이 비교적 고루 발전할 수 있었던 것은 신문이나 잡지의 영향이 크다. 근대문학에 와서야 독자의 호응이 중요하게 취급되었지만, 신문이나 잡지의 실질적인 편집자는 당대의 지도자급 문사들이다. 이들의 의도나 문학 안목이 우리 문학 전개에 큰 영향을 줄 수 있다는 점을 생각할 수 있다. 문학의 각 장르에 고루 지면을 할애한 점, 그 때문에 각 장르에 고루 문인이 배출될 수 있다는 점은 이들 매스미디어의 영향이 크다고 할 수 있다.

셋째, 일정한 문학적 수준에 도달해야만 작가로 배출될 수 있다는 점이다. 따라서 신문이나 잡지에 발표된 작품은 대체로 그 당대의 수준을 유지하고 있다. 이것은 자비로 출판하여 작가가 되고, 독자의 직접적인 반응으로 문학작품이 발표되는 양상과는 분명히 다르다고 할 수 있다.

넷째, 서구 혹은 일본 문예의 영향을 보다 빠르게 받아 문학적 전개가 이루어졌다는 점이다. 서구 문예의 소개가 주로 신문이나 잡지를 통해서 이루어졌고, 매스미디어의 속성으로 급속한 확산이 이루어졌던 점, 그 때문에 짧은 기간에 선진 문학을 이해하고 세계문학과 별로 간격 없이 문학작품을 생산할 수 있다는 점을 지적할 수 있을 것이다.

이와는 달리 그 역기능을 생각해 볼 수 있다. 첫째, 작가의 직접적인 출판에 의하지 않고, 신문이나 잡지를 통해서만이 작품을 발표할 수 있었기 때문에 독자 대중과 호흡을 같이 하는 문학이 부족했다는 점이다. 이것은 영국의 노블 발생 시기에 순회도서관(circulating library)이 소설 독자를 증가시키는 데 큰 역할을 했다는[15] 사실로 미루어 볼 때(당시 우리나라에는 이러한 도서관과 유사한 기관이 없었다) 신문이나 잡지를 통해서 주로 신문학의 독자를 형성했다는 점으로(방각본에 의한 구소설 독자는 존재했다.) 작가와 독자 간에 신문, 잡지의 중개적 역할을 짐작할 수 있다.

둘째, 신문, 잡지의 문예면을 담당하는 책임자가 주로 일본 유학생이었다는 탓으로 일본 유학생 작가가 주로 활동하고, 또 독자도 그 취향에 따라 문학이 전개되었다는 점을 들 수 있다.

셋째, 신문이나 잡지의 현상문예를 통하여 작가를 많이 배출시켰다는 점은 기성 문인의 안목이 중시된 나머지 새로운 실험의 문학작품이 나타날 소지가 적었다는 점을 들 수 있을 것이다.

넷째, 신문이나 잡지에서 서구 문예를 많이 소개하는 그 영향으로 서구 문예사조의 기준으로 판단하는 사례가 지나치지 않았나 하는 생각이다.

다섯째, 신문 연재소설을 백안시하는 경향이 생겼다. 신문 연재소설

15 Ian Watt, 『*The Rise of the Novel*』, University of California Press, 1957, p.43.

은 잡지 연재소설보다 일반 대중독자의 반응이 중요하게 취급되므로 그 반작용으로 신문 연재소설을 문학작품에서 제외하는 경향이 생겼다. 30년대 와서 순수문학 논쟁이 나타난 것도 바르 그 때문이다.

여섯째, 잡지 지면의 한계로 우리 문학이 주로 소설은 단편 위주로 전개되었다는 사실이다. 장편은 신문 연재소설로 나타나고 그것은 또한 문학적 가치를 인정해 주지 않으려는 문학인의 성향 때문에 잡지에 발표된 작품을 우선하는 경향이 있었다. 바로 그 때문에 소설에서는 단편 위주의 문학이 전개되었다는 점이다.

일곱째, 희곡 문학이 별로 발전하지 못했다는 점이다. 신문, 잡지를 통하여 문학이 전개되는 탓에 희곡에 별로 지면이 할애되지 못했다는 점이다. 이것은 서구의 근대문학 전개와는 사뭇 다른 양상이다.

부록

제국신문

*1898년 창간. 1910년 휴간에 이어 종간.

작품명	작자명	게재일자	비고
小說	無著名	1906. 9. 18	
소셜	〃	1906. 9. 19~21	
소셜	〃	1906. 9. 22~10. 6	
正己及人	〃	1906. 10. 9~10. 12	
報應昭昭	〃	1906. 10. 17~10. 18	
犬馬忠義	〃	1906. 10. 19~10. 20	
殺身成仁	〃	1907. 10. 22~11. 3	
許生傳		1907. 3. 20~4. 19	연암의 「허생전」을 번역. 25회
血의 淚(下)	이인직	1907. 5. 17~6. 1	총11장
枯木花	東儂	1907. 6. 5~10. 4	

대한매일신보

*1904년 창간. 1910년 8월 28일 국한문판 제1461호로 종간.
이후 총독부에 강제 매수되어 30일자부터 《매일신보》로 개칭.
총독부의 國文紙 기관지 역할을 하게 됨.

작품명	작자명	게재일자	비고
향긱담화	우시싱	1905. 10. 29~1905. 11. 7	
소경과 안즘방이 문답	無著名	1905. 11. 17~1905. 12. 13	
의티리국 아마치전	〃	1905. 12. 14~1905. 12. 21	
鄕老訪問醫生이라	〃	1905. 12. 21~1906. 2. 2	

작품명	작자명	게재일자	비고
靑樓義女傳	〃	1906. 2. 6~1906. 2. 18	
車夫誤解	〃	1906. 2. 20~1906. 3. 7	
時事問答	〃	1906. 3. 8~1906. 4. 12	
海外稗談	〃	1908. 3. 29~1908. 5. 1	
李瞬臣	錦頰散人	1908. 5. 2~1908. 3. 18	
讀史新論	壹片丹生	1908. 8. 27~1908. 12. 13	
天喜堂詩話	無著名	1909. 11. 9~1909 12. 4	
東國巨傑 최도통	錦頰散人	1909. 12 5~1910. 5. 27	
世界歷史	無著名	1910. 6. 3~	

대한민보

*1909년 창간. 1910년 종간.

작품명	작자명	게재일자	비고
病人懇親會錄	無著名	1909. 8. 19~10. 12	36회
溥淸花	〃	1910. 3. 10~5. 30	
禽獸裁判	〃	1910. 6 5~8. 18	49회

대한일보

*1904년 창간.

작품명	작자명	게재일자	비고
灌頂醍 胡錄	無著名	1904. 12. 10~12. 20	
一念紅	一鶴散人	1906. 1. 23~2. 18	16회
龍含玉	金華散人	1906. 4. 5~	
女英雄	白雲散人	1906. 4. 5~	
斬魔劍	無著名	1906. 4. 18~4. 26	
返魂香	無著名	1906. 4. 27~	

기타

《만세보》 - 창간호부터 소설 연재

《만세보》「血의 淚」(上)　　이인직　1906. 7.22~10.10　　50회

《조양보》 - 잡지적 성격의 신문

《조양보》「비스마룩구 淸話」　　1906. 7.10~

신한민보

*1909년 창간. 그 당시 재미교포 사회의 가장 대표적인 신문.
(번역된 소설 작품은 제외)

작품명	작자명	게재일자	비고
쇠픠국인문답	無著名	1909. 12. 22	1회
만리경	小必誤	1910. 1. 19~4. 13	미완
사천삼빅년	마팅씨	1910. 5. 18	1회
애국쟈셩공	리대위	1910. 7. 6~12. 21	17회
챵쟝부뎐	검영싱	1911. 1. 11~1. 25	3회
夢遊白頭山	秋泣生	1911. 2. 22~3. 1	2회
밍마리아	孤雲處士	1911. 2. 22~3. 22	5회 미완
美人心	동희슈부	1912 .1. 15~1914. 6. 18	12회 미완
몽즁몽	環水了了	1912. 7. 22~7. 29	2회
힘쓰면 될 것이라	雲岩	1913. 6. 23~1914. 1. 8	30회 미완
텰혈원앙	동희슈부	1916. 5. 4~1917. 4. 19	37회
남강의 가을	엣스싱	1917. 5. 10~7. 26	12회
신무듸동포	동희슈부	1917. 8. 30~12. 20	14회
억란 향	동희슈부	1918. 5. 16~7 .4	6회

皇城新聞

*1898년 창간 1910년 종간.

작품명	작자명	게재일자	비고
神斷公案	無著名	1906. 5. 19~12. 31	
夢潮	槃阿	1907. 8. 12~9. 17	24회

경남일보

*1909년 창간. 우리나라 최초의 지방신문.

작품명	작자명	게재일자	비고
愛樂小說 玉蓮堂	朴永運	1912. 11. 25~	
金山月	朴永運	1912. 11. 25	
浮壁翫月	朴永運	1913. 2. 11~	
물뱀과 벌의 동맹			단편소설이라는 명칭으로 게재됨

한국 초기 근대소설에 미친 자연과학 사상

1. 서론

개화기의 시작을 대체로 1894년의 갑오개혁으로 잡는다. 그 갑오개혁은 불행하게도 일본의 강제에 의해 시작된 것이다. 일본이 우리에게 갑오개혁을 단행할 수 있었던 것은 서구 문화를 한발 앞서 받아들여 자기네들의 정치, 경제, 문화의 각종 제도를 개혁하고 난 뒤의 일이다. 그런데 이 동양의 개혁을 유도한 서구 문화의 중핵이 되는 것이 바로 자연과학 사상이다. 중국에 들어가 청조의 근대적 개혁을 유도한 것도 바로 천주교 신부들이 갖고 온 자연과학 지식이요 기술이며, 일본의 개혁을 유도한 것도 포르투갈 인이 갖고 온 자연과학적 지식과 그 기술이다. 한국 또한 결코 예외가 될 수 없다.

한국의 근대소설은 이 갑오개혁 후에 출현한 문학이다. 한발 앞서 개화한 일본, 혹은 중국 문화의 충격이 그 직접적인 동인이다. 이 충격에 의한 신문학의 시작을 매우 못마땅하게 생각하는 학자들은 전래의 문화적 요소를 강조한다. 그러나 사실 자체를 투인하는 것은 바른 학자의 태도가 아니라고 생각된다. 그것은 아직도 열등감 속에 있다는 것을 의미하기 때문이다. 영향을 받았다고 해서 어느 평가처럼 우리의 근대문학을 "이식문학"이라고 말하는 것은 지나친 표현이다. 문학이란 인류의 보편적인 자산인 것이고, 환경에 따라 얼마든지 다르게 자랄 수 있으며, 그것은 또한 상호의 영향에 의하여 더 좋은 수확을 걷을 수 있다. 또한 아무리 다른 문화의 영향을 강하게 받아 변형되었다고 해도 결과적으로는 우리 문학을 살찌게 한 것이라고 할 수 있다.

우리는 신소설에서 고대소설에 발견할 수 없는 여러 가지 근대적 요소를 발견한다. 그렇다고 해서 신소설이 고대소설보다 문학성이 있다는 뜻이 아니다. 문학성은 오히려 줄어든 감이 있지만, 그 양자가 노정하고 있는 세계관의 차이는 분명하게 드러난다. 그 세계관의 차이를 만든 것은 말할 필요도 없이 동양과는 다른 서양의 과학에 기초한 세계관이다.

서양과 동양 간에는 원래부터 세계관의 차이가 엄존했다고 학자들은 지적하고 있다. 가령, 서양은 기계론적 세계관을 가졌음에 비하여 동양은 유기적 유물론을 가지고 있었다는 것이다. 여기서 서양이란 유럽을 가리키는 것이며, 동양은 중국을 가리키고 있다. 서양은 분석적 사고를 토대로 세계를 봄에 비하여, 동양은 유기적 패턴으로 세계를 인식한다는 것이다. 그 단적인 예가 서양은 원자론을 체계적으로 정립할 수 있었던 데 비하여, 동양은 음양오행설이 세계관을 형성하는 데 중요한 역할을 했다는 것이다.[1] 바로 그 분석적 사고 때문에 서양의 근대적 자연과학이 먼저 발흥했는지 모른다. 그러나 그 때문에 서양의

---

1 김용운, 김용국, 『동양의 科學과 사상』, 일지사, 1992, 430~435쪽 참조.

과학이 동양보다 언제나 앞서 갈 것이라는 말은 맞지 않다. 왜냐하면 분석적 사고에는 한계가 있는 것이고, 그것을 보완할 수 있는 것이 유기적 세계의 인식이기 때문이다.

서구의 과학 지식이 개화기에 처음으로 들어와 지식인들에게 충격을 주고, 사고방법에 영향을 준 것은 아니었다. 이미 2~3백 년 전에 중국을 통하여 전달되었던 것이다. 그러나 그것은 일부 유학자들, 이른바 실학자라고 일컬어지는 소수의 학자들에게 영향을 주었던 것이다. 뿐만 아니라, 다만 경이로서 받아 들였을 뿐 실제로 서구의 과학을 체계적으로 연구할 풍토는 되지 못했던 것이다. 그럼에도 불구하고 그 영향은 결코 과소평가할 수 없다. 개화기에 와서 과학에 대한 열의나 관심이 갑자기 고조된 것은 실학자들이 상당한 기간에 걸쳐 근대과학을 수용할 수 있는 터전을 준비해 두었기 때문이다.

서구의 근대과학이 개화기문학에 미친 영향을 살펴보기 전에 그것이 어떤 경로로 우리나라에 들어왔으며, 조선조 후기의 실학자들에게 어떤 모습으로 수용되었고, 개화기에는 어떤 형태로 받아들여졌는가를 살펴볼 필요가 있다. 다음은 서구 과학정신의 세례를 받고 탄생한 신소설과 구소설과의 사이에는 그 세계관의 인식에 있어서 어떤 차이점을 드러내고 있는가를 살펴보고, 신소설 작가들이 서구의 자연과학을 대하는 태도는 어떠했는가를 살펴볼 것이다. 이어서 한국 근대소설을 개척하는 데 큰 업적을 남긴 이광수는 그의 작품에서 서구의 자연과학을 어떻게 형상화하고 있으며, 서구의 자연과학을 그는 어떤 관점에서 보고 있는가를 살펴보기로 한다.

2. 개화기까지의 서구 자연과학 수용과 그 현실

중국을 통해서 간접적이기는 하지만 우리나라에 서구의 자연과학이 유입되기 시작한 것은 16세기 말에서 17세기 초로 보고 있다. 조선왕조 선조 조에서 인조시대에 걸쳐 사환하면서 명에 세 차례나 내왕한 이수광(1563~1628)이 서구에 대한 관심을 표시한 최초의 사람이라고 알려져 있다. 그는 『지봉유설(芝峰類說)』에서 「구라파국여지도(歐羅巴國輿地圖)」를 보고 그 자세함에 감탄하기도 하고, 서구 세계에 관하여 약간의 지식을 피력하기도 했다.[2] 이 지도는 중국에 파견된 이태리인 신부 Matteo Ricci(중국명 利瑪竇, 1552~1610)의 것이다. 그의 중국어 저서 『천주실의(天主實義)』는 조선의 실학자들에게 적지 않은 영향을 주었다.

다음은 연경에 간 일도 없고, 선교사와 교류를 한 일도 없었던 유학자 이익(1682~1764)이 서구 과학과 기술의 영향을 가장 많이 받았던 인물로서 알려져 있다. 그의 저서 『성호쇄설(星湖僿說)』은 서양과학에 대해서 비교적 잘 정리된 견해를 기록하고 있다. 그는 천문 역산의 정밀함과 정확함 때문에 서양 과학이 우수하다는 점을 인정하였으며, 중화 중심의 세계관에서 벗어나는 지구설(地球說)을 믿었다고 한다. 지구 자전의 가능성에 대해서도 언급한 바 있다. 당시로서는 획기적인 과학 지식이며 이는 분명히 서양 천문학의 영향이라고 생각된다.

이익의 학문적 전통을 이어 받은 실학자가 홍대용(1731~1783)이다. 그는 중국 천문학에서 볼 수 없는 훌륭한 것이 서양 천문학에는 있다고

---

2 이용범, 『중세서양과학의 조선전래』, 동국대출판부, 1988
　박성래, 『한국과학사』, 한국방송사업단, 1982
　전상운, 「實學者들의 西歐科學 導入 제7차 한일합동회의 발표문」, 1993 등에서 참고함.

말하고, "수학에 바탕을 두고 儀器를 참고하여 온갖 모양과 현상을 관측하기 때문에"에 그것이 가능하다는 결론을 내리고 있다. 1765~1766년 사이의 연행 때에는 그곳에 머무는 동안 4차에 걸쳐 남천주교당을 방문하였고, 유송령(Hallerstein), 포우관(Gogeisl) 등 서양신부를 수차에 만나 토론했다는 것이다. 그 내용을 기록한 것이 「유포문답(劉鮑問答)」이다. 홍대용은 선교사들과 더불어 천주교리와 함께 천문학에 관한 많은 의문점을 토론했으며, 서양풍금, 자명종 시계, 망원경 등을 구경하였다. 그는 돌아와 수학을 스스로 연구하면서 『주해수용(籌解需用)』이라는 수학책을 저술하였다. 용수각(龍水閣)이라는 사설 천문대를 집안에다 세워 놓고, 천체를 관측하기도 했다. 또 홍대용은 지구회전설, 태양중심설, 무한우주론 등 중국의 학자들도 잘 믿지 않았던 근대과학의 천문학적 지식을 수용하고 있었다. 지구회전설은 박지원의 글에 의하여 세상에 더 많이 알려졌는데, 그의 『열하일기』의 「곡정필담(鵠汀筆談)」에서 홍대용의 지구회전설을 소개하고 있다.

정약용(1762~1836)은 서구 과학에 대하여 체계적인 지식을 갖고 있지 않았으나 그의 방대한 저서 『목민심서』를 통하여 실용적인 과학기술을 강조하고 생활에 이용할 것을 주장하고 있다. 그는 행정 책임자들이 서양 기술을 빨리 도입하여 백성들의 이용후생에 힘써야 한다고 역설하고 있다. 또 서양 기술서의 하나인 『기기도설(奇器圖說)』을 읽고 감명을 받아 그 자신이 책에 나오는 신기계를 스스로 제작하여 정부 공사에 사용했다는 기록도 있다. 서양의 종두법을 도입하여 시행할 것도 주장하였다. 정약용의 서양 신기술 도입 주장은 조선 왕조의 양반 관료 사회에서는 혁명적인 발상이다. 그는 중국의 선진기술과 서양기술을 도입하기 위해서 이용감(利用監)이라는 정부기구를 설치하자고 건의하였다.

서구 과학의 수용에 있어서 가장 체계적인 공부를 해서 저술을 남긴 사람은 최한기(1803~1877)이다. 그의 저작을 집대성한 『명남루총서(明南樓叢書)』는 광학, 파동의 이론, 기온의 측정, 우주 체계, 주기론의 전개 등 이론과학에 과학에 대하여 일가를 이루고 있다. 이 외에 박제가, 서유구 등이 실학자로서 서구의 과학을 소개하기도 하고 그 도입을 적극 주장한 사람들이다.

시헌력(時憲曆)을 연구하기 위하여 관상감(觀象監)에 봉직하는 관원들을 파견하였는데 그 과정에서 김상범, 김창업, 허원, 이의현 등이 연경에 머물면서 서양인 신부들과 토론을 가진 바도 있으며, 서양의 천문학에 많이 경도한 바도 있다. 시헌력은 1654년 공식으로 채용되었는데, 이것은 조선이 처음으로 청나라의 역법을 공식으로 수용했다는 사실이다. 서양 선교사들에 의하여 제정된 이 역법은 서양의 천문학에 바탕을 두고 이루어진 것으로서 그 때까지 청조에 대하여 정치적 문화적 거부감을 가지고 있었던 조선이 청나라의 역법을 수용했다는 사실은 큰 변화라고 할 수 있다. 청나라의 과학, 기술, 문화(서양의 문물을 받아들인)를 배워서 조선의 제도를 개혁하자는 이른바 북학파들의 주장이 어느 정도 여론화되기 시작했다는 것을 의미한다.

우리의 실학자들은 서양인 신부 몇 사람을 간나보기도 했으나 대개는 중국어로 기술된 책을 통해서 서구 과학을 접했다고 할 수 있다. 이들 실학자들은 서양 과학에 대한 막연한 지식만 가졌을 뿐 과학을 습득하기 위한 기초적 지식이 부족했기 대문에 더 이상의 발전이 어려웠다. 더구나 이들의 원천이 되는 신부들의 과학적 지식은 기독교 교리에 어긋나지 않아야 한다는 한계점을 갖고 있었다. 뿐만 아니라, 이후 조선의 천주교 탄압과 맞물려 함께 버척을 받았기 때문에 실학은 더 이상 계승되지 못하는 운명이 되었다.

개화기에 와서야 한국은 일본을 통해서 다시 서구의 근대과학에 대해 눈뜨기 시작한다. 박성래는 "개화기 조선의 과학기술 수준이란 일본과 비교할 수 없을 정도로 낙후되어 있다는 사실을 확인할 수 있다."고 했다. 그러나 개화가 일단 시작하자 서구 과학을 받아들이는 열의와 적응력은 대단했다.

1881년 영선사(領選使) 김윤식의 인솔로 38명의 한국 젊은이들이 중국 천진으로 어학 및 기술 유학을 갔지만, 완전한 실패로 끝났다. 그러나 같은 해 일본으로 갔던 62명의 일본 국정시찰단은 비록 석 달도 채 못 되는 짧은 기간이었지만, "일본의 갖가지 시설과 제도 등을 두루 살피는 기회를 가져 그들의 개화사상을 두텁게 하는 효과를 얻었다." 1895년에는 182명이나 되는 대규모 유학생이 일본에 파견되었다. 1894년의 갑오개혁에 의한 일본과의 협정에 의한 것이다. 최초의 신소설 『혈의 누』를 쓴 이인직이 바로 이 유학생의 한 사람이었다는 것은 매우 의미 있는 일이라 하지 않을 수 없다. 어쨌든 서구의 과학이 1890년을 전후하여 중국을 통하여 한국으로 전달되던 것이 일본을 통하여 전달되기 시작한 것이다.

1895년 유길준은 『서유견문』을 발간하여, 과학 문명이 앞선 선진국의 문화와 제도를 소개하고 있는데, 그는 이 책에서 과학에 속하는 학문의 종류를 농학, 의학, 산학, 격물학, 화학, 광물학, 식물학, 동물학, 천문학, 지리학, 인신학(人身學), 박고학(博古學), 병학(兵學), 기계학(機械學) 등으로 나열하고 있는데, 이는 중국보다는 일본의 글에서 영향을 받은 것이라고 박성래는 말한다. 이보다 조금 앞서 창간된 한국 최초의 근대 신문 《한성순보》(1883~1884), 《한성주보》(1886~1888)에서도 근대과학에 대하여 비교적 상세히 해설을 싣는 일이 많았다. 이것은 일반 민중들의 서양 과학에 대한 관심과 열의를 대변하는 것이다. 실학의 영향이 암암리에 작용했을 것으로 짐작된다. 그러나 그 관심과 열의가 구체적인 과학으로 정립되기까지는 상당한 시간이 걸렸다. 그것은 1910년 나라가 일본의 식민지로 전락하기까지 한국인 가운데 단 1명의 근대 과학자나 기술자도 나온 일이 없다는 것으로 알 수 있다. 사농공상(士農工商)의 계급적 직업관이 오랫동안 지배해온 탓도 있지만, 과학의 기초를 닦을 수 있는 교육기관이 한국 내에 전무했던 사실에도 기인한다.

이광수가 일진회의 유학생으로 일본에 가서 공부하기 시작한 것이 그의 나이 14세 때인 1905년이다. 아마 이 시기를 전후하여 한국의 일본 유학생들이 서구의 교육제도를 모방한 정규적인 교육을 받기 시작했으며, 서구의 학문적 토대에 기초를 둔 체계적인 공부를 하기 시작했다고 볼 수 있다. 그러니까 이 시기의 유학상부터 비록 문과의 학생이라도 서구 과학에 기초한 세계관을 가지기 시작했다고 생각되어진다.[3] 이인직을 비롯한 대부분의 신소설 작가들과는 비록 십 년 내외의 차이밖에 나지 않지만, 엄청난 간극이 있음을 발견할 수 있다. 곧 신문명에 접하기는 했지만 아직드 근대과학을 체계적으로 접하지 못한 신소설 작가들과 후에 문과생들이 되긴 했지만 서구의 과학을 정규적인 교육기관에서 배운 세대의 작가들과는 분명한 차이가 있는 것이다.

---

3 이광수가 1910년 그의 나이 19세에 明治學院 보통부 5학년을 졸업하고 오산학교의 교사로 부임하였을 때, 작문 외에 수학 과학도 가르쳤으며, 생물 進化論을 강설하여 학생들의 큰 호응을 받았으나 선교사에 의하여 쾌척을 받았다는 기록이 있다.

3. 신소설에 미친 자연과학의 영향

1) 세계관의 변화

고소설에서 노정하고 있는 세계관과 개화기 신소설의 그것 사이에는 엄청난 차이가 있다. 그것은 세계를 인식하는 태도의 차이라고 할수 있는데, 뭉뚱그려 근대적 세계관과 고대적 세계관의 차이라고 해두자. 그 중요한 것을 살펴보면 다음과 같다.

첫째, 시간관의 전환이다. 고대소설의 세계는 순환적인 시간관이 지배하였음에 비하여 신소설의 세계에서는 선적인 시간이 지배하게 되었다. 따라서 고대소설에서는 시간의 흐름에 과거, 현재, 미래가 분명하지 못했지만, 신소설에서는 비교적 명확하게 드러나기 시작했다. 신소설 이전에서는 과거, 현재, 미래의 시제가 구별되지 않고, 무시제라고 할 수 있는 현재 시제의 서술만 있을 뿐이다. 또 고대소설에서 흔히 쓰던 도입어(화셜, 각셜, 차셜)나 막연한 시간과 공간을 나타내는 시공부사(하로난, 일일은, 서시에, 차시에, 이적, 이쯱, 한고듸, 어느 고듸)가 신소설에 와서는 거의 보이지 않는다. 이것은 사건을 의식하는 시간관념이 보다 뚜렷하게 되어 가고 있음을 의미한다. 고대소설은 거의 예외 없이 서사적 사건이 순차적 구성으로 되어 있었던 점에 비하여 신소설에 와서는 소박하나마 서사적 사건을 역전적 구성으로 전개하고 있다는 것이다. 이것은 시간을 과거, 현재, 미래뿐 아니라, 서사적 사건의 단위로 처리할 수 있음을 말한다.

둘째, 막연한 공간에서의 사건보다는 구체적 공간, 특수한 공간에서의 사건에 더 관심을 표현한다는 사실이다. 신화나 설화는 대체로 막연한 공간에서 일어나는 것으로 되어 있다. 구체적 공간이 되려면 구체적인 시간이 부수해야 하는데, 설화의 원시적 형태는 대체로 "옛날 옛적 어느 마을에 아무개가 살고 있었다."로 되어 있다. 신소설은 서사적 사건이 일어난 구체적인 장소가 대개 명시된다. 소설의 배경이 중요하게 의식되기 시작한 것도 이때부터다.

셋째, 분석적 사고의 싹을 보이기 시작한다는 점이다. 근대정신의 원천을 흔히 데카르트의 이분법적 사고(dichotomy)에 있다고 보는데, 그것은 사물의 분석적 관찰이 주도해 간다는 뜻이다. 자연과학의 발흥도 바로 이 분석정신에서 출발했다고 본다. 고대소설에서는 서술자의 말과 인물의 말에 구별이 없었으나 신소설에서는 이의 구별이 분명하게 드러난다. 또 고대소설에서 거의 장문(長文)으로 이어져 있어서 사고의 단락이 져 있지 않다. 뿐만 아니라, "―는지라"형의 서술어미가 쓰이고 있는데 종결형인지 연결형인지 구분이 애매하다. 이에 비하여 신소설에서는 자주 긴 문장이 나타나기는 하지만, 종결된 문장을 많이볼 수 있다.

넷째, 서술자가 서술 내용이나 인물에 대하여 객관적 태도를 견지할 수 있다는 점이다. 고대소설은 대체로 전지적 시점에서 서술되고 있다. 신소설도 이 점은 매우 유사하나 소설 속의 인물이나 내용에 대하여 객관적 태도를 유지할 때가 많다는 것이다. 소설의 리얼리티를 확보하는 것과 비례한다고 볼 수 있는데, 신소설은 고대소설보다는 월등하고, 근대소설에 비해서는 부족하다.

다섯째, 신소설은 고대소설에 비하여 개성이 중시되어 있다. 조연현은 "血의 淚」는 최초의 서명소설(署名小說)이요, 신소설의 출발이다"[4]라고 말하고 있는데, 이야기책에다 작가의 이름을 밝히고 있는 점을 중시한 것이다. 고대소설은 대부분 창작한 사람이 밝혀져 있지 않을

---

4 조연현, 『한국신문학고』, 문화당, 1966, 74~76쪽.

뿐 아니라, 그것이 중요하다고 생각도 하지 않았다. 작가의 독창성(originality)이 인정받는 시기로 바뀌어 가기 시작한 것이다. 그것은 이야기에 있어서나 문체에 있어서나 마찬가지다. 고대소설에서는 유형적인 표현이 유행이었다. 이를테면, 미인을 묘사함에 있어서 "화용월태(花容月態)", "단순호치(丹脣皓齒)", "설부화용(雪膚花容)" 등의 표현이 있었고, 이들 표현을 그대로 차용함을 꺼리지 않았다. 뿐만 아니라, 유명한 한시의 구절을 그대로 차용하기도 했다. 이런 표현이 신소설에서는 현저히 줄어들었고, 일상에서 흔히 쓰는 비유를 많이 쓰고 있다. 또 고대소설은 소설 속의 인물에 대하여 이름보다는 직함을 주로 사용하였다. "이 어사", "성 참판", "양 처사", "양 한림" 등으로 호명되었다. 신소설에서도 이 직함의 호명은 그대로 이어지고 있으나, 개인의 이름으로 많이 대치되고 있다. 근대소설에서는 이 점에서 월등히 발전했다. 이것은 모두 집단 속의 구성원으로 보는 관점에서 개인 자신으로 보려는 경향에서 연유된 것이다.

여섯째, 문장의 리듬이 달라져 있다. 대체로 고대소설의 문장은 일종의 율문이다. 판소리계 소설과 비판소리계 소설의 차이는 있지만, 구어체가 아니라, 일종의 리듬을 느끼게 하는 문장이다. 이것은 아마도 말과 말이 표상하는 사물과의 관계를 중시하기보다 말의 연결에 더 재미를 느끼기 때문이다. 신소설은 말과 사물 간의 관계를 더 중시하기 때문에 구어체의 문장에 더 가까이 온 것이다.[5]

일곱째, 고대소설은 흔히 현실계와 비현실계를 자유롭게 넘나드는데 비하여 신소설은 대체로 현실세계를 고수한다. 이것은 물론 과학적으로 증명될 수 없는 초현실세계를 마음대로 넘나드는 것은 이성에 어

---

5 김상태, 『문체의 이론과 해석』, 집문당, 1982, 157~164쪽.

굿난다고 생각했기 때문이다. 작가의 의식이 그만큼 과학적 사고에 접근해 온 것이다.

이러한 것은 서사기법의 문제가 아니라, 세계관의 차이에서 비롯된 것이다. 이언 와트가 'novel'과 그것이 출현하기 이전의 '이야기', 곧 신화나 로맨스 등과 비교할 때 발견할 수 있었던 세계관의 차이와 거의 일치한다.[6] 이런 세계관의 전환은 그 발상의 근원이 데카르트나 로크에 있다고 와트는 말하고 있다. 두 철학자의 진리 탐구 방법이 서구의 근대를 여는 데 결정적 공헌을 한 것은 잘 알려진 사실이다. 그것은 또한 서구의 근대 자연과학을 발흥하게 한 단초적 발상이라고 말한다.

2) 비전으로서의 자연과학

우리보다 한발 앞서 개화한 일본을 돌아보고 온 이인직은 한국 최초의 신소설 「血의 淚」를 1906년 《만세보》에 발표했다. 이 소설의 주제는 선진한 문명을 가지고 있는 일본이나 미국의 후문을 배워서 우리나라도 선진국이 되자는 것이다. 이 소설에서 여주인공 옥련이 일시 부모를 잃고 일본 이노우에 군의의 양녀가 된다는 것은 어떤 암시를 던져 준다. 여기서 군의는 서양 의학을 공부한, 과학적 인간이기 때문이다. 그리고 옥련으로 하여금 새로운 문명에 접할 수 있는 계기를 마련해 준 사람이며, 또한 휴머니스트인 것이다.

이 소설은 고소설에서 볼 수 없었던 서구 과학에 대한 새로운 지식을 전하기도 하고, 신문명을 처음으로 접하면서 주인공이 느끼는 경이로움을 표현하기도 한다.

---

6 Ian Watt, 『*The Rise of the Novel*』, University of California Press, 1957, pp.18~28.

조선서 낮이 되면 미국에서 밤이 되고 미국에서 밤이 되면 조선서는 낮
이 되어 주야가 상반되는 별천지다.

— 이인직, 『혈의 누』 부분

수박같이 둥그런 땅덩이에서 사람이 산다 하니 수박같이 둥글 지경이면
이편에서 저편이 보이겠느냐.

— 이인직, 『혈의 누』 부분

구형의 지구, 자전 공전에 의한 밤낮의 바뀜 등은 당시로서는 경이
로운 지식이다.

옥련의 눈에는 모두 처음 보는 것이다. 항구에는 배 돛대가 삼대 들어서
듯하고, 저자 거리에는 이층 삼층집이 구름 속에 들어간 듯하고, 지네같이
기어가는 기차는 입으로 연기를 확확 뿜으면서 배는 천동지동하듯 구르며
풍우같이 달아난다.

— 이인직, 『혈의 누』 부분

전기등은 눈이 부시도록 밝고 자명종은 열두 시를 땅땅 치고 있다.

— 이인직, 『혈의 누』 부분

당시의 사람들에게 신문의 이기들은 경탄으로 받아들여졌을 것이
다. 곧 이어 출간된 이인직의 「鬼의 聲」에서는 점쟁이를 보복의 수단으
로 이용하고 있다. 이는 점쟁이의 말은 모두 허위인 것을 전제한 이야
기다. 점순과 최 서방은 살인의 죄를 짓고, 도망가 있는 중에 천둥소리
만 들어도 겁이 나서 벌벌 떨고 있는데, 판수가 신수점을 쳐서 원혼령
(冤魂靈)인 여귀를 들추어내어 불안감에 떨게 하고, 범죄의 확증을 잡는
다. 곧 미신의 위력을 이용하여 범죄의 확증을 잡고, 복수를 한다는 내
용이다. 「치악산」에서도 귀신과 도깨비가 인간에 의한 조작임을 보여

주고 귀신의 부재를 밝혀냄으로서 미신타파를 주장하는 신문명관을 드러내고 있다. 당시 민간들 사이에 거의 신앙처럼 만연되어 있는 점술의 허위를 폭로하고 비판하는 주제는 서구의 과학 정신이 큰 영향을 끼치고 있었던 것이다.

신소설 작가로서 중요한 위치를 점하고 있는 이해조 또한 문명진화론의 관점에서 당시 팽배하고 있었던 민중들의 주술적 사고를 타기하고 과학적 합리적 사고를 갖도록 계도하는 주제를 설정하고 있다. 「구마검(驅魔劍)」이라는 제목에서 알 수 있듯이 미신숭배야말로 비과학적, 반문명적 행위로 단정하고 그 철저한 응징을 소설화한 것이다. 미신을 숭상하는 노돌마을에서 태어난 최씨 부인이 함진해의 삼취부인으로 들어가서도 미신을 그대로 쫓다가 패가망신한다는 이야기다. 최씨는 무녀의 허무맹랑한 말만 듣고 그대로 행하다가 자식도 잃고, 재산도 잃고 불구의 몸까지 된다. 종국에는 문중회의에서 함진해의 양자로 결정되어 들어온 사촌의 아들 함종표가 문제를 해결하는 것으로 되어 있다. 판사가 된 종표는 함씨 집안의 재산을 사취한 무녀, 지관들의 음모를 낱낱이 밝혀내어 벌을 준다는 이야기다. 합리적인 과학적 세계관에서 보면 전근대적 주술행위나 풍수설은 문명의 개화를 저해하는 미신이다.

1908년에 나온 「자유종」은 매경 부인의 생일잔치에 초대받아 모인 부인들이 당시의 정치, 사회, 교육의 제 문제들에 대한 의견을 나누는 일종의 토론체 소설로서 서사적 시간은 하룻밤이며, 전편이 대화로 짜여 있다. 여권신장, 자녀교육, 근대적 학문의 필요성, 적서차별의 폐지, 자주독립의 필요성 등이 역설되고 있는데, 이중에서 공리공론에 빠져 있는 유학을 비판하고, 근대적 학문의 습득을 강력히 주장하고 있다.

정치를 물으면 모른다, 법률을 물으면 모른다, 철학, 화학, 이화학을 물으면 모르노라, 농학, 상학, 공학을 물으면 모르노라. 그러면 우리 대종교 공부자 도학의 성질은 어떠하냐 묻게 되면, 그 신성한 진리는 모르고 다만 아노라 하는 것은 공자님은 꿇어앉으셨지, 공자님은 광수의를 입으셨지 하여 가장 도통을 이은 듯이 여기니, 다만 광수의만 입고 꿇어만 앉았으면 사람마다 천만 종교 부자가 되오리까.

— 이해조, 『자유종』 부분

토론의 곳곳에서 과학에 기초한 학문의 필요성을 역설하고 있다. 또 주술적 세계관이 통용되고 있는 것에 대하여 강하게 비판하고 있다.

혹 기도하면 아이를 낳는다. 혹 산신이 강림하여 복을 준다, 혹 면례를 잘하여 부귀를 얻는다, 혹 불공하여 재액을 막았다, 혹 돌구멍에서 용마가 났다, 혹 신선이 학을 타고 논다, 혹 최판관이 붓을 들고 앉았다 하는 제반 악징의 괴괴망측한 말을 다 국문으로 기록하여……

— 이해조, 『자유종』 부분

이것은 주술적 세계관을 과학적 세계관으로 바꾸어야만, 밝은 앞날을 기대할 수 있고, 나라의 자주독립도 지켜 갈 수 있다는 뜻이 짙게 깔려 있다.

개화기에 '과학소설'이란 이름으로 발표된 소설이 있다. 이해조 역술의 『텰세계(鐵世界)』(1908), 아속 김교제 역술의 『비힝션(飛行船)』(1912)[7] 등이다. 당시 중국이나 일본에서 번역된 서구의 공상과학소설(science fiction)을 역술자가 신소설 독자의 수준에 맞게 상당한 부분을 첨삭하여 출판한 것으로 보인다. 『텰세계』는 불란서, 독일, 영국, 미국

7 李海潮, 『과학소설 텰세계(鐵世界)』, 안동서관, 1908(표기 융회 2년).
　金敎濟, 『과학쇼설 비힝션(飛行船)』, 동양서원, 1912(표기 명치 45년).
　이상의 두 작품은 서울 아세아문화사 간행(1978) 『한국개화기문학총서』의 복사판임.

을 배경으로 하여 전개된다. 소설 속의 중요한 인물은 의학사 "좌션", 화학사 "인비", 그리고 좌션을 도우는 탐정 "약한"이다. 좌션은 법국 파리의 의학사로서 영국 "발뢰돈부"의 "우생회의"에 참석하여 인간의 장수에 관한 획기적인 논문을 발표한 바 있는데, 이 사실이 신문에 발표되자 그는 영국 변호사 "가본"의 방문을 받는다. 그로부터 엄청난 액수(일억 오백만 원)의 유산을 받게 되었음을 통보 받는다. 생각지도 아니한 친척의 유산이 자기에게 돌아온 것이다. 이 돈을 그는 장수촌 건설에 쓸 것을 발표한다. 이 발표를 보고 화학사 인비도 그 돈의 유산 상속권을 주장한다. 결국 그 사실도 인정받게 되어 유산을 반씩 나누어 갖는다. 인비는 장수촌 사람들의 파멸에 그 돈을 쓸 것을 결심한다. 인비의 가공할 음모를 정탐하러 온 약한에 의하여 음모의 실행은 저지되고, 결국에는 장수촌이 승리한다는 내용이다. 이 소설에서 인비가 일이만(독일) 출신이고, 좌션이 법국(프랑스) 출신이라는 점에서(좌션은 인류의 평화롭고 건강한 삶을 추구한 반면에 인비는 인류의 파멸을 집요하게 기도했다는 점에서) 소설 원작이 프랑스인의 것인 듯하다. 그러나 과학소설로 규정하기에는 미흡하다. 좌션의 장수촌에 관한 묘사가 극히 피상적일 뿐 아니라, 인비의 "련텰촌(練鐵村)" 내부도 전혀 과학적 추리가 뒷받침되어 있지 않기 때문이다. 이것은 역술자 자신이 기초적 과학 교육을 전혀 받은 사실이 없다는 점, 서구 과학이 어느 정도 진척되어 있는가를 단지 소문으로만 듣고 썼다는 한계에서 연유된 것으로 생각된다. 그러나 당시의 민중들이 서구 과학의 위력을 어느 정도의 경탄으로 받아들이고 있는가는 충분히 느낄 수 있다.

『비힝션』은 이에 비하여 공상과학소설에 가깝다. 주인공은 탐정가 "니기특"으로서 수수께끼 같은 의문의 사실을 밝히는 내용으로 되어 있다. 소설은 뉴욕의 "기마경주회"에서 "사돈복"이란 의문의 인물이

암살당하는 것에서부터 시작한다. 이어서 주인공의 친구 "팃빅극"이 실종되는 사건이 일어난다. 이 두 사건은 관련이 있는 것으로서 양인 모두 "잡밍특"이라는 이상한 나라에 다녀왔기 때문이다. 잡밍특의 여왕은 "이특나"로서 사돈복은 칼로 척살하였고, 팃빅극은 비행선으로 납치해 간 것이다. 니기특은 하인 한 사람을 수반하고 잡밍특으로 잠입해 가서 이특나를 만나보고 팃빅극을 구출하여 뉴욕으로 돌아온다는 내용이다. 이 소설에서 잡밍특 국은 과학이 매우 발달한 나라로 묘사되어 있고, 여러 가지 과학적 이기들과 장치들을 사용하고 있다. 또한 이러한 장치들이 흔히 공상과학소설에서 다루어지고 있는 수법으로 묘사되어 있어서 주목된다. 가령, 어디에서나 이착륙하는 매우 편리한 비행선, 물체의 무게를 가볍게 하는 경기의(輕氣衣), 경기승(輕氣繩), 사람에게 충격을 주어 잠시 졸도케 하는 전기침(電氣針), 미혼침(迷魂針), 미안포(迷眼砲), 확성기와 비슷하나 더 많은 기능을 가진 전성기(傳聲器), 자동문과 같은 장치, 회중전등, 망원경 등 많은 과학적 기구들이 제시되고 있다. 잡밍특 국의 과학이 매우 발달했음을 설명하는 이특나의 말에 다음과 같은 대목이 있다.

> 니군아 구미열강이 몬명ᄒ기젼에 우리나라 사름들은 물리 화학의 깁흔 리치를 먼져발명ᄒ야 뎐긔는 싱명의 근원됨을 알고 뎐긔를 공즁에서 취ᄒ야 셩냥의 진동력을 졔조ᄒ며 뎐냥을 리용ᄒ야 슈한의 쥐앙이업논고로 세계각국에 뎨일어듸가 죠흐냐ᄒ면 잡밍특이뎨일졈을 져령ᄒ겟쇼
>
> — 김교제 역, 『비힝션』 부분

공상과학소설에 흔히 나오는 편리한 기구뿐 아니라, 과학적 사고가 어느 정도 뒷받침된 듯한 인상을 준다. 그러나 이 소설은 스토리 전개에 무리가 많고, 소설적 리얼리티를 떨어뜨리는 묘사가 많다. 특히, 이

특나의 말과 행위가 전후의 모순을 일으키고 있다. 니기특을 사형에 처했다가 말 한 마디로 특권을 주는 행위, 막중한 여왕의 자리를 비우고 뉴욕에 와 있는 행위, 사돈복을 잔인하게 척살하는 여왕이 틱비극을 위해서는 그처럼 연약한 여인이 되는 성격의 변화, 틱비극을 남편으로 받아들이는 행위나 그처럼 훌륭한 왕국을 버리고 니기특과 갑자기 뉴욕으로 도망쳐 나오는 스토리 전개는 전혀 설득력이 없다. 서구 과학소설의 번역인 것만은 틀림없으나 중간에 많이 생략했거나, 역술자 임의로 묘사와 서술이 가해진 결과가 아닌가 생각된다.

　조연현은 『한국현대문학사』에서 신소설의 일반적 주제를 1)개화와 자주독립, 2)선진문명사회와의 교류와 해외유학, 3)과학에 대한 경이와 그 보급, 4)인습과 미신타파, 5)봉건적 요소의 상호갈등으로 들고 있다.[8] 2), 3), 4)항이 모두 자연과학 사상과 밀접하게 관련된 사항이다. 개화, 곧 선진문명을 배우자는 것의 핵심적인 목적이 과학 입국을 하자는 것으로서 그것만이 나라의 자주독립을 유지할 수 있다는 것이다. 그러나 현실적으로는 대학 졸업 정도의 이학도가 당시 전무한 실정에 있었다. 곧 체계적으로 자연과학의 기초를 다진 사람이 없었다는 말이다. 이 말은 다시 말하면 당시 국민 전체가 서구의 과학을 경이로서 지켜볼 수밖에 없는 형편이었고, 작가 역시 그 중의 한 사람으로서 신소설 주제의 저변에는 이 간절한 소망이 담겨 있다고 볼 수 있다.

4. 이광수에게 있어서의 자연과학

　신소설의 작가에서 있어서 뿐 아니라, 근대소설의 여명을 연 이광수

---

8 조연현, 『한국현대문학사』, 성문각, 1980, 61~58쪽.

에게 있어서도 서구의 자연과학 사상은 큰 영향을 미치고 있음을 볼 수 있다. 이광수의 문학을 흔히 계몽주의 문학이라고 말하는데, 그것은 문학을 통하여 우리 민족을 선진한 서구 문명의 국민 수준으로 계몽하자는 것이다. 물론 그의 훼절과 관련하여 그 방법상에 있어서 이론이 제기될 수 있으나 그의 이상만은 확고한 것이다. 그가 현실적으로 훼절을 하고서도 그의 문학 속에 일관되게 흐르고 있는 이념이 민족주의라는 것은 바로 그 때문이다. 그런데 그의 계몽주의나 민족주의는 적어도 그 초기에는 실현의 방법으로 가장 기대를 거는 곳이 과학의 진흥이었다. 그의 자서전에서 보면 시골에서 항도인 진남포로 나왔을 때, 화륜선을 처음 보고 받았던 인상이 아주 깊었음을 자세히 기술하고 있다. 또 『무정』의 말미에 가면 주인공 이형식이 일행에게 장차 무슨 공부를 할 것인가를 묻는 장면이 있는데, 스스로는 미국에 가면 생물학을 공부할 것이라고 밝히고 있다. 대학에서 영어를 전공했고, 얼마 전까지 영어 교사였던 이형식이 도미하면 생물학을 공부하겠다는 결심을 다지는 것은 매우 의미심장한 말이다.

> "나는 교육가가 되렵니다. 그리고 전문으로는 생물학을 연구할랍니다."
> 그러나 듣는 사람 중에는 생물의 뜻을 아는 자가 없었다. 이렇게 말하는 형식도 물론 생물학이라는 뜻은 참 알지 못하였다.
> 다만 자연과학을 중히 여기는 사상과 생물학이 가장 자기의 성미에 맞을 듯하여 그렇게 작정한 것이다. 생물학이 무엇인지도 모르면서 새 문명을 건설하겠다고 자담하는 그네의 신세도 불쌍하고 그네를 믿는 시대도 불쌍하다.
> — 이광수, 『무정』 부분

이것은 그의 계몽주의와 민족주의의 실현 방법을 단적으로 드러내는 대목이다. 주인공의 생각도 아닌, 전지적 서술자의 입을 통하여 피력되는 이 서술은 과학입국이야말로 선진국으르 진입하는데, 그리고 나라의 자주독립을 지킬 수 있는 가장 중요한 일이며 또한 급선무라고 생각하고 있는 것이다.

이어서 과학도가 주인공의 한 사람인 「개척자」(1917. 11, 《매일신보》 지상에 연재)를 쓴 것도 이와 맥을 같이 한다. 백철은 이 소설을 해설하면서, "첫째로 '개척자'라는 제목에 주목할 필요가 있다. 말하자면 개척자라는 제명이 먼저 이 작품을 쓰게 된 작자의 의식적인 동기와 의도 같은 것을 암시하고 있다."[9]고 말하고 있다. 개화 의지를 가지고 실천하려는 사람들을 모두 '개척자'라고 할 수 있지만, 온갖 악조건 속에서도 실험실에서 묵묵히 일하고 있는 성재야갈로 당시 우리 민족에게 절실한 인물이라는 것을 암시하고 있는 것이다.

이광수는 『무정』을 전후하여 논설로도 자연과학과 그 기술이 우리 민족에게 얼마나 절실히 요구되고 있는지를 밝히고 있다. 『무정』을 발표하기 바로 직전인 1916년 11월 26일부터 익년 2월 18일까지 《매일신보》에 연재한 논문과 소설의 절충형식인 「農村開發」이라는 글 속에서 전통 농촌 향양리와 새로운 이상으로 실현하는 금촌을 비교하고 있는데, 민주적 운영과 제도의 개혁, 신교육의 실현 등이 역설되고 있지만, 이를 뒷받침하기 위해서는 영농의 기술이 필요하다는 점을 읽을 수 있다. 곧 과학이 뒷받침해야 한다고 믿고 있는 것이다. 같은 무렵에 발표한 「教育家 諸氏에게」(1916. 11. 26~12. 13, 《매일신보》 소재)라는 상당히 긴 논설문에서 유교 교육의 폐단을 비판하고 실생활 중심의 교육을 주장하고 있다.

---

9 백철, 「「開拓者」의 作品意圖」, 『이광수 전집』 1. 삼중당, 1971, 587~588쪽 해설.

東洋 在來의 教育이 形式에만 偏함에만 反하여, 新教育은 實生活에 關係 密接한 實質的 教育을 施하니, 卽 博物學과 物理, 化學과 數學과 天文, 地理와 醫. 工, 商, 農 等 諸般 學術이요 哲學, 文學, 等 在來 東洋 教育의 唯一無二하던 教科는 以上 諸般 學術의 一部分이 되게 하니, 於是에 人生의 內容이 극히 豊富하고 人生의 生産能力, 活動能力이 극히 강대하게 되니라.

— 이광수, 「教育家 諸氏에게」 부분

실생활 교육의 기초가 되는 것이 서구의 자연과학이라고 생각하고 있는 듯이 보인다.

『무정』이 발표된 다음 해 그는 「宿命的 人生觀에서 自力的 人生觀에」라는 논설을 발표하여 주역에 근거한 "宿命說이 조선인에게 미친 影響"이 심대함을 비판한다. 우리 민족에게 "力의 自信의 缺如"를 초래하게 만든 것은 그 때문이라고 그는 주장한다.

現代의 文明은 인류의 '力의 自信'에서 나온 것이외다. 내 힘이 足히 自然을 征服하여 나의 用을 채울 수 있다, 나의 不幸한 境遇를 변하여 幸福된 境遇를 造出할 수 있다, 나의 境遇는 내가 만드는 것이요, 決코 第三者가 나를 爲하여 決定하여 주는 것이 아니다 하는 自信에서 나온 것이외다. 萬里를 瞬息間에 通信하는 電信이며, 空中과 水中을 自由自在로 橫하는 飛行機, 潛航艇이며, 幽明의 交通이며, 運動과 醫學으로 疾病을 征服하며, 教育과 政治와 社會制度의 改善으로 社會의 모든 不幸의 要素를 阻去하여 人類世界로 하여금 理想的 福樂鄕을 現出하려 함이 現代文明의 理想이다. 天國은 누가 이 世上에 보내어 줄 것이 아니요, 오직 손으로 만들 것이외다. 하나님이 누구뇨. 우리의 '손'이외다. 우리의 손이야말로 宇宙萬物의 創造主요, 攝理者외다. 우리의 '손'에는 萬物을 創造하고 維持하고 破壞하고 再建할 金剛力이 있는 것이외다. 未來는 豫知할 것이 아니라 창조할 것이외다. 우리의 장래는 어떠한가, 그것은 우리의 손에 달린 것이외다.

— 이광수, 「宿命的 人生觀에서 自力的 人生觀에」 부분

젊었던 한 때 그는 기독교에 심취한 적이 있었다. 그러나 이 무렵의 그는 "우리의 손이야말로 우주만물의 창조주요 섭리자"라고 말하고 있을 정도로 무신론자에 가까이 가 있으며, 신에 대행할 만큼 자연과학의 힘을 믿고 있다는 뜻이 된다. 후에 『개벽』에 발표한 「八字說을 基礎한 한 朝鮮人의 人生觀」(1921)에서도 그의 이러한 세계관에는 변함이 없다. 조선이 자주독립 국가를 유지하지 못한 것은 일본보다 서구의 과학을 늦게 받아들인 때문이라고 단정하고 있다.

이광수에게 있어서는 서구의 진보된 과학이 기미 경이가 아니라 국가의 독립에 절실한 수단이며 목표가 되어 있음을 알 수 있다. 그 때문에 현실적으로 과학이 뒤떨어진 조선을 생각하면서, 그렇다면 어떻게 해서 일본에 예속되지 않는 방도를 강구할 수 있느냐는 자문에 대하여 조선인의 능력을 제시한 것이다. 그는 "현금 세계의 문화는 결코 절정에 달한 것이 아닐 것이며, 물질적으로 보든지 정신적으로 보든지 더 발달하고 성숙할 여지"가 있다고 전제하고, 자연과학 또한 아직도 유년기에 있다는 것이다. 조선인이 이상만 가지고 노력을 기울인다면 "조선민족의 능력"은 차후 세계의 문화를 선도할 수 있을 것이라고 그는 말한다.[10]

당시 우리 민족에게 가장 절실한 것은 서구 제국의 국민과 같이 선진한 문화 국민이 되는 것이라고 이광수는 생각하고 있었다. 무력으로는 당할 수도 없거니와 설사 일시 독립을 이룬다고 해도 문화수준이 열등하다면 지속적으로 유지할 수 없다고 생각한 것이다. 이 선진한 문화수준에 이르는 가장 중요한 관건이 되는 것이 자연과학의 진흥과 그 과학 기술의 생활화라고 생각하고 있었다. 자연과학에 대한 이러한

---

10 이광수, 「우리의 사상」, 『학지광』, 1917. 12.

그의 관심은 후에 그의 전작 장편소설 『사랑』에서 자연과학을 문학적 상상력에 접목시킨 작품으로 형상화된다. 소설 속에서 의사 안빈은 문학가이면서 또한 연구에 매진하는 자연과학자다. 사람이 고결한 정신으로 사랑할 때와 육체만을 탐하는 저열한 애정을 가질 때 피의 성분이 의학적으로 어떤 차이를 보이는가를 연구한다. 이 연구의 과정을 설득력 있게 기술하기 위하여 의학용어가 상당히 동원되고 있다. 그의 과학에 대한 동경이 소설 속에서 형상화된 성공한 작품이라고 할 수 있다. 상상의 과학 술어가 소설 속에서 설득력 있게 사용된 예로서 이 소설이 처음이 아닌가 생각된다.

5. 결론

개화기는 우리 문화사에서 대전환기에 해당한다. 고대적 세계관에서 근대적 세계관으로 이행하는 시점이기 때문이다. 국권을 약탈당하는 수모와 함께 이루어졌기 때문에 우리에게는 반드시 좋은 기억만으로 남을 수는 없었다. 그것은 우리에게 큰 불행이 아닐 수 없다. 반드시 거쳐야 할 개화를 일본의 강제에 의하여 강압적으로 이루어졌기 때문이다. 어찌 보면 개화를 반대한 사람들이 국권을 수호하려고 한 애국자가 된다. 반면에 개화에 앞장 선 사람들은 결과적으로는 반역자가 되거나 친일파가 될 운명이었다. 이 딜레마 속에서 방황한 사람들이 근대의 여명을 연 이인직이나 이광수 같은 신문학 개척자들이다. 그런데 발상의 전환을 이루는 것이 서구의 자연과학이다.

신소설은 바로 서구적 자연과학의 세례를 받은 세계관을 보이고 있다. 그것은 고소설과 비교해 보면 드러난다. 막연한 시공부사가 사라진 점, 과거, 현재, 미래의 시제 구분이 나타나고 있는 점, 시간의 역전적 구성이 나타나는 점에서 시간관의 전환이 있음을 알 수 있다. 막연한 공간에서 서사적 사건이 구체적 공간으로 대치된다는 점, 분석정신이 엿보인다는 점, 작가의 개성이 중요시된다는 점, 산문 문장의 리듬으로 바뀐 점, 비현실적 공간에서 일어나는 사건이 사라진 점 등을 신소설에서 지적할 수 있을 것이다. 신소설은 또 미신타파를 주제로 한 소설이 많다. 당시 많은 민중들이 주술적 세계에 살고 있는 것을 보기 때문이다. 그러나 신소설의 작가들은 대부분 체계적 신교육을 받은 사람들이 아니기 근대과학의 세계에 들어 와 있지 아니 했다. 서구의 과학은 다만 경이의 대상으로서의 과학, 이쪽 세계가 아니라 저쪽 세계의 과학, 동경의 대상으로서의 과학이었다.

반면에 이광수에게 있어서는 우리 민족이 갖추어야 할 필수적 자질로서의 과학, 근대적 생활의 수단으로서의 과학, 자주국민이 되기 위한 준비로서의 과학이었다. 그는 이학도는 아니라고 해도 동경에서의 중등교육을 통해 기초적 과학 교육을 받았고, 서구의 과학 문명이 어느 정도까지 와 있는지 잘 알고 있는 문인이었다. 때문에 그는 이미 근대의 과학적 사고방식 속에 있는 작가였다. 이 점이 신소설 작가와의 차이다.

신문학 초창기의 작가들에게는 다른 어떤 사상보다 서구에서 들어온 자연과학이 보여준 세계에 가장 큰 영향을 받았다. 당시 문예 작품의 발표지면으로 많이 활용되던 『개벽』을 보면, 서구 과학의 최근 이론이나 새로운 지식들이 많이 실려 있는 것을 볼 수 있다. 순문예지를 표방하던 『창조』 등과 같은 동인지도 새로운 과학 칼럼을 할애하고 있다. 이것은 당시의 지식인들과 문인들이 서구의 과학에 대하여 적지 않은 관심을 갖고 있음을 나타내는 것이라고 할 수 있다.

전통과 한국 근대문학

1. 서론

한 문화에서 '전통'이 문제되거나 '전통'을 깊이 생각하는 계기를 갖게 되는 것은 급격한 변화를 겪게 되거나, 그 문화의 정체성(identity)이 흔들리고 있을 때라고 할 수 있다. 한국문학도 물론 예외는 아니다. 한국문학은 근대에 와서 '전통'에 대한 논의를 세 번 크게 한 것으로 기억된다. 첫 번째가 개화기에 들어와서 서구의 신문학이 소개되기 시작할 때였다. 서구의 문학을 소개하는 데 앞장섰을 뿐 아니라, 한국의 근대문학을 개척하는 데 탁월한 공적을 세운 '신체시(新體詩)'의 선구자 최남선에 의하여 주도된 전통복귀운동을 들 수 있을 것이다. 그는 그가 경영, 편집하는 잡지 『소년』이나 『청춘』에 한국의 고전작품을 꾸준히 소개하거나 그 자신이 고시조 형식을 빌려 시조를 창작하는 일을 하였다. 두 번째가 1930년대 중반 일제의 한국 통치로 한국문학, 아니 한국문화의 정체성이 말살될 지경에 이르렀을 때였다. 《조선중앙일보》

와 《동아일보》에서 한국 고전문학의 특집을 마련하면서였다. 일제는 대동아공영권을 획책하면서 일시동인(一視同仁)을 내세우고 한국문화의 말살정책을 취할 때라고 생각된다. 곧이어 한국인의 창씨개명이 강행되었던 것이다. 세 번째는 1950년 말과 1960년대 초에 불붙은 전통 논의라고 생각된다. 6·25 전쟁으로 본의 아니게 세계 속의 한국이 되어버린 이후 미국을 비롯한 서구 문화가 물밀 듯 밀려오면서 한국문화의 정체성이 흔들리기 시작할 때였다. 이후부터는 세계 속의 한국을 의식하게 되었고, 서구의 문예사조가 지체 없이 한국에 들어와 유행이 되었던 것이다.

'전통'을 사전에서 찾아보았더니 "지난 세대에 이미 이루어져 그 후로 계통을 이루어 전하여지는 것"으로 되어 있다. 함부로 전해지는 것이 아니라 계통을 이루어 전해져야만 전통이라고 할 수 있다는 뜻이 내포되어 있다. OED에서 찾아보았더니 "The action of handing over(something material) to another; delivery, transfer(Chiefly in Law)'로 되어 있다.[1] 물질의 전수에서 출발해서 정신적인 전수로 의미로 바뀌어 간 것을 알 수 있다. 구어적인 용례를 알기 위하여 『American Heritage Dictionary』를 찾아보니 "문화의 요소들이 세대에서 세대로 전해 내려오는 것, 특별히 구술에 의하여(The passing down elements of culture from generation to generation especially by oral communication)", 혹은 "A set of such customs and usages viewed as coherent body of precedents influencing the present; followed family tradition in dress and manners"라고 되어 있다.[2] 이 정의에는

---

1 「Tradition」column, 『Oxford English Dictionary』(second edition), Oxford Clarendon press, 1994.

2 『The American Heritage of Dictionary of the English Language』, Houton Mifflin Company, 1992.

"coherent body of precedents influencing the present"이란 말이 중요하다.

엘리엇(T. S. Eliot)은 'tradition'을 말할 때 두 가지 위험이 있다고 말했다. 첫째가 'vital'한 것과 'unessential'한 것을 혼동하는 것과 'real'한 것과 'sentimental'한 것을 혼동하는 것, 둘째가 전통을 'immovable'한 것으로 생각해서 변화를 두려워하는 것이라고 말했다. 우리의 경우로 생각해 보면, 첫째 항목은 주의할 것으로 생각되나 둘째 항은 그 반대라고 생각된다. 개화기에는 완고하게 전통을 묵수했으나 일단 변화를 시작하자 간직하고 있던 모든 것은 다 폐기처분하고만 것이다. 그러나 사실은 우리 문학 속에 깊이 내장되어 있어서 버리고 싶다고 해서 버릴 수 있는 것이 아닌 것이 전통이다.[3]

문학의 전통을 말할 때 형식(form)과 내용(content)을 구분해서 말하는 것이 편리하다. 문학이 표현될 때는 이 양자가 분리할 수 없을 정도로 용해되어 나타나는 것이지만, 전통의 요소를 추적할 때는 구분하는 것이 보다 명백해진다고 생각된다. 본고에서는 형식과 내용 양 측면에서 무엇을 이어 받고 있는지 살펴보고자 한다.

2. 형식적 측면

한국문학에 있어서 근대문학으로 구분해 내는 가장 확실한 잣대는 채용한 형식의 차이에 있어서이다. 먼저 시가에 있어서는 3·4조 혹은

---

3 T. S. Eliot, 「Tradition」, 『Selected Prose』, Penguin Books, 1953, p.21.

"We are always in danger, in clinging to an old tradition, or attempting to re-establish one, of confusing vital and the unessential, the real and the sentimental. Our second is to associate tradition with the immovable; to think of it as something hostile to all change to aim to return to some previous condition which we imagine as having been capable of preservation in perpetuity, instead of aiming to stimulate the life which produced that condion in its time."

4·4조의 운율을 가진 시가에서 그 형식을 파괴한 리듬을 가진 시를 흔히 신체시(新體詩)라고 부르고 그것을 최초의 근대시라고 말하는 것이다. 이것은 매우 아이러니컬한 일이라고 말할 수밖에 없다. 있던 것을 쇄신했다든지 다른 형태로 바꾸었다든지 해야만 문학에서 전통이 성립되는 데 존재했던 것을 부정해 버리고 제멋대로의 운율로 쓰인 시를 신체시라고 말했으니 말이다. 최남선의 「海에게서 少年에게」가 바로 그러한 시다.

그러나 일견 고대 시가의 운율의 거부해버린 것, 다시 말하면 전혀 이어받은 것이 없는 것처럼 보이는 신체시 이후의 근대시와 그 이전의 시와는 운율에 있어서 전혀 무관하다고 할 수 있을까? 그렇지는 않는 것 같다. 「海에게서 少年에게」가 그처럼 충격으로 받아들여진 것은 조선조 말의 4·4조 기행가사, 그리고 개화기에 우후죽순(雨後竹筍)처럼 나타난 창가에 대하여 넌더리를 내고 있을 때 발표된 시가이기 때문이다. 율격 연구가들에 의하면 한국 전통율격이 현대시에 그대로 이어져서 훌륭한 리듬을 창출하고 있다는 것이다.[4]

흔히 7·5조 리듬이라고 해서 안서, 소월, 목월 등이 즐겨 사용해서 절창으로 남은 것을 우리는 알고 있다. 이 7·5조는 "민요적 율조", "전통적 율조"[5]로 보는 평가들이 있었으나, 한편에서는 "수입된 일본의 율조"[6]란 주장이 더 거세게 나와서 거의 정설로 인정될 지경에 이

---

4 성기옥, 『한국시가 율격의 이론』, 새문사, 1986. 이를 전제로 해서 쓰인 저술이다.

5 이병기, 백철, 『국문학전사』, 신구문화사, 1959, 313~314쪽.
조연현, 『한국현대문학사』, 성문각, 1980, 441~443쪽.

6 김안서, 「詩壇 一年」, 『開闢』 42호, 1923. 12, 43~44쪽.
주요한, 『조선문단』 창간호, 1924. 10, 63쪽.
조지훈, 「반세기의 가요문화사」, 『한국문화사서설』, 탐구당, 1964, 321쪽.
윤장근, 「개화기 시가의 율성에 관한 연구」, 『아세아연구』 39호, 1970, 18~36쪽.

르기도 했다. 한국 근대시 과정에서 보이는 7·5조 운율의 유행은 일본의 근대시 형성과정에서 보여준 7·5조의 그것과 유사하다는 점, 또 최남선, 김안서 등 초기 근대시 개척자들이 일본의 7·5조 시를 모델로 창작했다는 점, 개화기의 창가를 중심으로 일본의 7·5조가 한국에 이입되는 경위를 실증적으로 밝히는 학자가 있는 점 등이 바로 그러한 것이다. 그러나 그것은 명백한 잘못이라는 것을 성기옥은 밝혀내고 있다. 우선 "일본 시가의 율격은 음절수의 규칙성에 따라 그 율격 모형이 결정되는 음절율이지만, 우리 시가의 율격은 음보의 크기와 수의 규칙성에 따라 그 율격모형이 결정되는 음량율인 것이다."[7] 한국인의 심미감을 자극하는 어떤 요인이 없다면 수입해 왔다고 해서 그대로 수용되어 시가에 융해되어 나타날 수 없는 것이다. 자수율로 보아 유사하니까 그렇게 말했지만, 한국시는 음보율로 보아야만 그 정체를 파악할 수 있는 만큼 전통적인 율격의 하나가 당시에 호응을 받은 것임에 틀림없다. 한국의 전통적 율격 중에 "층량 3음보격"이 바로 그것이라는 것이다. 최남선이 일본의 7·5조를 수입하여 지었다는 창가 이전의 1890년에 기독교의 찬송가를 번역하면서 이 "층량 3음보격"[8]이 쓰였다는 것이다. 7·5조 리듬을 쉽사리 받아들일 수 있었던 것은 우리에게 낯설지 않고 친숙할 수 있었던 어떤 요인을 내재하고 있기 때문에 가능한 것이다. 곧 한국인의 '운율적 전통' 안에 그 리듬을 친숙하게 느낄 수 있는 요인이 내재해 있기 때문이다.

다음은 소설의 전통에 관해서 생각해 보기로 하자. 고소설과는 다른 '신소설'의 효시를 대체로 이인직의 「血의 淚」로 보고 있다. 이 소설이

---

7 성기옥, 앞의 책, 261쪽.
8 앞의 책, 274~282쪽.

'신소설'이란 이름으로 《만세보》에 1906년 발표된 뒤에 잇따라 이와 비슷한 소설들이 발표되었다. 이런 소설들은 그 전에 민간에서 유포되고 있었던 고소설과는 다른 문체로 쓰였기 때문에 신소설이라는 이름을 붙였다. 이후 10여 년간 신문이나 잡지, 혹은 딱지본으로 발표되어 적지 않은 대중들에게 읽혀졌고, 이런 소설들이 보다 세련된 근대소설로 탄생한 것이 이광수의 『무정』으로 보고 있다. 신소설 이후의 소설은 고대소설과는 다른 서구의 'novel'의 정신과 기법을 이어 받았다고 보는 것이다. 물론 이인직 자신은 서구 소설을 직접 본 것이 아니고, 일본의 소설을 본 것이다. 요컨대 일본의 중개를 통해서였다고 해도 서구의 과학 문명을 받은 세계관은 이전과 다르다고 보는 것이다. 그 세계관의 차이가 고소설과 신소설을 나누는 분기점이 된 것이다. 그러니까 신소설 이후의 소설은 가능한 한 고소설적 요소를 제거해야만 근대소설로의 면모를 갖추는 것이 되는 것이다.

이광수는 『청춘』지의 「현상소설고선여언(懸賞小說考選餘言)」에서 '시문체(時文體)'를 쓰기를 강력히 권고하였는데, 고문체에서 새로운 문체로 쓴다는 것이 매우 어렵다는 것을 말하는 것이다. 소설의 내용보다는 고문체가 아닌 새로운 구어체 문체를 사용하여 소설을 쓰는 것이 소설 당선의 지름길이었던 것이다. 알다시피 한국은 개화기를 전후하여 모든 글을 '언문일치(言文一致)'의 구어체를 쓰는 것이 큰 과제였다. 이 이전에는 고소설을 읽는 민간적인 전통이 있는 한편, 한문이 공용어였으며, 이 시기에 국한문혼용체로 바뀌어 가고 있었던 것이다. 지금도 한자로 된 어휘가 한국어의 절반을 넘고 있다. 일본도 같은 처지라고 생각된다. 이 당시는 가능한 구투의 표현과 한문 투의 표현을 벗어나는 것이 보다 근대소설적 요소를 갖추는 것이라고 생각했다.

고소설은 판소리로 된 것이 많은데, 고소설이 먼저 되고 다음에 판소리로 불렸는지 아니면 그 반대인지 아직도 의논이 분분하다. 어쨌든 18세기 말에는 '방각본'의 소설들이 팔렸고, 판소리가 민간에 크게 인기가 있었다. 이 판소리의 사설 문체가 현대소설에 재현되고 있는 것을 볼 수 있다. 판소리의 본고장이라고 할 수 있는 전라도 출신의 소설가 채만식과 강원도 출신이지만 판소리를 매우 좋아했던 김유정의 소설 속에서 판소리 문체의 전통을 뚜렷하게 느낄 수 있다.

3. 내용적 측면

최남선의 「海에게서 少年에게」나 그 무렵에 유행했던 창가들은 거의 남성적 톤으로 씩씩하게 노래 부르고 있다. 이러한 톤은 우리 고시가의 애잔한 가락과는 다르다. 그래서 개화기의 창가들이 새롭게 느껴졌을 것으로 생각된다. 우리 고시가의 절창들은 대체로 남성 화자의 노래가 아니라, 여성 화자인 경우가 많다. 행상을 나가 오래도록 돌아오지 않는 남편의 무사 안녕을 달에게 비는 백제의 노래 「정읍사」, 사랑하는 사람과의 이별을 안타까워하며 부른 고려가요 「가시리(歸乎曲)」, 임금을 사모하는 정을 여인이 남편을 이별하고 연모하는 마음에 기탁하여 쓴 정철의 「사미인곡」 등은 화자가 여성인 것이다. 모두 씩씩하게 노래한 것이 아니라, 애절한 심정으로 노래한 것이다. 김소월, 한용운, 서정주 등의 현대시 중에 절창으로 애송 받고 있는 시는 대부분 여성 화자이며 애절한 심정으로 이별한 임, 혹은 떠나가는 임에게 부르는 노래로 되어 있다.

흔히 한국의 문학을 '한(恨)의 문학'이라고 한다. 대부분의 훌륭한 작품 속에 한이 깊이 서려 있기 때문이다. 이 '한'도 여성 화자와 밀접한 연관이 있다. 남성보다는 여성의 한이 더 깊은 샘을 이루고 있기 때문이다. 한은 어느 문학에든지 서려 있기 마련이지만, 한국문학에 곰삭아 있는 한은 같은 동아시아의 일본이나 중국과는 다른 특색이 있다고 학자들은 말하고 있다. 한은 '怨', '冤', '歎', '悲哀', '情', '願', '멋' 등의 뜻을 복합적으로 내포하고 있다. 한국의 한에 대하여 깊이 연구한 바 있는 천이두 교수는 다음과 같이 말하고 있다.

> 이 말이 포괄하는 어두운 면과 밝은 면은 결코 이원대립의 양상으로 맞서는 것이 아니라 하나의 연속선상에 있는 다양한 속성일 뿐이라는 것…… 따라서 한국인이 발견한 바, 어두운 정서 속에 침잠함으로써 오히려 그것을 투사시켜 거기서 해방되는 일종의 승화장치이며, 동시에 어두운 정서 그것을 내면에서 삭이고 익혀(醱酵) 나가는 과정에서 오히려 밝은 삶의 지평을 열어 가는 윤리적 조절장치로 볼 수 있다는 것.[9]

한이 "밝은 삶의 지평을 열어가는 윤리적 조절장치"라고 말하는 것은 매우 역설적이기는 하지만, 한국인에게는 이해되는 대목이다.

한국의 대표적인 고대소설인 「심청전」이나 「춘향전」에 이 한의 정서가 잘 응축되어 있다는 것이다. 심청의 해원(解冤) 과정을 그린 것이 「심청전」이며, 춘향이라는 한 여인의 인간적 성장궤적이며 한의 전개과정을 그린 소설이라는 것이다.[10] 이런 한의 전개과정을 현대소설로 옮겨 놓은 것이 최인훈의 「광장」이며, 선우휘의 「불꽃」이다. 전자는 한국전쟁에서 포로가 된 청년이 이남도 이북도 선택할 수 없어 중립국으로 향하는 배 속에서 투신자살한다는 이야기고, 후자는 3·1 운동에서부터 6·25 전쟁까지 한 가족의 한의 전개과정을 그린 소설이다. 한국

---

9 천이두, 『한국문학과 한』, 이우출판사, 1985, 36쪽.
10 천이두, 『한의 구조 연구』, 문학과 지성사, 1993, 174쪽

의 저명한 소설가들의 걸작들은 대부분 이 한의 세계가 절묘하게 펼쳐
져 있다. 김동리의「무녀도」,「역마」,「황토기」, 황순원의「독짓는 늙은
이」,「카인의 후예」,「나무들 비탈에 서다」,「日月」 등은 모두 한국인의
한의 세계를 펼쳐 보인 작품들이다.

한국문학에서 자주 나타나는 '임'이란 말을 다른 나라 말로 옮길 때
과연 정확한 뜻을 전달할 수 있을지 의문이 든다. 그만큼 '임'이라는
말은 복합적인 뜻을 지니고 있기 때문이다. 쓰이는 콘텍스트에 따라
또 각기 뜻을 달리하기도 한다. 한국의 고전 시가에는 애타는 심정으
로 임에게 호소하는 시가들이 많다. 그리고 그 임은 떠나가는 임이거
나 이미 떠나가 버린 임이다. 현존하는 임이 아니라, 부재하는 임이며,
이별할 수밖에 없는 임이며, 돌아오기를 안타깝게 기다리는 임이다.
그 임과 나 사이에는 메울 수 없는 공간이 있다. 그러나 서구의 연시들
은 대체로 현존하는 연인에게 바치는 노래로 되어 있다. 그리고 연시
의 대상은 이성의 연인으로 분명하게 드러나 있다. 연시의 절창으로
알려진 마벨(Andrew Marvell)의「그의 수줍은 정부에게(To His Coy
Mistress)」나 셸리(Shelley)의「인디언 세레나데(The Indians Serenade)」와 비
교해 보아도 그 점은 명백하게 드러난다. 물론 이들의 시가 서양 연시
를 대표한다고는 할 수 없지만, 희랍 로마의 연시에서 내려오는 연시의
전통은 현존하는 연인에게 바치는 형태다. 이와는 달리 한국의 연시는
떠나가는 임을 노래하면서 정한을 품는 시라고 할 수 있다.「가시리」,
「사미인곡」 등에서 보이는 이별의 정한은 현대시, 곧 김소월의「진달
래꽃」, 한용운의「님의 침묵」 등에도 그대로 이어져서 나타나고 있다.

현존하는 임을 감동시킬 수 있는 것은 뜨거운 정열이지만, 떠나간
임을 감동시킬 수 있는 힘은 인내와 기다림이다. 따라서 한국문학은
기다림의 미학이 절묘하게 표현된 작품이 많다. 신라의 향가에서부터

고려가요, 조선조의 가사, 시조 등 많은 흘륭한 작품에서 나타나고 있다. AD 9세기경에 지어진 것으로 추정된 「처용가」도 인내와 기다림이 그 주제다. 「가시리」 역시 떠나가는 임을 안타깝게 바라보면서 부르는 노래다. 잡으면 떠나가지 않을지도 모르는 임이지만, 잡지 못하고 임이 돌아오기만을 참고 기다리겠다는 것이다. 유명한 정철의 「사미인곡」, 「속미인곡」에서도 인내와 기다림의 미학이 잘 나타나 있다. 한국 현대시에서도 임은 여러 모습으로 나타나지만 참고 기다리는 그 전통의 미학은 그대로 이어져 오고 있다. 이 인내와 기다림의 미학에 대해서는 이전에 「Aesthetics of Perseverance and Waiting: A Korean Cultural Memory」라는 제목으로 발표한 바 있으므로 참고하기 바란다.[11]

4. 결론

한국의 정체성이 흔들릴 때마다 전통에 대한 문제를 제기하는 계기가 되었다는 점을 서론에서 말한 바 있지만, 이제는 '한국문학 속의 어떤 요소들이 세계문학에 기여할 수 있는가'라는 점에서 한국의 전통을 생각해 보아야 할 시기에 온 것 같다. 엘리엇은 "어떠한 예술가도 그 자신만으로 완전한 의미를 지닐 수 없다(No poet, no artist of any art, has his complete meaning alone)"고 말했는데, 그는 이 말을 어떤 시인이든지 과거와 연관하여 평가하지 안 된다는 것, 나아가 시인은 역사적 감각(historical sense)을 지녀야 할 것을 강조하는 의미에서 말한 것이지만, 불행히도 그의 관념 속에는 동양이 빠져 있다는 것을 느낀다. 동양의 제국은 서구적 의미에서의 근대문학은 확실히 늦게 출발한 것이 사실이

---

11 2001 KCLA International Conference 12~13 October 2001, at Ewha Womans University.

다. 그러나 인간의 값진 삶이 형상화된 문학의 자원은 어떤 형태로든 오랜 세월 동안 지속적으로 간직하고 있다. 그것을 캐어보고, 다시 음미해보는 것은 값진 일이라고 하지 않을 수 없다. 그렇게 생각함으로써 세계문학에도 기여할 수 있다고 생각한다. 그런 의미에서 한국의 전통은 어떤 것이며, 그것이 한국 현대문학에는 어떻게 재생되어 나타나고 있는가를 소략하게 살펴 본 것이다.

한국 현대소설에 있어서 언어의 문제

1. 서론

　문학은 어떻게 말하든 언어를 통한 문제이며, 언어로서의 문제이며, 언어 안에서의 문제라고 할 수 있다. 따라서 언어를 깊이 통찰하지 않고서는 문학을 제대로 이해했다고 말할 수 없을 것이다. 문학의 한 장르인 소설 역시 같은 운명을 갖고 있다. 그러나 문학에 있어서 언어의 문제를 깊이 생각하게 된 것은 양의 동서를 막론하고 금세기에 들어와서이다. 그것은 아마도 언어 그 자체에 대한 인간의 관심이 비교적 근대에 와서야 고조되었다는 점도 있지만, 언어와 문학은 너무나 밀착되어 있어서 둘의 기능을 구별하기가 어려웠던 점도 그 이유가 될 것이다. 특히, 소설은 문학의 다른 어떤 장르보다 이 점이 더욱 심한 편이다.

　20세기에 와서 문학비평의 흐름을 크게 바꾸어 놓은 미국의 신비평이나 프랑스의 구조주의 비평, 그리고 러시아의 포멀리즘은 모두 문학의 언어에 깊은 관심을 보인 비평들이다. 그것은 언어 그 자체에 대한 본격적 연구가 20세기 초에나 와서 시작되었다는 점, 최근의 비평들이 모두 언어학에 있어서 획기적인 명저 소쉬르의 『일반언어학』에 직접 혹은 간접으로 영향을 받아 이루어졌다는 것은 결코 우연한 일이 아니다.

서구에서는 대체로 근대소설의 비조(鼻祖)를 1605년에 나온 세르반테스의 『돈키호테』로 잡고 있다. Novel이라는 이름도 이 소설을 모방해서 창작한 영국의 다니엘 데포, 사무엘 리처드슨, 필딩 등의 소설을 향해서 불렀다. 이 소설들은 그 혈통을 따져서 로망스와 피카레스크 이야기의 혼혈이라고 말한다. 로망스의 전신은 신화이다. 신화는 의식(ritual)에서 출발했다는 것이 상식이다. 따라서 신화—로망스로 이어지는 계통은 인간이라기보다 신과 가까운 말이라고 할 수 있다. 프라이가 말하는 상위모방(high mimetic)의 문학형태 이전의 것이라고 할 수 있다. 천상을 향한 숭고한 말, 고상한 말을 지향함에 비하여, 피카레스크 이야기는 속악한 현실의 말이다. 신을 향한 말은 지상을 비껴간 말임에 비하여, 속악한 현실의 말, 부랑자들이 쓰는 말은 너무 천박하여 일상에서 쓰기를 기피하게 된다. 이 두 세계의 말이 만난 것이 근대소설, 곧 Novel의 말이다. 비로소 이 지상의 보통 인간이 쓰는 말에 돌아온 것이다.

한국도 이와는 좀 다른 의미에서이지만 일반 백성들이 쓰는 말에 돌아온 문학의 시작과 소설이 같은 자리를 하고 있다는 것이다. 조선조는 유교국이고, 유교는 무신론에 기초해 있다고 볼 수 있다. 따라서 절대 신은 있을 수 없고, 있다고 해도 변방으로 쫓겨나 있다. 신에게 드리는 의식에서 문학의 언어가 출발했다고는 보기 어렵다. 대신에 사회 계층에 의하여 문학의 기능을 수행하는 언어가 달랐다. 사대부에게 있어서 문학적 기능을 수행하는 언어는 한문이고, 국문은 서민이나 아녀자들이 사용한 문자였으며, 비록 당시는 감히 문학으로 대우 받을 처지는 아니었으나 국문으로 기록된 언어단이 문학적 기능을 수행한 셈이 된다. 소설(신소설)이 탄생한 시기는 사대부 계층과 서민 계층의 문학 언어가 합류되는 시기라고 할 수 있다. 그것이 곧 개화기다.

바흐친은 소설의 언어에 대하여 이렇게 말한 바 있다. "다른 장르를 연구하는 것은 죽은 언어를 연구하는 것과 같지만, 소설을 연구하는 것은 살아 있을 뿐 아니라, 아직도 젊은 언어를 연구하는 것과 같다."[1] 물론 여기서 다른 장르라는 것은 비극이나 서사시 등을 염두에 두고 하는 말이지만, 다른 말로 하면 근대소설은 민중이 쓰고 있는 언어에 근거하고 있기 때문에 살아 있는 말이라고 할 수 있다. 이런 의미에서 소설과 언어의 문제를 조명해 보는 일은 이 시대의 살아 있는 문학의 언어를 조명해 보는 일이다. 그것은 또한 비단 소설뿐 아니라, 우리 문학이 나아가야 할 비전을 검토해 보는 일이기도 하다.

소설과 언어의 문제를 점검해 보는 일은 우선 크게 두 가지 방향으로 생각해 볼 수 있다. 통시적 측면과 공시적인 측면이 그것이다. 통시적인 측면은 우리 민족이 갖고 있던 전통적인 '이야기', 곧 신화나 설화에서 근대소설로 변신, 탄생할 때 어떤 언어적 변환의 모습을 겪고 있는가의 문제이고, 공시적인 측면은 소설 언어의 장르적 특성, 소설에 쓰인 언어에 대한 외국어의 영향, 지역 언어의 소설에서의 역할, 소설 언어의 젠더적 조명 등이 문제될 것이다. 문학에서 가장 중요한 소설과 개성적 언어의 문제도 여기에 포함되리라고 생각된다.

본서에서는 소설과 언어에 관한 이러한 제 문제들이 우리의 근대 혹

---

1 M. M. Bakhtin, Michael Hoffman and Patrick Murphy, ed.,「Epic and Novel: Toward a Mythology for the Study of the Novel」,『Essentials of the Theory of Fiction』, Duke University Press, 1990, p.50.

은 현대소설에서는 어떻게 작용했으며, 어떤 문제들을 불러일으키고 있는가를 거시적 관점에서 점검해 보기로 한다.

2. 통시적 측면에서의 문제

설화적인 형태의 '이야기'에서 근대소설의 형태로 전환되면서 보여주는 언어의 변화는 가히 혁명적이라고 할 수 있다. 1906년에 나타난 이인직의 「혈의 누」와 그 이전의 '이야기', 이른바 고소설과의 비교에서 드러나고 있는데, 이는 세계관의 차이에서 보인 언어의 사용이다.

이에 앞서 이 전환기에 있어서 표기수단을 알아볼 필요가 있다. 우리가 흔히 개화기문학이라고 부르는 것은 1894년의 갑오경장으로부터 1917년 이광수의 『무정』이 출현하기까지의 20여 년으로 잡는 것이 편리하다. 이 시기의 공용 문자 수단은 세 가지가 동시에 쓰이고 있었다. 한문체, 국한문혼용체, 국문체가 그것이다. 1906년 발간의 《만세보》에 보면 같은 신문에 다른 표기수단의 글이 동시에 실리고 있다는 사실이 극명히 그 점을 나타내고 있다.[2] 이것은 무엇을 말하느냐 하면, 이전에도 국문 표기의 글이 있기는 했지만 공준의 표기수단이 한문체에서 국문체로 전환하는 과정에 있다는 의미다. 이는 물론 서구의 근대문화가 직접 혹은 간접으로 우리 문화에 충격을 주면서 일으킨 변화라고 할 수 있다. 그것은 표기수단의 전환으로 드러나고 있지만, 또한 세계관의 변화가 그 언어 속에 담겨 있는 것이다. 따라서 고소설과 신소설은 같은 국문으로 표기되어 있다고 하더라도 그 양자 사이에는 엄청난 차이의 세계관을 노정하고 있다.

2 김상태, 「개화기의 문체」, 『한국현대문학론』, 평민사, 1994, 224~229쪽.

필자는 이언 와트의 이론을 빌어 고소설과 신소설 간에 보인 언어의 차이점을 지적한 바 있다. 고소설과는 다른 신소설의 언어 속에서 1)개별적인 체험을 중시하는 것, 2)보편적 진리보다는 특수한 사실을 중시하는 것, 3)인물의 개별성을 드러내는 것, 4)시간관의 전환을 나타내는 것, 5)공간관의 전환을 나타내는 것, 6)신빙성이 있는 기술(記述)을 중시하는 것, 7)원근법적인 시점으로의 전환, 8)분석적 사고의 심화 등을 지적하였다.[3] 이것을 신소설에서 구체적으로 찾아보면, 1)도입어, 화두사, 시공부사 등이 사라지고 있다는 것, 2)인물과 서술자의 말을 구별하려는 점, 3)획일적인 표현의 말을 자제하고 있는 점, 4)직함 대신에 인물의 성명을 쓰는 점, 5)시제의 구분을 하고 있는 점, 6)분절적인 문장을 쓰고 있는 점, 7)율문적 문장에서 산문적 문장으로 전환하고 있는 점, 8)신문명을 나타내는 새로운 어휘들이 보이는 점 등이다.[4]

그러나 고소설의 언어와 신소설의 언어는 구체적으로 어떤 점에서 다른가를 고찰할 필요가 있다. 필자는 『혈의 누』에 한정하여 살펴본 바 있지만, 이후 상당한 양의 신소설이 발표되었다는 것을 생각할 때, 보다 광범위한 자료를 통해 고소설과 신소설의 언어적 차이를 규명해야 할 것으로 생각된다. 우선 새로운 어휘의 출현에 주목해야 할 것이며, 표현 구문의 변화는 어떻게 이루어지고 있는가를 살펴보아야 할 것이다.

신소설의 언어는 새로운 발상을 담고 있기는 하지만, 아직도 소설 문장으로서 정립되어 있지는 못했다. 바로 그 때문에 적지 않은 양의 신소설을 가지고 있음에도 불구하고 우리는 선뜻 고전으로 남을 만한

---

3 Ian Watt, 『*The Rise of the Novel*』, University of California Press, 1957, pp.13~29.
　김상태, 『문체의 이론과 해석』, 집문당, 1982, 167~189쪽.
4 위의 책, 157~164쪽.

작품을 찾지 못하고 있다. 이 점에 있어서 소설이 작품성을 가지려면 무엇보다 언어가 그 선결과제라는 것을 절감한다. 그 많은 작품 양에도 불구하고 한 편의 걸작도 남기지 못한 것을 우리는 두 가지 점에서 생각해 보아야 할 것이다. 그 하나가 국문 문체가 전 국민의 공준의 표기수단으로서 만족할 만한 수준에 이르지 못했다는 것이고, 다른 하나는 사회적 혹은 문학적 엘리트들의 전반적이고 적극적인 참여가 이루어지지 못했다는 점이다. 당시의 엘리트들은 아직도 유생들이라고 할 수 있다.

그런 점에서 1917년에 발표된 이광수의 장편소설 『무정』은 국문 소설 문체에서 한 획을 그었다고 말할 수 있다. 이 소설을 기점으로 하여 우리의 소설 문체가 국문 표기로서의 정위치를 차지할 수 있었고, 문학적 엘리트들도 유생에서 신교육을 받은 학생 출신으로 옮겨 간 것이다. 그러나 아직도 작가와 독자 간에 같은 문체를 쓰는 완전한 공감대를 구축하지는 못했던 것이다. 1918년 『청춘』에 실린 이광수의 「현상소설고선여언」에서 우리는 그것을 확인할 수 있다. 이광수는 소설 투고자들이 아직도 국한문혼용체를 쓰고 있음을 개탄하면서 "時文體", 곧 일상의 국문체를 쓸 것을 강력히 권고하고 있다.[5]

1920년대의 우리 소설은 이언 와트가 말하는 이른바 '형식적 실사주의(formal realism)'의 완성을 위하여 노력하던 시기라고 생각된다. 김동인의 「약한 자의 슬픔」이 1919년에 발표되기는 했으나, 1920년대 들어와서야 비로소 작가와 독자가 같은 문체를 쓰는 공간에 들어갔다. 우선 독자층의 주도세력이 근대소설로 옮겨 갔을 뿐 아니라, 근대소설 작가도 수적 증가한 것이다. 그러나 그 때까지도 국문소설의 일반적인

---

5 이광수, 「懸賞小說考選餘言」, 『靑春』 12호, 1918. 3.

문체가 완전하게 확립된 것은 아니다. 소설 미학적 관점에서도 크게 미흡한 수준이었다. 당시의 작가들이 우리말의 평범한 표현에 있어서도 얼마나 고심하고 있었는가를 볼 수 있다. 자주 나타나고 있는 구투의 어법, 일관성 없는 문장의 시제, 어색한 인칭대명사, 논리적으로나 문법적으로 정리되지 못한 구문 등에서 역력하게 드러난다.

김동인은 「근대소설고」와 「문단 삼십년의 자취」 등에서 한국 근대소설의 문체를 확립한 공로는 바로 자기라고 역설하고 있다. 내세운 그 근거를 요약하면 이렇다. 1)춘원의 소설에서 아직도 발견되는 "-이더라", "-이라" 등의 구투의 종지를 청산하였다는 점, 2)"-하는데", "-한다" 등의 현재 시제를 과거 시제로 쓴 점, 3)영어의 삼인칭 단수에 해당하는 "he"나 "she"에 해당하는 말을 "그"로 확정해서 쓴 점, 4)그때까지 소설 문장에서 잘 쓰지 않았던 갈, "느꼈다", "깨달았다", "틀림없다" 등을 소설 문장으로 보편화시켰다는 점 등이다. 이를 "허위실적서(虛僞實績書)"라고 주장하는 비평가도 있지만,[6] 동인이 주장하는 바를 그대로는 수용할 수 없다고 하더라도 당시 우리 소설 문장의 정립을 위해서 얼마나 고심하고 있었던가는 충분히 증명된다. 이광수의 소설에서 빈용(頻用)되고 있는 현재 종지의 문장은 "현대인의 날카로운 심리"를 표현할 수 없다고 주장하고, 그는 과감하게 "과거 종지"를 썼다고 말하고 있지만, 우리는 그의 소설에서 현재 종지가 수없이 쓰이고 있는 것을 볼 수 있다. 서구어와는 달리 우리말의 특성상 일률적으로 과거 시제를 쓸 수 없다는 것을 그는 간과한 것이다. 그러나 소설 문장의 시제에 대한 자각은 어떤 작가보다 빨랐다는 것은 인정하지 않을 수 없다. 당시의 작가 모두 우리말의 소설 문장 표현을 위하여 나름

---

6 김우종, 『한국현대소설사』, 선명문화사, 1968, 115~122쪽.

대로 고심하였던 것임에 틀림없다.

1930년대의 소설은 1920년대에 이룩한 "형식적 실사주의"를 기반으로 하여 소설의 미학을 구축하였다. 이상, 박태원 등 소설의 언어를 새롭게 실험해 본 것이라든지, 이효석, 이태준, 김유정 등의 서정성이 짙은 작품을 통해 방언과 고유 어휘를 소설의 언어로 발굴하는 것이라든지, 채만식과 같이 판소리의 사설을 소설의 언어로 활용한다든지 하는 것이 가능했던 것이다. 우리가 근대소설과 현대소설을 구분한다면 1930년대로 잡아야 할 이유도 여기에 있는 것이다. 근래에 들어 이 방면의 연구가 소장학자들에 의해 활발하게 진행되고 있으나 아직도 태부족이라고 생각된다.

1940년대 전반은 일제의 강압에 의하여 우리말 문학이 거의 실종되는 시기라고 할 수 있다. 일본어로 쓰인 작품은 모조리 친일작품으로 간주되어 우리 문학에서 완전히 제외시키는 것이 상례라고 할 수 있다. 최근에 와서 몇몇 소장학자들에 의하여 그 작품의 내용이 검토되고 있다. 내용이 반민족적이지 않다면, 그리고 작품이 우수하다면 우리 문학의 영역에서 반드시 추방해 버릴 이유는 없지 않을까 하는 생각이다. 후반기는 이른바 해방기의 문학이다. 좌우익 이념적 언어가 공존하는 시기의 문학이다. 이 두 진영의 소설 언어가 어떻게 구별되며, 그것은 그들의 소설에서 어떤 기능을 수행하고 있는가를 연구할 필요가 있을 것이다.

1950년대는 동족상잔의 6·25 남북전쟁이 한반도를 휩쓸고 간 시대라고 할 수 있다. 이로 인한 영향은 여러 가지 점에서 나타나고 있다. 첫째, 지역에 한정되어 있던 방언이 민족의 유례없는 이동으로 지역성을 어느 정도 벗어나게 된 점, 이로 인해 타 지역 주민의 언어 사용에도 적지 않은 영향을 미쳤다는 사실이다. 어떤 방언은 전국적으로 보편화되어 마치 표준어처럼 사용된 예도 있다. 이것은 방언끼리의 위화감을 줄이는 효과를 가져 오기도 하였지만, 그 방언을 통하여 그 지역 특유의 정서를 살려 내는데 공헌한 말도 있다. 둘째, 군인이 쓰는 언어가 일반인들에게 보급되어 평상의 언어 속에 많이 끼어 들어온 경우가 많았다. 특히 미국 GI의 언어가 우리말의 어휘 속에 상당수 들어오게 된 사실이다. 전쟁을 소재로 한 전후문학의 작가들의 소설 속에 이런 어휘들을 특히 많이 발견하게 된다. 김성한, 송병수, 선우휘, 강용준, 오상원 등의 작가들이 그들이다. 셋째, 서구어, 특히 영어가 우리 언어에 끼친 영향을 꼽지 않을 수 없다. 영어는 개화 이후 줄기차게 우리 언어에 큰 영향을 주어 왔지만, 6·25 전쟁 때 만큼 현실적 욕구로 일반 민중에게 깊이 파고든 예는 드물다.[7] 이후 현재까지 조금도 그 영향력이 조금도 줄어들지 않고 있다. 우선 우리말의 어휘에 엄청나게 편입되어 있고, 어법에도 큰 영향을 주고 있다.

서구어의 어휘가 일반인들의 일상어에 많이 들어와 있을 뿐 아니라, 우리말의 활용구문에도 많은 변화를 유도하고 있다. 예를 들면, 우리 말에는 일반조사끼리의 결합을 기피하는 데도 불구하고 서구어의 영향으로 결합시켜 쓰는 경우가 흔하게 되었다. "무도에의 수첩", "교사로서의 임무" 등이 그러한 예다.

1960년대 이후에 등단하는 작가들은 대체로 한글세대의 작가들이다. 이전의 작가들, 곧 초중등학교 교육을 일제 하에서 받은 작가들과의 사이에는 분명히 소설 언어의 운용에 어떤 차이가 있을 것으로 생각된다. 대체로 보아 어려운 한자 어휘가 줄어드는 대신에 쉬운 우리말이 사용되고 있음을 볼 수 있다. 또 이전보다 자연스러운 우리말 표

---

7 김상태, 「1950년대 소설의 문체」, 『한국의 전후문학』, 한국현대문학회, 1991, 44~52쪽.

한국 현대소설에 있어서 언어의 문제

현이나, 젊은 세대들에게서 흔히 사용되는 말이 사용되고 있음은 알 수 있다. 최인훈, 서정인, 김승옥, 홍성원, 이청준, 박상륭, 김문수, 김원일, 방영웅, 최인호 등의 작품에서 그러한 증거를 찾을 수 있다.

1970년대 소설은 독자 대중과의 관계에서 조명해 보아야 할 것이다. 이 시기부터 문학성을 가진 소설들이 일반 독자들에게도 호소력을 가지기 시작했다고 생각된다. 이른바 베스트셀러의 소설이 문학적 평가에 있어서도 결코 소홀히 다룰 수 없는 시기에 온 것이다. 이것은 독자와의 관계에서 문학적 언어의 공유 영역이 확대되었다는 것을 의미한다. 또 70년대는 텔레비전이 각 가정에 일반화되면서 50년대부터 시작한 방언의 전국화가 가속화되기 시작했다. 지금까지 대체로 문예지만으로서 문학적 성과가 평가되던 예를 벗어나 전작 장편소설이 대중의 힘을 입어 문학적으로도 평가되는 경우를 만들기도 했다. 또 텔레비전에서 문학작품을 영상화함으로서 문학작품의 대중화에도 큰 영향을 끼쳤다. 이 시기는 일반 대중의 언어들이 문학적으로 어떻게 형상화되고 있는가를 조사해 볼 필요가 있다. 또 하나 생각해 볼 것은 이때부터 한국은 산업사회로 전환하기 시작한다고 볼 수 있는데, 산업 현장의 언어가 얼마나 소설 속에 침투되어 있는가를 조사해 보는 것도 흥미있는 일이다.

80년대 소설 언어에 대한 영향은 두 곳에서 왔다. 이른바 오렌지족으로 대변되는 향락 신세대들의 언어와 운동권 학생들의 언어가 그것이다. 전자는 작가들이 소재를 취함에 있어서 그 언어를 원용함에 의하여 이루어진 것임에 비하여, 후자는 운동권 학생들과 밀착되어 작가들의 언어가 운동권 학생들의 전투적인 어휘나 어법과 유사하다는 점이다.

90년대는 컴퓨터와의 관계에서 생각해 볼 만하다. 우선 많은 작가들이 이전에 원고지에 썼던 때와는 달리 컴퓨터로 작업을 하고 있는데, 이는 원고지로 쓸 때와는 언어적으로 어떤 차이가 있는지가 그 하나이고, 다른 하나는 컴퓨터 통신으로 띄워 비스트셀러가 된 작품과 이전과 같이 문예지나 잡지에 연재하여 출간한 소설과는 어떤 언어적 차이를 보이고 있는지 한 번 생각해 볼만한 문제이다.

지난 한 세기 동안 우리는 참으로 빠른 템포토 생활과 문화에 있어서 변화를 겪었다. 서구 제국이 문화를 보다 넓게 공유하면서 자국의 문화적 아이덴티티를 꾀해 온 데 비하여, 우리네는 이질 문화에 대해서는 빗장을 걸어 잠그고 생활을 영위해 온 것이 사실이다. 다만 중국의 문화만을 받아들이고 있었으나 문화의 공유라기보다 거의 일방적인 수용이라고 해도 과언이 아니었다. 거화 이래 서구 문화가 들어오면서 우리의 생활과 문화에 큰 충격이 가해졌고, 그로 인한 변화의 속도는 엄청났다고 볼 수 있다. 그것은 그대로 우리들의 언어에도 반영되고 있다고 볼 수 있다. 그러나 그 속도가 너무 빨라 언어가 그 생활과 문화를 표현하기에 역부족일 때 문학의 걸작은 기대할 수 없다. 신소설 시대가 그 대표적인 예에 속하며, 그 이후 양자 사이의 갭을 계속 좁혀 왔다. 지금도 계속 중이지만, 이제는 양자가 조우(遭遇)하고 있는 시점에 온 것이 아닌가 생각한다. 그러니까 문학의 수준은 작품에 쓰이고 있는 그 언어를 면밀히 관찰하면 알 수 있다고 생각한다.

3. 공시적 측면에서의 문제

소설의 언어를 공시적 측면에서 관찰한다는 것은 소설에서 쓰이고 있는 언어의 여러 가지 면모를 살펴보는 일이다. 곧 소설 언어의 장르적 특성을 가지고 있는가? 방언은 소설에서 어떤 기능을 수행하는가?

소설의 언어 역시 현실 사회의 언어를 그대로 반영하는 것이므로 이 시대의 소설 언어는 어떤 모습인가? 특히 외국 언어의 영향으로 우리가 흔히 쓰고 있는 외래어 내지 외국어는 어떤 모습인가? 소설 언어의 젠더적 특성은 무엇인가? 페미니즘 관점은 소설에 쓰인 여성의 언어를 어떤 시각으로 보고 있는가, 등이 소설 언어의 문제로 제기될 수 있을 것이다.

1) 장르에서의 언어

소설에 쓰인 언어만큼 그 장르적 특성을 규정하기가 어려운 것도 없을 것이다. 왜냐하면 모든 장르의 글이 소설 속에 다 쓰이고 있기 때문이다. 시, 수필, 희곡, 평론 등의 언어가 거의 그대로 쓰이고 있다. 소설에서는 어떤 장르의 언어도 다 쓰이고 있는 것이 특성이라고 할 수 있을지 모른다. 다른 말로 하면 소설은 다른 장르의 언어를 두루 수용할 수 있지만, 그 역은 성립되지 않는다.

바흐친은 소설이 다른 장르와 구분되는 특성으로 1)소설 속에 실현된 다언어적 의식과 연관되어 있는 3차원적, 2)문학적 이미지의 시간 좌표 속에 나타나는 급격한 변화, 3)문학적 이미지를 구성하는 소설에 의하여 열려진 새로운 구역, 특히, 열린 결말에서 현재(공시적인 리얼리티)와 최대한으로 접촉하는 새로운 구역이라고 지적하고 있다. 이것은 모두 세계가 다언어적(polyglot)이 되면서 이루어진 변화라는 것이다. "이러한 소설의 세 가지 특성은 모두 유기적으로 연관되어 있고, 유럽 문명의 역사에서 특수한 단절에 의하여 모두 강력하게 영향을 받았기 때문"이라는 것이다. 곧 "사회적으로 격리되어 있고, 문화적으로 귀를 기울이지 않는 반(半)가부장적인 사회에서부터 탈출하여 국제적, 혹은 국제적 언어의 접촉과 국제적 관계로 진입"하였다는 것을 의미한다는 것이다. 다언어적인 현상은 고대에서도 존재했지만, 문학적 창작에 있어서는 중요한 요소가 되지 못했던 것이 사실이다.

> 새로운 문화적 창작적 意識은 다언어적 세계에서 살고 있다. 그 세계는 철저하게 다언어적 세계가 되어 뒤돌릴 수는 없는 것이다. 공존했지만 서로 문을 닫고 귀를 기울이지 않았던 국민 언어의 시대는 끝장이 난 것이다. 언어들은 서로에게 영향을 주고 영향을 받는다: 한 언어는 결국 다른 언어 관점에서만 그 자체를 볼 수 있다. 주어진 국민적 언어 속에서의 순박하고 고지식한 언어들의 공존은 역시 끝장이 났다. 그것은 곧 영토적 방언, 사회적 직업적 전문술어, 문학 언어, 문학 언어 속에서의 장르적 언어, 언어의 시기 구분 등의 평화적 공존은 더 이상 없게 되었다.[8]

언어들은 상호 조명하기 때문에 상호 영향을 받으며, 인과 관계를 만들면서 변한다는 것이다. 이와 같은 "활성화된 다언어적 세계에서는" 이전의 서사시에서와는 전혀 다르게 "언어와 대상 간에 완전히 새로운 관계가 수립된다."고 한다. 소설은 "다언어의 내면화와 외면화의 강렬한 실현이 최고조에 달했을 따" 출현했다고 한다. 따라서 "소설은 언어적, 문체적 차원에서 문학을 발전시키고 쇄신하는 과정에서 주도권을 행사할 수 있게 되었다"는 것이다.

소설은 어떤 장르의 언어도 다 수용할 수 있다. 형식적 실사성이 어느 정도 이루어졌을 때, 이효석에 의하여 이루어낸 시적 분위기의 소설이 비록 반산문주의로 비판을 받았지만, 「메밀꽃 필 무렵」은 역시 걸작으로 남아 있다. 수필과 다름없이 보이는 이상의 소설 역시 그 시대의 소설 언어의 전위적 실험으로 그 공적을 인정해야 할 것이다. 현금도 이 원칙은 변함이 없다. 소설의 가장 중요한 요소로 간주되었던 '이

---

8 M. M. Bakhtin, 앞의 책, p.57.

야기(story)'가 제거되더라도 역시 소설의 장르에서 추방되지 않는 이유도 소설 언어의 포용성 때문일 것이다. 이인성이나 최수철의 소설이 아직도 소설적 장르 안에 머물러 평가받고 있는 이유도 같다고 할 수 있다. 이 포용성이 어느 정도 가능하며, 어떤 장르적, 실험적 유형의 언어들이 존재하는가 하는 것은 앞으로 연구해 볼 만한 가치가 있다.

2) 방언의 문제

대중매체의 발달로 언어 사용의 지역적 차이가 현저히 줄어진 것만은 사실이지만, 아직도 방언의 사용은 엄존한다. 작가의 언어 사용은 그가 성장한 지역과 밀접한 연관을 갖고 있다. 초등학교부터 표준어로 학습하기 때문에 대체로 표준어로 글을 쓰기는 하지만, 섬세하게 관찰하면 그의 글이 지역 방언과의 관계를 규명할 수 있을 것으로 생각된다. 이것은 글의 의미 못지않게 글의 리듬감을 중요하게 생각하는 작가에게 방언의 억양이 중요한 작용을 할 수 있다. 또 표준어이긴 하지만 그 지방에서 애용하는 어휘를 확인할 수 있을 것이다.

작가의 성장시 가족적, 계급적, 문화적 배경을 조사해서 작가의 언어적 특성을 밝힐 수 있을 것으로 생각한다. 이것은 개성과 연관되어 있을 수 있으나, 개성보다는 넓은 범위라고 생각된다.

또 하나 중요한 것은 소설 속에 등장하는 인물의 방언 사용이다. 박경리의 『토지』나 조정래의 『태백산맥』 등은 소설에 등장하는 인물의 경상도나 전라도 방언이 독자들에게 강렬한 호소력을 지니지 않았다면 그 문학적 성과를 기대하기 어려울 것으로 생각된다. 소설에서 인물의 방언 사용을 최초로 한 작가로 김동인으로 꼽고 있지만[9], 리얼리

---

9 김우종, 『한국현대소설사』, 선명문화사, 1968, 124쪽.

즘 소설의 생동성(vigour)과 리얼리티를 드러내는 데 있어서 가장 두드러진 효과는 역시 방언의 사용이다. 채만식의 『탁류』, 안수길의 『북간도』 등의 작품에서 쓰이고 있는 방언의 사용은 이 작품의 성과에 큰 공헌을 하고 있음을 알 수 있다.

3) 외래 언어의 영향 문제

앞서도 잠깐 지적한 바 있지만, 우리의 소설 언어를 살펴보면 그야말로 바흐친이 말하는 다언어적(polyglot) 세계의 문학임을 실감한다. 새로운 외래어휘들이 수없이 들어와 사용되고 있을 뿐 아니라, 일본어, 서구어, 특히 영어적 표현의 영향을 받아서 써진 문장들이 많다. 이런 문장들은 우리말의 통사적 측면에도 크게 영향을 받은 것으로 볼 수 있다.

먼저 어휘적인 측면에서 살펴보면 일본 어휘들이 들어와 거의 우리말처럼 쓰인 예를 얼마든지 볼 수 있다. 한때 일본 어휘들이 우리말에 너무나 침투되어 있어 국어 순화 차원에서 우리말 대치 운동을 범국민적으로 벌였던 일도 있다. '우동'을 '가락국수'로, '게다'를 '왜 나막신'으로 '구찌베니[口紅]'를 '입술연지'로, '구찌기레[口切]'를 '입술감'으로, '나마가시[生菓子]'를 '생과자'로, '나미게이'를 '물결줄'로, '다데구미[縱組]'를 '내리짜기'로, '나까오리[中折]'를 '중절모'로, '벤또'를 '도시락', '가마보꼬[蒲鉾]'를 '생선묵'으로 바꾼 것 등이 그러한 예다. 그러나 일부 성공한 경우도 있지만, 그렇지 못한 경우도 있다. 특히 직업적 전문용어는 거의 성공을 거둘 수 없었다. 그러나 문명의 진전에 따라 어쩔 수 없이 저절로 없어진 예도 얼마든지 있다. 그 한 예로 인쇄용어를 들 수 있다. 식자공이 있던 시절은 거의 일본어로 된 용어가 그대로 쓰이고 있었으나, 인쇄가 컴퓨터에 의해 대치되자 그 용어를 쓰는 사람은 거의 사라져 버렸다.

그러나 어떤 일본 어휘들은 완전히 우리말화하여 그 말이 일본어에서 유래되었다는 사실조차 잊어버리고 있는 예도 있다. 가령, '가마' (釜, カマ), '가마니'(←〈カマス〉), '가방'(カバン←夾板 ka-pan -중국어), '고리'(コウリ), 고구마(コウコウイモ), '노가다'(←ドカダ), '구두'(←クツ), '라사'(羅絲 ラシヤ← raxa-포르트갈어) 등이 그러한 예라고 할 수 있다.

영어가 일본으로 들어와 일본식 발음으로 쓰이던 말 중에서 영어가 우리 생활에 크게 침투함으로써 일본식 영어 어휘가 다시 영어 원발음에 가깝게 발음되거나 표기되는 예도 얼마든지 볼 수 있다.

> 갸라멜 → 캐러멜(caramel)
> 도란스 → 트랜스(transmitter)
> 도르꼬 → 트럭(truck)
> 부레끼 → 브레이크(brake)
> 라지오 → 라디오(radio)
> 닥꾸시 → 택시(taxi)
> 곱뿌 → 컵(cup)
> 빠다 → 버터(butter)
> 도람뿌 → 트럼프(trump)

또 일본용어로 쓰이던 말 중에 '구찌베니'라는 말이 널리 쓰이다가 '립스틱(lipstick)' 혹은 '루즈(rouge)'로 대치되어 쓰이는 예도 있다. 일본어와 영어가 합성된 말, '가오 마담'은 아직도 널리 쓰이고 있다.

이러한 예는 일본어에 대한 거부 심리도 얼마간 작용하고 있으나, 그 영향의 원천이 영어권으로 완전히 이동해 갔음을 의미한다. 해방후 영어의 우리말에 대한 침투는 실로 엄청나다고 말할 수 있다. 거의

우리말처럼 일상에서 쓰이고 있는 영어 어휘들도 있다. 《중앙일보》
(1997. 11. 13)의 단 1면에 나타난 기사, 광고문 기사제목들에서 대충
훑어 본 어휘들 중에서도 다음과 같은 것을 볼 스 있었다.

> '광고산업 인프라 구축에 총력',
> '최고 플랜트 위해 노력',
> '늘어가는 죽음의 다이어트',
> '서울, 서부지역 벤처 전자 데마 상가 분양',
> '메가폴리스 분양 안내',
> '신세대 엔터테이너 출현'
> '영 컬추어 산책'

십여 년 전만 해도 일반인들은 거의 알아들을 수 없는 말들이다. 이
외에 '연구 벨트', '커버스토리', '소프트웨어', '하드웨어', '포럼',
'패미리마트', '포럼', '씨티월드', '스포츠 콤플렉스', '메가플렉스',
'씨네플러스 빌딩', '멀티영화관' '컨벤션센터' 등 영어, 혹은 영한 합
성어가 수없이 보인다.

다음과 같은 말은 일상에서 흔히 쓰이고 있다.

> 칵테일(cocktail), 카운터(counter), 캐스트(cast), 커리큘럼(curriculum), 카바
> 레(cabaret), 캠페인(campaign), 컷(cut), 쿠션(cushion), 발리(volley), 비전
> (vision), 터미널(terminal), 매스컴(mass communication), 빌라(villa), 아파트
> (apartment), 토템(totem), 도그마(dogma), 데모(demonstration), 리베이트
> (rebate), 바이어(buyer), 트랙(track), 매니저(manager), 캠퍼스(campus), 게임
> (game), 키노 드라마(kino drama), 엑스트라(extra)

형용사를 포함한 두 단어를 그대로 차용하고 있는 예도 많다.

그린벨트(green belt), 타이트스커트(tight skirt), 리모트 콘트롤(remote control), 노 브래지어(no brassier), 카메라 앵글(camera angle), 칵테일파티(cocktail party), 파트타임 잡(part-time job), 커리어우먼(carrier woman), 개그 우먼(gag woman), 골든아워(golden hour), 골든캐스트(golden cast), 데드 마스크(dead mask), 크랭크인(crank in), 크레디트 카드(credit card), 그래픽디자인(graphic design)

운동용어에 있어서는 우리말 용어가 과연 있는지 없는지조차 알 수 없고, 있다고 해도 사용되고 있지 않을 뿐 아니라, 거의 영어로 된 용어로 대치되고 있는 실정이다.

골인(goal in), 골키퍼(goalkeeper), 크로스 바(cross bar), 코너 킥(corner kick), 콜드 게임(called game), 리바운드 볼(rebound ball), 프리 킥(free kick), 덩크슛(dunk shot), 파울히트(foul hit), 백패스(back pass), 패싱샷(passing shot), 녹다운(knock down), 노히트 노런(no hit no run), 파이팅 스피릿(fighting spirit), 타이틀 매치(title match), 더블 펀치(double punch), 터치다운(touch down), 드로잉(throw in), 팀플레이(team play), 로스트 타임(lost time), 롱슛(long shoot), 터치라인(touch line), 네트 플레이(net play), 클린 히트(clean hit), 서비스 에이스(service ace), 서비스사이드라인(service side line)

자동차, 비행기, 컴퓨터, 최근의 기계 설비 등은 거의 영어로 되어 있는 실정이다. 문학용어도 영어 어휘가 거의 그대로 쓰이고 있는 경우가 많다. 가령, 이미지(image), 포스트모더니즘(postmodernism), 페미니즘(feminism), 메타 픽션(metafiction), 패러디(parody), 아이러니(irony), 패러독스(paradox), 메타포(metaphor), 로맨티시즘(romanticism), 리얼리즘(realism), 리얼리티(reality) 등이 모두 그러한 예다. 이뿐 아니라, 종교, 철학 등 문화계 전반에 걸쳐 영어나 혹은 프랑스, 독일 등 서구의 어휘들이 많이 침투되어 큰 거부감 없이 쓰이고 있는 형편이다.

이처럼 영어를 비롯한 서구어들은 이질적인 것으로 남아 있는 것이 아니라, 우리말 속에서 상당히 자연스럽게 편입되어 쓰이고 있다. 때로는 '도미노 현상', '벤처기업'처럼 우리말과 어울려 쓰이고 있기도 한다. 따라서 사회 현실을 반영하고 있는 우리 소설 속에서도 그대로 나타나고 있다. 특히, 소설가들은 대체로 지식인이므로 이들 외국어를 패러디로 쓰지 않는 한 외국어의 원음에 가까운 표기로 쓰는 경향이 있다. 이에 대한 찬반 논의가 있을 수 있겠으나, 바흐친이 말하는 다언어적 특성의 일면을 드러내고 있는 사실은 부인할 수 없을 것이다.

통사적 측면에 있어서 영어의 영향은 어느 정도인지에 대해서는 필자가 언어학도가 아니기 때문에 말할 자격이 없는 듯하다. 그러나 '무도회에의 초대', '교사로서의 의무', '자유로브터의 도피' 등과 같이 쓰이는 조사는 전통적인 우리말의 문장에는 볼 수 없는 것들이다. 다음과 같은 소설의 문장 역시 서구어, 특히 영어의 영향을 감지할 수 있다.

> 가) 드문드문 빛바랜 페인트칠이 벗겨지고, 바람에 너덜대는 간판 너머로, 특수링, 돼지발정기, 실리콘이 존재하는 세운상가 속에서 프록코트의 깃을 세우고 어슬렁거린다. 오르가슴은 성기의 크기와 약과 특수 기계를 획득된다는, 욕망의 오르가슴은 소비에 있다는, 사정의, 배설의 자본주의의 전자제품이 넘실대는 청계천에서 1+2의, 7+19의 섹스를 구하기 위해서 배회한다.

> 나) 삐삐를 친다. 그녀에게. 그리고 카페 문을 나선다. 아무도 없음을, 더 이상 그녀를 기다리지도, 부르지도 않음을 확인시키기 위해. 나 스스로에게.

> 다) 베란다 창문을 열고 난간에 기댄 팔에 힘을 잔뜩 준다. 뛰어내림의 유혹을 느낀다. 뛰어내릴 수 있을까. 그래 한때는 뛰어내릴 수 있다고 생

각했다. 성문이가 말하던 뛰어내림. 마포대교를 지날 때마다 성문이는 투신을 아니 뛰어내림의 유혹을 느낀다고 했다. 답답함 때문에, 자신의 말을 알아듣지 못하는 답답함 때문에.

　　　　　　　　　　　　— 우승제, 「안녕이라 말하지 마 나는, 먹고 싶다」 부분

가)에서 수식구를 쉼표로 끊어서 연속해서 쓰는 것이라든지, '1+2' 등의 수식으로 표현하는 것은 이미 실험적인 언어가 아니라 보편적으로 쓰이는 언어다. 나)에서 도치법의 문장을 쓰고 있는 것, 다)에서 '뛰어내림의 유혹' 같은 문장은 확실히 영어의 영향이 큰 것으로 생각된다.

우리 소설 문장에 있어서 실험적 표현은 1930년대의 이상이나 박태원의 소설에서도 많이 나타난 바 있다. 그것은 물론 그들의 실험정신의 결과이지만, 그 발상법은 말할 필요도 없이 서구어의 영향에서 왔다.

　　卑賤한 뉘집 딸이 解氷期의 시냇가에 서서 입술이 落花지듯 좀 파래지면서 薄氷 밑으로는 무엇이 저리도 움직이는가고 고개를 갸웃거리는 듯이 숙이고 있는데 봄 芳香을 품은 薰風이 불어 와서 스커-트, 아니 너무나, 슬퍼 보이는, 아니, 좀 슬퍼 보이는 紅髮을 건드리면-
　　좀 슬퍼 보이는 紅髮을 건드리면-
　　如上이다.

　　　　　　　　　　　　　　　　　— 이상, 「終生期」 부분

당시로서는 상당한 실험적인 문장이다. 이 「종생기」의 서술 종지를 다른 작가들과 비교해 보면 그 실험성은 더욱 확실해진다. 곧 우리 소설 문장의 종지(終止)는 대체로 '-했다' 든지, '-한다'로 되어 있는 것이 보통인데, 이상의 이 작품은 상당히 다양하다.[10] 이상의 문장을 가

10 「종생기」의 종지사를 유형별로 분류한 결과 19종인데 비해 김동인의 「감자」는 5종, 염상섭의 「一代의 遺業」은 9종으로 되어 있다. 김상태, 『문체의 이론과 해석』, 집문당, 1982, 230쪽.

리켜 일본 문장의 모방이라고 폄하하는 평가도 있으나, 당시의 우리 소설 문장에 참신한 분위기를 만들어 준 것만은 사실이다. 일본의 문장 역시 서구어의 영향을 크게 받았다는 것은 부인할 수 없다. 이상이나 박태원의 실험적인 문장은 이제 더 실험적이 아니라, 우리 문장에서 거의 보편화되고 있다.

> 그가 구두로 명랑한 타음을 내던 그 사내의 방문을 받은 것은 그로부터 며칠 뒤의 일이었다. (…중략…) 방문을 열면 현관이었으므로 그는 고개를 뽑아서 누구냐고 물었다. 밖에서 잠시 있다가, 바로 위층에 사는 사람이라는 대답이 들려 왔다 (…중략…)
> 돌연한 방문객의 용건은, 위창의 베란다에 걸어 두었던 와이셔츠가 날려서 사층, 즉 그 베란다에 걸려 있으니, 실례지만 그것을 가져다 주시겠느냐는 것이었다.
> — 최수철, 「소리에 대한 몽상」 부분

문장 전체에서 감지되는 인상이 어딘가 서구적인 것으로 느껴진다. '명랑한 타음'이라든지, '방문을 받은' 등과 수동태의 사용, 쉼표로 끊어서 간접화법의 삽입 등의 조사(措辭)가 그런 효과를 내고 있는 듯이 보인다.

> Missing. 감독 콘스탄틴-가브리스. 잭 레몬, 시시 스페이섹 출연. 1982년 제작. 러닝 타임 122분. 남미의 유혈구테타를 취재하던 중 사라져버린 젊은 미국인 기자와 그의 아버지, 그리고 그의 아내 사이에서 일어나는 일을 그린, 정치 드릴러. 별 다섯 개짜리의 영화임에도 불구하고 폭력 과다노출, 신성모독 등으로 R등급.
> — 하창수, 「무비 로드, 혹은 길의 환상」 부분

이 소설은 영화용어가 영어 그대로 사용되고 있기도 하지만, 명사로 끝나는 문장의 지문 등이 특이하다.

> 여태껏…, 그러나, 말로 못 나서니…, 말, 말 말아야 할까?…, 말컨대…,
> 말로 되어야만…, 되는, 있는, 것이라면…, 더듬거려도…, 어쨌거나, 더듬,
> 말은…, 엄연히, 는 아니라도…, 말 모양을, 쫓으니…, 한쪽에선, 그러
> 자…, 그거, 보라며…, 말의, 흉내짓, 마저 안 되면…, 더듬거리기, 조차 멈
> 출, 일이라며…, 한쪽에선, 그런 소리를, 내서…, 더듬거리는 건…, 게다
> 가, 말, 제, 그늘이 아니라며…, 비낀 말을, 헛, 더듬는…, 옹근 말인양…,
> 어두운 더듬이?…, 눈, 거듭 뜨면, 빛 밝다며,
>
> — 이인성, 「한없이 낮은 숨결」 부분

소설 전체가 이런 어법으로 되어 있다. 작품 의도야 다르겠지만, 이미 1930년대에 박태원에 의하여 쉼표로 실험되었던 조사법이다. 최병헌의 「냉귀지」 역시 로렌스 스턴(Laurence Stern)의 「Tristram Shandy」의 영향을 다분히 느낄 만하다.

서구어의 영향을 받은 젊은 세대들의 실험이 두드러진 편이지만, 대체로 외국 문학을 전공한 소설가들이 문장의 새로운 조사법에 대한 실험이 집요하다. 한편 한국 고소설 문장의 전통을 이어 받아 그 리듬과 어휘를 부활시켜 실험하는 소설가들도 없지 않다. 그것은 하나의 역작용에 의한 실험이 되겠지만, 이러한 문장의 실험을 한 때의 유행쯤으로 폄척(貶斥)하는 사람도 있으나 반드시 그렇게만 생각할 수 없고, 새로운 소설에 대한 실험으로 받아들일 수 있다. 왜냐하면 소설 문학은 언어의 실험을 통해서 그 영역을 확장해 가기 때문이다. 이러한 현상은 모두 이른바 소설의 다언어적 특성을 드러내는 것으로 보아야 한다.

4) 젠더와의 문제

서구의 페미니즘이 한국으로 넘어 들어오자 거센 파도로 일기 시작

한 것은 80년대의 중반부터라고 생각된다. 특히, 포스트모더니즘과 맞물려서 창작과 함께 문학비평에도 새로운 퍼스펙티브를 가지게 했다. 특히 90년대에 와서 문단의 주도적 흐름으로 형성된 것은 능력 있는 여성 작가들이 많이 배출된 것과 때를 같이하여, 외국문학을 전공한 신진 비평가들의 이론적 뒷받침과 여성 문학자들의 실천적 연구에 의하여 형성되었다. 김미현의 조사에 의하면, 최근 10년 이내에 주목할 만한 페미니즘에 관한 번역서가 11권, 여성 문학에 대한 연구의 단행본이 12권, 여성 작가에 대한 석사, 박사 논문이 60여 편에 이르고 있는 것으로 집계되고 있다.[11] 현재도 그 열의는 조금도 줄지 않고, 계속되고 있다. 이러한 여성 문학 연구의 붐은 소설의 주제적인 측면에 있어서 뿐만 아니라, 여성 글쓰기의 전략에도 새로운 비전을 제시하고 있다.

정비된 페미니즘 이전의 소설에서는 여성 인물의 말이라고 해도 소설의 전반적인 리얼리티와 관련하여 검토되었다. 따라서 남성 인물이건 여성 인물이건 따질 것 없이 얼마나 현실감을 주며 재현되고 있는가, 그 인물의 말은 그 소설의 문학성에 얼마만큼 공헌하고 있는가에 초점이 맞추어져 있었다. 이에 대하여 페미니즘의 관점에서 고찰되는 비평의 방향은 남성 주도 사회에서 예사롭게 흘려버린 여성 언어 속에 담겨 있는 숨은 의미를 발굴하는 작업이라고 생각된다.

언어의 관점에서 생각한다면 이에 앞서 여성 작가가 쓰는 언어와 남성 작가가 쓰는 언어 사이에 어떤 차이가 있으며, 있다면 각기 어떤 특성을 지니고 있는가를 생각해 볼 수 있다. 또 그것은 개성에 우선하는가, 아니면 개성 속에 잠복될 수밖에 없는가 등도 함께 생각해 볼 문제

---

11 김미현, 『한국여성소설과 페미니즘』, 신구문화사, 1996, 36~39쪽.

다. 흔히 여성 작가는 선이 가늘고, 섬세하여 큰 사건을 다루기보다 일상의 작은 일이나 섬세한 심리적 변화를 다루는 데 능력을 발휘할 수 있다고 한다. 또 논리적인 말보다는 정감적인 말로 더 잘 표현할 수 있다고 한다. 그러나 이런 일반론은 빗나가는 경우가 허다하다. 가령, 박경리는 초기의 여성 인물의 묘사보다는 후기 『토지』에서 보여준 바와 같이 남성적인 굵은 톤의 소설 언어가 오히려 그녀의 걸작을 만드는 데 도움을 주었다고 믿어진다. 그럼에도 불구하고 대체로 말해서 이성 인물의 말보다는 동성 인물의 말의 표현이 더 리얼리티를 가질 것이라는 추정은 가능하다.

최근 여성 작가의 작품을 페미니즘적 관점에서 연구한 논문이나 저서는 괄목할 만한 것이 많다. 그 중에서 김미현의 『한국여성소설과 페미니즘』(신구문화사, 1996)은 이 방면의 큰 성과라고 생각된다. 문학사(대부분 남성들에 의하여 기술되었지만)에서 소홀하게 다루고 있는 여성 작가들, 백신애, 강경애, 김일엽, 김명순, 임옥인, 최정희 등의 작품을 새로운 각도에서 분석하여 여성 인물의 말에 숨어 있는 의미를 발굴하고 있다. 황도경은 최근의 작가들, 이를테면 오정희, 박완서, 서영은, 신경숙, 최윤 등의 작품에서 쓰이고 있는 여성 특유의 언어를 면밀히 관찰하여 그 새로운 의미 발굴 작업에 나서고 있다.[12]

페미니즘의 영향으로 여성 언어에 새로운 의미를 부여하는 것은 좋은 일이지만, 여성 작가와 남성 작가의 차별성을 강조한 나머지, 그 문학성을 인간 전체를 대상으로 하지 않고, 어느 한 젠더에 국한시키는 일이 있다면 페미니즘의 노력은 오히려 그 효과가 역작용으로 나타날 수 있다. 여류 문인이라는 말이 점점 빛을 잃어가듯이 여성이든 남성

---

12 황도경, 「여성의 말하기와 글쓰기」, 『한국 여성 시학』, 깊은샘, 1997, 287~310쪽.

이든 작가로서의 역량은 성 차별 없이 보편적인 문학성에 근거하여 평가되어야 할 것이다.

4. 결론

　이상에서 소설 언어를 통시적 관점에서 어떤 군제를 가지며 변천하였으며, 공시적인 관점에서 어떤 문제들을 제기할 수 있는가를 간략히 살펴보았다. 문학이란 언어를 통하여 형상화되는 예술인 이상 문학과 언어의 관계를 규명하는 일은 가장 우선되어야 할 문제이며, 또한 어떤 문제보다 중요하다고 할 수 있다. 그럼에도 불구하고 우리 비평계나 학계에서는 지금까지 다소 감각적으로 혹은 즉흥적으로 이 문제를 다루어 왔다. 특히, 소설 문학은 바흐친이 말하는 이른바 다언어적 특성을 갖고 있는 이상 단순한 수사학적 차원을 넘어 서서 다른 문학 장르와의 차이, 전통적 모국어와는 다른 외국어의 영향, 지역적 방언의 활용, 젠더 간의 차이로 발생하는 언어적 문제 등을 면밀히 분석, 검토해야 할 과제를 지니고 있다. 따라서 보다 정치한 언어학적 이론과 방법으로 소설과 언어의 문제를 살펴보는 일은 우리 문학의 새로운 지평을 여는 데 필수적인 작업이라고 생각된다.

제2부

포스트모더니즘과 한국의 현대문학

1. 포스트모더니즘의 의미

수년 전에 미국에서 활동하던 한국인 철학자가 이화여대에 와서 현대철학의 흐름에 대하여 강연한 바가 있었다. 그에 의하면 포스트모더니즘을 정확하게 이해하고 있는 학자는 자기가 아는 한 없다는 것이다. 각자 자기 나름대로 이해하고 말하고 있기 때문에 모두 그 나름대로의 포스트모더니즘일 뿐이라고 했다. 따라서 그도 그가 이해하는 포스트모더니즘에 따라 강의를 진행하겠다는 것이다. 더구나 학자들끼리 서로 모순 배치되는 말을 하고 있기 때문에 젊은 학도들은 더욱 혼란에 빠지기 십상이다. 필자가 여기서 포스트모더니즘에 관해서 말하는 것도 그 혼란에 일조를 하는 것인지도 모른다.

포스트모더니즘은 그 술어 속에 두 가지 상반되는 징후를 내포하고 있다. 하나는 모더니즘을 계승 발전시킨 사상이나 경향이라면, 다른 한 편으로는 모더니즘을 비판하거나 반대해서 생겨난 어떤 조류라는 것이다. 포스트(post)라는 말은 어떤 것의 뒤라는 뜻을 가지고 있다. 따라서 그 사상을 계승하는 측면이 있는가 하면, 반대로 배척하는 측면을 가지고 있을 수 있다. 모더니즘의 특성 안에서의 성장이냐, 아니면 그 테두리를 벗어나서 새로운 영역으로 발전해 갔느냐의 차이다. 그런 점에서 전자를 'postmodernism'이라고 쓰는 반면에 뒤에 것은 'Post-modernism'이라고 써서 구별하는 학자도 있다.

철학사전에서 보니 포스트모더니즘의 발생 시기를 1940년대나 1950년대로 보고 있다. 그러나 포스트모더니즘을 활발하게 논의한 시기는 1970년대와 1980년대로 보는 듯하다. 포스트모더니즘은 모더니즘과 마찬가지로 문학, 미술, 건축, 철학 등 광범위한 분야에 걸쳐 일어나고 있는 변화나 발전, 혹은 경향을 가리키는 것이다. 포스트모더니즘이 모더니즘을 계승 발전한 것이든, 아니면 모더니즘을 부정하고 새로운 방향을 모색하고 있는 것이든 모더니즘이란 말이 부착되어 있는 이상 모더니즘을 우선 이해해서 그 정체를 대충이라도 파악해야만 말할 수 있을 것으로 생각된다. 따라서 대부분의 학자들은 모더니즘을 어느 정도 살피고 난 다음에 포스트모더니즘에 대해서 말하고 있다. 필자도 그것이 편리할 것 같아서 모더니즘부터 먼저 이야기한 다음에 포스트모더니즘을 살펴보고자 한다.

모더니즘은 19세기 말에서 20세기 초에 창작 예술 즉 시, 소설, 연극, 미술, 음악, 건축 등에 일어난 새로운 시도로서 그 이전의 것과는 판이하게 구분되는 경향, 혹은 운동을 통칭해서 말한다. 그 시도가 극렬한 것도 있어서 전위예술(avant-garde)과 한 묶음으로 분류되는 경우도 많다. 문학에 관한한 이전의 문법이나 규칙, 혹은 전통과는 판이하게 구별된다. 우주 안에서의 인간의 지위나 역할, 문학의 형태나 스타일을 전혀 다르게 보고, 새로운 실험을 하고 있다. 특히, 언어에 깊은 관심을 가지고 과격한 실험을 하고 있으며, 때르는 상식을 깨는 퍼포먼스도 하였다. 끝없는 언어적 실험을 통하여 문학의 본질을 추구하는 일면도 있다. 그 추구는 다양한 형태로 나타나그 있었는데 흔히 이들의 문학이나 운동에 대하여 다다이즘, 데카당스, 실존주의, 표현주의, 초현실주의, 미래주의, 자유시운동, 이디지즘, 신상징주의, 극단주의(ultraism), 소용돌이주의(vorticism) 등으로 불리기도 한다.

데이비드 하비(David Harvey)는 므더니즘의 근원을 계몽주의 사상에 있다고 말하고 있다. 얼핏 듣기에 매우 모순되는 말인 것처럼 느껴진다. 왜냐하면 계몽주의자들의 합리성을 철저히 거부한 것이 모더니스트들의 사상이고 행동이었기 때문이다. 그러나 다시 되돌아서 생각해 보면 합리성으로 해결할 수 없는 면이 너무나 많다는 것을 깨닫게 되고 그것이 모더니즘을 싹트게 만드는 단초가 되기 때문이다. 버만(Berman)은 계몽주의 이후 각기 다른 시기를 대표하는 탁월한 예술가 학자들의 저작 속에서 그들이 그 시대의 합리성의 다른 면모인 파편성(fragmentation), 일시성(ephemerality), 혼돈적 변화(chaotic change)에 직면하여 해결해 보려는 필사적 노력이 엿보이기 때문이라고 했다. 모더니스트가 리얼리즘에 그처럼 반기를 들고 배척한 것은 리얼리즘을 그만큼 의식했기 때문이다. 그들은 리얼리즘에 의거하여 이루어진 것을 서슴없이 파괴하는 행동을 자행했던 것이다. 그것을 그들은 창조적 파괴(creative destruction)라고 불렀다.

모더니즘은 흔히 도시성(urbanity)과 관련되어 있다. 리얼리즘에 앞서 풍비했던 낭만주의와는 전혀 다른 성향이다. 이 점에서는 모더니즘은 리얼리즘과 근친성이 있다. 낭만주의가 전원을 노래하고, 자연을 상찬하는 경향이 있다면 모더니즘은 도시에 친근한 감정을 드러내며, 도시에서 생활하면서 즐기는 것을 숨기지 않는다. 낭만주의자가 자연을 상

찬하면서 노래하였다면 모더니스트들은 시를 제작하였던 것이다. 김
기림이 한국의 모더니즘을 시작하면서 제일 먼저 내걸었던 목표가 바
로 이전의 시가 노래하는 시라면 자기들의 시는 제작하는 시라는 것이
었다.

그런 점에서 모더니즘은 산업사회의 산물이라고 할 수 있다. 도시적
경험과 모더니스트 사상 혹은 그 실천 사이에는 밀접한 연관이 있는
것을 재현하고 있다고 하비는 말한다. "모더니즘의 자질은 각기 다르
기는 하지만, 19세기 후반기에 나타난 다국어를 쓰는 거대 도시의 스
펙트럼에 걸쳐 있다. 비록 교호적이긴 하지만. 진실로 모더니즘의 어
떤 종류는 전 세계 수도를 통하여 특수한 궤도를 이루어냈으며, 각각
특수한 종류의 문화적 활동무대로서 번창했던 것이다. 지리적 궤적은
파리에서 베를린, 비엔나, 런던, 모스크바, 시카고, 뉴욕으로, 모더니
스트들은 그 실천을 마음에 두고 있는 것으로 지름길로 갈 수도 있고
그 역방향으로 갈 수도 있었다." F.W. 테일러의 『과학적 경영의 원리』
가 1911년에 간행되었다는 중요한 의의를 갖고 있으며, 그보다 2년 앞
서 미시간의 디어본에 소재한 포드 자동차의 어셈블리 라인이 처음으
로 가동되었다는 것은 산업사회의 특성을 잘 대변해 주는 것이었다.

이후 30~40년의 세월이 흘러갔다. 모더니즘적 증상을 아직도 많이
간직하고 있지만, 사회 환경은 너무나 많이 바뀌었다. 앨빈 토플러
(Alvin Toffler)의 『미래의 충격(Future Shock)』은 눈이 돌아갈 정도로 바뀌
고 있는 사회 환경의 충격을 예시하고 있고, 그것에 어떻게 적응해야
하는지를 말하려고 했다.[1] 30~40년이면 정말 너무나 많은 것이 바뀌
었다. 따라서 모더니즘 시대의 산업사회와는 달리 이 시대를 후기산업

---

1 Alvin Toffler, 「Chapter 2, The Accererative Thrust」, 『Future Shock』, A Bantom Book, 1971.

사회 혹은 정보화사회라고도 한다. 포스트모더니즘은 바로 후기산업사회에 출현한 사상이며, 어떤 경향인 것이다.

"지난 20년간 포스트모더니즘은 맞붙어 씨름해야 할 개념이 되었고, 더는 무시할 수 없는 갈등의 의견, 정치 세력의 투기장이 되었다"고 하비는 말하면서 후이센(Huyssens)의 말을 다음과 같이 인용하고 있다.

> 한 측면에서 최근 유행처럼 나타나고 있는 광고하듯이 던지는 말, 내실이 없는 장관(壯觀)은 서구 사회에서 나타나고 있는 문화적 변형의 한 부분이며, 포스트모던이라는 술어가 실제로, 적어도 지금에 있어서는 전적으로 들어맞는 감수성에서의 변화다. (중략) 우리 문화의 중요한 영역에서 감수성, 실행, 담론의 형성에 있어서 뚜렷한 전환이 있는데, 그것은 포스트모던의 추정, 경험, 명제를 그 앞선 시기와 구별되게 하는 것이다.[2]

건축에 있어서는 1972년 6월 15일 오흐 3시 32분 모더니즘의 상징적 종말이 고해지고, 포스트모더니즘으로 이행되었다고 찰스 젠크스가 선언했다는 것이다. 세인트루이스에 있는 프루이트 주택조합이 서민주택을 위해 지었던 집을 거주불능의 환경으로 판단하여 다이너마이트로 허물어버린 시점인 것이다. 몇 년의 차이는 있겠지만 비슷한 시기를 전후하여 포스트모더니즘에 대한 논의가 활발하게 진행되었다는 것을 말한다. 이러한 종류의 전환은 다양한 분야에 걸쳐 그 증거를 찾을 수 있다. 맥해일(McHale)은 포스트모더니즘의 소설을 인식론적 영역에서 존재론적 영역으로 전환된 것에서 그 특징이 드러난다고 주장하고 있다.

철학에 있어서는 수용된 미국의 실용주의와 포스트마르크시즘, 포

---

2 David Harvey, 『*The Condition of Postmodernity*』, Basil Blackwel, 1990, p.39.

스트구조주의가 뒤섞임으로써 1968년 이후에는 파리를 강타해서 번스타인(Bernstein)은 "휴머니즘과 계몽주의 유산에 대한 분노"라고 불렀다. 이 시대의 위기는 계몽주의 사상의 위기라는 것이다. 왜냐하면 계몽주의는 인간의 개인적 자유가 가라앉은 중세기의 공동체와 전통에서부터 해방시킬 수도 있지만, 신이 없는 자기를 계몽주의적으로 확신한다는 것은 종국에는 자기 자신을 부정하게 되는 것이다. 왜냐하면 수단이 되는 이성(reason)은 신의 진리 부재 속에 놓이게 되는 것이며, 정신적, 도덕적 목표를 상실하게 되는 것이기 때문이다. 만약 탐욕이나 권력만이 가치라면 이성의 빛을 발견할 필요도 없는 것이 되고, 그 이성은 다른 것을 위해 복종시켜야 하는 단순한 수단이 되는 것이다. 포스트모던의 신학적 프로젝트는 이성의 힘을 포기하지 않고 신의 진리를 재확인하는 일이다.[3] 여기서 신이란 기독교의 야훼를 의미한다든지 혹은 어떤 형태의 특수한 종교적 신을 의미하는 것은 아니다.

모더니스트 비평가들은 작품을 하나의 장르의 예로 보고, 장르의 바운더리 안에서 지배적인 코드(master code)에 의거하여 판단한다면, 포스트모던의 스타일은 작품을 특수한 수사(修辭)와 개인방언(idiolect)을 가지고 있는 텍스트로 보는 것이다. 그러나 그것은 원칙적으로 어떤 형태의 텍스트 혹은 작품을 불문하고 비교해 볼 수는 있는 것을 말한다. 모더니스트에게나 포스트모더니스트에게 공통적으로 중요한 것은 분열(fragmentation), 순간적인 것(ephemerality), 불연속성(discontinuity), 카오스적 변화(chaotic change)의 조건이다.

료타르는 다음과 같이 말하고 있다.

---

3 위의 책, p.41.

어떤 작품이 우선적으로 '포스트모던'한 경우어만 그 작품은 모던할 수 있다. 그러므로 우리가 알고 있는 포스트모더니즘은 발생 상태에서는 모더니즘이지만 끝나는 상태에서는 모더니즘이 아니다. 그런데 이 상태는 항구적이다.[4]

포스트모더니즘의 아방가르드 정신을 말하는 것이다. 역대의 어느 예술이나 문학에도 해당되는 말이다. 기존의 전통을 지키는 것과 그것을 파괴하려는 욕망 사이에서 새로운 예술이 태어나는 것이지만 포스트모더니즘은 후자에 더 역점이 있다는 것을 알겠다. 료타르는 "만약 모더니티가 사실적인 것으로부터 탈피하고 표현할 수 있는 것과 인식할 수 있는 것 사이의 숭고한 관계에 따라 생겨나는 것이 사실이라면 이 관계 내에 두 가지 방식(음악가의 언어로 말하면)을 구분할 수 있다. 첫째, 표현 기능의 무력함, 즉 인간 주관에 의해 느껴지는 존재에 대한 향수, 둘째, 인간의 모든 것에도 불구하고 인간이 지니고 있는 모호하고 부질없는 의지에 강조점을 둘 수 있다."[5]는 것이다. 이 두 가지 양식을 구별하는 것은 극미하다고 하면서 이 두 가지는 같은 작품 속에 공존하며 거의 구분할 수도 없다고도 말한다. 그렇지만 사고의 운명이 여기에 달려 있다는 것이다. 료타르는 프루스트와 조이스의 경우를 예로 들어 이 두 가지 방법을 설명하고 모더니즘과 포스트모더니즘을 다음과 같이 정의한다.

모던한 미학은 비록 향수적이긴 하지만 숭고의 미학이다. 그것은 표현할 수 없는 것을 그릇된 의미로서만 나타나게 해준다. 그러나 형식은 인식

---

4 정정호, 강내희 편, 「장—프랑소와 료타르, 질문에 답하며: 포스트모더니즘이란 무엇인가?」, 『포스트모더니즘론』, 터, 1992, 134쪽.

5 위의 책, 135쪽.

할 수 있는 일관성 때문에 독자나 관객에게 위안과 쾌감의 소재를 계속해서 제공한다. 그러나 이러한 감정들은 진정으로 숭고한 감정을 형성하지 못한다. 진정으로 숭고한 감정은 쾌락과 고통의 본질적인 결합 속에 있다. 여기서 쾌락이란 이성의 모든 표현을 능가한다는 것이요, 고통이란 상상이나 감수성이 그 개념과 대등하게 되지 않는다는 것이다.

포스트모더니즘은 모더니즘 안에서 표현할 수 없는 것을 표현 그 자체로 나타내는 것이다. 즉 스스로 훌륭한 형식이 갖는 위안, 성취할 수 없는 것에 대한 향수를 집합적으로 함께 가질 수 있게 해주는 취향의 공감대를 거부하는 것이다. 또한 그것은 단순히 즐기기 위해서가 아니라 표현할 수 없는 것들에 대한 보다 강력한 의미를 부여하기 위해서 새로운 표현을 찾아내는 것이다.[6]

료타르는 마지막 결론으로 사실성을 제공하려는 것이 우리의 임무가 아니라, 표현할 수는 없지만 인식할 수 있는 것에 대한 암시를 찾아내는 것이 우리의 임무라는 것은 명백하다고 단언한다.

2. 포스트모더니즘의 실체들

이합 하산(Ihab Hassan)은 모더니즘과 포스트모더니즘의 차이를 도식적으로 대비하여 보여준 바가 있다. 아마도 포스트모더니즘이 모더니즘과 어떤 점에서 그 표현하는 스타일이 다른가를 일목요연하게 보인 것이다. 물론 하비가 이미 지적한 것처럼 그 모두를 수긍할 수 있는 것은 아니다. 그러나 포스트모더니즘을 이해하는 데는 분명히 도움이 된다.

---

6 위의 책, 136쪽.

모더니즘	포스트모더니즘
로맨티시즘/심벌리즘	패라피직스/다다이즘
형식(연결적, 폐쇄된)	반형식(비연결적, 개방된)
목적	놀이
디자인	우연
직제	무정부
숙달/이성	소모/침묵
예술 대상/완성된 작품	과정/수행/칼생
거리	참여
창조/전체화/종합	비창조/비그성/안티테제
현존	부재
중심화	분산화
장르/구획	텍스트/상흐텍스트
의미론	수사학
패러다임	신탬
종속	병렬
은유	제유
선택	조합
근원/깊이	근경(根莖)/표면
해석/읽기	반해석/오독
기의	기표
독해(가독)	기술(쓰기)
서사물/대서사	반서사물/소서사
핵심 코드	개인방언
징조	욕망
타이프	변이
외음부/남근	다형태/양성(兩性)
과대망상증	정신분열증
근원/원인	차이-차이/궤적
하나님 아버지	성령
형이상학	아이러니
확정	불확정
초월	나재

7)

7 Ihab Hassan, 『*The Culture of Postmodernism*』 Theory, Culture and Society 2, 1985, p.123~4.

하비는 이 중의 몇 개를 설명하고 있는데, "예를 들면 모더니스트 도시계획자가 분명한 의지로 닫힌 형태로 디자인함으로써 대도시의 완숙함을 보려는 경향이 있음에 비하여 포스트모더니스트는 도시화 과정을 통제할 수 없는, 그리고 혼돈으로 보고 있으며, 무정부적인 것과 변화가 전적으로 열린 상황에서 수행되도록 내버려 둔다."는 것이다. 또 "모더니스트 문학 비평가는 작품을 장르의 예로 보려는 경향이 있고, 그 시기의 주된 코드에 의해서 작품을 평가한다."는 것이다. 반면에 포스트모더니스트 비평가는 "작품을 단순히 특수한 수사와 개인 방언을 가진 텍스트로 보려는 경향이 있다."는 것이다.

미국의 신비평이 비평의 흐름을 외재적(extrinsic) 비평에서 내재적(intrinsic) 비평으로 방향을 전환시켰다는 점에서는 큰 공헌을 하였다는 점은 이미 알고 있다. 거기에 러시아의 포멀리즘이 힘을 더해서 일시 포멀리즘이 전 세계의 비평계를 석권한 것도 주지의 사실이다. 그러나 포멀리즘이 텍스트적(textual)인 것이라면, 포스트모던의 비평은 공 텍스트적(con-textual)이다. 이들의 일차적 관심은 구조(structure)나 서법(diction) 혹은 구문에 있는 것이 아니다. 이것들에 주의를 기울이는 것은 결국 작품을 독자의 이해와 반응 속에서가 아니라 책의 페이지 위에 실재가 존재함을 승인하는 것이기 때문이다. 따라서 미래의 비평가들은 책 속의 말(words on the page)이 아니라, 세상 속의 말(words in the world), 머릿속의 말(words in the head)에 귀 기울여야 한다는 것이다. 다시 말하면 사회적, 심리적, 역사적, 전기적, 혹은 지리적인 그 수천의 연관과의 사적 만남에서 곧 고독한 독자의 의식(그 모든 연관성으로부터 독서행위의 환희에 의해 순간적으로, 오로지 그 순간만 해당하는) 속에서 체험되는 말에 마땅히 관심을 기울여야 할 것이다.

조이스와 제럴드 맨리 홉킨스를 형식주의적인 관점에서 분석하면서 비평 활동을 시작한 마샬 맥루한(Marshal Mcluhan)은 『미디어의 이해 (*Understanding Media*)』로 세계적 명성을 얻은 바 있는데 그는 결국 "미디어가 곧 메시지다(The Medium is the Message)"라는 말을 한다. 일종의 도해적 속기술, 곧 광고 문형을 반쯤은 과장적으로 반쯤은 진정으로 모방하는 방식에 경도되어 있음을 보여주고 있다. 맥루한의 말처럼 인쇄물 또는 인쇄술의 발달에 맞추어 창안된 최초의 형식인 소설이 곧 소멸할 것이라는 가정은 좀 지나친 데가 있지만 소설 양식이 근본적으로 또는 기능적으로 변모되고 있는 중임은 깨달을 필요가 있다.

필자도 구세대에 속하는 사람이라 인터넷 문학에 대하여 별로 관심을 기울인 바가 없다. 그러나 젊은이 사이에는 인쇄된 문학보다 더 애독하는 경향을 지니고 있다. 어떤 경우에는 인터넷을 통하여 널리 유포된 작품을 뒤늦게 인쇄하여 책으로 출판하는 경우도 많다. 연전에 노벨 문학상을 수상한 분이 한국에 잠깐 초청되어 온 적이 있는데, 인터넷 문학에 대하여 어떻게 생각하느냐고 필자가 질문을 던졌더니, 그의 대답이 처음에는 그도 매우 호의적이었다는 것이다. 특히 인터넷의 상호 소통적 문학이 앞으로 미래의 문학이 되지 않겠느냐고 생각했다는 것이다. 그러나 요즘 들어 인터넷에 띄우는 작품들이 너무나 조잡해서 도저히 문학으로 간주할 수 없어 실망했다고 말했다. 이전의 추천 제도나 신인상 모집 제도와는 달리 아무나 쉽게 인터넷에 글을 쓸 수 있기 때문에 그것은 어쩔 수 없는 일이라고 생각된다. 그러나 문학의 향유가 독자의 독서 행위에 있고, 많은 독자가 환호하고 있다면 독자의 취향에 따라 그런 쪽의 문학이 성행할 것이라는 것은 명약관화한 사실이다. 필자가 고등학교 문학 교과서를 만들면서 '디지털 문학'에 대하여 한 장을 넣었다. 『드래곤 라자』라는 인터넷 작품을 삽입한 것도 그 때문이다. 젊은, 아니 어린 독자들의 취향도 결코 무시할 수 없는 것이 오늘의 대세라고 할 수 있다. 물론 엘리트 작가나 고급 독자들은 작품 수준을 계속 떨어뜨리고 있다고 질타하겠지만, 민주주의는 대중주의와 거의 동의어로 쓰일 수 있다는 점에서 막을 수는 없을 것으로 생각한다. 아니 불행하지만 그 쪽으로 문학이 점점 방향타를 돌리지 않을까 하는 생각이 든다. 특히 디지털 기술이 세계에서 최선진으로 달리고 있는 한국의 실정에서는 그 예언은 적중되어 갈 것임을 예감한다.

레슬리 피들러(Leslie Fiedler)는 포스트모더니즘의 소설가로 프랑스의 보리스 비앙(Boris Viant)을 예로 들고 있다. 그는 프랑스 문단으로부터 완전히 소외되어 있었으나 「나날의 거품」이나, 「너의 무덤에 침을 뱉어라」 등은 포스트모더니즘의 관점에서 의의 있는 작품이라고 말하고 있다. 후자는 일종의 탐정소설이라고 할 수 있는데 "고급문화와 저급문화, 혹은 순문학과 대중문학 사이의 간극을 완전히 메웠다고는 말할 수 없지만, 어쨌든 양다리를 걸치는 데 성공하였다."고 말한다. 비앙은 팝송의 작사자요, 뉴올리언즈 풍의 트럼펫 주자였고, 다른 한편으로는 사르트르나 시몬느 드 보부아르와 같은 대표적 프랑스의 지식인을 일견 위장된 형태로 풍자한 소설의 작가이기도 하다. 비앙이 죽고 10년이 지나서야 비로소 파리의 젊은이 중에서 독자다운 독자를 갖기 시작했다는 것이다. 비앙의 뒤를 이은 젊은 작가들은 엘리트 문화와 대중문화의 갭을 메우는 일이 비앙의 시대처럼 선택적인 것이라기보다 필수적인 것임을 이해하고 있다고 피들러는 말한다. 그들은 결코 위장하지 않고, 정면으로 팝 형식을 빌려서 그들의 관심사를 표현한다. 비앙과 맥이 통하는 작가들로서 메일러(N. Mailer), 존 실라이(John Seelye), 사무엘 클레멘스(Samuel Clemens), 제임스 페니모어 쿠퍼(James Fenimore Cooper) 등이 있다.

또 한 그룹은 서부극의 현대적 재현과 공상과학소설을 통하여 이 시대의 경향을 나타내는 작가들이 있다. 토마스 버거(Thomas Berger)의 『귀여운 거인』, 켄 키지(Ken Kesey)의 『뻐꾸기 둥지 위로 날아간 새』, 레너드 코헨(Lenard Cohen)의 『아름다운 패태』, 전 세대의 소설가로 분류될 수도 있는 노만 메일러의 『왜 우리는 베트남에 와 있는가』까지도 이와 맥이 통한다고 말하고 있다. 공상과학소설은 서부극만큼 광범위한 독자를 확보하지 못하고 있다. 웰즈(H. G. Wells)와 줄 베른(Jules Verne)의 시험적 시도 이후 2차 세계대전 이후에 비로소 본격화된 아직 역사가 일천한 장르이기 때문에 현재로서는 판단하기 이른 감이 있다. 그러나 두 가지 점은 분명하다. 첫째, 자연과학적 기술이 워낙 빠르게 발전하여 현대의 생활과 미래의 생활이 거의 구분이 가지 않는 것. 둘째, 멸종에 의한 것이든 변종에 의한 것이든 간에 인간의 종말이 충분한 가능성을 지니고 있는 것. 그것도 가까운 장래에 있을 것 같은 예감이다. 공상과학소설은 이러한 것들이 모두 소재가 된다. 윌리엄 골딩(William Golding)의 『파리대왕』(1983년어 노벨상을 수상한 작품), 『상속자』, 앤서니 버지스(Anthony Burgess)의 『시계 태엽 오렌지』 등이 이 계열에 속한다.

문단의 주변에서 맴돌던 포르노물이 최근 중앙무대로 급격히 진출하는 부흥현상 역시 같은 맥락에서 이해된다고 피들러는 말하고 있다.[8] 그것은 서부물과 공상과학소설류와 마찬가지로 팝 아트의 한 형식이다. 기실 빅토리아 시대 이후 가장 본질적인 팝 아트로서 모든 하위문학(sub-literature) 가운데 비속한, 말하자면 예술이라기보다는 속악에 가까운 오락물로 이해되어 왔다. 따라서 예술가라고 자칭하는 사람들은 될 수 있는 한 이것들과 연관되어 있다는 것을 감추려고 애를 썼

---

8 정정호, 강내희 편, 앞의 책, 「레슬러 피들러, 경계를 넘어서고 간극을 메우며」, 29~61쪽.

다. 그러나 포스트모던 시대에 와서는 포르노와 예술의 경계가 애매해지게 되었고, 진지한 문학자조차 포르노에 가까운 작품을 쓴 경우도 얼마든지 볼 수 있다. 로렌스(D. H. Laurence)의『채털리 부인의 사랑(*Lady Chatterley's Love*)』같은 작품이 대표적이라 할 수 있다. 이 분야의 고전으로 통하는『패니 힐(*Fany Hill*)』이나 드 사드(de Sade)의「쥐스티느(Justine)」같은 작품이 이미 양자의 벽을 허물고 본격문학 속에 포르노를 삽입할 수 있다는 전례를 만들었던 것이다. 출판사들 역시 이를 잘 이용했다고 볼 수 있다. 새디즘, 매저키즘, 호모섹스, 분변음란증, 시간증(屍姦症) 등이 흔하게 등장하면서도 문학적 평가를 받을 수 있었던 것이다. 나보코브(Vladimir Nabokov)의『로리타』가 그 대표적인 것이다. 노만 메일러도 그의 첫 소설『나자와 사자』에서 반전 예술 소설이라는 소멸해 가는 전통을 고수하면서 박진감을 얻기 위하여 이따금 음란한 작품을 삽입한 경우가 있었다. 메일러의『미국의 꿈(*An American Dream*)』역시 이에서 크게 벗어나지 않는다.

피들러는 동화와 발라드 같은 민속적인 형식에서 시의 참된 근원을 발견하려고 노력한 초기 낭만주의자와 유사한 면이 있다고 말한다. 그러나 낭만주의자들은 새로워지려는 희망에서 과거 즉 과거의 꿈을 찾았다는 것이다. 포스트모더니스트들에게도 민요적 리듬에 대한 향수가 잔존함을 쉽게 발견할 수 있다. 그러나 전자 시대의 민요는 고적한 시골이나 인적 없는 숲속에서 생성될 수 있는 것이 아니라, 초현대식 스튜디오에서 고도의 음감 능력을 갖춘 음향기에 맞추어 노래 부르는 젊은이들에 의해서, 혹은 노래 마디를 편집하거나 뒤섞음으로서 오로지 테이프만이 낼 수 있는 인공음을 만들어내는 기계에 의해서 만들어질 수 있다. 포스트모던 시대는 문학을 포함한 모든 예술이 기계에 의하여 생성될 수 있다는 사실과 그들의 꿈 그 자체가 기계에 제조되어 옛 성자들의 눈에 비친 계시처럼 선명하게 TV나 레이저 광선을 이용하여 투사될 수 있다는 사실이다. 물론 이에 저항하거나 무시 내지 외면하여 원시인처럼 기계를 극도로 기피하는 경향도 있을 수 있다. 포스트모던 시대는 이전의 어느 때보다 다양한 형태의 예술을 향수할 수 있다는 것은 분명한 사실이다.

3. 포스트모더니즘과 언어적 실험

한국에서는 실험적 문학이 성장할 수 있는 풍토가 아니다. 무용, 음악, 미술 등에서는 아방가르드가 없었다고 말할 수 없으나 문학에 있어서는 극히 희소한 존재에 불과하다. 1930년대에 이상과 박태원에 의하여 한국적 모더니즘의 실험이 얼마간 있었으나, 극히 온건한 정도에 머물렀을 뿐이다. 이들의 실험도 기표적인 면보다 기의적인 면이 우세했다고 말할 수 있다.

고려조, 혹은 조선조 초까지는 우리에게 문자가 없었기 때문에 그러했다고 치더라도 훈민정음이 제정된 후에도 우리말에 맞지 않는 한자를 빌어 계속 표현수단으로 삼았다는 것은 우리 민족의 취향을 잘 말해 주는 것이다. 서구 문화가 수입된 이후에야 훈민정음이 우리말의 표현수단으로 자리 잡아가기 시작했다는 것은 여러 가지 정치적, 사회적 상황은 있었겠으나 실리보다는 명분에 집착하는 우리 민족의 한 경향을 나타내는 것이기도 하다.

제임스 조이스(James Joyce)가 『젊은 예술가의 초상』을 출간한 것은 1916년이다. 우여곡절 끝에 『율리시스(*Julisses*)』를 발간한 것은 1922년이다. 1939년에 이보다 좀 더 난해한 『피네간의 경야(Finnegan's Wake)』를 출간한다. 한국에서라면 『율리시스』 정도는 발간할 수 있었을지 모르지만 이후의 작품은 출판이 거의 불가능했을 것이다. 『피네간의 경야』의 첫 페이지 원문을 보기로 하자.

riverrunn, past Eve and Adam's, from swerve of shore to bend of bay, brings us by a commodius vicus recirculation back to Howth Castle and Environs.

Sir Tristram, violer d'amoures, fr'over the short sea, had passencore rearrived from North Amorica on this side the scraggy isthmus of Europe Minor to wielderfight his penisolate war: nor had topsawyer's rocks by the stream Oconeece exaggerated themselvese to Laurence County's gorgios while they went doublin their mumper all the time: nor avoice from afire bellowsed mishe mishe to tauftauf thuartpeatrick: not yet, though venissoon after, had kidscad butttended a bland old isaac not yet not yet, though all's fair in vanessy, were sosie sesthers wroth with twone nathandjoe.

— 제임스 조이스, 『*Finnegan's Wake*』(Compass Books ed. 1959) 부분

우선 영어 사전에 없는 말들이 너무나 많다. 대문자로 써야 할 고유 명사를 소문자로 쓴 곳도 있다. 문맥이 어지러워 어떤 뜻인지조차 알기 어렵다. 이처럼 멋대로 쓴 철자법 때문에 첫 번째 미국 판 『피네간의 경야』는 수천 군데의 오류가 났다고 한다. 이 작품을 두고 20세기 명작 중의 하나라고 말하는 것은 우리로서는 이해하기 어렵다. 이 원문에 대하여 김종건 교수가 다음과 같이 번역하였다.

강은 달리나니. 이브와 아담 교회를 지나, 해안의 변방으로부터 만의 굴곡까지, 회환(回還)의 광순환촌도(廣循環村道) 곁으로 하여, 호우드(H)성(C)과 주원(周園)까지 우리들을 되돌리도다.

사랑의 재사(才士), 트리스트람 경, 단해(短海) 너머에서부터, 그의 남근 반도고전(男根半島孤戰)을 재휘투(再揮鬪)하기 위하여 소 유럽의 험준한 수곡(首谷) 차안(此岸)의 북아모리카에서 아직 재착(再着)하지 않았으니: 오코네 유천(流川)에 의한 톱소야(頂톱장이)의 암전(岩錢)이 그들 항시 자

신들의 감주수(甘酒數)를 계속 배가(倍加)(더불린)하는 동안 조지아주, 로렌스군의 능보(陵保)까지 자신 외에 과적(過積)하지 않았으니: 뿐만 아니라 원화(遠火)로부터 혼일(混一聲)이 아차(我此) 아차(我此) 풀무 하여 다변강풍(多辯强風) 토탄세례(土炭洗禮)하지 않았으니: 또한 아직도, 녹육(鹿肉) 이후이긴 하나, 한 양피요술사(羊皮妖術師) 과넬이 얼빠진 늙은 아이작을 축출하지 않았으니: 아직도 베네사 애희(愛戲)에 있어서 모두 공평하였으나, 이들 쌍둥이 에스터 자매가 이일단(二一團)의 나단조와 함께 격노정(激怒情)하지 않았나니라.

— 김종건 역, 『핀네간의 좋야』(범우사, 2002) 부분

참으로 난해한 소설임에 틀림없다. 우선 영어가 아닌 어휘, 혹은 조이스의 개인방언(idiolect)이 많아 뜻을 짐작하기드 어렵다. 필자도 미국의 대학원에서 공부할 때 옆의 학생들에게 물었더니 무슨 뜻인지 모르는 경우가 너무 많다고 했다. 그러나 어떤 막연한 느낌은 전달된다고 말했다. 김종건 교수의 번역을 읽어도 이해하기 어려운 것은 마찬가지다. 김 교수는 어떤 재단의 지원을 받아 번역했지만 명작을 번역했다는 의의 외에는 그 노력에 비하여 성과는 별로 있는 것 같지 않다. 왜냐하면 실제로 독자가 이 번역물을 가지고 읽을 사람이 얼마나 될까 의심되기 때문이다.

제임스의 작품이 1910년대부터 30년대에 걸쳐 출판되었다면 모더니즘의 시기에 해당한다. 그러나 이 작품을 보면 포스트모더니즘의 작품이라고 해도 결코 무리가 아니다. 미국의 작가 스타인(Gertrude Stein) 역시 모더니즘의 작가(피카소와 친했기 때문에 입체파로 알려짐)로 알려져 있지만 그의 아방가르드 정신은 포스트모더니즘을 예견해 준다. 그의 작품 중 「하나 혹은 둘의 끝남(One or Two Finished)」의 한 부분을 보이면 다음과 같다.

Let her try.

Let her try.

Let her try.

Let her be.

Let her be let her

Let her try.

Let her be let her.

Let her be let her let her try.

— 거트루드 스타인, 「One or Two Finished」 부분

그녀의 스타일 특징을 문학사전에서도 "Rose is a rose is a rose is a rose."이라고 지적하고 있다. 이상의 어느 시를 연상시킨다. 이상과 박태원을 아방가르드라고 말하는 사람은 드물지만 문학에서 아방가르드를 꼽으라면 두 사람 외에 생각나는 사람이 별로 없다. 그만큼 우리 문학에는 실험정신이 부족하다고 말할 수 있다.

최근의 작가로서 그런대로 실험을 계속하고 있는 사람은 이인성과 최수철을 들 수 있다. 이인성은 우선 소설에서 가장 중요한 특징으로 들고 있는 허구(fiction)를 거의 용납하지 않는다. 일인칭 '나'를 사용해서 소설가 자신의 이야기를 솔직하게 쓰고 있다고 해도 거기에는 소설적 허구가 끼어들기 마련이다. 그것을 그는 철저히 거부한다. 또 상상의 소설적 공간을 인정하지 않고 독자에게 그는 직접 얘기하듯이 말한다.

우선, 이 소설을 읽으려는 당신에게, 잠깐 동안 눈을 감도록 권하겠다.

눈을 감지 않고 위의 비어 있는 한 줄을 뛰어 넘었다면, 제발, 아래의 비어 있는 한 줄을 건너기 전에, 꼭, 눈을 감아보기 바란다. 이때 눈을 감고 무엇을 어떻게 할지는, 전적으로, 또한 기필코, 당신 자신이 깨달아야 할 일이다. 그러니 앞에서 눈을 감았더라도 그저 눈꺼풀을 덮어본 놀음에 불

과했더라면, 이 경우 역시, 다시 한 번 당신 눈 속의 그 어둠과 마주하는 게 스스로 뜻 깊겠다. 이번엔 가능한 한 오랫동안. 눈꺼풀 안으로 쫓아 들어온 현란한 빛무늬가 완전히 암흑의 뒤편으로 스러지도록 그래서 원컨대, 그 짙은 어둠의 응시가 이 소설 읽기를 지탱하도록.

분명, 당신은 눈을 감지 않았거나 너무 일찍 눈을 떴다. 그렇다면, 그러므로, 이제 이 순간, 돌연히, "오, 빌어먹을! 늘 똥마려운 듯한 그대, 성급한 독자여! 속물이여! 개새끼여!"라는 격한 욕설―써놓고 나니 지나치게 시적이다―을 당신에게 퍼부어버려도 상관없으리라.

― 이인성, 「당신에 대해서」 부분

문장을 읽고 있는 독자와 작가는 같은 공간에서 문학행위를 하고 있음을 확인시켜 주고 있다.

하나마나한 소리지만, 하여튼, 하나마나한 소리로 시작되는 이 첫 문장부터, 하나마나할지 하나마나하지 않을지 두고 봐야 할 저끝문장까지, 이 글 전체는, 하나마나한 소리마저 하나마나하지 않은 어떤 울림의 한 결로 엮어내고 싶다는 꿍심을 품고, 한편의 소설로 짜여져나갈 것입니다.

― 이인성, 「당신 자신인 당신을 향한 물음들」 부분

스타인의 소설을 연상시키는 말의 겹침을 시도하고 있는 것을 볼 수 있다.

돌아서며, 나는, 아득히, 내던져진다. 아득히, 내던져져서, 나는, 천천히, 너에게로, 다가선다. 벽에, 등을 대고, 너는, 다가서는 나를, 텅빈 눈으로, 올려다본다……

― 이인성, 「낯선 시간 속으로」 부분

쉼표에 의한 산문 리듬을 조정하고 있다. 이 쉼표에 의한 문장 리듬의 실험은 1930년대 박태원에 의하여 시도된 바 있다. 소설, 시, 수필을 막론하고, 우리의 글에는 쉼표가 있으나마나 하게 되었다. 쉼표를 거의 쓰지 않은 경향 속에서 이처럼 쉼표를 거의 단어마다 사용하고 있는 것은 좀 별난 시도라고 할 수 있다.

> 차, 처, 초, 추, 츠, 치, 취한다. 좋구나, 좋아. 말들이 멋대로 비틀거리니, 세상이 온통 술빛이로다. 보이는 거 모두 모두 흐물거리고. 크, 내 살도 두둥실 부풀었어. 몸에 닿는 거 모두 살에 섞이네. 내가 물건이냐, 물건이 나냐? 쿠, 그런데 여기가 어디냐?
>
> — 이인성, 「글주정」 부분

앞서 본 바와 같이 독자를 의식해서 독자에게 하는 말로 되어 있지만 여기서는 순전히 독백으로 일관하고 있다.

최수철은 이인성만큼 말을 통한 실험이나, 화자와 독자 간의 관계를 고려한 실험은 하지 않고 있는 대신에 시간 예술인 소설을 공간 예술화하려는 시도를 하고 있다. 가령 예를 들면 소설의 플롯을 스토리 라인을 따라 가는 것이 아니라, 그림을 완성해 가는 식으로 만드는 것이다. 그림(혹은 도표)의 어떤 부분은 어떤 구도 속에서 어떤 색채로 채울 것인가를 구상한 뒤에 그 구도에 의해서 소설을 완성하는 것이다.

이런 언어적 실험은 제임스 조이스나 스타인의 글을 통해서 보았지만, 결국에는 시나 소설의 장르가 애매하게 된다. 다시 말하면 수필화되는 느낌을 갖게 되는 것이다.

4. 포스트모더니즘과 한국문학

그렇다면 포스트모더니즘 시대에 있어서의 한국문학은 어떤 형태로 전개될 것이며, 어떤 모습으로 문학 행위가 이루어질 것인가? 예측하기 어려운 질문이지만 지금 진행되고 있는 문학 현황을 살펴보건대 몇 가지 예측할 수 있다.

필자는 2005년 8월 수필과 비평사 주최의 '하계 수필대학 세미나'에 연사로 초청되어 갔다가 깜짝 놀랐다. 너무나 많은 사람으로 성황이었기 때문이었다. 필자는 많아야 쉰 명 정도 되지 않을까 하고 상상했었다. 그런데 3백 50명이 넘는다는 주최 측의 말을 듣고 요즈음 세상에 실용과는 아무 관계도 없는 문학에 이처럼 정열을 가지고 참여하고 있다는 것이 놀라운 일이 아닐 수 없었다. 알다시피 필자는 지명이 있는 작가도 평론가도 아니다. 더구나 주최자가 권위 있는 문학가협회도 아니고, 문학사도 아니다. 그럼에도 불구하고 이와 같은 성황을 이루었다는 것은 종래에 우리가 생각하는 문학 독자와는 분명히 다르다는 것을 확인할 수 있다는 점이다. 이들 모두가 문학의 생산자이며, 동시에 문학의 수용자들인 것이다. 한국 현대문학 초기에 이광수가 조선 팔도로 문학 강연을 나가면 청중이 구름같이 운집하였다는 기록이 있다. 이때의 청중들은 대부분 독자들이거나 독자가 되고 싶은 사람들이다. 그러나 오늘날은 형편이 너무나 달라진 것이다. 연전 노벨상을 수상한 소잉카가 서울의 한복판에서 문학 강연을 한다고 했을 때 청중들로 메어터질 줄 알았다. 노벨상을 수상한 작가라면 한국에서는 아직도 존경의 대상이 되기 때문이다. 그런데 청중이 너무나 없었다. 그날 그 시간에 강의가 있었던 필자는 수업 시간을 접고 그 곳으로 출석하라고 대학원생들에게 권하였는데 가서 보니 한 학생도 보이지 않았다. 왜 이런 현상이 일어나는 것일까? 전자의 경우는 자기 문학 활동 중의 하나로 참석했기 때문이고, 후자의 경우는 문학에 관한 얘기를 경청하기 위해서 가는 것이기 때문이다.

문학은 대중화의 시대에 왔다. 작가가 되었다는 것이 문학에 대한 어떤 면허증을 취득한 것처럼 내세우던 시대는 이미 지나가고 있는 것이다. 어느 의미에 있어서는 아직도 상당히 유효한지도 모른다. 그 향수가 남아 있기 때문이다. 그러나 그것은 곧 사라질 운명에 처해 있다. 작가의 권위를 내세우며 독자와 거리를 두고 작품을 생산하던 시기는 가고 있는 것이다. 작품 생산자와 향수자를 겸하고 있는 시대를 맞은 것이다. 바로 이것이 포스트모던 시대의 문학 행위가 된다.

그렇게 될 수밖에 없는 것이 첫째, 발표매체의 무한한 증가다. 이전과는 달리 컴퓨터의 발달로 발표지면을 쉽게 만들 수 있기 때문이다. 이젠 유명 · 무명의 발표지면이 엄청나게 많다. 개인도 약간의 돈만 지출하면 책을 만들어낼 수 있다. 약간의 돈을 지불하면 편집을 말끔하게 해 주는 전문직도 허다하다. 그러니까 문인이 될 수 있는 기회도 아주 쉽게 잡을 수 있는 반면에 자칭 · 타칭의 문인이 너무 많아 자기 홍보를 하지 않는 한 그가 문인인 줄도 모른다. 다만 같이 문학 활동을 하는 동인, 혹은 동인이나 다름없는 문인 친구들끼리 소통하며 문학을 즐기는 것이다.

이렇게 되니까 엘리트 문인들은 문학의 질을 떨어뜨렸다고 불평이 대단하다. 그러나 그 반대로 생각할 수도 있다. 문학 독자들의 동반 상승도 기대되기 때문이다. 전공의 전문화와 함께 취미의 전문화도 함께 하고 있기 때문에 열정을 가진 독자와 생산자(비록 미흡하더라도)를 확보할 수 있다는 의미에서 포스트모던 시대에 있어서는 이들이 절대로 필요하다. 엘리트들의 전문화와는 또 다른 측면에서 문학적 쇄신을 가져 올 수 있는 것이다.

포스트모더니즘의 기법 중에 '혼성모방'이라는 것이 있다. 작가가 되기 전까지, 작가가 된 이후에도 계속해서 다른 사람으로부터 영향을 받는다. 교육을 받는다는 것은 다른 사람이 애써 획득한 지식을 짧은 시간 안에 터득한다는 의미다. 가끔 학교를 별로 다니지 않은 사람이 작가가 된 경우도 있다. 그런 사람일수록 선배 작가들의 작품을 광범위하게, 그리고 깊이 읽었다는 것을 실토한다. 누구도 저 혼자 스스로 터득하여 작가가 된 사람은 없다. 따라서 자기도 모르는 사이에 이 작가, 저 작가로부터 아이디어를 얻어 오게 되고 그것을 그의 작품에 활용하게 되어 있다. 포스트모더니즘을 토방하는 작가 중에는 의도적으로 이 작가 저 작가로부터 좋은 아이디어나 표현을 빌려와 자기가 새롭게 구성하는 방식을 취한다. 그것은 절대로 표절이 아니라고 주장한다. 젊은 작가 중에 그런 작가가 한 사람 있었다. 그러나 무의식중에 차용된 것은 모르나 의식적으로 이전의 작품에서 차용하는 것은 표절과 구별하기 어려워진다. 그 젊은 작가도 의도적 차용을 그만두고 자기대로의 작품을 썼기 때문에 명예를 회복할 수 있었다. 혼성모방은 아직까지는 아무래도 위험한 기법인 것처럼 보인다.

최근 《조선일보》에 다음과 같은 연예기사가 나와 있다.

> TV에 꼭 잘 생기고 호감을 주는 연예인만 등장하라는 법은 없다. 요즈음 오히려 시청자들에게 부담을 주거나 ('부담보이' 천명훈), 정신없이 부산함으로 시청자들의 혼을 빼놓는 연예인(노홍철, 박명수)들이 뜨고 있다. 소위 '비호감' 연예인들이다. '호감을 받지 못한다' 는 의미에서 치명적이고, 옛날 같으면 섭외 대상에도 오르지 못했을 더들이 프로그램에 없어서는 안 되는 '감초' 역할을 하고 있다. 끊임없이 "쟤는 진짜 안 나왔으면 좋겠다." "오우~ 비호감이야."라는 말을 듣지만, 끊임없이 얼굴을 '들이대는' 연예인들이 생겨나고 있는 것이다.
>
> ─ 《조선일보》 2006. 2. 3 부분

못생긴 연예인들도 대중의 인기를 얻을 수 있는 포스트모던 시대의 한 특징이다. 정서법에 맞지 아니해도, 호응이 뒤죽박죽이어도, 수사법에 어긋나도 그 글에 익어지면 오히려 환호를 받을 수도 있다. "인식에 근거한 표현이 아니라, 존재에 근거한 표현"이기 때문이다. 료타르의 말처럼 "단순히 즐기기 위해서가 아니라 표현할 수 없는 것들에 대한 보다 강력한 의미를 부여하기 위해서 새로운 표현을 찾아내는 것"인지 모른다.

《조선일보》는 또 이런 기사를 신고 있다. "21세기 뮤즈(문예와 학문의 여신)의 이름은 디지털과 비주얼(영상)이다. 새로운 영감에 휩싸여 긴 열병을 앓고 있는 디지털 문화 지대를 조선일보 기자들이 탐사한다."고 전제한 후 우선 낯선 술어들부터 설명하고 있다.

> **댓글시(詩):** 최근 네티즌 사이에 화제가 된 귀여니 시집의 댓글을 지칭한 신조어.
> **팬픽(fanfic):** 팬 픽션(fan fiction)의 줄임말. 동방신기, 젝스키스 등 주로 남자 연예인을 주인공으로 등장시켜 팬들이 쓰는 소설.
> **야오이:** 일본어 야마나시, 오치나시, 이미나시의 줄임말, 의미 없음이란 뜻의 머리글들. 동성애적 '관계성'을 나타내는 신조어.
> **드라마 소설:** 인터넷 공모로 선발한 사람의 얼굴을 삽화처럼 사용하는 것이 특징.

제목을 이렇게 뽑고 있다. **소설 주인공 될래? 디카로 찍어 보내. 소제목으로 다시 귀여니 詩에 2만여 명 접속. - "詩다", "아니다" 와글와글 - "연예인은 내 글의 주인공" - 팬들이 소설쓰기 경쟁**

신세대 감성을 다룬 소설 '그 놈은 멋있었다.'로 인기작가가 된 귀여니. 그녀가 지난 1월 첫 주 야후 인물 검색 코너의 유명 인사 부문 1위로 떠올랐다. 갑자기, 첫 시집 '아프리카'를 읽은 네티즌들이 "시도 아니다"며 공

격하자 사이버 공간은 '친(親)귀여니파'와 '반(反)귀여니파'로 전쟁터가
된 것. 문제는 싸움 방식이다. 그녀가 연계한 싸이월드 미니홈피는 물론,
다음의 팬 사이트인 '귀사모', 출판사의 웹사이트 등이 그녀의 시를 패러
디한 댓글들로 도배됐다.

— 《조선일보》 2006. 2. 6 부분

이러한 야단법석은 문단하고는 아무 관계없는 듯이 보인다. 그러나
싸이월드의 문학에 관심을 나타내거나 애독하고 있는 젊은이들은 생
각보다는 엄청나게 많다는 것이다. 기성 시인의 시를 천 명 정도 읽었
다는 것도 대단할 정도인데 귀여니의 시에 2만 명이나 접속했다는 것
은 놀라운 일이 아닐 수 없다. 그의 소설은 어느 정도였겠는가? 유명인
사 1위로 떠올랐다는 것도 결코 무시할 수 없는 일이다. 십여 년 전만
해도 책으로 출판된 것만이 질은 그만두고라도 문학 형식의 반열에 들
어갈 수 있었다. 이젠 이 정도가 되었다면 온라인 문학도 인정하지 않
을 수 없을 것이다.

한국 수필을 양적으로 말한다면 현금만큼 많이 발표된 적이 없었다.
발표된 양으로 말한다면, 그리고 그 등단한 작가수로 말한다면 최전성
기라고 말할 수 있다. 60~70년대에 겨우 몇 사람의 인기 있는 수필가
에 의해 주도될 때와는 전혀 다른 양상이다. 그리고 수필의 장르가 독
립되어 있기는 하지만 주로 기성문인들의 수필이 대부분이었다. '한국
문학전집'이 어느 출판사에 의해서 출간되든 '수필'을 따로 묶은 곳은
대부분 문인들의 수필들이다. 그러니까 문인들이 여기(餘技)로 쓴 듯한
수필이 '한국문학전집'에 실린 수필인 셈이다. 따라서 수필이 아무리
독립된 장르로 인정되어 있다 하더라도 다른 문학에 부수되어 있는 느
낌을 면할 수 없었다.

양적으로 아무리 많이 발표되더라도 양질의 작품이 발표되지 않으

면 사실 가치가 없는 것이다. 따라서 문학사에 남을 수도 없고, 문학연구가들의 관심의 대상도 되지 않는다. 발표량이 많으면 자연 그 중에는 우수한 작품도 있기 마련이다. 『수필과 비평』(2006년 1/2월. 81호)에 필자가 재독하도록 추천한 허경자의 「어린 햇살」이나 홍미영의 「종소리」 등은 우수한 수필 작품임에 틀림없다. 사물을 보는 감수성이 탁월하기 때문이다. 그러나 문제는 수필문학에 거의 여성작가들이 몰려 있다는 것이 문제다. 섬세한 감수성이나 언어 감각은 좋으나 선이 굵지 못하고 수필에 있어서 거의 필수적인 요소라고 할 수 있는 유머와 위트의 감각이 부족하기 때문이다. 그것이 대부분의 여성 작가들이 갖는 한계다.

어쨌든 우리는 포스트모던 시대에 살고 있고, 포스트모던의 문학을 생산, 향수하고 있다. 그 문학의 특징과 의미, 실체를 살펴보았다. 한국문학의 위기라면 위기이고, 기회라면 기회인 국면은 모든 문학들이 장르를 허물고 있다는 사실, 다른 말로 하면 수필화되고 있다는 사실이다. 수필은 어떤 문학의 형태이든 포용하는 넉넉함을 가진 장르이기 때문에 그들을 모두 받아들여서 이른바 포멀리즘에서 말하는 문학성이 있는 작품을 생산하는 것이 문학이라는 이름을 붙인 온갖 종류의 잡문 속에서 진정한 문학을 구하는 길이라고 생각된다.

수필문학의 어제와 오늘, 그리고 미래

1. 서론

　문학사를 뒤돌아보면 문학의 형식은 시대의 산물이라는 것을 새삼스럽게 깨닫게 된다. 원시종합예술에서 문학이 분화되어 나왔다는 것이 일반적인 통설이다. 몸짓과 노래와 어울려 예술적 감흥을 불러일으키던 상태에서 언어 단독으로 그 예술적 기능을 불러일으킬 수 있었을 때 분화된 것이다. 언제쯤 그렇게 되었는지 각 종족마다 지역마다 달라 정확하게 말할 수는 없다. 그러나 그것은 인간의 지능의 발달과 분명히 관계가 있고, 그 종족이 처한 시대적 상황과 밀접한 관계를 맺고 있다.

　우리 민족의 문학사를 뒤돌아 볼 때도 예외는 결코 아니다. 부여의 영고(迎鼓), 예(濊)의 무천(舞天), 고구려의 동맹(同盟) 등이 모두 원시종합예술의 한 형태였으며, 국문학자들은 이에서 국문학의 기원을 찾고 있다. 이후 나타난 「공후인(箜篌引)」, 「황조가(黃鳥歌)」, 「구지가(龜旨歌)」 등은 종합예술에서 완전히 독립된 것은 아니지만, 언어 그 자체만으로도 어느 정도 예술적 기능을 수행할 수 있었던 형태라고 할 수 있다.[1)]

이후 신라의 향가, 고려의 경기체가와 서민들의 가요, 이조의 시조 및 가사, 이야기와 내간 등이 우리말로 된 고전문학의 전부라고 할 수 있다. 한자가 수입된 이후에는 본격적인 문학예술이라고 생각한 것은 천여 년을 넘게 한시에만 국한되어 있었다. 우리말로 된 문학을 본격적인 문학으로 간주하고 작가들이 전심해서 창작한 것은 신문학 이후의 일이다. 우리 조상들이 문학의 본령이라고 생각하고 창작했던 한시문(漢詩文)이 후대에 와서 기껏 주변문학으로 추락될 것을 누가 상상이나 했을까? 그간에 우리의 엘리트들이 쏟아온 정력이 너무나 애석하다는 느낌을 떨쳐버릴 수가 없다. 그 대신에 주변 문학으로 연명해 오던 우리말의 문학이 정통의 국문학으로 등극하지 않았는가? 아녀자의 문학으로 생각되었던 정음 문학이 본격문학으로 된 것은 시대에 따른 문화의 산물이다. 역사의 아이러니를 새삼 느끼게 한다.

그렇다면 우리 문학에 있어서 수필의 전통은 어떻게 이어 왔다고 볼 수 있는가? 정음의 문학이 홀대된 만큼 수필도 우리의 고전문학에서는 제대로 대접을 받지 못했다. 우선 수필과 같은 것은 잡록(雜錄), 잡문(雜文)이라고 해서 문학예술로 간주되지도 않았다. 기록된 것도 대체로 한문으로 된 것이 압도적으로 많다. 얼마 되지 않지만 일기, 기행, 내간 등 정음으로 기록된 것이 있어서 고전문학의 귀한 자료가 되어 있다.

개화기에 와서는 잠시 수필의 세상이 된 듯한 느낌이 있다. 이른바 '논설적 서사물'이나 '서사적 논설'은 모두 수필이라고 할 수 있기 때

---

1 장덕순, 『국문학통론』, 신구문화사, 1985, 71~88쪽.

문이다.[2] 그러나 이들은 계몽적 역할은 훌륭하게 수행했으나 문학작품으로서 그 가치를 인정받기는 곤란하다. 따라서 이후 나타난 '신시'나 '신소설'의 인기에 밀려 문학의 주변에 머물러 있었다고 말할 수 있다.

1960년대와 1970년대에 와서 다시 수필의 시대가 도래한 적이 있었다. 이어령, 김형석, 안병욱 등이 선봉에 나서서 수필의 시대를 열었다. 문학인이 되고자 열망하는 젊은이들은 이들의 수필집을 남보란 듯이 끼고 다니며 그들의 문학열을 과시했다. 이들의 수필집을 베스트셀러로 만들어 다른 장르의 문학에도 영향을 미쳤다. 이제 문학은 엘리트들의 전유물이 아니라, 대중 속에서 문학의 열기를 피우기 시작한 신호라고 볼 수도 있다. 이후 수필은 우리 문학의 한 장르로서 당당하게 그 자리를 차지할 수 있었다.

그렇다면 현금의 수필적 상황은 어떠한가? 한국문학에서 르네상스를 맞고 있다고 해도 가히 틀린 말은 아니라고 할 수 있다. 엘리트가 주도하는 문학이 아니라, 대중이 주도하는 면에서 그렇다는 것이다. 작가가 주도하는 문학이 아니라, 독자가 주도하는 면에서 그렇다는 것이다. 물론 대중매체에서도 비평계에서도 이에 대해서 주목하고 있는 것 같지는 않은 것 같다. 시나 소설에 비하여 문학예술성에 있어서도 우수하다고 말할 수도 없다. 그러나 분명히 새로운 시대의 여건에 맞추어 새롭게 태어나는 문학의 형태로서 우리는 수필을 주목하지 않을 수 없다.

2. 수직의 축에서 수평의 축으로

문자가 인간 언어의 소통매체라는 점에서 본다면, 한자는 음성문자

---

2 김영민, 『한국근대소설사』, 솔출판사, 1997, 1장과 2장.

인 우리의 정음에 비교할 바가 못 된다. 그럼에도 불구하고 우리의 조상들은 사백 수십 년 동안 우리의 정통 표기수단을 한자에서 정음으로 바꾸지 못했다. 여기에는 언어의 기능 자체만이 아니라, 사회적인 문제가 깊이 내재해 있었다고 말할 수 있다. 서양의 문화가 들어오면서 문자에 대한 인식이 바뀌게 되었고, 그것은 개화기와 더불어 세상을 보는 눈을 바꾸기 시작했던 것이다. 이른바 '수직의 축에서 수평의 축'으로 바뀌는 추정관(推定觀)을 가지기 시작했다는 뜻이다.

이 추정관(assumption)[3]은 사회조직을 수직적 구조에서 수평적 구조로 바꾸어 가면서 세상을 보는 관점이다. 수직적 구조의 사회란 상하관계로 맺어져 있는 데 비하여 수평적 구조의 사회는 대등한 인간끼리 맺어진 사회다. 원시사회는 대체로 절대적 수직적 구조의 사회다. 역사를 거슬러 올라갈수록 수직적 구조가 강한 반면에 현대에 올수록 수평적 구조에 가깝다. 지금 전 세계는 일부 특정한 지역이나 국가를 제외하고는 수평적 축의 추정관이 보편화되어 있다. 수직의 축에서 수평의 축으로의 변화는 서구 문화에서 먼저 시작되었다. 희랍 로마의 민주정치에서 그 연원을 찾을 수 있으나 그것이 보편화되기 시작한 것은 르네상스 이후라고 생각된다. 한국은 개화기에 와서야 시작되었다고 생각되며 이제 겨우 한 세기를 넘어서고 있다. 수직의 추정관은 한 정점을 향하여 삶의 목적과 가치가 결정되어 있다면, 수평의 추정관은 그것이 수평으로 연결되어서 나타난다고 할 수 있다. 수직적 추정관이 지배할 때는 단적인 예로 적(敵)은 사람으로 보이지 않고, 다만 적으로 보았다.

---

3 추정관이라는 말은 필자가 조어한 말이다. 영어의 assumption을 번역한 말로서 그렇게 될 것이라고 추정해서 계획을 세우고 미래를 조망한다. 그 추정관에 따라 인간의 현재 삶에 지대한 영향을 준다.

따라서 적(敵)은 아무리 죽여도 인간으로서 가책(苛責)을 느낄 수 없었던 것이다. 적을 사로잡아 와서 노예로 부려도 그것은 당연한 것으로 생각되었다. 한국에서는 노비문서로 혹은 그 출신으로 같은 인간을 인간으로 취급하지 아니해도 극히 당연한 것으로 생각했던 것이다.

서구에서는 19세기가 되면서 국내적으로는 이 수평의 축이 어느 정도 이루어진 듯이 보였지만, 타국에 대해서는 전혀 그렇지 못했다. 개발되지 못한 나라를 침략해서 그 민족들을 착취하는 제국주의적 발상이 바로 그런 것이다. 20세기에 들어와서 약소민족들이 하나씩 독립함으로써 어느 정도 시정되는 듯했지만, 그것은 한 세기에 걸쳐 진행되는 과정에 있을 뿐이다. 타민족에 대한 이 추정관의 시험이 결정적으로 드러난 것은 미국이 월남에서 치른 전쟁에서였다. 만약 전력으로만 친다면 미국이 월남에서 패배할 리가 없다. 이전의 추정관에서 말한다면 월남 전국을 불바다로 만들어 월남인을 모조리 살육한다고 해도 죄악이 아니다. 그러나 미국은 전력에서 패배한 것이 아니라, 미국 내의 여론에 의해서 패배한 것이다. 무고한 월남인을 모두 사지로 내몰 수 없다는 미국 국민의 소리를 잠재울 수 없었던 것이다.

물론 수평의 추정관이 완전하게 이루어진 곳은 없다. 그러나 수직의 축이 수평의 축으로 조금씩 기울고 있다는 것은 엄연한 사실이다. 특히, 아프리카나 오스트레일리아에 원주민이 살고 있는 곳은 거의 예외 없이 수직의 축이 지배하는 사회가 되어 있다. 20세기에 들어와서도 북한은 수직의 추정관이 덮어씌워져 있다. 그러나 더디기는 하지만 조만간 바뀔 수밖에 없을 것이다.

그렇다면 이 수평의 추정관은 이 시대의 문학과는 어떤 관계가 있다는 말인가? 작가의 문학에서 독자의 문학으로 바뀌어 간다는 것을 의미한다. 아니 작가와 독자를 구태여 구별하지 않는 공유의 문학으로 된다는 뜻이다. 작품의 생산자이면서 향유자가 되고, 향수자(享受者)이면서 생산자가 되는 시대에 들어왔다는 말이다.

문학 중에서 시가 제일 먼저 그와 같은 실천에 옮겨지고 있는 듯이 보인다. 대부분의 시집이 팔리지 않는다는 것은 오래 전의 일이다. 시인들은 시집을 내서 동료 시인에게 나누어주는 것으로 그 보람을 느낀다. 한국에는 6천 수백 명의 등단시인들이 있다고 한다. 동인지 등을 통하여 시를 발표하고 있는 시인들 또한 그보다 더 많다. 그 시를 읽는 순수한 독자가 몇이나 될 것인가? 그들 모두 시를 창작하면서 다른 시인의 시를 읽고 있다고 볼 수 있다. 그들은 시를 창작하면서 또한 동시에 시를 향수하고 있는 것이다.

수필 또한 시와 같이 생산과 향수(享受)가 동시에 이루어지는 상황에 와 있다고 말할 수 있다. 1960년대와 70년대의 성황기는 분명히 몇 사람의 에세이스트에 의하여 주도되었다. 현금의 수필 르네상스는 몇 사람에 의하여 주도되고 있지 않다는 것은 분명한 사실이다. 이름도 없는 무수한 에세이스트, 그리고 자기 에세이를 포함한 무수한 무명 · 유명의 에세이 향수자들에 의하여 붐을 일으키고 있는 것이다. 필자는 수필의 수준이 같다고는 말하지 않는다. 천차만별이다. 이전에는 좋은 수필은 호평을 받고 나쁜 수필은 악평을 받기 마련이었다. 그러나 이 지금은 그렇게 비평할 비평가도 없다. 있다고 해도 그 많은 수필을 읽고 골라낼 여력도 없다. 한정된 동료의 수필가가 읽은 느낌을 말하는 것으로 만족해야 할 것이다.

수직의 축이 수평의 축으로 바뀌어 온 그 추정관은 문학을 보는 눈을 바꾸게 한 것이다. 그것은 인간의 예술 활동이 시작된 원시종합예술에서부터 배태(胚胎)된 것이지만, 그간에 작가의 전문화로 인해 모든 예술 활동이 작가 중심으로 무게가 실려 버린 그 반동이라고 생각할 수 있다. 20세기에 들어와서 장르 파괴의 문학이 선을 보이기 시작하면서 그에 대한 문학이론이 그 근거를 제공해 주고 있다. 이른바 수용미학이 그 골격의 틀을 제공하고 있다. 볼프강 이저(Wolfgang Iser)가 주장하는 문학 행위(literary act)의 이론이나[4] 최근에 세력을 얻고 있는 독자수용의 비평(reader-response criticism) 등이 그것이다. 문학은 종이에 인쇄된 글자에 있지 않다는 것이다. 그 글자를 읽고 내면화할 때 비로소 문학의 행위로 나타나게 된다.

그렇다면 소설이나 희곡에 앞서 왜 수필이 시를 따르는 제2주자가 되었을까? 수필은 시와는 다른 차원에서 생산자와 향수자를 겸하게 되어 있다. 시는 노래하는 시였을 때 비록 생산 당사자가 아니었다고 하더라도 시의 심미적 향수에 즐겁게 참여할 수 있었다. 그러나 시가 전문화되면서 난해해지기 시작했고, 난해해지면서 독자의 이런 참여는 줄어들 수밖에 없었다. 일반 독자들은 난해한 시에 자연 거리를 둘 수밖에 없었기 때문이다. 그렇다고 시가 마냥 음풍농월(吟風弄月)에 머물러 있었을 수만은 없는 것이었다. 시인으로서는 여러 가지 실험을 통하여 미답(未踏)의 새로운 길을 모색하지 않을 수 없기 때문이다. 보편적 상징이나 전래적 상징은 아무리 기묘하다고 해도 공감의 영역에 벗어나지 않는다. 그러나 개인적 상징에 이르면 시인의 내면을 들여다보지 않고는 이해가 불가능하다. 개인마다 그 사정은 너무나 다르다. 뿐만 아니라 고도의 기교를 구사하여 다양한 실험을 하고 있으면 더욱 난해해질 수밖에 없다. 따라서 시인은 동료 시인들에게 그의 시적 성취를 내보여 주고 위안을 얻기도 하고 심미적 공감을 갖게 되는 것이다.

수필은 이와는 다른 차원에서 생산자와 향수자를 겸하게 된다. 우선

4 Wolfgang Iser, 『The Implied Reader』, The JohnsHopkins University Press, 1974.

쓰기가 쉽다. 아무런 형식을 요구하지 않기 때문이다. 허구를 필요도 하지 않기 때문에 느낀 대로, 생각한 대로 쓰면 되는 것이다. 인간은 겪었던 일을 다른 사람에게 말하고 싶어 한다. 그 말하고 싶은 것을 글로 적으면 수필이 되는 것이다. 물론 수준의 차이는 있다. 말은 상황성이 강한 것이니까 글과는 다르다. 다소 틀려도 좋고, 반복해서 말해도 좋고, 제스처로 말을 보충하기도 한다. 말하는 대신 글로 옮겨 놓은 것이 수필의 한 형태라고 할 수 있다. 물론 말을 글로 바꾸어 놓는 일이 쉬운 일은 아니다. 말은 잘하지만 글을 못 쓰는 사람이 얼마든지 있을 수 있다. 그러나 대체로 사람들은 겪었던 일이나 내면의 감정과 생각을 글로 담아보려는 욕망을 갖고 있다. 이 욕망이야말로 수필이 존재하는 최초의 원인이 되는 것이다.

글을 쓰고 나면 그 글에 대하여 평가를 받고 싶어 하는 것이 인간의 심정이다. 그 평가는 남이 아니라, 자기 자신일 수도 있다. 그러나 대체로 남이 해 줄 때 더 큰 즐거움을 느낀다. 평가를 받지 아니해도 남이 나의 글을 읽어주는 것만으로 기쁨을 느끼기 때문이다. 또 남의 잘 쓴 글을 읽으면 공감하는 바가 커서 기쁨을 느낀다. 수직의 추정관 속에 사는 세상에서는 이 관계가 생산자라는 정점에서 수많은 향유자와 이루어지는 관계가 된다. 이와는 달리 수평의 추정관 속에서는 다자(多者)의 관계로 이루어진다. 수필은 다자의 관계를 유지하면서 상호의 문학 행위를 하기 때문에 바로 이 시대의 가장 적합한 형식이 되는 것이다.

3. 수필의 형식

수필(隨筆)이란 말을 글자 그대로 풀이하면 "붓을 따라 쓴 글", "붓 가는 대로 쓴"이 된다. 이 말을 좀 더 풀이해 보면, "형식에 묶이지 않고 듣고, 보고, 체험한 것, 느낀 것을 생각나는 대로 쓰는 산문 형식의 글"5) 이 될 것이다. 여기서 붓이란 필기 기구라는 뜻이다. 옛날의 한국이나 중국의 필기 기구는 붓이었기 때문이다. 그렇다면 수필의 역사는 인간 이 문자를 가지기 시작한 그때부터라고 해도 틀린 말은 아니다. 아니 그보다 훨씬 더 이전으로 거슬러 올라갈 수가 있다. 문자를 가지기 이 전에 말을 가졌기 때문이고, 말을 가졌다는 것은 말로 된 어떤 표현을 가졌을 것임에 틀림없기 때문이다. 그것은 기록문학 이전에 구술문학 (oral literature)을 가졌다고 생각하는 견해와 같은 것이다. 문자문학 이 후에도 구술문학의 오랜 전통을 갖고 있었던 것을 보면 문자문학 이전 에 상당히 오랫동안 구술문학의 시대가 있었다는 것을 말하는 것이다.

수필이 문학의 자격을 얻은 것은 동양이나 서양이나 그리 오래지 않 다. 그 말은 수필이라는 글의 형태는 오래 전부터 존재했으나 그것을 문학의 한 종류로는 보지 않았다는 말이다. 수필은 대체로 산문에 속 하고 산문으로 된 글은 고대에는 문학으로 취급하지 않았기 때문이다. 소설도 근대 이전에는 문학의 한 종류로 보지 않았던 것을 보면 수필 도 당연하다는 느낌이 든다. 그러나 오늘날 소설이 문학이 아니라고 말할 수 없는 것과 같이 수필을 문학의 형태가 아니라고 말할 수 있는 사람은 아무도 없다.

수필은 시, 소설, 희곡 등과 같이 당당히 문학의 한 형태이다. 그러 나 다른 문학 형태는 각기 그 나름의 특별한 형식이 있지만 수필은 수 필 그 자체의 형식이 없다. 그 때문에 수필을 두고 '무형식의 문학'이 라고 말한다. 아마 그 때문에 수필이 문학의 자격을 획득하지 못했던 이유도 될 것이다. 수필이 그 나름의 독특한 형식이 없다는 말은 소극

---

5 신기철, 신용철 편, 『새 우리말 큰사전』, 삼성출판사, 1989, 참조.

적 견해이고, 좀 더 적극적으로 말한다면 수필은 어떤 문학형식이든지 차용할 수 있다는 말이 된다. 다른 말로 하면 다른 문학형식을 얼마든지 채용해서 훌륭한 문학작품을 창작할 수 있다는 말이다. 러시아 형식주의자들을 말을 빌리면, 문학에 있어서 중요한 것은 문학성(literariness)이지 문학의 형식이 아니기 때문이다.

그렇다면 문학성이란 무엇인가 하고 물을 수 있다. 문학성이란 간단하게 대답할 수 있는 성질의 것은 아니다. 여러 면에서 밝혀내야 할 문제이기 때문이다. 학자들은 학자들대로, 작가는 작가들대로 깊이 탐구해야 할 것이고, 또 문학적 체험을 해보아야 할 것이다. 그 뿐 아니라, 시공간에 따라 문학성의 기준도 크게 달라질 수도 있다. 문학성은 우리가 문학 공부를 하는 깊이만큼 이해할 수 있을 것으로 생각된다. 수필에 대한 이해도 그것과 함께 할 수 있을 것이다.

수필은 우리 생활의 가장 가까운 곳에서 흔하게 접할 수 있는 문학형태이기 때문에 쉽게 만나볼 수 있다.

1) 향기로운 MJB의 미각을 잊어버린 지도 20여 일이나 됩니다. 이곳에는 신문도 잘 아니 오고 체전부는 이따금 '하도롱' 빛 소식을 가져옵니다. 거기는 누에고치와 옥수수의 사연이 적혀 있습니다. 마을 사람들은 멀리 떨어져 사는 일가 때문에 수심이 생겼습니다. 나도 도회에 남기고 온 일이 걱정이 됩니다.

건너편 팔봉산에는 노루와 멧도야지가 있답니다. 그리고 기우제 지내던 개골창까지 내려와서 가재를 잡아먹는 곰을 본 사람도 있습니다. 동물원에서밖에 볼 수 없는 짐승, 산에 있는 짐승들을 사로잡아다가 동물원에 갖다 가둔 것이 아니라, 동물원에 있는 짐승들을 이런 산에다 내어 놓아준 것만 같은 착각을 자꾸만 느낍니다. 밤이 되면 달도 없는 그믐칠야에 팔봉산도 사람이 침소로 들어가듯이 어둠 속으로 아주 없어져 버립니다.

— 이상, 「산촌여정(山村餘情)」 부분

2) 여기 맑은 날의 공기 속에 한 신부(新婦)의 일행이 지나가요. 꽃가마에 탄 신부의 나이는 신라적 시집 갈 나°니까, 그렇지, 스무 살 안팎, 신부는 시방 바로 시집가는 길. 먼 신랑 집에서 베푸는 결혼식에 늦을 세라 대어가는 길. 그의 탄 꽃가마는 나루를 건너서, 나룻목에 배가 매이자, 산이 우러러 뵈는 언덕길을 깁더 올라가고 있소.

　　　　　　　　　　　 ─ 서정주, 「처녀(處女)의 공기(空氣)」 부분

3) "표 찍어주서요오"

"여보서요! 이 표 안 찍어줘요?"

색시가 돈을 내대고 이렇게 요구하였으나 그래도 차장은 눈 하나 떠보려 하지 않으므로,

"아니 여보! 표 안 찍우?"

이번에는 사각모가 무색해진 색시의 체면을 서우기 위하여 위엄 있는 어조로 불렀으나 그래도 역 반응이 없다.

"표 안찍구 졸고만 있으면 어떡해?"

"어젯밤은 새웠나?"

"고만두구려, 이따 그냥 내리지."

그들은 약간 해어진 자존심을 느끼면서 이렇게들 투덜거리지 않을 수 없었다.

　　　　　　　　　　　 ─ 김유정, 「전차가 희극을 낳아」 부분

4) ─경들, 이리로 들어오라.

제신(諸臣)이 들어가 부복(俯伏)하였다. 세조(世祖)는 앞서부터 이름난 修養(首陽)대군이라, 땀 한 방울 없이 앉았지만, 범인(凡人)인 그들은 이마에, 등에, 짠물이 개울물 흐르듯 한다.

─국사(國事)를 돌보려면 참을성을 길러야 해. 여(予)는 서늘하네만, 경(卿)들은 어때? 더운가?

─신들도 모두 서늘하와이다.

─암 그렇겠지. 삼복염천(三伏炎天)에 농부들의 더위가 어떠할까를 함께 체험키 위하여 경(卿)들을 불렀어. 어때? 더운가?

─예, 과연 뜨겁도소이다. 아, 아니, 서늘하와이다.

마지못해 들어와 앉은 처(妻) 자(子) 군에게 내가 이런 대단한 영주(英主)의 일화(逸話)를 소개하고 나서,

　－〈비지〉 백반에 불고기나 한 턱 낼까? 나는 막걸리나 먹고.

　－여름에 하필 더운 비지는요?

　－그래야 〈비지땀〉을 흘리지. 이열치열(以熱治熱) (…중략…) 누구는 뜨거운 죽을 먹었다는데.

— 양주동, 「비지땀」 부분

5) 말이라고 하는 것은 일정한 지시적 의미를 갖는다. 그것은 그 말을 사용하는 언어공동체 속의 묵계와 관습에 의해서 결정된 것이다. 한 낱말은 지시적 의미 이외에도 제각기 특유한 함축을 가지고 있다. 이 함축도 그 말을 사용하는 언어공동체의 동의와 관습에 의해서 형성된 것이다. 그러나 개인적 지역적 시대적 변수에 따라서 지시적 의미보다 상대적으로 고정성이나 항상성이 취약하며 가변적이라 할 수 있다.

지시적 의미와 함축의 차이는 동의를 검토해 보면 분명해진다. 부부, 부처, 내외, 안팎, 양주는 모두 동의어여서 그 지시적 의미는 동일하다. 그럼에도 불구하고 그 함축은 크게 달라서 적절치 않게 사용되었다고 생각될 때 큰 감정의 분규를 자아낼 소지조차 있다. 이러한 함축이 크게는 계급적 편견의 소산인 경우가 많아서 어떤 계층이 쓰는 말이냐에 따라서 그 함축의 성질이 결정되는 수도 있다. (…중략…) 그런데 시는 이러한 함축에 크게 의존하고 있다. 우리는 그것을 널리 알려지고 애송되는 표준적인 사화집 흐름의 작품 속에서 확인할 수 있다.

— 유종호, 「시의 언어」 부분

6) 1950년, 그 해 평양의 초여름은 유난히 무더웠던 것 같다.

교회에 나갔더니 모두들 전쟁이 터졌다고 야단들이었다. 목사인 아버지의 설교 말씀도 갈팡질팡하시는 것 같았다. 무슨 말씀을 하고 계셨는지 지금 잘 기억도 나지 않지만, 마음을 굳게 먹고 흔들리지 말라는 말씀이었던 같다. (…중략…)

나는 고등학교는 나왔으나 대학에 갈 형편이 되지를 못했다. 목사의 아들이라 하도 성분이 나빠서 대학에 갈 생각이란 처음부터 포기하고 있었

기 때문이고, 한시라도 빨리 서울에 피난을 가야 한다는 생각 때문이었다. 평양신학에 입학은 됐었지만 교장 이하 교수 전원이 행방불명이 되는 바람에 학교는 문을 닫고 말았다. 나는 집에서 빈둥빈둥 놀고 있을 수밖에 없었다.

— 서광선, 「눈 속의 눈물」 부분

1)은 흔히 우리가 수필이라고 말하는 형태의 글이다. 도시에서 시골로 온 필자가 팔봉산의 풍경을 담담하게 그리고 있다. 인용된 부분만 가지고는 필자가 무엇을 전달하고자 하는지 알 수 없지만 읽는 재미가 솔솔 나는 글이다. 그것은 "'하도롱' 빛 소식"이라든지, "누에고치와 옥수수의 사연"과 같은 참신한 은유가 있어서도 그러하지만, "동물원에 있는 짐승들을 이런 산에다 내어 놓아준 것만 같은 착각"을 갖는다든지, "팔봉산도 사람이 침소로 들어가듯이 어둠 속으로" 없어진다는 특이한 생각을 하고 있기 때문이다. 필자인 이상(李箱)은 실제로 장르를 구별할 수 없는 글을 많이 썼다. 그의 어떤 글은 시 같기도 하고, 수필 같기고 하고, 소설 같기도 하다.

2)는 일종의 산문시 같은 수필이다. 이 작품은 매우 짧은 글인데 처녀가 시집가는 날 산 속을 가다가 가마꾼에게 멈추게 하고 맑은 산의 공기를 마신다는 내용이다. 이 작품을 다 읽고 난 느낌도 시와 아주 유사하다. 어미가 경어로 끝나고 있는 것도 시의 어법과 비슷하다. 실제로 필자인 서정주의 시집에는 이와 비슷한 시들이 많다.

3)은 소설의 한 부분과 비슷하다. 물론 아주 짧은 소설에 콩트(葉片小說)라는 것이 있기는 하지만, 필자는 소설을 쓰라는 청탁에 의해서 쓴 것이 아니라 수필을 써달라는 청탁에 의하여 쓴 글이다. 수필이 소설과 유사하지만 역시 수필이라고 할 수밖에 없는 작품도 많다.

4)는 희곡과 비슷하다. -의 앞에 인물의 이름이 없을 뿐이다. 희곡

과 꼭 같은 형식으로 쓴 글을 수필 속에 삽입할 수도 있을 것이다. 물론 짧은 글에서도 볼 수 있는 것처럼 앞의 글은 어느 역사적 일화를 인용한 것이고 뒤의 것은 필자가 겪은 일을 적은 것이다. 희곡과 비슷한 형태로 수필을 썼다고 해도 탓할 사람은 없을 것이다.

5)는 문학 평문이다. 시의 언어가 어떤 것인가를 설명하기 위하여 말의 지시적 의미와 함축을 설명하고 있다. 매우 논리적인 글이라고 할 수 있다. 이보다 더 논리적인 글도 수필로 분류할 수 있는 글이 얼마든지 있다. 가령, 신문사설이나 정치평론 같은 글도 수필이라고 할 수 있다.

문학은 반드시 어떤 장르에 들어가야 하는 것이 중요한 것이 아니라, 문학성을 지니고 있는가, 없는가가 중요한 것이다. 이 문학성이라는 말은 아주 넓은 의미를 지니고 있다. 윈스턴 처칠이 「제2차대전 회고록」으로 노벨문학상을 받은 것이라든지, 지그문트 프로이트의 「꿈의 해석」이 노벨문학상을 타지 못했던 것은 큰 실책이라고 질책한 사람이 있는데 우리가 통상 문학이라고 생각하는 범위보다 훨씬 더 넓다고 말할 수 있다. 니체의 「비극의 탄생」이나 「차라투스트라는 이렇게 말했다」 등은 철학서도 되지만 문학작품으로도 얼마든지 볼 수 있다는 사실이다.

6)은 짧은 자서전과 같은 글이다. 필자가 6·25 전쟁 무렵에 겪은 일을 회상하면서 쓴 글이다. 자서전은 훌륭한 수필문학이다. 이 외에도 일기, 기행문, 편지, 격문 등도 모두 수필이라고 할 수 있다.

수필의 범위가 이렇게 넓고, 어떠한 글의 형식도 다 포괄할 수 있으니 수필가는 따로 있다기보다 누구나 할 수 있는 것 같이 보인다. 그러니까 세상에는 수필가도 많고, 수필 작품도 많다. 그러나 훌륭한 수필 작품은 그리 많지 않다. 그만큼 수필은 쉽게 쓸 수 있다는 말도 되지만, 훌륭한 작품을 창작하기는 어렵다는 말도 된다.

우리는 문학을 광의로 정의하면, 말로 된 것은 모두 문학이라고 말한다. 사실 말로 된 것 중에 어떤 것을 문학이라고 하고 어떤 것을 문학이 아니라고 말할 수 있는가는 그리 쉽지 않다. 그것을 막연히 문학성을 갖고 있는 글(말)과 문학성을 갖고 있지 않는 글(말)로 구분하지만, 구체적으로 '어떤 글이 문학성을 가진 글인가' 라고 한다면 대답이 궁해진다. 다만 훌륭한 작가의 작품을 예로 들면서 이런 작품은 문학성을 지닌 작품이라고 말할 수 있을 뿐이다.

그런데 이것만은 분명하다. 문학성을 지닌 작품의 글은 절대로 졸문(拙文)으로 되어 있지 않다는 사실이다. 우선 훌륭하게 쓰인 글이 되고 난 다음에야 훌륭한 작품이 될 수 있다는 말이다. 가끔 상식으로 이해되지 않는 글로 된 훌륭한 작품이 있다. 그러나 그것은 바른 글쓰기를 제대로 익히지 않고 바로 그렇게 된 것이 아니다. 미술의 기초가 스케치이듯이 수필의 기초도 바른 글쓰기이다. 그 기초 위에서 필자의 개성적이고 예술적 의도를 살려내어야 한다. 다시 말하면 자기 문체를 가져야 한다. 우선 바른 글쓰기의 기초적 능력을 기르는 것이 무엇보다 중요하다. 다른 어떤 장르보다 수필은 글을 바르게 쓸 수 있는 능력을 요구한다.

4. 다가오는 시대의 문학, 수필

앨빈 토플러의 『미래의 충격(*Future Shock*)』이 출간된 것은 1970년이다. 이제 35년이 넘어서고 있지만, 그가 진단하고 예언한 것은 별로 어긋나지 않고 있다. 이 책의 서두는 이렇게 시작되고 있다.

지금과 21세기 사이의 짧은 30년 기간에 심리적으로 정상적인 수백만의 일반인들은 미래와 돌연한 충돌에 직면하게 될 것이다. 세계의 가장 부유하고 기술적으로 선진한 나라의 시민들 중 많은 사람들이 이 시대를 특징짓는 변화에 대한 지속적인 요구에 보조를 맞추어 나간다는 것은 끊임없는 고통이라는 사실을 발견하게 될 것이다. 미래는 그들에게 너무나 빠르게 도착해버렸다.[6]

요컨대 이 변화에 보조를 맞추어 가지 못하는 사람은 시대에서 낙오한 사람들로서 21세기의 주민이 못 된다는 뜻이다. 그렇다면 이 변화가 무엇이며 이 변화에 어떻게 적응해 갈 것인가가 21세기의 문제라고할 수 있다.

이언 와트(Ian Watt)는 『소설의 발생(*The Rise of Novel*)』이라는 저서 속에서 영국의 근대소설 'novel'을 개척한 선구자 데포(Daniel Defoe), 리처드슨(Samuel Richardson), 필딩(Henry Fielding)의 소설과 그 이전의 '이야기'들과 무엇이 어떻게 다른가를 논하였다. 이들 소설가들의 사상적 근거는 근대를 출발시킨 데카르트(Descartes)와 로크(Locke)에 있다는 것이다. 그 사상이 소설에 구체화된 것으로서 개인적인 체험의 중시, 구체적이고 면밀한 묘사, 개별적 주체성의 강조, 시간에 의한 삶의 중시, 구체적 공간에서의 소설, 삶의 정확한 기록 등을 들고 있다. 이중에서 '시간에 의한 삶(life by time)'은 기계문명이 발달할수록 더욱 가속화되고 있다. 앨빈 토플러가 '변화'라고 지적하고 있는 것은 모두 이 시간에 의한 삶의 가속화라고 할 수 있다.

토플러는 이렇게 말하고 있다.

---

6 Alvin Toffler, 「Introduction」, 『*Future Shock*』, A Bantom Book, 1971.

미래충격은 시간 현상이며, 사회에 있어서 엄청나게 가속화된 변화의 산물이다. 그것은 이전의 문화가 새로운 문화에 의하여 점령되면서 일어나는 것이다. 사회 그 자체에서는 문화충격이지만 그에 영향을 받아 일어나는 것은 훨씬 악화되어 일어난다.[7]

와트에 의하면 근대 이전은 '가치에 의한 삶(life by value)'이라면 근대 이후의 삶은 '시간에 의한 삶(life by time)'이라는 것이다. 변하는 삶에 무상함을 느껴 그것을 극복할 수 있는 방안이 무엇일까를 추구했던 성인들이 소크라테스, 플라톤, 예수, 석가, 공자 등이다. 그들은 삶의 덧없음에 실망한 나머지 변하지 않는 영원한 진리가 무엇인가 그것을 추구했다고 볼 수 있다. 현실의 세계는 이데아의 허상에 불과하다고 생각해서 영원히 변치 않는 이데아의 세계를 추구한 소크라테스와 플라톤, 이 세상의 삶은 영생할 수 있는 천국을 준비하는 삶에 지나지 않는다고 외쳤던 예수, 이 세상의 희비애락이 덧없다고 생각해서 그것을 초월해야 된다고 가르쳤던 석가, 인간의 윤리 도덕은 영원히 변하지 않는다고 가르쳤던 공자, 그러나 근대에 오면서 많은 사람들은 영원한 진리란 존재할 수 없다고 생각하기 시작한다. 왜냐하면 시간에 따라 가치도 변하고 진리도 변하기 때문이다.

토플러는 최근 30년 동안에 변해버린 문화를 수없이 들고 있다. 몇 개의 예를 들면 첫째 항구적인 것이 아니라 '임시적(transient)'인 것을 지향하는 사회여서 무엇이든지 한번 쓰고 나면 '내다 버리는 사회(throw-away society)'가 된다는 것이다. 일회용 결혼예복, 장난감, 인형은 물론 단기간에만 쓰는 교실, 그 당장에만 필요한 경제학, 가변적인 놀이공원, 성능과는 관계없이 유행에 맞추어 만든 기계, 따라서 모든

---

7 위의 책, p.11.

제품에 있어서는 물론 행사의 진행에 있어서도 렌탈 사업이 혁명을 일으킨다는 것이다. 인간도 한 곳에 머물러 활동하는 것이 아니라 수시로 장소를 이동하면서 활동하는 사람이 많아지게 된다. 이전에는 같은 지역, 같은 취미 혹은 직업을 가진 사람들로 구성된 클럽이 대부분이었으나 지금은 다양한 취미나 직업은 물론, 삼백만 마일에 걸친 클럽이 생기게 될 정도라는 것이다. 그만큼 어느 한 곳에 정착하지 않는다. 토플러는 이들을 '신 유목민(new nomads)'이라고 불렀다.

인간관계도 지속적인 것은 아무것도 없다. 만나서 일할 때나 놀 때 그 관계가 이루어지고 일이 끝나거나 노는 것이 끝나면 그 관계도 끝난다. 아주 짧은 기간 인간관계를 그들은 수없이 갖는다. 친구와의 관계도 물론 예외는 아니다. 그래서 그는 '월요일부터 금요일까지의 친구(monday-to-friday friends)'라고 말한다. 이러한 인간을 그는 상황에 맞추어 조정하는 '조정의 인간(modular man)'이라고 말한다. 일을 하는 곳도 확고하게 정해진 기관이 아니라 임시변통(ad-hocracy)의 조직 속에서 일한다는 것이다.[8] 상황에 따라 그 임무와 위치가 바뀌어서 일하게 된다. 위계(位階)로 서열화된 조직이 아니라, 프로젝트에 의하여 만들어진 팀이기 때문이다. 프로젝트가 끝나면 저절로 해체되어 버린다. 이 변화의 속도는 너무나 빨라서 어제의 것은 오늘의 것이 아니고, 오늘의 것은 내일의 것이 아니다.

이와 같이 빠르게 변하는 사회에서 어떻게 수필이 문학의 적합한 형식으로 생존할 수 있는가? 첫째, 형식의 자유로움에 있다. 무형식이라는 말은 어느 형식에 구애받지 않는다는 뜻이다. 아주 복잡한 형식이나 고도의 기교로 직조된 수필이 있을 수 있는가 하면, 극히 단순하고

8 위의 책, pp.95~121.

명쾌한 수필이 있을 수 있다. 독자의 취미나 기호에 따라 향수될 수 있다. 문학 행위가 작가의 조종에 의하여 이루어지던 시대와는 달리 독자의 선택에 의하여 이루어진다는 사실이다. 둘째, 체험에 의한 문학이라는 점이다. 소설이나 희곡은 본질적으로 허구(虛構)에 의하여 이루어진 문학이다. 허구는 21세기 사람들에게는 많은 사람들에게 거부당하는 상태에 있다. 메타 픽션이 생겨난 이유도 그 때문이다. 작가 본래의 목소리가 아니라, 화자를 내세우는 것이 못마땅하다는 것이다. 그래서 메타 픽션의 작가들은 자기 분연의 목소리임을 거듭 확인하면서 이야기를 전개한다. 목소리 자체뿐 아니라, 이야기성을 거부하기도 한다. 절대로 꾸며낸 이야기가 아님을 강조한다. 이것은 신의 관점에서 말하던 'telling'의 입장에서 우리와 꼭 같은 사람의 입장에서 보여주던 'showing'으로 바꿔서 이야기하던 그 연장선상에 있다는 것을 말하는 것이다. 셋째, 이분법적 사고를 넘어서서 문학 행위를 '나'와 '너'가 함께 체험할 수 있다는 점에서 그렇다. 데카르트를 시발로 하여 분석적 사고가 오늘날 서구 문명의 찬란함을 이루어 놓았다. 분석적 사고는 물질문명을 발달시킨 것은 사실이지만, 존재의 본질을 파악하는 데는 부적합하다. "붉은 장미꽃은 장미꽃 자체가 붉어서 붉은가? 우리가 붉게 보기 때문에 붉은가?" 하고 묻는다면, 어느 한 쪽 때문이라고 말할 수 없다.[9] 양자가 공존하기 때문에 그렇다는 것이다. 분석하는 수필이 없을 수 없는 것이지만, 수필 장르 본연의 모습은 모든 장르를 포괄하는 데 그 특징이 있다. 넷째, 문학의 어떤 변화에도 적응할 수 있는 특성을 갖고 있다. 시나 소설 또는 희곡은 그 장르나 형식이 성립되면 화자나 어투 혹은 문체를 바꾸는 것이 수필만큼 자유롭지 못하다.

---

9 Philip Wheelwright, 『*Metaphor and Reality*』, Indiana University Press, 1968.

수필문학의 어제와 오늘, 그리고 미래 ─

155

수필은 어느 형식, 어느 문체로도 변신이 가능하다. 다섯째, 수필은 어느 장르의 문학보다 내포작가(implied author)의 사상을 보다 명확하게 그리고 용이하게 파악할 수 있다. 따라서 실제 작가와도 가까운 거리를 유지할 수 있다. 이는 생산자와 향수자가 문학을 공유할 수 있다는 점에서 적합하다.

5. 결론

문학은 그 사회의, 그 문화의, 그 시대의 산물이라는 것을 부인할 사람은 아무도 없다. 그러나 세계화가 빠르게 진행되고 있는 사회에서는 사회나 문화보다는 지금 어느 시간 속에서 문학이 생산되고 있으며, 향수되고 있는가가 매우 중요한 의미를 가진다. 그런 의미에서 이 시점에서 수필문학이 왜 중요한 의미를 던져 주고 있으며, 왜 수필의 르네상스가 도래하고 있다고 말할 수 있는가를 살펴보았다.

르네상스 이후 인간은 수직의 추정관에서 수평의 추정관으로 바꾸어 가고 있다. 수평의 추정관에서 문학 행위로 가장 적합한 것은 바로 수필이라는 점을 지적하였다. 최근 30년 간 세계는 지난 어느 때보다 가속화된 변화 속에 있다. 이 변화에 적응할 수 있는 것 역시 수필의 형식이라는 점을 말했다. 수필은 미래의 충격을 잘 견뎌 낼 문학이라는 것이다.

문학은 인쇄된 글자가 아니라 글자라는 매체를 통하여 예술적 행위를 하는 것이다. 생산자와 향수자가 함께 하는 공동의 장에서 마련하는 문학 행위인 것이다. 그런 의미에서 수필은 이 시대의, 아니 다가오는 시대의 가장 적합한 문학 형식이 될 것이다.

수필과 소설의 경계

1. 서론

대체로 서정, 서사, 극 양식으로 문학의 장르를 구분한다. 이것은 서양의 문학 전통에서 비롯된 것이지만 지금은 세계적 추세라고 할 수 있다. 그런데 여기서 수필을 어느 장르에 귀속시켜야 할까? 당연히 '서사' 장르에 포함시켜야 할 것이다. 그렇다면 수필은 소설과 근원은 한 핏줄이라고 할 수 있다. 다른 말로 하면 종(genus)은 같고 유(species)는 다르다고 할 수 있다. 문학의 역사상에서 논다면 소설은 아주 늦게 문학의 대접을 받은 바 있다. 수필도 비슷한 시기에 문학의 반열에 올라갔다고 볼 수 있다. 한국에서도 비슷한 실정으로 소설보다 더 늦게 문학의 반열에 들어온 셈이지만 그보다 다른 장르의 작가와는 달리 수필만으로 신문학사에 남을 인물이 과연 존재할 수 있을까 하는 점에는 자신이 전혀 없다.

소설이 서사시(epic)에 그 원천을 두고 있다는 것은 이미 세계적으로 공인된 사실이다. 서사시에서 시적 요소가 제거되고 이야기 요소가 가미된 산문, 좀 더 부연한다면 현실에 맞게 허구성을 갖고 있는 것이 소설이라고 할 수 있다. 특히 운문에서 산문으로 바뀌게 된 것이 가장 두드러진 변신이라고 할 수 있다. 산문으로 쓰인 것은 문학으로서 대접을 받지 못했던 것은 동서양을 막론하고 같은 현상이었다. 근대로 들어서면서 산문도 당당하게 문학의 영역으로 들어선 것은 물론 서양에서부터라고 할 수 있다. 최초의 근대소설로 일컬어지고 있는 세르반테스의 『돈키호테』(1605)보다 수년 앞서 출간한 몬테뉴의 『에세이(*Essais*)』(1580)나 베이컨의 『에세이(*essays*)』(1597)가 철학과 문학을 동시에 포괄한 것으로 문학의 반열에 당당히 서게 된 것은 바로 서구의 근대화 시작과 때를 같이 한 것이다. 그러니까 수필과 소설은 오로지 시 문학만이 존재하던 시기에 산문으로서 문학적 지위를 당당하게 누리게 되면서 시작된 장르의 문학인 셈이다.

필자는 고등학교의 문학 교과서를 집필하면서 수필을 혼합 장르에 귀속시켰다. 즉 어느 장르의 문학도 포괄할 수 있는 것을 수필이라고 한 것이다. 이것은 배제의 원칙에서 장르를 바라본 것과는 다른 것이다. 다른 문학과는 다른 수필이 아니라 다른 문학을 다 포괄할 수 있는 수필 장르인 것이다. 이른바 '문학성(literariness)'은 지니고 있는데 어느 장르에도 귀속시키기 곤란한 작품을 수필이라고 할 수 있다는 것이다. 더 자세히 들여다보면 시, 소설, 희곡의 요소가 섞여 있는 작품과 기존의 장르 어디에도 귀속시키기 곤란한 작품으로 나누어서 생각할 수 있다. 어쨌든 기존의 장르로 놓칠 수 있는 작품, 즉 예술성을 지니고 있는 글을 소외시키지 않고 문학으로 구제할 수 있는 것도 수필의 장르가 존재하기 때문이다. 그런 의미에서 다른 장르의 문학에 다양한 실험을 할 수 있도록 도와주는 것도 수필 장르다.

2. 수필과 소설의 경계

우리나라에서 '소설(小說)'이란 말이 최초로 쓰인 것은 이규보의 『백운소설(白雲小說)』에서였다고 한다. 『백운소설』은 유실되고 없으나 그 내용의 일부가 홍만종의 『시화총림(詩話叢林)』에 전하고 있어 내용을 짐작할 수 있는데, 오늘날 우리가 말하는 '소설'이라기보다 수필에 가깝다.[1] 삼국시대로부터 고려에 이르는 시작품을 해설한 책이다. 당시에는 한시(漢詩)만이 문학으로서 대접을 받던 시기였다.

근대소설은 'novel'이란 형태의 서사물(narrative)에서 출발했다. 'novel'이란 말은 이탈리아 말 'novella'에서 온 말로서 "작고 새로운 것(a little new thing)"이라는 뜻이라고 한다. 서양의 중세에서는 "작고 새로운 이야기"를 모아서 내는 것이 일종의 유행처럼 되었는데, 그 대표적인 것이 보카치오의 『데카메론(Decameron)』(1348~1353)이다. 이후 'novel'이라는 말과 프랑스의 'romance'에서 온 'roman'이란 말이 함께 쓰였던 것이다.[2] 지금도 대륙 쪽에서는 'roman'이란 말을 쓰고, 영미 쪽에서는 'novel'이란 말을 쓰는 것은 그 때문이다. 'roman'이건 'novel'이건 근대소설은 중세적인 이야기에서 근대와 더불어 새롭게 태어난 '이야기'의 형식임에 틀림없다.

이제 좀 더 구체적으로 근대소설이 태어나게 된 배경을 살펴보기로 하자. 근대라는 시대정신이 이들 서사들을 새로운 형태로 태어나게 한 중요한 요인이지만 그렇다고 해서 무에서 솟아난 것은 결코 아니다. 앞서 소설은 서사시의 혈통을 받았다고 말했지만, 좀 더 구체적으로 본다면 신화, 민담, 전설 등의 이야기(이 중의 일부가 서사시로 창작되었을

---

1 장덕순, 『국문학통론』, 신구문화사, 1985, 210쪽.
2 Northrop Frye, 「Novel」, 『Harper Handbook to Literature』, Longman Publishing Group, 1997.

것이다)가 로망스로 재생산되었고, 이와는 성질이 다른 'picaresque tale'
이 시중에 유포되면서 이 두 이야기의 전통이 합쳐지면서 '소설' 문학
이 태어난 것이다. 로망스란 원래 프랑스의 한 지방에서 쓰이던 말로
서 라틴어로 쓰인 문학에 대하여 토착어 로망스어로 쓰인 문학을 가리
키는 말이었다. 처음은 전부 운문으로 쓰인 담시 형식이었으나 후에는
산문으로 된 형식이 더 많았다. 내용은 대체로 궁중을 배경으로 한 기
사들의 연애담이나, 모험담이라고 할 수 있다. 중요한 것은 그 당대의
현실적 궁중이 아니라, 지나간 시대의 환상적 궁중이거나 기사들의 이
상 세계에 나오는 궁중이 배경으로 되어 있다는 점이다. 등장하는 인
물들도 대개는 왕이거나 귀족 혹은 고귀한 신분의 기사이고, 덕성, 교
양, 용감성, 예의, 정열, 신의, 관용 등의 미덕을 고루 갖춘 주인공들이
었다. 명예를 존중하며, 고귀한 목표의 달성에는 초인적인 집념을 보
이며, 아름다운 연인의 사랑을 위해서 끝없는 고난을 감내하기도 한
다. 따라서 로망스에 쓰인 언어도 고상하고 우아한 말들이다.

　이에 비하여 피카레스크 이야기는 정반대의 면모를 보이고 있다. 저
급한 인물이 대체로 등장하며, 사회적으로 보았을 때 비열한 행동을
저지르기 일쑤이며, 속악한 현실을 요령껏 헤쳐 나가는 이야기가 많
다. 또 시중에서 흔히 사용되는 저속한 언어로 기술되어 있다. 따라서
로망스가 인간의 삶을 진지하게 다룸에 비하여 피카레스크 이야기는
삶의 희극성을 다룬다. 로망스가 사랑의 아름다움을 찬양함에 비하여
피카레스크 이야기는 남녀의 노골적인 성애를 취급한다. 로망스가 먼
미래, 혹은 아득한 과거를 제재로 취함에 비하여 피카레스크는 당장에
부딪치고 있는 현실을 다룬다. 로망스가 아름다운 공상 속에 있다면
피카레스크는 거친 현실 속에 있는 것이다. 'picaresque'라는 명칭이 붙
게 된 것도 스페인 말 'picaro'에서 온 말인데 '불량배'라는 뜻이다.

1605년에 나온 세르반테스의 『돈키호테』는 로망스의 세계를 피카레스크적인 현실로 접목시켰다는 점에서 중요한 의의를 지니고 있다. 이 작품은 흔히 근대소설의 비조라고 일컬어지고 있기도 하지만 프랑스나 영국의 근대소설에 지대한 영향을 주었다는 점에서 중요한 의미를 갖고 있는 것이다.

　이에 비하여 근대 수필의 비조라고 일컬어지는 사람으로서는 앞서 말한 바와 같이 몽테뉴(Michel de Montagne, 1533~1592)와 베이컨(Francis Bacon, 1561~1621)이라고 할 수 있다. 두 사람 다 귀족이며 정부의 높은 관리였고, 법률가였다. 이들은 백성들을 통치하면서 얻은 양식으로 교훈적 저서를 출간한 바 있고, 만년에 자기 서실에 칩거하면서 오랜 사색과 명상에서 얻은 것으로 문학적 향기가 있는 『에세이』(Essais, 혹은 Essays)를 출간한 것이다. 이것은 당시의 문학계에 새로운 형태의 문학으로서 충격을 주었다고 말할 스 있다.

　그렇지만 이 두 거장이 처음으로 수필을 썼다고는 말할 수 없다. 이들은 그들의 저서에 처음으로 '수필집'이라는 이름을 붙였을 뿐 이들 이전에 훌륭한 수필을 쓴 사람들이 많다. 테오파라투스의 『인물들』(BC 3C), 세네카의 『루실리우스에게 보내는 편지』(AD 1C), 마르쿠스 아우렐리우스의 『명상록』(AD 2C) 등도 모두 훌륭한 수필작품이라고 할 수 있다.

　우리나라에도 수필의 원천을 찾는다면 최치원의 『계원필경(桂苑筆耕)』(AD 886)까지 거슬러 올라갈 수 있을 것이다. 이규보의 『동국이상국집』, 『백운거사어록』, 『백운거사전』 등이 수필이라고 할 수 있고, 김부식의 『삼국사기(三國史記)』(AD 1145)나 일연의 『삼국유사(三國遺事)』(AD 1281)도 사서이면서 수필의 일종이라고 할 수 있을 것이다. 서거정의 『동인시화』(1474), 『태평한화골계전』, 『필원잡기』 등도 좋은 수필집이라고 할 수 있다. 근세 들어서 정약용의 대저 『목민심서』는 몽테뉴나 베이컨의 저서에 필적할 만한 저작으로서 여러 형태의 수필이 담겨 있다고 생각된다. 잡기, 야록, 쇄록(鎖錄), 전문(傳聞), 야문(野聞), 총화(叢話), 야화(野話), 쇄담(瑣談), 야담, 수필, 만필 등은 모두 오늘날의 수필에 속한다.

　이처럼 소설과 수필은 산문으로서 문학적 지위를 획득한 시기는 비슷하다고 말할 수 있지만, 그 혈통은 전혀 다르다. 소설은 '이야기성'을 그 본질로 해서 태어난 예술이지만, 수필은 분석과 통찰, 그리고 건전한 양식(良識)에서 출발한 것을 볼 수 있다. 그렇다고 하지만 예술이란 본래 그러하듯이 문학 또한 자기 변신을 거듭하는 것이 그 본질적 생명이다. 소설이나 수필 또한 문학의 범주 속에 드는 한 자기 변신을 거듭한다. 따라서 때로는 서로 유사한 형태를 취하고 있어서 구분하기가 곤란한 경우가 있다. 특히 모더니즘 소설과 메타 픽션에서 그러한 예를 볼 수 있는 것이다. 이상의 몇몇 소설은 그것이 소설인지 수필인지 구별하기가 곤란한 경우를 본다.

　　나는 까무러칠 뻔하면서 혀를 내어둘렀다. 나는 깜빡 속기로 한다. 속고만 다. 여기 李箱先生님이라는 허수아비 같은 나는 지난 밤 사이에 내 쭈生을 經歷했다. 나는 드디어 쭈글쭈글하게 老衰해 버렸던 차에 아침(이 온 것)을 보고 이키! 남들이 보는 데서는 나는 可及的 어쭙지않게(잠을) 자야 되는 것이어늘, 하고 늘 이를 닦고 그리고는 도로 얼른 자버리듯 하는 것이었다. 오늘도 또 그럴 셈이었다.
　　사람들은 나를 보고 짐짓 奇異하기도 해서 그러는지 驚天動地의 육중한 經綸을 품은 사람인가 보다고들 속는다. 그러니까 고렇게 하는 것이 내 시시한 姿勢나마 維持시킬 수 있는 唯一無二의 秘訣이었다. 즉 나는 남들 좀 보라고 낮에 잔다.
　　　　　　　　　　　　　　　　　　　　　　— 이상, 「終生記」 부분

우선 소설은 순수 국문으로 표기하는 대신에 수필은 한자를 섞어 썼던 당시의 관행을 파괴한 점, 소설 속에 필자의 실명을 그대로 쓴 점 등은 기존의 소설과 다르다. 스토리가 전혀 없는 점도 소설로 인정하기에는 무리라는 생각이 든다. 이상의 작품 중에는 소설인지 수필인지 구별이 가지 않는 것이 더러 있다. 편집인들도 주관에 따라 뒤섞어 편집된 예도 있다.

> 이상이 찻집을 그만두고 창문사에 직업을 구하여 가지고 있을 때의 일이다. 이상이 가난하고 불결하기는 언제나 한가지지만, 그 당시도 때묻은 코르덴 양복에 헤어진 사쓰, 세수는 사흘에 한 번 할까말까 잡지 일로 조선일보사 출판부 같은 곳에 나타나서, 불결한 손으로 눈곱을 떨고 하품을 하고 그러면서도 곧잘 그의 독특한 화술을 농하여 사람을 웃겼던 것이나, 그러한 곳에는 또한 형언키 어려운 일종의 매력이라는 것이 있는 듯싶어, 그에게 다음과 같은 '매서운' 염서(艶書)를 보낸 여인(麗人)이 있었다.

> 당당한 시민이 못 되는 선생을 저는 따르고자 합니다.
> ― 아무개

> 이상에게 온 그 염서를 내가 무어 보관하여 가지고 있는 터도 아니라, 꼭 이대로이었다고 장담은 못하나 틀려도 몇 자 안 틀릴 것이다. 이름을 말하면 누구나 알만큼 유명한 이지만, 그것을 이곳에 밝히는 것은 나의 본의가 아니요, 당자는 물론, 죽은 이상도 원하지 않는 바이겠기에 이것은 영원한 비밀로 두어 두기로 하자.
> ― 박태원, 「이상의 비련(悲戀)」 부분

위의 작품은 소설이 아니라, 수필이라고 해도 전혀 무리가 아니다. 친구 이상을 회상하면서 그의 개인적인 일을 가감 없이 기술하고 있는 듯이 보이기 때문이다. 물론 실명소설이라고 해서 소설가들이 친한 친구를 소설적 구성으로 기술한 것을 볼 수 있다. 이 또한 소설과 수필을 구별할 수 없게 만드는 것 중의 하나다.

> "표 찍어 주셔요오."
> "여보서요! 이 표 안 찍어 줘요?"
> 색시가 돈을 내대고 이렇게 요구하였으나 그래도 차장은 눈 하나 떠보려 하지 않으므로
> "아니 여보 표 안 찍우?"
> 이번에는 사각모가 무색해진 색시의 체면을 세우기 위하여 위엄 있는 어조로 불렀으나 그래도 영 반응이 없다.
> "표 안 찍구 졸고만 있으면 어떡해?"
> "어젯밤은 새웠나?"
> "고만두구려. 이따 그냥 내리지."
> 그들은 약간 헤어진 자존심을 느끼면서 이렇게들 투덜거리지 않을 수 없었다.
>
> — 김유정, 「전차가 희극을 낳아」 부분

이 대목만 보면 소설의 일부라고 생각할 수밖에 없을 것이다. 그러나 이 작품은 김유정의 수필에 분류되어 있다.

이처럼 소설과 수필은 엄격하게 구분되는 것은 아니다. 수필적 소설을 쓸 수 있고, 소설적 수필을 쓸 수 있다. 그러나 각기 그 본령이라는 것이 있다. 소설은 어디까지나 허구(fiction)가 주축이 되어 있다면, 수필은 체험이 주축이 되어 있다.

3. 체험과 허구

대체로 수필은 자기의 목소리로 말하는 반면에 소설은 주인공의 목소리로, 어떤 인물의 목소리로, 혹은 인물의 목소리가 아닌 제3의 목소

리로 말한다. 물론 소설가 자신의 목소리로 말하는 경우도 있다. 독자에게 전달되는 목소리에 있어서는 소설은 수필보다 다양하다. 인물의 목소리나 제3의 목소리로 말한다고 수필이 아니라고 말하기는 어렵다. 그러나 대체로 수필은 필자 자신의 목소리로 달하고, 또 말하는 인물 또한 필자 그 자신으로 우리는 인식한다.

길이에 있어서도 수필은 대체로 200자 원고지 10장에서 20장 분량으로 소설보다는 짧다. 물론 콩트라는 것이 있어 수필보다 짧을 수도 있고, 수필도 자서전 같이 장편소설 분량이 있을 수 있지만, 대체로는 수필은 소설보다 짧다고 말할 수 있다. 내가 언제나 '대체로'라고 말하는 것은 전반적인 경향이 그렇다는 말이고, 예외도 얼마든지 있을 수 있다는 말이다. 전반적인 성향이 언제나 그 장르를 결정하는 데 중요한 요인이 된다.

소설은 대체로 간접 경험에 의하여 써지는 것이라면 수필은 직접 경험에 의하여 쓴다. 때로는 간접 경험과 직접 경험을 엄밀하게 구분할 수 없을 때가 있다. 얼마쯤은 간접 경험이고, 얼마쯤은 직접 경험이 되는 수가 있기 때문이다. 그 비율이 어느 정도에서 직접 경험과 간접 경험을 말할 수 있는지 애매하다. 소설은 간접 경험의 분량이 훨씬 높다는 것은 분명한 사실이다. 따지고 보면 지식이나 정보는 모두 간접 경험이라고 할 수 있을지 모른다. 그러나 이성(理生)에 의하여 획득되어진 것과 몸소 체험하여 얻은 것과는 다르다. 간접 경험은 지식이나 정보도 포함하고 있지만, 지식이나 정보를 통하여 감정과 감각을 통하여 느끼는 것을 주로 말한다.

직접 경험이든 간접 경험이든 소설은 대체로 형상화해서 표현한다. 반면에 수필은 독자의 감정에 직접 호소하는 경우가 많다.

아우가 오지 않은 것은 갑작스런 사정의 변경이 있어서라기보다는 약속 자체가 그리 정확하지 않았던 탓인 듯했다. 김한조 씨는 일이 거듭 어그러지는 것을 변명하면서 자신이 그런 일을 처음 하기 때문임을 유달리 힘주어 말했다. 검고 깡마른 얼굴에 이따금씩 알아보게 붉은 기운이 번지고 중요한 대목에서는 무언가를 잘못한 아이가 그러듯 몸까지 비꼬는 폼이 정말 그런 일에 처음 손대는 사람처럼 보이기도 했다.

"돈도 되고 일도 별로 어려울 것 같지 않아 남따라 시작해 본 건데 영 쉽지 않구먼요. 인차 될 듯한 일이 터지고, 이 사람 저 사람 사이를 왔다갔다 하다 꿩궈먹은 소식이 되고……. 허궁에도 딸라 참 많이 뿌렸다오. 그러다 보니 춘부장님 계신 곳을 알아낸 게 하마 장례 끝난 지 보름 뒤라……. 하지만 이번 일은 걱정하지 마시라요. 하루 이틀 늦기는 해도 오기는 꼭 올 거야요."

나는 이미 알릴 일은 다 알리고도 금방 일어나지 않는 그가 조금씩 지루해졌다. 김한조 씨도 그런 내 기분을 알아차렸는지 이번에는 북한 얘기를 꺼냈다.

— 이문열, 「아우와의 만남」 부분

이 소설은 이문열의 실제 상황과 거의 일치하는 듯이 보인다. 공산주의자인 아버지가 북으로 가서 그 곳에서 재혼하여 이복동생을 둔 것, 그 동생을 만나는 것을 내용으로 하고 있다. 주인공을 이문열 자신으로 인식하도록 일인칭으로 한 것이 특히 그렇다. 그러나 필자가 이문열에게 실제로 그런 일이 있었느냐고 물었더니 '아니'라고 대답했다. 그러니까 주인공을 그와 동일시하도록 한 것은 소설의 리얼리티를 높이기 위한 한 방편이었을 알 수 있다. 이 소설은 이문열의 간접 경험이 높다고 말할 수 있다. 특히 중개꾼과의 대화는 수필이면 간단한 말로 요약하거나 생략했을지도 모른다.

현진건의 「빈처(貧妻)」는 자신의 체험을 쓴 것으로 유명하다. 그가 간접 경험한 것을 쓴 「희생자(犧牲者)」가 형편없는 작품으로 매도당하자 그는 직접 경험을 토대로 해서 「빈처」를 썼던 것이다.

> "그것이 어째 없을까?"
> 아내가 장문을 열고 무엇을 찾더니 입안말로 중얼거렸다.
> "무엇이 없어."
> 나는 우두커니 책상머리에 앉아서 책장만 뒤적뒤적 하다가 물어 보았다.
> "모본단 저고리가 하나 남았는데."
> "..........."
> 나는 묵묵하였다.
> 아내가 그것을 찾아 무엇을 하려는 것을 앎이다. 오늘밤에 옆집 할멈을
> 시켜 잡히려 하는 것이다.
>
> — 현진건, 「빈처」 부분

작자와 동일시되는 주인공을 내세웠고, 또 일인칭으로 서술하고 있
다. 이 또한 소설의 리얼리티를 높이기 위한 전략이었다. 모두(冒頭)에
나오는 대화는 소설의 형상화를 위한 것이다. 현진건은 직접 경험에서
출발하여 점차 간접 경험이 바탕이 된 소설을 써 나갔다. 「술 권하는
사회」가 그 중간 단계쯤 된다면 「운수 좋은 날」은 완전한 간접 경험에
서 쓰인 것이다. 그만큼 허구가 많이 가미된 작품이다.

소설은 사실(fact)이 중요하지 않다. 반면에 스필은 사실이 매우 중요
한 의의를 가진다. 수필에서 사실이 아닌 것을 사실인 것처럼 말하면
필자의 신뢰성이 문제가 된다. 그러나 소설에서의 사실은 리얼리티를
만들어 주는 데 기여할 뿐이다. 소설에서의 사실을 그대로 믿는 독자
는 수준이 낮은 독자라고 할 수 있다. 가끔 역사소설이 사실(史實)과 어
긋난다고 항의를 받는 수가 있다. 그러나 그것은 리얼리티와의 문제일
뿐이다.

보통 허구(虛構, fiction)라고 말할 때 그것은 소설의 문제에 한정해서

말한다. 시나 희곡에 있어서도 분명히 허구가 있지만, 그것을 허구라고 말하지 않는다. 상상(imagination)이란 말로 대신한다. 그런 점에서 상상과 허구는 매우 가까운 인척 관계에 있다. 허구는 상상작용에서 이루어지기 때문이다. 상상이 구체적으로 이루어 놓은 것이 허구라고 할 수 있다. 다음과 같은 시를 보자.

오늘밤도 초생달은
산호(珊瑚)로 판 나막신을 끌고서
구름의 층층계를 밟고 나려 옵니다.

어서 와요. 정다운 소제부(掃除夫).
그래서 온 종일 깔앉은 띠끌을
내 가슴의 하상(河床)에서 말쑥하게 쓸어줘요.
그리고는 당신과 나 손을 잡고서
물결의 노래를 들으려 바다가로 나려가요.
바다는 우리들의 유랑한 손풍금(風琴).
— 김기림, 「나의 소제부(掃除夫)」 부분

'초생달'과 손을 잡고 바닷가로 내려가는 것은 완전히 허구라고 할 수 있다. 그런 일을 실제로 이 시인이 했다고는 볼 수 없기 때문이다. 시인의 상상이 빚어낸 것이다.

가난한 어머니는 새 옷을 장만해 주지 못한다. 다만 그 애정은 더러운 옷을 빨아 주고 기워 주는 것으로밖에 나타내지 못한다. 그러기에 가난한 어머니는 더욱 고달프다. 세탁과 바느질. 때를 씻어내고 흠집을 깁는 어머니의 손은 동상에 부풀어 있다. 그 언 손이 어린것들의 내일 입을 옷을 마련하기 위해서 아픔을 참는다.

어려운 시대에서 글을 쓰고 있는 사람들은 가난한 어머니의 그 빨래와 바늘을 모방하지 않으면 안 된다. 오염을 막는 것이다. 새 진리를 발견하기보다는 이미 있는 진리 위에 묻은 때를 씻어내는 것이다. 언어는 세탁비누처럼 정화를 지녀야 한다. 창조의 언어보다는 이 정화의 언어가 더욱 시급해진다. 생활한다는 것은 때를 묻힌다는 이야기이다. 때는 처음 묻을 때만이 눈에 띈다. 오염의 두려움은 내가 오염되어 있다는 의식까지도 오염시키고 만다는 사실이다. 비누는 본연의 빛을 캐내는 연장이다. 비누 거품은 허망하게 꺼지지만, 그 소멸 뒤에는 순백의 빛깔을 다시 찾는 그리움의 발언이 있다.

— 이어령, 「저 번뜩이는 바늘 들고…」 부분

이 수필에서 허구는 발견되지 않는다. 그 대신 상상이 큰 몫을 하고 있다. 바느질하는 어머니를 상상하면서 글을 쓰고 있다. 앞의 김기림 시와는 또 다른 상상이 전개되고 있다. 시에서의 상상은 이미지를 조성함에 비하여 이 수필에서의 상상은 분석과 통찰로 어떤 의미를 생성하고 있는 것이다. 이 글에서 '어머니의 바느질'은 어려운 시대의 문인의 사명을 말하기 위하여 내어놓은 것이다. 좀 더 가슴에 와 닿도록 비유로 쓴 것이다.

어쩌다 시골길을 걷다가 한국산 토박이 소나무 한 그루를 만나게 되면 눈시울이 뜨거워진다. 사태진 황토 흙을 뿌리로 움켜잡고 서 있는 나뭇가지의 형상은 사방으로 뒤틀려져 있다. 바람에 시달리고 또 싸워온 아픈 상처의 흔적이 보인다. 차라리 돌에 가까운 나무이다. 한국 소나무처럼 바위와 잘 어울리는 나무도 아마 없을 것이다. 꼿꼿이 하늘로 뻗은 서양 포플라나무와는 얼마나 다른가.

우리는 뒤틀린 그 소나무에서 한국을 본다. 그것은 외세의 바람 속에서 견뎌온 모습이며 끝없는 겨울의 수난 속에서도 푸른 잎을 지켜온 투쟁의 자세이다. 소나무의 아름다움은 바로 그를 시달리게 한 그 바람으로부터 오는 것이다. 그래서 옛날의 시인묵객(詩人墨客)들은 소나무 바람 소리를 송금(松琴)이라 하여 거문고 소리처럼 들었다.

— 이어령, 「소나무형 문화」 부분

앞 단락의 경험은 직접 경험이다. 그 직접 경험을 토대로 하여 다음 단락부터는 한국인의 모습, 한국인의 운명을 말하고 있는 것이다. 만약 앞 단락이 간접 경험이라고 느껴진다면 이 글의 신뢰성에 금이 갈 수 있다. 직접 경험은 누구나 쉽게 할 수 있기 때문에 필자가 통찰한 것이 더욱 신뢰성을 획득할 수 있는 것이다.

결론적으로 말해서 수필은 소설에서 흔히 사용하는 허구가 느껴지면 필자에 대하여 우리들의 신뢰성이 떨어질 위험이 많다는 것이다. 정보나 지식은 일종의 간접 경험이다. 수필은 풍부한 간접 경험의 바탕 위에서 쓰는 것은 사실이지만 독자에게 보다 더 큰 감동을 주는 것은 직접 경험이 기술될 때라고 할 수 있다.

4. 수필의 문체 그리고 문학성

운문으로 된 수필이 존재할 수는 있다고는 생각한다. 그러나 대부분의 근대 수필은 산문으로 되어 있다. 한국문학의 경우 가사(歌詞)를 서양의 장르 구분에 의하면 어디에다 소속시킬까 꽤나 논란이 많았다. 시라고 말하기도 어렵고, 그렇다고 산문이라고 말하기도 어렵다. 그래서 어떤 학자는 가사를 두 가지로 구분한 경우가 있다. 정철의 「사미인곡(思美人曲)」 같은 것은 시로, 김인겸의 「일동장유가(日東壯遊歌)」 같은 것은 수필로 분류하자는 것이다. 만약 그 논법을 인정한다면 「일동장유가」는 운문으로 된 수필이다. 서양의 경우도 근대 이전의 수필이라 칭할 수 있는 것은 운문으로 되어 있다. 세네카의 『행복론』, 루키리우스의 『서간집』, 마르쿠스 아우렐리우스의 『명상록』 등이 그 예에 속한다.

영어의 'essay'라는 말과 우리말의 '수필(隨筆)'이란 말이 같은 말일까, 다른 말일까? 학자들 간에도 의견이 분분하다. 그 쓰이는 경우가 정확하게 일치한다고는 볼 수 없지만 대체로는 일치한다. 석사논문을 미국에서는 'essay'라고 하고 박사논문을 'dissertation'이라고 한다. 우리는 그냥 같은 '논문'일 뿐이다. 그러나 우리가 수필이라고 할 경우 시, 소설, 희곡 등에 포함되지 않는 다양한 글을 다 포함하고 있듯이 'essay'도 다양한 글을 광범하게 포함하고 있다. 그러나 문학이냐 아니냐를 말할 때는 우리는 범위를 좁혀 좀 더 엄격한 것이 사실이다. 니체, 프로이트, 키르케고르, 하이데거 등의 이름을 들면, 우리는 철학자 혹은 심리학자로만 안다. 그러나 서양에서는 이들을 학자이면서 문학가로 취급하고 있으며, 이들의 저작을 문학작품으로 취급될 때가 왕왕 있는 것이다. 그런 점에서 서양은 문학의 범위를 훨씬 넓게 잡고 있다고 볼 수 있다. 프라이의 『비평의 해부』를 하나의 문학작품으로 보는 학자가 있음도 그런 연유에서 생긴 것이다.

소설이 다양한 문체를 가지고 있듯이 수필 또한 다양한 문체를 가지고 있다. 정감이 묻어 있지 않은 논리적인 언어로 수필을 쓸 수 있다. 그렇다고 그것은 문학성이 없는 글이라고 단정하기는 어렵다. 논리적인 글도 읽어서 재미있는 글이 있을 뿐 아니라 이지를 통하여 감동을 주는 글이 있다. 반드시 감정에 호소한다고 해서 문학적인 글이 되는 것이 아니다. 정감적인 글이라고 해서 모조리 문학성을 띤다고는 말하기 어려울 것이다. 문학에 있어서 문체가 매우 중요하지만 그 문체를 일률적으로 말하기는 어려울 것이다. 문학을 평가하는 기준이 다양하듯이 문체를 평가하는 기준도 다양하다. 그러나 광범위한 독자에게 호소력을 가지고 있는 문체, 시공을 초월해서 감동을 주는 문체는 그것이 어떤 장르의 작품임을 막론하고 위대한 문체를 가졌다고 말할 수 있다.

여기 맑은 날의 공기 속에 한 신부(新婦)의 일행이 지나가요. 꽃가마에 탄 신부의 나이는 신라적 시집 갈 나이니까, 그렇지, 스무 살 안팎, 신부는 시방 시집가는 길, 먼 신랑집에서 베푸는 결혼식에 늦을세라 대어가는 길, 그의 탄 꽃가마는 나루를 건너서, 나루목에 배가 매이자, 산이 우러러 뵈는 언덕길을 깁더 올라가고 있소.

어느만큼 울창한 산골이 나타나면서, 역력히 그 더 맑은 것이 느껴지는 산공기 속에 들어서자, 누구를 보려는건지

"나 좀 잠깐만 여기 내려주. 들렸다 갈 때가 있으니……"

신부는—아니 아직 처녀는 말했소.

둘레둘레 보아도 인가라고는 절간 하나 보이지 않고, 다만 산골에 들리는 건,

바위 사이 물소리와, 숲에 새소리인데, 누구를 만나려는지? 무얼 하려는지?

— 서정주, 「처녀의 공기」 부분

산문시 같은 수필이다. 문장을 끌고 가는 솜씨도 대단해서 다음 어떤 말이 전개될까 우리들의 주의를 계속 끌고 간다. 서정주만의 독특한 문체를 지니고 있다. 지면 때문에 생략되었지만 독자는 인용된 글 이후의 글이 무엇인가 매우 궁금할 것이다. 산 속에 들어가 "살이 닳은 속바지"를 신령님께 바친다는 것으로 끝이 나지만, 우리들의 궁금증을 문장 하나하나에 이어가는 솜씨는 대단하다.

그렇다면 아무것도 생각 말기로 하자. 그저 限量없이 넓은 草綠色 벌판, 地平線, 아무리 변화하여 보았댔자 결국 稚劣한 곡예의 域에 벗어나지 않는 구름, 이런 것을 건너다본다.

지구 표면적의 百分의 九十九가 이 공포의 초록색이다. 그렇다면, 지구야말로 너무나 單純無味한 彩色이다. 도회에서는 초록이 드물다. 나는 여기 漂着하였을 때, 이 신선한 초록빛에 놀랐고 사랑하였다. 그러나 닷새가 못되어서 이 一望無際의 草綠色은 造物主의 沒趣味와 神經의 粗雜性으로

한국 현대문학의 문체론적 성찰

말미암은 無味乾燥한 地球의 餘白인 것을 발견하고, 다시금 놀라지 않을 수 없었다.

어떤 작정으로 저렇게 퍼러나? 하루 온 종일 저 푸른빛은 아무짓도 하지 않는다. 오직 그 푸른 것에 白痴와 같이 滿足하면서 푸른 채로 있다.

이윽고 밤이 오면, 또 거대한 구렁이처럼 빛을 잃어버리라고 소리도 없이 잔다. 이 무슨 巨大한 謙遜이냐?

이윽고 겨울이 오면 草綠은 失色한다. 그러나, 그것은 襤褸를 갈기갈기 찢은 것과 다름없는 醜惡한 벌판을 바라보고 지내면서, 그래도 自殺悶絶까지 않는 농민들은 불쌍하기도 하려니와 거대한 天痴다.

그들의 일생이 또한 이 벌판처럼 單調한 倦怠一色으로 塗布된 것이다. 일할 때는 草綠 벌판처럼 더워서 숨이 칵칵 막히게 싱거울 것이요. 일하지 않을 때에는 겨울 荒原처럼 거칠고 구지레하게 싱거울 것이다.

— 이상, 「倦怠」 부분

이 수필을 읽으면서 상식을 뒤엎고 있는 이상을 본다. 전체가 일종의 역설(paradox)이면서 기발(奇拔)한 그의 논리에 웃음을 던지면서도 그간 상식에 젖어 있었던 우리 자신을 뒤돌아보게 된다. 초록색은 우리의 심신을 평안하게 하고 건강성을 회복하게 하는 색으로 생각하는 것이 상식이다. 그러나 이 글에서는 '단순무미' 한 색이거나 '건조무미' 한 색이다. 대부분의 시인묵객들은 구름의 모습에서 변화무쌍한 모습을 찬탄한다. 그러나 이상은 "稚劣한 곡예의 역을 벗어나지 않는 구름"이라고 매도한다. 끝없이 전개된 푸른 벌판을 보고 그는 "一望無際의 草綠色은 造物主의 沒趣味와 神經의 粗雜性으로 말미암은 無味乾燥한 地球의 餘白인 것을 발견"한다는 것이다. "겨울이 오면 草綠은 失色한다. 그러나, 그것은 襤褸를 갈기갈기 찢은 것과 다름없는 醜惡한 벌판을 바라보고 지내면서, 그래도 自殺悶絶까지 않는 농민"이라고 한 것도 재미있는 표현이다. 이상의 수필에서만 발견되는 독특한 역설이다.

리파테르(Riffaterre)는 예측성(predictable)과 불예측성(unpredictable)을

가지고 문체 추출의 자료를 삼고 있다. 우리는 문장이나 구절, 혹은 작품을 읽을 때 전부를 주의해서 읽지는 않는다는 것이다. 몇 개의 철자적 특징에서 단어를 짐작해 내고, 인지했던 몇 개의 단어를 통해서 전 문장을 재구성한다는 것이다. 요컨대 우리가 읽을 어떤 단어나 구절이 나오면 다음 단어는 우리가 예측해서 읽게 된다는 것이다. 보통의 글은 모국어의 경우 이 예측성이 크게 작용하기 때문에 다음 몇 단어를 놓쳐도 그 문장의 뜻을 짐작하게 된다. 문학작품의 경우(특히 시의 경우)는 예측성의 단어보다는 불예측성의 단어가 더 많다는 것이다. 문체를 결정하는 것은 이 불예측성의 단어를 찾아내는 것이라고 그는 말하고 있다. 이것은 러시아 형식주의에서 말하는 '비친숙화(defamiliarization)'와도 관련이 있다. 문학은 언어 인식이 자동화되어 있으면 이룰 수 없다는 것이다. 단어이건 문장이건 늘 비친숙화되어 다가오는 것, 그것이 표현이건 메시지이건 늘 새롭게 우리의 의식을 깨우면서 다가오는 것이 문학이라는 것이다. 생활은 상식에 기초되어 전개되지만, 문학은 상식을 파괴하면서 전개된다. 수필도 문학인 이상 자동화된 단어의 나열을 배격한다. 늘 새롭게 우리의 의식을 일깨우면서 다가오는 문장이어야 한다.

5. 결론

　수필이 문학의 대표주자인 것처럼 널리 읽혔던 때가 있었다. 1960년대의 한때라고 생각된다. 이어령, 김형석, 안병욱 등의 수필집 등은 문학 서적 중 베스트셀러가 되었을 뿐 아니라, 웬만한 문학소녀나 청년 등은 그와 같은 수필집을 읽는 것을 과시라도 하는 듯이 팔에 끼고 다녔던 시절이 있었다. 그때와 비교하면 현금의 수필은 필자에 대한 대우도 그러하려니와 독자들의 호응도 훨씬 떨어지고 있다.

그 이유를 여러 가지 댈 수 있겠으나 뛰어난 에세이스트의 부재와 깊은 사상을 담고 있는 수필이 적다는 것 때문이다. 거기에다 더 부채질한 것은 출판이 쉬워진 탓으로 하여 수준 미달의 수필집이 너무나 많이 간행되고 있어 옥석을 가릴 수 없는 지경에 이른 탓도 있을 것이다. 시대적으로는 인터넷에 밀려 문학의 독자층이 다른 곳으로 관심을 분산하고 있는 것도 충분한 이유가 된다.

우리 문학계를 뒤돌아보면 베스트셀러는 10대나 20대의 젊은 층이 만들어낸 반면에 작품에 대한 가치 평가는 30대 이후의 중·노년층에 의하여 결정되어 왔다고 볼 수 있다. 현금 대부분의 수필이 젊은 층에 의하여 외면당하고 있는 것은 또 다른 이유가 있는 것이다. 그들은 대체로 게임에 경도하고 있고, 그나마 문학성에 흥미를 가졌다면 판타지 문학에 관심을 보이고 있는 것이다. 그런 점에서 본다면 생활에 근거하고 있는 수필이 그들에게 흥미를 불러일으킬 수 있을 것이리라고 생각되지 않는다.

10대나 20대는 불을 지필 수는 있다. 그러나 그 불을 간수하지는 못하는 것이다. 그 불을 간수할 수 있는 연령은 30대도 조금 이를지 모른다. 40대, 50대 아니 그 이상 보수 성향이 강한 장·노년층이 될지 모른다. 한국의 대중매체 중 텔레비전이나 인터넷은 십 대나 이십 대에 의하여 점령당하고 있다. 출연하고 있는 탤런트들 대부분이 이삼십 대이고, 그들이 주로 노리는 고객들이 십 대나 이십 대인 것이다. 사십 대가 넘으면 채널 선택권도 없어진다. 이것은 세계적 현상이지만 유독 한국이 더하다. 내가 독일이 몇 달 체류하고 있는 중 출연진도 사오십 대의 중년층이 많이 참여하고 있고, 시청자들도 그들이 많이 점하고 있는 것을 보았다.

베스트셀러가 되었다고 해서 그 평가도 함께 가는 것은 결코 아니다. 그것의 정당한 평가를 이루어내는 것은 인생의 한 고비를 지난 사람들이다. 그 스스로는 걸작을 이루어내지는 못하지만, 문학에 대한 부단한 관심과 흥미를 지켜오고 있는 중·노년층 그 분들이다. 아마 모르긴 해도 오랫동안 문학에 대한 식지 않은 관심과 흥미로서 수필을 쓰고 있는 사람, 그리고 동료의 수필을 읽고 있는 사람이 아닐까.

수필과 유머, 그리고 위트

1. 서론

에피소드 1

관광회사에서 요즈음 흔하게 벌이고 있는 국내 관광에 다녀와서 전해 주는 내 친구의 이야기다.

버스가 출발하자 가이드가 와서 여행티를 받으면서,

"성함이 어떻게 되시지오?"라고 물었다. 무심코 그는 자기 이름을 대었더니 예약자 명단에서 그의 이름을 찾을 수 없다고 한다. 젊고 예쁜 가이드는 조금 어리둥절히는 표정을 지으면서 정말 예약을 하셨어요, 라고 묻는다. 이 모양을 보고 있던 그의 아내는 재빨리 그녀의 이름을 대었다. 그제야 가이드는 명단을 찾아서 여행비를 받았다. 아내가 예약했으니 당연히 그의 이름은 없고 아내의 이름이 올라 있을 수밖에 없었을 것이다. 그는 약간 멋쩍기도 해서,

"우리 집은 내주장이라는 것을 깜박 잊었었네요."라고 하면서 웃었다. 이 말을 듣던 아내가 화를 벌컥 내면서,

"무슨 그런 쓸 데 없는 그런 말을 해요." 몹시 가시 돋친 어투로 그를 쏘면서 말했다.

"우스갯소리 한 마디 한 건데…그걸 가지고 화를 다 내고 있소."

"농담짓거리나 찍찍 해대는 남자 난 싫어."

"이 세상에 꼭 필요한 말만 하나? 재미로 하는 말도 있지……"

"필요한 말만 해도 부족한 세상에 농담짓거리나 찍찍 하는 남자 별로 좋아 보이지 않네요."

썩 재미있는 농담이라고는 생각되지 않았지만, 우스갯소리 한 마디 했다가 이렇게 무안을 당하고 나니 그도 은근히 화가 났다. 몇 번 더 말을 주거니 받거니 했지만 점점 더 가시 돋친 말만 오가게 되어서 더 이상 말을 하다가는 아내와 큰 싸움이 될 것 같아 입을 다물고 말았다. 이전에도 이런 사소한 일이 발단이 되어 아내와 큰 싸움을 벌인 일이 여러 차례 있었던 일을 기억하고는 그만 두었다는 것이다. 이후 아내에게 일체의 농담은 그만두기로 다짐을 했다. 아내의 말대로 꼭 필요한 말만 해야 한다고 생각하니 거의 할 말이 없었다. 아내가 차창 밖을 보면서 경치가 좋다느니, 날씨가 덥겠다느니 그러면 고개만 끄덕여 주면 되었고, 충북의 동네가 아닌데 충북이라고 하면 아니라는 뜻으로 고개를 내 저으면 되었다.

말을 않고 있으니 아내도 그 눈치를 챘는지 연신 이것저것 물었다. 그때마다 외마디로 대답하면서 고개를 끄덕이거나 가로 내저었다. 꼭 필요한 말만 해야 한다고 생각하니 자연 그의 얼굴에서 웃음이 사라졌다. 시무룩한 표정 그대로 창밖만 응시하고 있으니 여행의 즐거움조차 사라졌다.

"농담짓거리나 찍찍 해대는 남편이라고 공박한 것에도 마음을 상했지만, 영어로 말하자면 씨리어스한 표정으로 여행 내내 행동해야 한다고 생각하니 여행의 즐거움이 싹 가시더군. 아내가 꼭 할 말만 해야 된다는 주장을 그에게 요구한다면 차라리 아내와는 여행을 가지 않는 것이 좋겠다는 생각이 들더라고."

친구의 결론은 그것이었다.

에피소드 2

야콥슨의 저 유명한 「시학과 언어학」이라는 논문에 나오는 유머인데, 이런 이야기가 있다. 아프리카에 간 선교사가 옷을 발가벗고 있는 아프리카 인을 나무라면서, 남 앞에서 옷을 입지 않고 벗고 있으면 우리로서는 예의가 없는 사람으로 취급합니다, 라고 말했더니, 그 아프리카인의 대답인 즉 이러했다.

"당신들 자신은 어떤데요?"라고 하면서 그의 얼굴을 가리켰다.

"당신 역시 어딘가 벗고 있지 않아요?"

"그렇지만 그것은 얼굴 아닙니까?" 아프리카인이 깔깔 웃으며 말하기를,

"우리에게는 몸 전체가 얼굴인 걸요."라고 대답했다.

에피소드 3

일제하에 있던 시절이다. 월남 이상재 선생이 YMCA에서 강연을 하려고 강당에 들어섰다. 청중이 운집한 가운데 일본 형사들이 여기 저기 보였다. 이상재 선생은 요주의 인물로 보고 있기 때문에 그의 강연에는 늘 일본 형사들이 따라 다녔다. 이상재 선생은 청중을 한번 휘둘러보고는,

"그 참 봄도 아닌데 개나리들이 많이 피었군."했다는 것이다. 청중 중에 유머를 알아들은 사람은 배를 잡고 웃었다.

우리말 어두에 '개' 자가 붙으면 별로 좋은 뜻이 되지 못한다. 우리들은 지체 높은 사람을 흔히 '나리' 라고 한다. 개비름, 개살구, 개서대, 개소리, 개수양버들, 개수작, 개쑥갓, 개아카시아, 개양귀비, 개죽, 개차반, 개헤엄, 개행실 이처럼 '개' 자가 접두어로 붙으면 별로 좋은 뜻이 되지 못한다. 이에 비하여 '참' 자가 붙으면 좋은 뜻이 된다. 참기름, 참숯, 참게, 참말, 참먹, 참가자미 등이다. 이상재 선생은 일본 형사들을 가리켜 '개나리' 라고 했던 것이다.

농담이나 우스개라면 격이 떨어지는 것 같고, 유머라면 격이 돋보이는 듯이 들린다. 이것도 서양 문화에 대한 자비(自卑)에서 나온 것이 아닌가 하는 생각이 들지만 공통된 것은 일상생활에서 꼭 필요한 말은 아니라는 점이다. 필요한 말 바깥에 위치해 있어서 필요한 말을 꾸며 주거나 재미있게 할 뿐이다. 그의 아내 말처럼 필요한 말만 해도 부족한 세상에 필요한 말도 아닌 말까지 할 필요가 어디 있느냐고 하겠지

만, 바로 그 필요한 말이 아닌 그 말 때문에 인간은 인간다움을 누리고 있다고 말해도 된다. 왜냐하면 동물들이야말로 농담이나 우스개를 하지 않기 때문이다. 그들은 꼭 필요한 말만 한다고 볼 수 있기 때문이다. 그들은 꼭 필요한 소리나 신호만 나타내기 때문이다.

2. 유머의 의미

말이란 인간과 인간 간에 주고받는 음성적 기호라고 할 수 있다. 동물들도 이 기호를 주고받고 있다고 학자들은 말하고 있다. 그런데 동물의 경우에 있어서는 꼭 필요한 경우에만 그렇게 한다. 배가 고프다든지, 화가 났다든지, 위급한 상황을 맞고 있다든지 할 때 동물들은 그의 발성기관이나 몸을 이용하여 나타낸다. 따라서 그들에게는 농담이나 우스개가 있을 수 없다. 이 점이 인간과는 다른 점이다.

행동주의 심리학자들은 인간의 언어란 자극에 의한 반응의 일종으로 보았다. 내적으로든 외적으로든 자극이 오면 그것을 행위로 표현한다는 것이다. 표현 혹은 전달하고 싶은 욕구를 자극이라고 한다면 그것을 음성이라는 반응으로 나타내는 것이 인간의 언어라고 본 것이다. 그러나 그러한 발상은 명백한 오류라고 수잔 랭거는 말한 바 있다. 인간은 아무 자극이 없어도 발성기관을 움직여 표현하는 즐거움을 누린다고 한다. 어느 정도 말할 수 있는 아이가 자기 혼자 방에 있으면서 장난감이나 인형을 상대로 해서 혼자 지껄이는 것을 흔히 볼 수 있다는 것이다. 이것은 자극과 반응의 공식에서 분명히 벗어나는 것이라고 말하고 있다. 따라서 인간만이 아무 자극이 없이도 표현하고 싶은 욕구를 가지고 있으며, 바로 그 욕구야말로 인간만이 갖는 문화적, 예술적 욕구인 것이다. 그런 관점에서 본다면 농담이나 우스개는 예술적 행위와 연관되어 있다고 볼 수 있다. 외냐하면 그것은 인간의 생존에 필수적인 것이 아니라, 생존을 풍요롭게 하는 것이기 때문이다.

우스개, 농담(弄談), 익살, 골계(滑稽), 해학(諧謔) 등의 말은 거의 비슷한 말이면서 쓰임에 따라 함축(含蓄)이 약간 다를 뿐이다. 앞의 세 단어는 서민들이 흔히 쓰는 말이고, 뒤의 두 단어는 오래 전부터 식자층에서 많이 썼다. 그러나 그 본질은 같다. 꼭 필요한 표현이나 전달에 여유를 가지고 나타내는 말들인 것이다. 여유를 갖지 못한 사람은 표현 그대로 받아들임으로서 잘못된 표현이라고 생각하거나 왜곡(歪曲)해서 받아들이게 된다. 물론 받아들이는 상황에 따라서 얼마든지 다를 수 있다. 또 발신자나 수신자의 태도와도 밀접한 관련을 맺고 있다.

에피소드 1에서 보면 내 친구는 유머로서 한 말인데, 그의 아내는 유머로서 받아들이지 않고 있다는 것을 알 수 있다. 유머의 컨텍스트에 놓여 있지 않았기 때문이다. 그 가이드 여인이 젊고 예뻤다고 하면 질투가 나서 그랬을지도 모른다. 아니면 내 친구가 젊은 여인을 보면 실없는 농담을 잘 던지기 때문에 벼르고 있던 차에 그 말을 듣고 가시 돋친 말을 퍼부었는지도 모른다.

에피소드 2에서는 이와 경우가 조금 다르다. 문화가 다른 사람이 같은 현상을 보고 다르게 해석하는 데서 생긴 우머라고 할 수 있다. 이 에피소드는 미개한 종족에 대하여 문명화된 종족의 조롱이 담겨 있는 듯도 하다. 이와는 달리 유머도 기후와 환경의 지배를 받을 수 있다. 문화와 환경에 따른 컨텍스트가 전혀 다를 수가 있기 때문이다. 내 아는 친구가 미국의 로스앤젤레스에 갔는데, 공항으로 마중을 온 후배가 반바지에 러닝셔츠를 입고 슬리퍼를 끌고 나왔다는 것이다. 오랜만에 만나는 형의 친구를 그런 복장으로 마중 나온 것에 기분이 썩 좋지 않았다는 것이다. 그러나 로스앤젤레스에 가면 수영복을 입고 시내를 활보하고 있는 사람을 흔히 볼 수 있다. 반드시 어린 아이가 아니라, 나이가 상당히 든 점잖은 사람도 그런 경우를 본다. 시내와 해변이 가까이 있기 때문이기도 하지만 워낙 더운 지방이라 옷 체면을 차릴 형편이 못되는 것이다. 대만 대학의 여자 교수 한 분이 고급 호텔로 대만에서부터 알고 지내던 한국인 교수를 만나러 왔다가 쫓겨난 일이 있었다. 복장이 허술하다고 수위가 잡상인으로 취급해서 쫓아 보낸 것이다. 대만에서는 비록 고급 호텔이라고 해도 그런 허술한 복장으로 얼마든지 출입을 할 수 있다는 것이다. 그 여교수는 당장 집에 가서 고급 옷으로 갈아입고 갔더니 무사통과했다고 한다. 한국은 예부터 대인관계에서 의관정제(衣冠整齊)가 필수요건이다. 예의 차리는 데 의복부터 제대로 챙겨 입지 않으면 대우를 받지 못한다. 이런 관습이 서구 문화로 인해 많이 바뀌긴 했지만, 아직도 우리의 의식 속에는 그 관습이 많이 남아 있다. 필자도 몇 년 전에 모 저명한 인사의 출판기념회에 갔다가 창피를 당한 적이 있다. 9월이라 아직도 더위가 가시지 않아 남방셔츠를 입고 학교를 나갔다. 물론 아침에 출근할 때 출판기념회에 가리라는 생각도 못했다. 그래 어쩔 수 없이 남방셔츠를 입고 출판기념회에 참석하게 된 것인데, 그 유명인사는 입구에서 손님을 맞고 있다가 필자의 복장을 보고는 외면을 하면서 악수하는 것조차도 거부하였다. 정장을 하지 않고 자기 출판기념회에 참석하는 것이 매우 못마땅했던 것이다. 더운 여름인데 복장이 좀 그러면 어때 하는 것이 나의 생각이었다면, 그쪽은 예의가 없는 무뢰한쯤으로 본 것이다. 이처럼 같은 문화 안에서도 생각의 차이에 따라 크게 달라질 수 있다. 유명한 아티스트 백남준이 이어령 장관 시절 그를 만나러 갔다가 수위에게 쫓겨난 것 또한 재미있는 일화다. 그는 허술한 남방셔츠에 윗주머니를 어설프게 기운 옷을 입고 갔던 것이다. 바지도 페인트가 더덕더덕 묻은 때 묻은 바지였다. 백남준은 친구 장관에게 옷과 몸으로 던진 유머였을 것이다. 이처럼 컨텍스트에 따라 유머가 될 수도 있고, 반대로 욕이 될 수도 있다. 장관실 수위와 백남준 간에 전혀 컨텍스트가 맞지 않아 일어난 일이다.

에피소드 3은 우선 발신자가 의도하는 '개나리' 라는 뜻을 이해할 수 있어야 유머가 성립된다. '나리' 라고 말할 때 대체로 면전에서는 경칭으로 쓰지만, 돌아서서는 비꼬는 투로 쓸 때가 많았다. 실제로 필자가 학생 때 순경이 나의 하숙집으로 무슨 조사를 나온 적이 있었다. 나는 안주인을 향하여 "아주머니! 나리 왔어요."라고 소리쳤더니, 그 순경이 몹시 화를 내며, 나리가 뭐냐는 것이다. "나리라는 말이 나쁜 말인가요?"라고 항변했지만, 그 순경은 기분 나쁜 표정을 거두지 않았다. '나리' 라는 말 속에는 조선시절 양반들의 착취에 대한 서민들의 빈정거림이 담겨 있었던 것이다. 여기 이상재 선생의 '나리' 속에서도 그런 빈정거림이 담겨 있었다. 또한 당시 한국 사람들은 일본 순사에 대하여 두려움을 갖고 있었고, 따라서 그 말 속에는 두려움과 빈정거림이 함께 담겨 있었던 것이다. 일본 순경들이 이상재 선생의 유머를 못 알아들을 수도 있고, 또 알아듣고 따진다고 해도 그 말로 인해서 무슨 문제를 일으킬 수는 없었을 것이다. 그러나 이 말 속에는 일제가 한국인을 억압하고 있는 현실에 대한 통렬한 풍자가 담겨 있다.

3. 유머의 내력

우리말의 '농담' 이나 '해학' 이라는 말 대신에 요즈음 들어서는 유머(humor)라는 말을 더 많이 쓰고 있다. 유머라는 말은 라틴어의 'humor' 에서 온 말로 '습기(濕氣)' 라는 뜻을 담고 있다고 한다. 영어의 'humid'(축축하다)라는 말도 이 말에서 온 말이다. 중세기까지 그대로 쓰이다가 르네상스 기간에 히포크라테스의 병리학 전통에 따라 인체의 네 습기(humours)를 나타내게 되었다. 이것은 네 유액체(流液體), 즉 혈액(血液), 점액(粘液), 황담즙(黃膽汁), 흑담즙(黑膽汁)에 의거한다고 보았다. 이 유액체들이 혼합이나 배합이 사람의 성향, 성격, 마음, 도덕심, 기질 등을 결정한다고 믿었다. 'humors'는 두뇌에 영향을 주게 되고, 다시 그것은 인간의 행위에 영향을 주는 기백(氣魄)을 방출한다는 것이다. 그 현저한 특징에 의하여 나눈다면, 다혈질(sanguine), 점액질(phlegmatic), 담즙질(choleric), 우울질(melancholy)이 된다. 다혈질은 생기가 넘쳐 세상을 적극적으로, 낙관적으로 보고 자극에 대하여 반응이 빠른 기질이다. 점액질은 감정이 차가우며 활기가 적고 자극에 대하여 반응이 다소 둔하나 의지가 강하고 끈기가 있다. 담즙질은 침착하고 냉정하며 끈기가 있지만 다른 사람에 대하여 냉혹하고 거만하다고 한다. 우울질은 자극에 대하여 반응은 느린 편이나 한번 일어난 반응은 정도가 심하고 세상을 부정적으로 보고 있어서 늘 불쾌한 감정에 지배당하고 있는 기질이라고 한다.

이렇게 볼 때 'humor'는 '기질', '기분' 혹은 성격 등의 뜻을 가지고 있었던 말이다. 흔히 영어에서 쓰이는 말로 '좋은 기분'(good-humored), '나쁜 기분'(ill-humored) 등에서 잘 드러나고 있다. 그래서 16~17세기 극작가들은 'humor'를 성격과 같이 생각해서 히포크라테스의 성격 분류법에 의하여 인물을 그려내었다. 18세기에 와서 비로소 오늘날 '웃음'과 연관된 뜻으로 'humor'가 쓰이기 시작하였다.

4. 마음의 여유

서양에서 가장 권위 있고 장구하게 지탱되어온 예술관은 아무래도 '모방(mimesis)' 이론이다. 인간과 자연을 예술 속에서 재현(再現)한다는 것인데, 낭만주의 시대에 와서 다소 허물어지기는 했지만, 사실주의 시대에 와서는 다시 부활했다. 20세기, 21세기에 와서는 모방 이론이 그 권위를 지탱할 수 없지만, 인간과 자연의 모방을 완전히 벗어나서는 예술 그 자체가 성립되기 어렵다. 재현에 예술의 중심이 쏠려 있을 때는 사진이나 동영상이 나오면 예술의 생명은 아마도 끝나리라고 생각한 사람이 있었다. 재현에서 넘치거나 모자라는 부분이 바로 예술이 되는 것이다. 유머도 사실을 모자라거나 넘치게 볼 때 성립되는 것이다. 있는 그대로의 사실에서 우리는 유머를 절더로 찾을 수 없다. 다음의 이야기를 들어 보고 그것이 왜 유머가 되는지 생각해 보기로 하자.

> 어느 날 요나단 스위프트는 명예에 몹시 상처를 입는 편지를 받았다. 그래서 그는 발신인에게 다음과 같은 편지를 썼다. "당신의 난폭한 편지는 지금 내 앞에 있습니다. 그러나 곧 휴지로 사용될 것입니다."

만약 스위프트가 그에게 변명을 늘어놓았거나, 거친 말로 되받아 공격했다면 결코 유머가 될 수 없었을 것이다. 그는 여유를 가지고 그 상황을 재미있게 받아넘긴 것이다. 그 표현에 우리는 미소를 머금고 바라보게 된다. 거기에는 분명히 재치가 있다. 이른바 위트(wit)라고 말하는 것이다. 따라서 유머와 위트와는 불가분의 관계가 있다.

위트는 중세 이후 문학용어로 많이 사용되었지만 그 뜻은 많이 변했다고 한다. 처음은 감각 혹은 오감이라는 뜻으로 쓰이다가 상식이라는 말로 변해서 쓰였다. 르네상스 기간에는 지성(intelligence) 혹은 지혜

(wisdom)라는 뜻으로 쓰이다가 천재(genius)라는 뜻으로 쓰였다. 17세기에 와서는 공상(fancy) 또는 사고의 기민성(dexterity of thought)이라는 뜻으로 쓰이기도 했다. 뛰어난 수필가 해즐릿은 어설픈 위트와 뛰어난 상상을 구별하였다. 그러니까 어설픈 위트는 위트로서의 가치가 없다는 뜻이다. 현대에 와서는 비평적 술어로 널리 쓰이고 있지만, 대부분의 경우 지적 세련됨과 발랄함의 뜻으로 쓰이고 있다. 또 위트는 언어적 표현에서 주로 쓰이지만 유머는 반드시 그렇지 않다. 행위 속에서도 유머가 있을 수 있다는 뜻이다.

문학작품 도처에서 우리는 유머와 위트를 만나볼 수 있다. 미당은 《전북일보》 창간 16주년에 부쳐서 이런 시를 쓴 적이 있다.

> 이 신문에는/제일 밝은 금강석의 시력/한밤중에 잃은 바늘도 찾아내는 시력/춘향이네의 심청이네의 무슨 감기 처방도/두루 다 골고루 잘 하는 시력/그리고는/어느 밤에도/늘 동포들의 진 데 밟을 것을 염려해 섰는/저 정읍사의 여인의 인정이 있거라.
>
> — 서정주, 「이 신문에서는」 부분

우리는 이 시를 읽으면서 미소를 머금게 된다. 세상일을 빠뜨리지 않고 샅샅이 뒤져서 신문에 실으라는 뜻이 담겨 있는 내용이다. 은유도 있고, 인용법도 있지만 뜻을 직설적으로 나타내지는 않고 있다. "금강석의 시력"과 "춘향이네의 심청이네의 무슨 감기 처방"과 같은 동떨어진 비유도 아주 재미있다. 다음과 같은 시는 시 전체가 유머로 되어 있다.

> 진달래 갈매기 소리로/갈매기 진달래 소리로/분홍불 켜며/소금도 치며/단단한 어금니로/돌山 어금니로/"이 머스마 왜 이러나!"/깔깔거리고 내려오는/칡꽃 같은 눈을 가진/처녀 들어 있나니……
>
> — 서정주, 「강릉의 봄 햇볕」 전문

강릉의 햇볕 속에는 이런 것이 다 들어 있다는 것이다. 처녀가 내뱉는 말 속에도 유머가 담겨 있지만, "칙꽃 같은 눈을 가진 처녀"라는 말에도 우리는 웃음을 머금지 않을 수 없다.

대체로 유머는 문학적 장치(literary device)를 통해서 구현된다. 직유나 은유, 아이러니, 패러독스 등을 통하여 표현된다. 그러나 그 표현이 웃음 대신에 비수와 같이 날카로움을 지니게 되면 유머가 아니라 풍자나 냉소(sarcasm)가 된다. 표현이 유머러스하냐, 냉소적이냐 하는 것은 상황에 따라 판단할 수밖에 없다. 냉소적이면서 유머가 되는 경우도 없지 않을 것이다. 가령, 이상재 선생이 한갈 한국의 고관들이 배석한 자리에서 "여기 앉아 계신 대감들은 전부 일본에 가셨으면 좋겠습니다. 나라를 망해 먹는 데는 대감들 만한 선수들이 없으니까요. 대감님들이 일본에 가면 일본도 망할 것 아닙니까?"라고 했다는 것이다. 이것은 훌륭한 유머이면서 냉소가 들어 있는 것이다.

베이컨이 식사에 초대를 받아 갔다. 옆 사람들이 베이컨을 골려 주기 위하여 먹고 발라낸 생선의 뼈를 전부 베이컨 앞에 슬쩍 밀어 두었다는 것이다. 한 사람이 베이컨을 향하여 "선상께서는 이 방에서 생선을 가장 많이 잡수셨군요. 그 앞에 생선뼈가 가장 많이 쌓여 있으니까요." 했다. 베이컨은 태연한 표정으로 지체 없이 대답하기를 "여러분들은 얼마나 배가 고팠으면 생선뼈까지 다 자셨습니까?" 했다는 것이다. 이 또한 유머이면서 빈정거림이 담겨 있다.

『탈무드』에 이런 이야기가 있다.

구약성서에 인류 최초의 여자는 아담의 갈비뼈를 뽑아 만들었다고 쓰여 있다. 로마의 황제가 어느 날 한 랍비의 집을 찾아가,

"하나님은 도둑이야. 어찌하여 남자가 자고 있을 때 그의 허락도 없이 갈비뼈를 훔쳐갔지?"라고 물었다. 그러자 옆에 있던 랍비의 딸이 끼어들

었다.

"폐하, 부하를 한 명만 빌려 주십시오. 좀 곤란한 문제가 생겨 그것을 조사시켰으면 해서요."

"그건 어렵지 않아. 그런데 그 곤란한 문제란 무엇인가?"

"실은 어젯밤에 집에 도둑이 들어 금고를 훔쳐갔습니다. 한데 도둑은 대신 황금항아리를 놓고 갔습니다. 그래 어째서 그렇게 했는지 조사해 보고 싶어서요."

"그것 참, 부러운 이야기군. 그런 도둑이라면 우리 집에도 들어왔으면 좋겠구나." 황제의 말에 랍비의 딸은,

"그러실 테죠. 그런데 그것은 결국 아담의 몸에 일어났던 일과 같지 않습니까? 하나님께선 갈비뼈 한 개를 훔쳐 가셨지만, 대신 이 세상에 여자를 남기셨으니까요."라고 말했다.

로마 황제가 유태인 랍비의 집에 찾아간 것도 좀 이상하지만, 딸이 황제 앞에 나와 거침없이 병정의 차출을 요구하는 것도 현실성이 조금 약하다. 그렇지만 이야기 속에 들어 있는 유머는 충분하다. 딸의 유머는 황제의 공격적 질문을 여유를 가지고 대답하였고, 그것은 듣는 이로 하여금 웃음을 자아내게 한다.

유머는 삶의 여유에서 출발한다. 그것은 물질적, 경제적인 여유가 아니라, 마음의 여유인 것이다. 조선조의 유명한 재상이었던 분이 사화에 얽혀 귀양을 가게 되었고, 유배지에서 사약을 받게 되었다는 것이다. 그는 금부도사에게 말하기를 자기가 방안에 가서 목을 매어 그 끈을 밖으로 내어놓을 테니 잡아당겨 달라고 했다. 사약을 먹고 죽는 것보다 목을 매어서 죽는 것이 났다는 것이다. 금부도사가 끈을 잡아당기고 난 뒤에 재상이 죽은 줄 알고 방문을 열고 보니 깔깔 웃고 있었다. 재상의 말인즉, "내 평소 농하기를 좋아했는데 마지막으로 농을 한 번 해 본 것일세."라고 했다는 것이다. 죽음을 앞두고도 이렇게 유머

감각을 지니고 있는 분이면 참 대단한 분이다.

5. 유머와 수필

유머 그 자체가 문학이 될 수는 없다. 그러나 유머는 문학을 빛나게 만드는 요소는 된다. 특히 수필에 있어서는 유머와 위트가 중요한 구실을 한다. 유명한 수필가들이 유더와 위트를 많이 강조하였고, 또 그들의 우수한 수필 속에는 유머와 위트가 빛이 나고 있어서 그들의 작품성을 높이 평가하는 불가분의 요소가 된다.

나는 유머를 요리에 있어서 양념에 비유한 바가 있다. 양념 그 자체가 요리는 될 수 없다. 그러나 양념이 들지 않으면 요리로 이를 수가 없다. 양념을 어떻게 치느냐에 따라 요리의 품격이 결정된다. 때로는 자료가 워낙 좋아 양념을 별로 칠 필요가 없이 좋은 요리가 될 수 있다. 그렇다고 해도 날생선, 날고기, 날채소가 결코 요리는 될 수 없다. 완성된 요리는 글에 비유하자면 완성된 작품과 같다. 소재 그 자체만으로 우리에게 감동을 줄 수는 있다. 그러나 스재만으로는 작품을 이룰 수 없는 것이다.

유머와 수필의 관계를 보석과 보석으로 만든 보석공예에 비유하는 것도 좋을 듯하다. 우선 원석은 값진 것이기는 하지만 갈고 닦고 자르는 커팅을 잘 하지 않으면 안 된다. 그렇게 해서 좋은 보석이 되었다고 해도 보석 디자이너에 의해서 예술품으로 완성되지 않으면 안 된다. 값진 보석이 담겨 있을수록 물론 값비싼 공예품이 된다. 그러나 치졸하게 디자인된 보석 세공품은 비록 값은 비쌀지 모르지만 훌륭한 예술품은 아니다. 수필에 있어서 유머는 보석과 같은 것이다. 그것을 어떻게 디자인해서 훌륭한 작품으로 완성시키느냐 하는 것은 필자의 문학적 재능이라고 할 수 있다.

수필에 있어서 유머의 활용방안은 크게 두 가지가 있다고 생각된다. 첫째는 작품 전체가 유머로 되어 있는 경우이다. 영국의 유명한 수필가 린드(Robert Rynd)의 「좋은 결심이 실패하는 이유」라는 글은 글 전체가 유머로 되어 있다. 결심이 성공하려면 "상상력을 움직여서 실행하라. 그리고 무엇보다 의지의 작용을 피하라."라는 요지의 글인데, 이것은 우리가 보통 상식으로 생각하는 것과는 정반대의 언술이다. 그것을 그는 그의 재치 있는 유머로 문장을 끌어가고 있다.

찰스 램(Charles Lamb)의 「굴뚝 소제부를 예찬함」은 글 전체가 유머로 가득 차 있다. 당시 영국은 어린 아이들이 집안이 가난하여 굴뚝 청소부로 일하고 있었는데 세상 사람들이 그들을 거지나 다름없이 멸시하였다. 램은 어린 굴뚝 청소부들을 높이 평가하면서, 그을음으로 새까맣게 된 옷과 얼굴을 오히려 찬양하였다. "작업 광경을 쳐다보는 것이 얼마나 크고 신비한 즐거움이 되곤 했던가!"라고 말한다. 그는 이렇게도 말한다. "이론적으로 나는 이른바 훌륭한 치열(齒列)의 유혹에 대해서 냉담하다. 불그레한 한 짝의 입술이란─부인네들께선 내가 이런 표현을 쓰는 것을 용서하시라.─이 보석 같은 이빨들을 담아두게 되어 있는 상자와 같은 구실을 한다. 하지만 내 생각으로는 입술이 이빨을 드러내는 일이 가급적 드물어야 할 것 같다. 아무리 훌륭한 숙녀나 신사라고 하더라도 이빨을 드러낸다면 곧 뼈를 드러내는 것이나 마찬가지다. 하지만 참된 굴뚝 소제부의 경우 이 하얗게 반짝이는 뼈들이 입에서 드러난다는 것은 곧 기분 좋은 몸가짐의 변형이요. 용서할 수 있는 멋 부리기의 일종으로 내게 보이는 것이다. 검은 구름이/밤을 맞아 은빛 속을 드러내는(밀턴의 시에서 인용된 것임) 경우와 비슷하다." 이 경우 이 유머는 좀 더 값진 보석으로 눈에 띄게 드러난다.

변영로의 「명정(酩酊) 사십 년 초」는 유머로 교직된 수필이라고 할 수 있다. 특히 「소광이태(騷狂二態)」라는 제독의 글은 그와 공초 오상순이 만나 몸으로 벌였던 유머를 기술한 것이다. 수즈가 길을 가다가 어느 교회에서 공초가 설교한다는 광고를 보고 들어갔다가 만난 다음 남산으로 올라가 대취하도록 폭음한 이야기라든지, 한강으로 나가 배를 타고 수십 갑의 담배를 쉴 새 없이 피워댄 이야기는 재미있는 유머가 아닐 수 없다. 사공이 "어디로 저으랍쇼."라고 묻는 말에, "우리 탄 배는 가는 배도 아니고, 흐르는 배도 아니며, 건너는 배도 아니니, 그저 강상에 띄워만 달라."라고 대답했으니 사동이 멍할 수밖에 없었다.

거듭 강조하지만 유머는 수필에 있어서 보석과 같다. 세태의 반영인지는 모르지만 근래에 들어 유머가 담긴 수필이 적다. 이는 우리 수필문학계를 메마르게 하고 있다는 느낌을 준다. 여유로운 마음이 수필문학을 풍성하게 하는 것인데 그 여유를 잃고 있다는 증거가 되기 때문이다.

수필의 토양을 비옥하게 하라. 그것이 앞으로 한국 수필문학계가 찾아나서야 할 중요한 과제라고 생각한다.

수필의 문학성

1. 형식과 장르를 넘어서

수필을 흔히 무형식의 문학이라고 한다. 수필(隨筆)이란 말을 글자 그대로 해석하면, "붓을 따라 쓴 글"이 되기 때문이다. 형식의 제약을 받지 않고 쓰는 글이란 뜻으로 그렇게 말했을 것이다. 물론 여기서 '붓'이란 필기 기구를 대표하는, 동양 삼국의 전형적인 필기 기구다. 사전을 찾아보아도 "형식에 묶이지 않고 듣고, 보고, 체험한 것, 느낀 것을 생각나는 대로 쓰는 산문 형식의 글"[1]로 되어 있다. '형식에 묶이지 않는다는' 말은 '무형식'이라는 말과는 다른 말이다. 즉 형식은 있는데 거기에 구애 받지 않고 필자 마음대로 쓸 수 있는 글이라는 뜻이다. 그렇다면 수필의 형식이란 무엇인가. 아무리 생각해도 다른 문학들처럼 고정된 형식이 떠오르지 않는다. 왜냐하면 수필은 다른 어떤 문학의

---

1 신기철, 신용철 편, 『새 우리말 큰사전』, 삼성출판사, 1989, 참조.

형식도 사용할 수 있기 때문이다. 다른 어떤 문학 형식도 다 쓸 수 있다는 말은 곧 무형식의 문학이라는 말과 통한다. 그러나 무형식이라는 말과 어떤 형식도 다 쓸 수 있다는 말은 본질적으로 다르다.

수필이라는 말을 부정적인 관점에서 쓰는 학자가 있었다. 그는 제자가 논문을 잘못 써오면 "제발 수필 써오지 마"라고 꾸짖곤 했다. 수필가에게는 모욕이 될 수 있는 말이다. 잘못 쓴 논문을 수필이라고 하니 말이다. 그 말 속에는 아무나 쓸 수 있고, 아무렇게나 쓸 수 있다는 뜻이 내포되어 있다. 사실 수필은 누구나 쓸 수 있는 것으로 생각하고 있다. 그렇기 때문에 다른 문학은 대체로 그 방면의 문학지에 등단을 거치거나 그 장르의 문학에 전심하는 사람이 쓰는 것으로 되어 있지만, 수필만은 그런 것이 없다. 뿐만 아니라, 수필은 논문이 되다 만 글, 주지가 뚜렷하지 못한 글, '되는 대로 쓴 글'이라는 말과 동의어로 쓰는 사람도 있다. 따라서 수필을 누구나, 또 되는 대로 써도 된다고 생각하는 사람들 때문에 은근히 "수필은 문학이 아니다"라고 단정하는 사람도 있다. 매우 위험한 발상이다.

그것은 마치 광의의 문학을 정의하는 것과도 같다. "언어로 기록된 것은 전부 문학이다"라고 생각하는 사람들과 같다. 사실 어떠한 형태의 문학도 언어로 되어 있다. 따라서 언어로 되어 있는 어떠한 것도 문학으로 간주할 수 있다는 결론과 같다. 문학은 언어를 매체로 해서 표현하는 예술이다. 그럼에도 불구하고 어떤 언어로 쓰인 것은 문학이 되고 어떤 언어로 쓰인 것은 그냥 언어일 뿐이다. 그 구분을 어떻게 하느냐 하는 것이 우리들의 초미의 관심사이다. 요컨대 수필이 문학이 되려면 어떤 형식에 의하여 쓰였느냐가 아니라, 그 작품이 문학성을 갖고 있느냐 없느냐가 문제가 되는 것이다. 다른 모든 문학도 마찬가지다. 그 장르의 형식을 갖추고 있느냐 없느냐가 중요한 것이 아니라,

그 작품이 문학성을 지니고 있느냐 없느냐 일 것이다. 러시안 포멀리스트들이 그처럼 집요하게 추구하는 것도 바로 이 점이다.

또 하나 생각해 볼 것은 사전에서 지적하고 있는 '산문' 형식이다. 산문으로 써 있지 않는 글은 절대로 수필이 될 수 없느냐는 것이다. 문학의 역사를 거슬러 올라가면 어떠한 형태의 문학도 다 운문으로 기록되어 있다. 물론 문자문학 이전의 구술문학(oral literature)은 전부 운문으로 되어 있었던 것도 사실이다. 요컨대 운문으로 되어 있지 않는 어떤 형태의 글도 문학으로 생각하지 않았다. 하기야 산문 문학이 출현하기 이전에는 우리가 오늘날 생각하는 문학의 기능이 달랐을지 모른다. 서양도 16세기에 이르러서야 산문도 문학적 기능을 담당하는 어떤 형태의 글이라고 생각하기 시작했다. 소설과 수필이 문학의 반열에 오른 것도 그 무렵이다. 동양은 그보다 훨씬 뒤인 서구 문학이 동양에 소개되고 난 뒤에야 산문으로 된 글을 문학으로 인정하게 되었다. 따라서 운문으로 된 글이라고 해서 수필문학의 장르에서 배제할 필요는 없는 것이다. 다만 운문으로 된 글은 오늘날 시를 제외하고는 거의 쓰이지 않고 있는 것이 현실이다.

전 세계적으로 운문으로 된 글쓰기 방식은 퇴조하고 있다. 서구도 전통적 운율을 고수하는 시가 점점 퇴조하고 있는 반면에 자유시의 형식을 더 선호하고 있다. 한국은 4·4조라든지, 3·4조의 단조로운 전통 운율을 무시하고 쓰기 시작한 것이 근대시의 시초라고 할 수 있으니까 아예 운율이라고 할 만한 것이 없다. 비록 시(詩)이지마는 운율의 전형(典型)을 세울 수 없으니까 어떻게 하면 그것을 세울 수 있을까 하고 시인이나 학자들이 저간에 상당한 노력을 기울였지만 별 성과가 없었다. 요컨대 운율에 관한한 정형(定型)으로 내세울 수 있는 것이 없었던 것이다. 말의 고저(高低)나 장단(長短)이 운율에 영향을 미치고 있는 것은 알고 있지만 그것을 정형화할 수 없었기 때문이다. 따라서 한국의 시는 자수율(字數律)로 스캐닝 할 수탁에 없었고, 그것도 내세울 수 있었던 운율과는 별로 관계가 없었다. 물론 음보율(音步律)로 스캐닝 하는 학자들도 많이 있다. 그러나 그 방법도 음수율 등이 크게 차이가 나는 것은 아니다. 그럼에도 불구하고 시에서 우리는 어떤 운율을 느낄 수 있고 그것이 시에서 중요한 요소가 되어 있다. 그 때문에 내재율 혹은 자유율(free verse)이라고 한다. 시에서 느끼는 운율과는 조금 다른 방법으로 스캐닝 될 수 있지만 산문에도 분명히 운율을 느낄 수 있다. 그 또한 패턴화하기 힘들어서 운율이 없는 것이라고 한다.

지금까지 수필을 '무형식의 문학'이라고 단정한 것은 앞서도 말한 것처럼 부정적 발상이 지배한 탓이다. 앞으로의 수필문학을 위하여 보다 긍정적인 발상으로 전환하는 것이 중요하다. 필자는 수필 장르를 어떠한 형식도 포용할 수 있는 문학으로 보고 싶다. 문학의 장르를 큰 범위로 서정, 서사, 극 장르로 구분하는 것이 보통이다. 이 큰 범주에 따라 시대에 따라, 언어와 민족에 따라, 어떤 특수한 상황에 따라서 장르가 분화되어 왔다. 이런 분화의 과정에서 위의 어떤 장르에도 귀속시킬 수 없는 문학 형식이 수필인 것이다. 흔히 시, 소설, 희곡 등으로 분류해서 가르치기도 하고 그렇게 분류해서 책을 편찬하여 수록한다. 그렇다면 수필은 어디에 귀속시킬 것인가. 어디에도 귀속시킬 수 없는 것이 현실이다. 수필은 이들 장르의 문학을 포괄할 수 있기 때문이다. 장르를 수립할 때 수필은 이들 장르를 다 포괄할 수 있는 문학으로 기술하는 것이 좋다고 생각한다. 그것은 배제의 원칙보다 포괄의 원칙에서 문학을 다루는 태도다. 필자가 편찬한 고등학교의 문학 교과서는 이 포괄의 원칙을 적용하여 혼합의 문학으로 설정하였다. 따라서 '무형식의 문학'은 어떤 형식도 익힐 필요가 없다는 뜻으로 해석할 수 있지만 '혼합의 문학'은 어떠한 문학의 형식도 다 적용될 수 있는, 수필을 배우려면 문학의 모든 형식을 다 익혀야만 수필을 이해할 수 있다는 뜻이 된다. 요컨대 문학작품에서 중요한 것은 어떤 형식을 갖추고 있느냐, 혹은 어느 장르에 속하느냐가 아니라, 문학성(literatureness)을 갖고 있느냐, 없느냐라고 할 수 있다.

2. 닫힌 언어와 열린 언어

문학성을 이해한다는 것은 지난한 일이다. 꼭 집어서 말할 수도 없거니와 여러 가지 상황이 겹쳐서 만들어내는 것이기 때문이다. 그것은 시대와 민족성과도 관련이 있고 거주하는 환경과도 관련이 있다. 또 작가와 독자가 함께 만들어 가는 것이기 때문에 어느 일방만이 만드는 것도 아니다. 그렇다고 해서 신비평(New criticism)에서처럼 작가의 의도나 독자의 정감적 반응이 배제된 어떤 것도 아니다. 사실 각기 다른 기준을 가지고 있는 비평가나 독자의 취향에 맞는 것도 없을 뿐 아니라, 공통된 평가 기준을 설정하는 것도 어려운 일이다. 우선 경험한 세계가 다르고 이해하는 폭이 다르지 않는가.

그럼에도 불구하고 문학의 매체가 언어라는 사실에 주목할 필요가 있다. 필립 휠라이트(Philip Wheelwright)는 닫힌 언어(closed language)와 열린 언어(open language)로 우선 문학 언어가 될 수 있는 조건을 말하고 있다.[2] 닫힌 언어란 고정된 의미를 전달해 주는 말, 그 의미 외에는 다른 의미가 거의 담길 수 없는 언어를 말한다. 반면에 열린 언어란 고정된 의미에 국한되어 있지 않고 여러 가지 의미를 담고 있는 말, 함축(含

2 Philip Wheelwright, 『*Metaphor and Reality*』, Indiana university Press, 1968, p.37f.

蓄)과 연상(聯想)이 풍부한 말을 말한다. 닫힌 언어는 지시하는 의미를 정확하게 담고 있는 말이기 때문에 지시하는 사물의 범위를 벗어날 때는 잘못 쓰인 말이 된다. "상오 ○○시 공격 개시" 같은 말은 닫힌 말이다. 이 말의 뜻을 다르게 해석하면 중대한 사태가 벌어진다. 가장 엄격하게 닫힌 말은 수학기호나 화학기호 등이라고 할 수 있다. 휠라이트는 이러한 언어를 논리적, 과학적 언어(logico-scientific language), 혹은 속기언어(steno-language)라고 한다. 열린 언어는 문맥에 따라, 읽는 사람에 따라, 읽는 환경에 따라 얼마든지 자유롭게 해석할 수 있는 말을 이른다.

간단히 말해서 두 가지 방법이 있는데, 속기언어(steno-language), 즉 닫힌 언어는 정적(靜的)인 술어로 구성되어 있는 언어로서 습관이나 처방에 의하여 발생할 수 있다. 그런 언어는 상상이 멈추어버릴 때 버릇에 의하여 닫히게 되고 더 정적(靜的)이 되어서 별로 생각할 필요도 없이 또 비판적 성실성도 없이 같은 말을 반복한다. 사람들이 너무 자주 하나님에 대하여, 혹은 사랑이나 의무에 대하여, 혹은 다른 큰 주제에 대하여 말할 때 그 말의 생명력을 잃어버리게 된다. 닫힌 언어로 쓴 언어는 태만에 의하여 무한히 애매해지며 이 애매성은 다음 장에서 이야기되겠지만 팽팽한 언어와는 달리 우리의 목적에 아무 쓸모가 없는 것이다. 언어가 규약에 의하여 닫히면 마치 자연과학적 혹은 논리적 술어에서처럼 한편으로 가능한 애매성에서 벗어나서 모든 정상적인 관찰자, 혹은 자격을 가진 관찰자들에게 공통으로 쓰일 수 있는 의미론적 정확성을 가지게 된다.

그러니까 닫힌 언어는 그 언어로 적용해야 할 상황이 있고, 그 언어로 분석해야 할 문제가 있지만, 그 표현에는 한계가 있다는 것이다. "모든 문제를 논리적, 과학적 언어로 다루려그 하는 것은 그물로 물을 잡으려고 하는 것이며, 자루로 미풍을 담으려고 하는 것"과 같다는 것이다. 우리의 지성과 감성은 복잡 미묘한 것이라서 명확한 말로 표현할 수 없다. 그는 "확정된 전체는 결코 전체가 될 수 없다(A definite whole is never the whole)"라고 말한다.

실증철학자(positivist)에게는 닫힌 언어와는 전혀 다르게 사용되는 열린 언어가 못마땅할 것이다. 모든 문제를 명확한 개념으로 표현해야 하고 논리적 관계로 접근해야만 해결될 수 있다고 생각하기 때문이다. "진리는 반드시 정확해야만 하느냐"고 휠라이트는 반문한다. 기계문명의 시대에는 명백하게 표현될 수 있는 것만이 긍정적인 해답이 될 수 있지만, 그것은 "우리 시대의 집단적인 편견"일 뿐이라고 말한다. "말로 표현할 수 있는 도(道)는 도가 아니다"라고 말한 노자의 말을 인용해서 그는 닫힌 언어로 표현되는 진리를 부정한다. 이에 비하여 열린 언어야말로 진실을 표현할 수 있는 가능성을 갖고 있다는 것이다.

> 열린 언어가 정확성에 대한 탐구를 전적으로 포기하고 있다는 것은 맞지 않은 말이다. 열려 있는 언어는 느슨하고 무기력한 것 같지만 그것은 팽팽할 수 있으며 살아 있을 수 있다. 그 개방성은 단순히 일반적인 전제 조건일 뿐이다. 이 세상의 본질인 부분은 애매하고, 가변적이고, 문제가 많으며, 때로는 역설적인 현상으로 되어 있기 때문에 이를 정확하게 말하기 위해서는 언어 그 자체가 어떻든 이런 특성에 적응하지 않으면 안 된다. 언어의 개방성은 이러한 적응을 허용하는 것이며 그것을 보장하지는 않는다. 인간 경험의 살아 있는 진리를 적절하게, 거의 적절하게 표현할 수 있는 언어는 그 자체가 살아 있지 않으면 안 된다.[3]

살아 있는 언어가 되기 위해서는 우선 열려 있어야 한다고 그는 말한다. 그러나 열린 언어라고 해서 반드시 살아 있는 언어가 되는 것은

---

3 위의 책, p.40.

아니다. 그렇다면 살아 있는 언어가 되기 위해서는 어떤 조건이 필요한가? 모든 유기체의 생명에는 반드시 상반되는 두 힘의 끊임없는 투쟁이 있다는 것에 주목할 필요가 있다. 숨을 내쉬면 들이쉬고, 먹으면 배설하는 것이다. 몸의 균형을 유지하기 위하여 대립하는 힘의 작용이라고 할 수 있다. 우리의 신체도 사실은 바깥의 기압과 내 안의 기압 간에 힘의 균형이 유지될 수 있어야만 살 수 있다. 살아 있는 언어란 결국 두 힘이 팽팽히 맞서 있는 '긴장된 언어(tensive language)'라고 할 수 있다. 따라서 모든 좋은 시의 언어는 '긴장된 언어'로 되어 있다고 휠라이트는 말한다.

　　언어가 열려 있는 것만으로 충분치 않다; 왜냐하면 열려 있는 언어는 느슨하고 애매하고 그리고 비효과적이다. 언어의 열려 있음은 그것이 존재하는 한, 언어로 하여금 살아 있게 할 수 있는 한 가능성의 가치를 지니고 있다. 열려 있는 언어는 반드시 살아 있는 언어는 아니며, 어떤 제한적인 열려 있음 언어적 생명을 가능하게 하는 것이다.[4]

　　의미론적으로 볼 때도 "말해지는 것과 그것을 말하고 있는 시인의 살아 있는 목소리 간에는 어떤 진동하는 관계가 있다"는 것이다. 문학의 언어는 그것이 어떤 형태로든 광의로 말하건 은유(metaphor)로 되어 있다. 은유는 "그 언술에 포함되어 있는 보편성의 배음(overtone)에서 일어나는 일종의 긴장"이라고 할 수 있다. 지시하는 말과 내포되는 이미지 혹은 내용 간의 관계에서 일어나는 긴장도 같은 것이다. I. A. 리처즈가 적절하게 표현한 매체(vehicle)와 내의(tenor) 간에 일어나는 긴장도 같은 것이다. 휠라이트는 『은유와 진실(Metaphor and Reality)』이라는

4 위의 책, p.45.

저서 속에서 이 긴장의 관계를 곡진하게 설명하고 있다. 요컨대 사물과 말 사이에, 말과 말 사이에, 말과 그 글의 전체 의미 사이에 긴장된 관계를 수립하고 있어야만 문학 언어의 자질을 갖추고 있다고 할 수 있다.

3. 문학성의 리얼리티

리얼리티(reality)란 "실제로 있는 모습 그대로인 것"을 말한다. 비슷한 말로 '사실'과 '진실'이 있다. 전자는 "현실로 있는 일", 혹은 "실제로 존재하는 일"이라고 사전은 정의하고 있다. 사물의 존재나 내력이 시간적, 공간적으로 확실하다는 뜻으로 쓴다. 후자는 "거짓이 없이 바르고 참됨"이라고 사전은 정의하고 있다. 따라서 전자는 그런 일이 존재했느냐 아니 했느냐에 초점이 맞추어져 있다면, 후자는 그 일이 옳으냐 그르냐에 초점이 맞추어져 있다. '진실(truth)'이라는 말은 철학적 관점에서는 보다 다양하게 정의되고 있을 것으로 생각된다. 사실 철학은 '진리란 무엇인가'라는 과제를 규명하는 일이 아니겠는가. 거기에는 '삶의 가치'라든지, '윤리적 기준'이라든지, 인간의 궁극적 목표 등의 문제도 개입되어 있을 것이다. 반면에 '사실'은 그런 일이 있었느냐 없었느냐 하는 시간적, 공간적 유무가 중요하다.

이에 비하여 리얼리티는 이 양자를 포괄하고 있으면서 중립적 의미를 지향하고 있다. '문학성의 리얼리티'란 과연 그런 것이 존재하는가. 한다면 어떤 의미를 지니고 있는가. 그 말을 통해서 어떤 의미를 추구할 수 있는가 등이 포함되어 있다.

휠라이트는 문학의 리얼리티를 세 가지 관점에서 말하고 있다. 첫째, "리얼리티는 현존적이다(Reality is presential)." 둘째, "리얼리티는 융합적이다(Reality is coalescent)." 셋째, "리얼리티는 전망적이다(Reality is perspective)"라고 한다. 문학적 리얼리티를 밝히는 것과 문학성을 밝히는 것이 완전히 일치한다고는 말할 수 없지만 문학적 리얼리티는 문학성의 범위 안에서만 규명될 수 있는 어떤 자질이다.

첫째의 '현존감(sense of presence)'이란 다른 사람과의 관계에서 가장 두드러지게 나타난다는 것이다.

> 현존으로서 어떤 사람을 아는 것은 한 덩어리의 물체로서, 혹은 일련의 과정으로서 아는 대신에 열린 마음으로, 귀 기울이고 응답하는 태도로 만나는 것이다. 그것은 그의 주체성의 현존 속에서 당신이 되는 것이다(It is to become a thou in the presence of his I-hood). 대부분의 우리들은 이따금, 그리고 불완전하게 당신이 된다. 그러나 개인적인 타자성의 느낌을 주고, 리얼리티의 독립된 차원으로서의 현존을 인식할 수 있게 해 주는 것은 그렇게 할 수 있는 능력이며, 그 능력을 때때로 실현시키는 일이다.[5]

훌륭한 예술품은 보는 사람에게, 혹은 듣는 사람에게 작가와 호응하는 감각을 불러일으킨다. 그렇게 하여 참신하고 상상적인 방법으로 그 현존을 드러내게 하는 것이다. 문학은 종이 위에 인쇄된 어떤 것이 아니다. 인쇄된 그 글자들이 독자의 상상력 속에서 예술적으로 실현될 때 문학의 기능을 수행하는 것이다. 다시 말하면 현존적이 될 때만이 문학이 된다는 말이다. 현상학이 문학에 영향을 끼치기 시작한 이후 '문학'을 '문학의 행위(act of literature)'라는 말로 바꾸어서 말하는 풍조가 생겼다. 문학 작가가 지향하는 의도와 독자가 독해하는 의도가 서로 교차할 때 진정한 문학적 행위가 일어난다고 보고 있는 것이다.

---

5 위의 책, p.155.

> 여기 맑은 날의 공기 속에 신부(新婦)의 일행이 지나가요. 꽃가마에 탄
> 신부의 나이는 신라 적 시집 갈 나이니까, 그렇지, 스무 살 안팎, 신부는
> 시방 바로 시집가는 길. 먼 신랑 집에서 베푸는 결혼식에 늦을 새라 대어
> 가는 길. 그의 탄 꽃가마는 나루를 건너서, 나룻목에 배가 매이자, 산이 우
> 러러 뵈는 언덕길을 깁더 올라가고 있소.
>
> — 서정주, 「처녀의 공기」 부분

'지나간다'가 아니라, '지나가요'라고 한 것은 독자와 함께 현존 속
에서 읽도록 유도하는 뜻이 담겨 있다. '그렇지'라고 하는 것은 스스
로에게 다짐하는 말투이기도 하지만, 독자와 공감하기를 바라는 뜻에
서 말한 것이다. '길'이라는 명사로 문장을 끝맺고 있는 것도 현존감을
살리기 위해서 한 생략법이다. '있소'라고 하는 것도 '나'와 '그대'가
이 상황에 공존하는 뜻을 담고 있다.

휠라이트는 의미나 문맥보다는 독자의 현존감을 높이는 동의어 반
복이 많은 거트루드 스타인(Gertrude Stein)의 시를 인용하여 현존감의
예로 보여주고 있다. 스타인의 시를 설명하면서 "단어 밑에 놓여 있는
시인성(詩人性)으로 기억되는 경험의 강렬성은 단순한 구절을 반복한다
고 해서 전달되는 것은 아니다. '장미는 장미라는 것은 장미(A rose is
rose is a rose)'라고 하는 것은 미스 스타인의 아마도 장미에 대한 생생
한 경험을 다른 사람에게 전달하는 것 외에는 아니다"라고 말한다. 현
존감은 단순한 언술로 전달될 수 없다는 것이다. "도(道)는 말로 표현하
면 이미 도가 아니다"라고 말한 노자의 말과 비슷하다. 문학은 다만 작
가의 현존감을 유사한 감정으로 표현하는 것일 뿐이다.

둘째, "리얼리티는 융화적이다"는 명제는 데카르트 이후의 2분법적
사고가 지배하고 있는 사고방식을 비판하면서 이루어진 것이다. 서구
의 근대화는 '데카르트적 이분법(Cartesian dichotomy)' 즉 정신과 물체,

주관과 객관, 내면과 외부 등으로 명확히 구분해서 사물을 바라보는 능력에서 시작되었다고 말하고 있다. 이러한 이분법적 사고는 과학 문명에는 필요할지 모르지만 리얼리티를 바르게 인식하는 데는 한계가 있다는 것이다. "있는 그대로(What Is)의 무한성(실제와 가능성의 무한성)에서 모든 다른 종류의 것은 체계적으로 무시하고 하나의 특성에만 주목"하는 것은 흔히 저지르는 오류라는 것이다. 사물을 바라보는 화가의 색감을 어떻게 이분법적으로 말할 수 있느냐고 했다. "장미꽃의 아름다움은 장미꽃 자체가 아름답기 때문인가, 아니면 장미꽃을 바라보는 사람의 눈이나 마음 때문인가?" 라는 질문을 던진다면 어떻게 대답해야 할까. 주체와 객체를 분리한 이분법적 사고에서는 이런 질문을 던지는 것 자체가 어리석은 짓이라는 것이다. 이 질문의 답은 양자가 공존하기 때문이다.

> 종종 그 이름을 전용하고 있는 지적인 예술품과 구별되는 리얼리티란 객체도 아니고, 주체도 아니며, 물체도 정신도 아니고, 그것은 어떤 다른 철학적 범주로 한정될 수도 없다. 그것은 바로 '그것(That)', 각기 이러한 범주가 지시하려고 하는 '그것', 매 철학적 언명이 기술하려고 하는 '그것', 항상 지적인 관점에서 추구하려고 하지만 궁극적으로 부적절한 '그것' 이다.6)

'나' 와 이 세상과 융합하지 않으면, 그 리얼리티를 찾을 수 없다. '나' 를 존재론적으로 규명하지 않고는 그 리얼리티를 체험할 수 없는 것이다. 시적으로 의미 있는 '나' 를 관찰하려면, 이미지로 구성되어 있는 시, 시각적, 청각적으로 구조적으로 되어 있는 시 속으로 들어가서

---

6 위의 책, p.166~167.

적절하게 수용되지 않으면 안 된다. 이러한 이미지는 언제나 특수하게 존재하지만 그것은 그 의도에 있어서는 무한하게 암시하고 그것을 넘어선 저쪽을 가리켜야 하는 것이다. "그리하여 최초의 융합은 자신과 비자신(self and not-self) 간에 일어나는 것이며, 그것은 특수한 것과 보편적인 것의 융합을 포함하는 것이다."

> 높은 산등이라 하늘이 가까우련만 마을에서 볼 때와 일반으로 멀다. <u>구만리일까. 십만리일까.</u> 골짜기에서의 생각으로는 산기슭에만 오르면 만져질 듯하던 것이 산허리에 나서면 단번에 구만리로 내빼는 가을 하늘.
> 산 속의 한나절은 졸고 있는 짐승같이 막막은 하나 숨결이 은은하다. 휘엿한 산등은 누워 있는 황소의 등어리요. 바람결도 없는데 쉴새없이 파르르 나부끼는 사시나무 잎새는 산의 숨소리다. 첫눈에 띠는 하얗게 분장한 자작나무는 산 속의 일색. 아무리 단장한대야 사람의 살결이 그렇게 흴 수 있을까.
>
> —이효석, 「산」 부분

산을 둘러보면서 서술하는 정경이다. 밑줄 친 문장은 누구에게 던지는 물음일까. 그것은 아마도 작가와 독자가 함께 공감하기를 바라는 마음에서 묻는 물음일 것이다. '숨결이 은은하다', '황소의 등어리요', '산 속의 일색' 등의 은유는 '나'의 느낌이 산이라는 객체와 함께 공감하는 이미지로 융합되고 있다.

> 머리위에서 굽어보던 햇님이 서쪽으로 기울어 나무에 긴 꼬리가 달렸건만 나물 뜯을 생각은 않고 이쁜이는 늙은 잣나무 허리에 등을 비벼대고 먼 하늘만 이렇게 하염없이 바라보고 섰다. 하늘은 맑게 개이고 이쪽저쪽으로 둥글 피어오른 흰 꽃송이는 곱게도 움직인다. 저것도 구름인지, 학들은 쌍쌍이 짝을 짓고 그 새로 날아들며 끼리끼리 어르는 소리가 이 수풍까지 멀리 흘러내린다.

갖가지 나무들은 사방에 잎이 우겄고 땡볕에 그 잎을 펴들고 너흘너흘
바람과 아울러 산골의 향기를 자랑한다.
　　그 공중에는 나르는 꾀꼬리가 어여쁘고 – 노란 날개를 파닥이고 이가
지 저가지로 옮아앉으며 흥에 겨운 행복을 노래 부른다.
　　– 고오이! 고이고오이!
　　요렇게 아양스리 노래도 부르고 –
　　– 담배 먹고 꼴비어!

— 김유정, 「산골」 부분

서술자의 시점과 '이쁜이'의 시점이 융화되어 나타나고 있다. 특히
꾀꼬리 소리를 이쁜이가 느끼는 대로 의미를 만들어 기술하고 있다.
산 속의 정경과 꾀꼬리 소리와 이쁜이 마음이 융화되어 있는 것이다.

산문으로 예를 들었지만 시에서는 더 드러나기 마련이다. 보이는 외
부 세계를 시인은 그의 창조적 재능에 의하여 변모시키기 때문이다.
이 변모야말로 보이는 대상과 그 자신이 융화하고 있다는 뜻이다.

셋째 "리얼리티는 전망적이다(Reality is perspectival)"라는 것은 어떤
특별한 시점을 통하여 표현되어야 한다는 것이다. 이상에서 말한 "리
얼리티는 현존적이다"라든지, "리얼리티는 융화적이다"라는 것으로
리얼리티를 충분히 파악할 수 없다. "현존적이고, 융화적인 리얼리티
의 전달은 유연하지 못한 의미를 가진 말에 의존해서는 불가능하다"고
그는 말한다. 그렇게 해서 이루어졌다고 해도(대체로 불완전 형태로
이루어질 수도 있지만) 평범한 갈과 '구별되는 적절성(discriminating
suitability)'에 의하여 선택되고 문맥화되어야 한다. "대부분의 문맥은
행위나 표현하는 방법에 의해서 이루어진다. 참신한 문맥은 바라보는
시각, 즉 특이한 퍼스펙티브가 있을 때 이루어지는 것이다. 다시 말하
면 유니크한 눈으로 바라보아야만 문학적 리얼리티가 성립된다"는 것
이다.

수필의 문학성

독자는 『카라마조프의 형제』, 『햄릿』, 『잃어버린 시간을 찾아서』, 『성(城)』, 『보재크』 등에서 커다란 진실의 주장을 강하게 느낄 수도 있을 것이다. 그러나 어떻게 이러한 여러 가지 진실의 주장을 전체적인 조직 체계에 맞추어 넣을 수 있으며, 아니, 감히 맞추어 넣으려고 시도할 수 있을까. 개인을 체계화한다는 것은 비교될 수 있는 부분적인 양상의 기준에서 서술할 수도 있고 구별할 수도 있다. 그러나 문학의 전 작품은 개별적인 인간처럼 부분적 양상의 전체성은 될 수 없는 것이다. 『카라마조프의 형제』의 '세계'에 들어가는 것과 『잃어버린 시간을 찾아서』의 '세계'에 들어가는 것은 전혀 다른 것이다.[7]

요컨대 작품은 각기 개별적인 체험이 풍부하기 때문에 일률적으로 말할 수는 없다. 작품 각자의 고유한 독립적인 가능성을 제시하기 때문이다. 문학적 리얼리티를 문맥적 퍼스펙티브에서만 본다면 그 본질을 완벽하게 파악한다는 것은 거의 불가능한 것이다. 왜냐하면 문학적 리얼리티는 언제나 새로운 문제를 불러오기 때문이다. 더구나 그것은 우리가 알고 생각할 수 있는 것, 아니, '저 너머의 어떤 것(Somthing More beyond anything)'으로 물러나 있기 때문이다. "만약 리얼리티가 본질적으로 잠복해 있는 것으로 치열하게 추구하고 있는 탐구자에게조차 그 내적 비밀을 드러내기를 거부하고 있다면, 우리가 할 수 있는 가장 좋은 방법은 합리적으로 다양화되어 있긴 해도 그것의 부분적인 일별을 붙잡는 수밖에 없다. 그 모든 것은 불완전해서 어떤 경우에는 이것에 맞고 다른 경우에는 다른 것에 적당하지만."

여기서 우리는 문체(style)의 중요성을 깨닫게 된다. 문체를 어느 범위, 어느 정도에서 적용하느냐가 문제이긴 하지만, 어떤 퍼스펙티브

7 위의 책, p.171.

로 보느냐는 것은 그 작가가 어떤 문체를 어떤 문맥 혹은 상황에 따라 사용하느냐의 문제로 귀결시킬 수 있다. 평범한 상황을 전혀 다른 퍼스펙티브로 볼 수 있는 시각이 문제인 것이다. 그것은 러시아 형식주의자들이 말하는 비친숙화(unfamiliar)의 비전으로, 비친숙화 된 표현으로 나타내는 것이 곧 "리얼리티는 전망적이다"라는 말의 골자일 것이다.

> 꽃은 평화의 상징이 아니다. 비생명적인 모든 것에 대한 저항의 언어이다. 빛깔을 갖는다는 것, 그것은 죽음이 아니라 즉음을 거역하는 장렬한 투쟁이다. 매연의 악취 속에서도 향기를 내뿜는다는 것은 눈물겹기까지 한 생명의 데몬스트레이션이다.
>
> 꽃은 형식이 아니다. 부지런한 뿌리의 노동 속에서 가꾸어진 땀의 결정이다. 딱딱한 돌과 음흉한 땅벌레들을 피해 맑은 수분을 퍼올리고 거친 흙더미에서 양분을 획득한 그 슬기의 깃발이다.
>
> 꽃은 열매를 맺기 위해서 피어나는 것이 아니라 다만 자기표현을 위해서 밝은 색채와 유현한 향취를 갖는다. 그랬을 때만이 정말 꽃은 꽃답게 필 수가 있다. 열매는 자기표현에 대한 하나의 보상일 따름이다. 꽃은 열매처럼 먹을 수도 없으며 씨앗처럼 땅에 뿌려 몇 개의 수확을 얻지도 못한다. 우리는 다만 그것을 쳐다볼 뿐이다. 냄새 맡는 것이다. 그것은 마음이나 머리의 빈자리를 메우기 위하여 피어난다.
>
> — 이어령, 「문화의 은유법으로서의 꽃」 부분

"꽃은 평화의 상징이 아니다"라는 말로부터 상식을 뒤엎고 있다. 꽃을 '저항의 언어', '장렬한 투쟁', '생명의 데몬스트레이션', '땀의 결정', '슬기의 깃발', 등의 은유로 표현하는 것 자체가 상식과는 다른 퍼스펙티브로 조망하는 것이다.

4. 결론

다양한 언어, 다양한 기법으로 표현하고 있는 수많은 문학작품의 문학성을 한 묶음으로 말하는 것 자체가 무리다. 더구나 그 언어와 기법은 각기 그 작품의 주제와 사상과 밀접한 연관을 갖고 있기 때문에 그 문학성이 살아 있는 것이고 그것을 따로 떼어서 말할 수도 없다. 그러나 문학적 리얼리티를 가지려면 이상에서 말하는 여러 조건들을 충족시켜 주어야 하는 것은 틀림없다.

수필은 어떤 문학의 형식도 다 수용하여 활용할 수 있기 때문에 시나 소설, 희곡보다 표현 형식에 있어서 자유로운 것은 사실이다. 그러나 바로 그 때문에 훌륭한 수필과 그렇지 못한 수필을 가려내기가 쉽지 않다. 그래서 매체로 사용된 언어에 우선 주목해야 할 것이다. 바로 그 언어가 바르게 쓰이지 않았거나 문학적 리얼리티를 지니고 있지 못할 때는 훌륭한 수필의 자격을 일차적으로 잃어버리게 된다. 따라서 다른 어떤 장르보다 작가의 체험이 직접적으로 작용하기 때문에 감동 또한 작가와 현존하는 것이다. 닫힌 언어가 아니라 열린 언어로, 다시 살아 있는 언어로 표현되는 조건을 갖추어야 하며 그것은 다시 독자와 현존해야 하며, 공감하는 자세로 대상을 조망하는 것이 필요하다는 것을 말해 둔다.

제3부

수필의 문체

1. 서론

지금까지 문체라면 주로 소설에서 다루어 왔다. 시는 짧기 때문에 문체의 개념을 적용하기가 어려운 편이고, 희곡은 작가의 언어보다 등장하는 인물의 말이 우선시되어야 하기 때문이다. 그동안 수필의 문체는 별로 주목을 받아오지 못했다. 그 이유는 여러 가지 있겠으나 수필을 연구하는 학자가 거의 없었던 것이 가장 큰 이유일 것이다. 그리고 문체론을 전공하는 학자가 아주 드물다는 것도 그에 부수되는 이유일 것이다. 대학의 국문학과에서 수필을 가르치는 곳은 거의 없었다. 수필 과목조차 설강되어 있지 않는 국문학과가 대부분이다. 설사 설강되어 있다고 해도 배당되는 시간도 없을 뿐 아니라, 가르칠 교수도 없고, 학과목에 배당될 여유도 없었다. 필자가 30년 이상 대학에서 재직했지만 현실이 그러했다. 현대문학 분야는 대체로 시, 소설, 평론, 간혹 덧붙여 희곡 전공으로 나누어져 있다. 대학원생들도 위의 각 분야별로 나누어져서 전공하고 또한 학위 논문을 쓰고 있다.

그러나 우리가 정작 주목해야 할 문제는 수필의 문체다. 왜냐하면 다른 어떤 장르의 문학보다 수필이야말로 개인의 체험이 중요한 바탕을 이루고 있기 때문이다. 그리고 그 체험은 다른 어떤 장르의 문학보다 가공(加工)이나 변형(變形)을 심하게 거치지 않는다.

가령 시의 경우를 생각해 보자.

> 내 마음속 우리 님의 고은 눈썹을
> 즈문밤의 꿈으로 맑게 씻어서
> 하늘에다 옮기어 심어 놨더니
> 동지 섣달 날으는 매서운 새가
> 그걸 알고 시늉하며 비끼어 가네.
>
> — 서정주, 「동천(冬天)」 전문

이 시를 읽으면 작자의 체험이 심한 변형을 거치고 있다. 그것은 물론 "은유는 시의 심장이다"라고 한 러너(Learner)의 말처럼 작자의 체험이라고 해도 은유로 나타나고 있기 때문이다. 독자가 느끼기에는 체험보다는 작자의 상상이 더 큰 비중을 차지하고 있는 듯이 보인다.

소설은 이와는 달리 작자의 상상 속에서 빚어지는 일이긴 하지만 시에서와는 달리 그것을 우리는 허구(虛構, fiction)라고 말한다. 인물이 있고, 이야기(story)가 있기 때문이다. 희곡 또한 허구가 큰 비중을 차지한다. 다만 소설과는 달리 서사(narration)보다는 인물의 대화가 더 큰 역할을 하는 것이 특징이다. 때문에 인물의 문제로 변형되어 나타날 가능성이 크다. 물론 예외도 있을 수 있다. 장르의 경계를 파괴한 작품들이 얼마든지 있을 수 있기 때문이다. 그러나 우리가 장르를 구분할 때는 지배적으로 나타나는 특성이 무엇인가 하는 것이 기준이 된다.

서구 문학의 전통에 의하면 서정(lyric), 서사(epic), 극(drama) 양태가 가장 큰 카테고리로 적용하고 있는 것이 일반적인 견해다. 그러나 민족에 따라 국가에 따라, 혹은 시대에 따라 각기 특색 있는 장르의 문학이 탄생할 수 있을 것이다. 그렇다면 수필은 어느 장르의 전통을 이어받았을까. 이에 대해서는 자세한 고구(考究)가 필요하지만 이 각기 다른 장르를 아우르고 있는 것이 수필이라고 생각한다. 그래서 필자는 수필을 혼합 장르로 분류하고 있다.

수필은 대체로 개인의 체험을 바탕으로 하여 이루어지는 문학이다. 물론 남의 체험을 빌리거나 남의 말을 듣고 쓴 경우도 있다. 그러나 설사 그렇게 썼더라도 허구(fiction)라고 말하지 않는다. 사실의 가공이나 변형을 심하게 하지 않기 때문이다. 필자가 '심하게'라고 말하는 것은 어떤 사실의 서술도 조금씩은 가공될 수 있고 변형될 수 있기 때문이다. 사건이나 사실을 언어로 표현할 때 사람에 따라 다소간 달라질 수 있다. 그러나 수필의 경우 그 사건이나 사실이 심하게 왜곡되어 있거나 사실과는 전혀 다른 내용을 기술할 경우, 다른 문학과는 달리 작자 자신의 인격을 의심받을 수 있다. 그렇게 되면 그 작품은 수필로서의 생명은 끝나고 다른 장르의 문학으로 태어나야 하는 것이다.

2. 수필 문체의 언어 환경

우리가 보통 문체라고 말하는 것은 서구 전통에서 말하는 'style'이라는 개념을 지니고 있다. 'style'과 '문체(文體)'는 포괄하는 범위가 다르다. 전자는 후자보다 넓은 의미의 뜻을 지니고 있다. 전자는 예술 전반은 물론 일상생활에서도 널리 쓰이고 있다. "그 사람 옷 입은 스타일 좋다"라고 말할 수 있지만 "그 사람 옷 입은 문체 좋다"라고 말할 수는 없는 것 아닌가. 그렇지만 스타일이라는 외국어를 그대로 쓰기가 곤란해서 문학에서만은 서구어의 'style'이라는 말을 '문체'라는 말로 대용해서 쓰고 있다.

문체는 넓은 범위에서도 쓸 수 있고, 좁은 범위에서도 쓸 수 있다. 넓은 범위에서의 문체는 작가가 사용하고 있는 언어 환경에 의해서 구분되어질 수 있다. 그것은 다시 공간적 언어 환경과 시간적 언어 환경으로 구분될 수 있다. 가령 미국인이 사용하는 언어 스타일과 한국인이 사용하는 언어 스타일이 다른 것은 바로 그 때문이다. 시간적인 언어 스타일이 다른 예로는 수백 년 전에 사용하던 언어 스타일과 오늘날 사용하는 언어 스타일이 다른 것을 말할 수 있다. 상황에 따라 다르게 사용해야 하는 경우도 스타일이 다른 것으로 말할 수 있다. 가령 어린애에게 말하는 경우와 어른에게 말하는 경우의 다름, 외국인에게 사용하는 경우와 본국인에게 사용하는 언어의 다름 같은 것을 말한다. 애도하는 경우의 글과 축하하는 경우의 글이 다름도 그 예일 것이다. 또 필자의 의도하는 바에 따라 다른 문체를 사용할 수 있다. 논설문과 시가 다른 문체를 갖는 것도 그 때문이다. 이때의 문체란 거의 장르란 의미와 같다.

위에서 말하는 넓은 범위의 문체는 대부분 문체론에서라기보다 언어학에서 다루는 문제다. 국어의 경어체계를 국어학에서 다루는 것도 그 한 예에 속한다. '해라'체와 '합쇼'체가 어떻게 다르게 사용되고 있는가를 밝히는 것도 문체의 문제라고 할 수 있다.

그러나 문학에서 주로 주목하는 것은 위에서 말하는 것들이 아니고, 작가 개인의 특징이 드러나는 문체를 말한다. A작가가 기술하는 방식과 B작가가 기술하는 방식이 어떻게 다른가 하는 문제다. 이것은 물론 문학적 개성과 관계되는 일이다. 인간에게 있어서 개성의 중요성이 인식된 것은 서양이나 동양이나 뒤늦었다고 말할 수 있다. 동양은 더 늦었지만, 서양에서도 18세기 와서야 개성의 중요성이 인식되기 시작했다. 그 이전에는 개성은 집단에 있어서 방해가 되는 것, 해로운 요소로 인식되었다. 개성은 문학에서보다 건축이나 미술 등에서 더 중요하게 다루어지고 있다.

문학에서 그의 개성을 어떻게 발견하고 어떤 모습으로 나타나느냐는 문제가 바로 문체론(stylistics)이다. 그래서 문체론이라는 학문이 성립된 것도 20세기에 들어와서의 일이다. 소쉬르의 현대 언어학 이후의 일이라고 해도 좋다. 왜냐하면 그의 제자들에 의하여 문체론이 개척되기 시작했기 때문이다. 발리(Bally), 보슬러(Vossler), 스피츠(Spitzer) 등이 바로 그들이다.

앞서도 잠깐 언급한 바 있지만 수필은 여러 장르의 문학 형식을 모두 빌려 쓸 수 있는 혼합 장르의 문학이다. 종래의 여러 저술에서 보면 수필을 '연수필'과 '경수필'로 나누어 설명하고 있다. 이 또한 대체로 문체에 의하여 구분한 것이다. 사실 이와 같은 구분은 수필을 이해하는 데 아무런 도움이 되지 못한다. 필자는 고등학교 문학 교과서(태성, 2002)에서도 혼합 장르로 분류했지만, 『수필 창작 어떻게 할 것인가』(푸른사상, 2004)에서도 같은 관점으로 수필을 관찰하였다. 수필의 하부 장르로, 생활 수필, 시적 수필, 소설적 수필, 논술적 수필, 과학적 수필, 철학적 수필, 해설적 수필, 기행문, 서간문, 일기 등으로 나누었다.

3. 수필 문체론적 방법

앞서도 말한 바 있지만 수필은 작자의 체험이 중요한 소재가 된다. 따라서 작자의 개성(individuality)이 가장 첨예하게 나타날 수 있다. 그 개성을 어떻게 파악하느냐 하는 것이 수필 문체론의 핵심이 된다. 그러나 이때의 개성이란 문학적 개성이다. 그의 사회적 성격과는 다른 것이다. 다시 말하면 그의 작품 속에서 그의 어떤 언어적 특성이 그의 문학 자질이 되느냐 하는 것을 주목하는 것이다. 문체 학자들은 각기자기 나름대로 연구의 방법을 개발하여 연구서를 내어놓고 있다. 그중에서 현대 문체론의 아버지라고 일컬어지고 있는 리오 스피츠(Leo Spitzer)의 방법은 경청할 만하다.

> 해야 할 일은 표면에서부터 예술 작품의 '내적 생명의 중심 (inward life-center)'으로 연구해 가야 하는 것이라고 나는 믿는다. 어떤 특정한 작품의 표면적 현상에 대한 지엽말절(枝葉末節)의 첫 관찰, 그리고 한 작가에 의해서 표현된 '생각들(ideas)'은 역시 예술작품에 있어서 성향의 하나다. 그 다음에는 이 지엽말절을 모아서 예술가의 영혼 속에 있는 창조적 원리 속으로 통합을 구하는 것, 마지막으로 시험적으로 구성된 '내적 형식(inward form)'이 전체를 알 수 있을지 없을지를 알기 위하여 또다시 관찰 사실에 대하여 되돌아오는 것이다. 서너덧 번을 '왔다 갔다(fro voyage)'를 한 다음에 생명을 주는 중심, 태양계의 태양을 찾아내었는지 분명히 말할 수 있을 것이다.[1]

스피츠 방법의 핵심은 외적 형식을 통하여 내적 형식을 찾아내는 방법이다. 울만(Stephen Ulmann)의 의미론적 방법에 의하면 내적 형식을 먼저 상정한 뒤에 외적 형식을 찾는 방법과 그 반대로 스피츠처럼 외적 형식을 통해서 내적 형식을 찾는 방법이 있을 수 있다.[2] 이후 학자

---

1 Leo Spitzer, 『*Linguistics and Literary History: Essays in Styistics*』 Princeton University Press, 1948, p.15.
2 Stephen Ullmann, 『*Language*』, Oxford Basil Black, 1964. Cf., 「Chap. 1. Semantics at the Cross-Road」.

들은 각자 나름대로 문체론적 방법을 개척해서 문학 연구의 중요한 연구 방법으로 정립하고 있다. 그 방법들을 일일이 소개하거나 밝혀서 여기서 개진할 필요는 없을 듯하다.

문체론적 연구 방법은 다른 어떤 문학에 있어서도 중요하지만 특히 수필을 관찰하는 데 있어서의 중요성은 더 말할 필요가 없다.

山蔘이 풀어져 흐르는 시내 징검다리 의에는 ㅌ茱 씻은 자취가 있습니다. 풋김치의 淸新한 味覺이 안약 '스마일'을 연상시킵니다. 나는 그 火成岩으로 반들반들한 징검다리 위에 비뚜려진 N字로 쪼그리고 앉았노라면 視野에 물동이를 이고 躊躇하는 두 젊은 새악씨가 있습니다. 나는 未安해서 일어나기는 났으면서도 일부러 마주보면서 그리로 걸어갑니다. 스칩니다. '하도롱' 빛 皮膚에서 푸성귀 내음새가 납니다. '코코아' 빛 입술은 머루와 다래로 젖었습니다. 나를 아니 보는 瞳孔에는 精製된 창공이 '간쓰메'가 되어 있습니다.

M百貨店 '미소노' 化粧品 '스위-트 껄'이 신은 양말은 이 새악씨들의 皮膚色과 똑 같은 소맥 빛이었습니다. 빠뜨름히 쿨인 超流線型 帽子 고양이 배에 '화스너'를 장치한 갑붓한 '핸드빽'—이렇게 都會의 斬新하다는 여성들을 연상합니다. 그리고 새벽 '아스팔트'를 구르는 蒼白한 工場少女들의 회충과 같은 손가락을 聯想하여 봅니다. 그 온갖 階級의 都會女人들 軟弱한 皮膚 위에는 그네들의 貧富를 묻지 않고 온갖 육중한 指紋을 느끼지 않습니까.

— 이상, 「山村餘情」 부분

우선 이 짧은 인용문에서 '스마일', '하도롱', '코코아', '간쓰메', '미소노', '스위트 껄', '핸드빽' 등의 외래어가 많이 등장한다. 물론 그 중에는 현재도 보편적으로 쓰이는 말도 있지만, 당시로서는 상당히 충격적인 외래어들이다. 그러니까 이상은 그의 글에 맞는 어휘는 외래어나 자국어나 별로 상관하지 않고 쓰고 있다는 것을 알 수 있다. 그의 이러한 성향은 그의 시에도 나타나고 있다. 일어로 많은 시작(詩作)을 한 것도 그 때문이리라. 문학에는 국경을 둘 수 없다는 그의 시작 태도의 반영이라고 할 수 있다.

수필임에도 불구하고 그의 글 속에는 많은 은유도 등장한다. "코코아빛 입술은 머루와 다래로 젖었습니다.", "나를 아니 보는 동공에는 정제된 창공이 간쓰메가 되어 있습니다" 등이다. 또 어떤 사물을 보든지 자체로 보는 것이 아니라 그것을 통해서 다른 환경에 있는 어떤 것을 연상한다. "풋김치의 청신한 미각이 안약 '스마일'을 연상" 하는 것이라든지, "'하도롱' 빛 피부에서 푸성귀 냄새"를 연상하는 것이라든지, 시골의 새악씨를 보면서 백화점의 여점원을 연상한다든지, "새벽 아스팔트 위를 구르는 창백한 공장소녀들의 회충과 같은 손가락"을 연상하기도 한다. 산골에 와서 보는 것마다 그는 도회의 어떤 것을 연상한다. 시골에서 보는 자연을 그냥 그대로 즐기지 않는다.

> 地球 表面的의 百分의 九十九가 이 恐怖의 草綠色이다. 그렇다면 地球야말로 單調無味한 채색이다. 都會에는 草綠이 드물다. 나는 처음 여기 漂着하였을 때 이 新鮮한 草綠빛에 놀랐고 사랑하였다. 그러나 닷새가 못 되어서 一望無際의 草綠色은 造物主의 沒趣味와 神經의 粗雜性으로 말미암은 無味乾燥한 地球의 餘白인 것을 발견하고 다시금 놀라지 않을 수 없었다. 어쩔 作定으로 저렇게 퍼러냐. 하루 원 終日 저 푸른 것에 白痴와 같이 만족하면서 푸른 채로 있다.
>
> 이윽고 밤이 오면 또 巨大한 구렁이처럼 빛을 잃어버리고 소리도 없이 잔다. 이 무슨 巨大한 謙遜이냐.
>
> 이윽고 겨울이 오면 草綠은 失色한다. 그러나 그것은 襤褸를 갈기갈기 찢은 것과 다름없는 醜惡한 色彩로 變하는 것이다. 한 겨울을 두고 이 荒漠하고 醜惡한 벌판을 바라보고 지내면서 그래도 自殺 悶絕하지 않는 農民들은 불쌍하기도 하려니와 巨大한 天痴다.
>
> — 이상, 「倦怠」 부분

보통 사람이면 초록빛의 수목을 좋아한다. 그러나 그는 " 一望無際의 草綠色은 造物主의 沒趣味와 神經의 粗雜性"이라고 힐난한다. 이처럼 그는 역설(paradox)을 그의 문학 전반에 두루 쓰고 있다. 그의 서거(逝去) 이후 그를 말하는 문우들의 증언에 의하면 그의 생활 자체가 그러했던 모양이다. "그렇기로 말하면 그어게는 변태적인 곳이 적지 아니 있었다. 그것은 그의 취미에 있어서나 성행(性行)에 있어서만이 아니라 그의 인생관, 도덕관, 결혼관, 그러한 것에 있어서도 우리는 보통 상식인과의 사이에 적지 않은 현격(懸隔)을 깨닫지 않으면 안 된다."라고 한 박태원의 말에서 알 수 있다.[3] 그것은 그가 바라보는 인생관, 세계관과도 관계가 있다. "약간의 해학과 야유와 독설이 섞여서 더듬더듬 떨어져 나오는 그의 잡담 속에는 오늘의 문명의 깨어진 '메커니즘'이 엉크러져 있었다"[4]고 한 김기림의 말, "그에게는 현실이라는 것 자체가 도대체 우스꽝스럽고 무의미하기 짝이 없는 것이다"[5]라고 한 김기림의 말 등으로 미루어 알 수 있듯이 그의 문학 전체가 역설로 가득 차 있다.

러시아 형식주의 문학관의 핵심은 '비친숙화(defamiliarization)'에 있다고 보고 있지만 이상의 글에서는 비친숙화의 표현이 수시로 나타난다. 가령, "나를 아니 보는 瞳孔에는 精製된 蒼空이 '간쓰메'가 되어 있습니다"라는 표현이라든지, "화—스너를 裝置한 갓붓한 핸드빽", "공장 소녀들의 회충과 같은 손가락", "恐怖의 草綠色", "造物主의 沒趣味", "巨大한 謙遜" 등도 비친숙화에 속하는 표현 등이다. 비친숙화의

---

3 박태원, 『조광』, 1937.
4 김기림, 『조광』, 1937,
5 이상, 『이상선집』, 백양당, 1947.

표현이 극단으로 나타나 있는 그의 시는 아직도 평론가들의 논란거리다. 다시 말하지만 그의 문체는 역설로 점철되어 있다. 그 역설을 통해서 그의 문학 세계를 이해하는 것이 바른 길이라고 생각된다.

> 내가 신화 속의 미장부(美丈夫) 나르시소스였다면 반드시 물의 정(精) 에코오의 사랑을 물리치지 않았으리라. 에코오는 비연에 여위고 말라 목소리만이 남았다. 벌로 나르시소스는 물속에 비치는 자기의 그림자를 물의 정으로만 여기고, 연모하고 초려(焦慮)하다가 물속에 빠져 수선화로 변하지 않았던가. 애초에 에코오의 사랑을 받았던들 수선은 세상에 태어나지 않았을 것이다.
>
> 이른 봄에 피는 꽃으로 수선화에 미치는 자 없으나 유래와 전설이 슬픈 꽃이다. 애잔한 꽃판과 줄기와 잎새에 비극의 전설이 새겨져있지 않은가.
>
> 이왕 꽃으로 태어나려거든 왜 같은 빛깔의 백합이나 그렇지 않으면 장미로나 태어나지 못하고 하필 수선이 되었을까. 쓸쓸하고 조촐하고 겸손한 모양, 기껏해야 창 기슭 화병에서나 백화점 지하실 꽃가게에서 볼 수 있는 것이지만, 그 어느 때 본들 화려하고 찬란한 한 때 있으리.
>
> ― 이효석, 「수선화(水仙花)」 부분

이 글은 앞의 이상의 글과는 전혀 다른 느낌을 주는 글이다. 이상의 글 속에서는 단어와 단어의 연결이 좀 과장해서 말한다면 가히 폭력적이고 엉뚱하다면 이효석의 글에서는 매우 자연스러운 연결이다. 그 대신 정감적인 어휘들로 가득 차 있다. "애잔한 꽃판과 줄기와 잎새에 비극의 전설이 새겨져있지 않은가"라고 하는 것은 이효석의 감정이 담뿍 실려 있는 것이다.

> 서글픈 생각을 부둥켜안고 돌아오노라면 풀밭에 매인 산양이 애잔한 울음을 우는 것이다. 제법 뿔 세우고 새침하게 흰 수염을 드리우고 독판 점잖은 척은 하나 마음은 슬픈 것이다. 이 세상에서 잘못 태어난 영원한 이

방의 나그네같이 일상 서먹서먹하고 마음 어리게 운다.
　　　　　　　　　　　　　　　　　— 이효석, 「청포도의 사상」 부분

　얀들얀들 나부끼는 초록의 양자는 부드럽게 솟는 음악. 줄기는 굵고 잎은 연한 멜로디어의 마디마디이다. 부피 있는 대궁은 나팔소리요, 가는 가지는 거문고의 음률이라고도 할까. 알레그로가 지나고 안단테에 들어갔을 때의 감동?그것이 봄의 걸음이다. 풀 위에 누워 있으면 은근한 음악의 율동에 끌려 마음이 너볏너볏 나부낀다.
　　　　　　　　　　　　　　　　　　　　　— 이효석, 「들」 부분

　앞의 것은 수필에서 인용한 것이지만 뒤의 것은 소설에서 인용한 것이다. 그러나 사물을 보는 눈에는 거의 차이가 없다. 이효석의 감정이입(感情移入)이 심하게 되어 있다. 산양의 모습을 보고 슬픈 마음을 지니고 있다고 본 것이나, 율동에 맞추어 걸어오고 있는 봄의 모습을 보고 있는 이효석은 결코 냉정하게 자연 그대로를 보고 있는 태도는 아니다. 대상 속에 자기의 감정을 용해(溶解)하고 있는 것이다.

　봄 · 여름 · 가을 · 겨울 두루 四時를 두고 自然이 우리에게 내리는 혜택에는 제한이 없다. 그러나, 그 중에도 그 惠澤을 가장 豊盛히 아낌없이 내리는 時節은 봄과 여름이요, 그 중에도 그 惠澤이 가장 아름답게 나타나는 것은 봄, 봄 가운데에도 萬山에 綠葉이 우거진 디때일 것이다. 눈을 들어 하늘을 우러러보고, 먼 山을 바라보라. 어린애의 웃음같이 깨끗하고 明朗한 5월의 하늘, 나날이 푸르러가는 이 山 저 山, 나날이 새로운 驚異를 가져오는 이 언덕 저 언덕, 그리고 하늘을 달리고 綠陰을 스쳐오는 맑고 향기로운 바람 - 우리가 비록 貧寒하여 가진 것이 없다 할지라도, 우리는 이러한 때 모든 것을 가진 듯하고, 우리의 마음이 비록 가난하여 바라는 바 기대하는 바가 없다 할지라도, 하늘을 달리고 綠陰을 스쳐오는 바람은, 다음 瞬間에라도 곧 모든 것을 가져올 듯하지 아니한가?
　　　　　　　　　　　　　　　　　— 이양하, 「신록예찬(新綠禮讚)」 부분

위의 글에서 보면 대상에 대한 작자의 감정 개입이 거의 없다. 자연을 자연 그대로 바라보면서 그 경이로운 자태를 찬탄하고 있다. 대상과 나의 거리가 분명히 존재한다. 서구도 데카르트의 "나는 생각한다. 그러므로 나는 존재한다."라는 명제 이후, 실재를 "내적 체험과 외부적 세계, 주체와 객체, 사적인 실재와 공적 진리"(수잔 랭거의 말)로 뚜렷하게 구분하기 시작했다고 하지만, 영문학을 전공한 탓인지 이양하의 글에는 그 점이 뚜렷이 인식되고 있다. 특히 쉼표의 활용(영어에서는 쉼표의 사용이 거의 문법의 일부가 되어 있지만, 한국어에는 아직도 그 사용의 규칙이 명확하지 않다)이 두드러지게 나타나고 있다. 이것은 대상의 아름다움을 아무리 찬탄하고 있지만, 주관과 객관을 분명히 구별할 수 있는 눈을 가지고 있다는 것을 말하는 것이다.

> 요즘 생각하는 것 중의 제일 중요한 것도, 이삼십 대에 생각하던 것 중의 제일 중요하던 것과 마찬가지로 역시 '사랑'이라는 것인 듯하다.
> 나는 요즘 이미, 무슨 일에도 감정을 상하지 않기로 해온 연습에 상급생은 돼있고, 그러자니 또 자연 많은 일에 '쉬어' 자세를 취하고 있는 일이 많기 때문에, 감정에 백퍼센트의 불을 다 켜가지고 있는 일이 되었지만, 이른 새벽 같은 때, 아주 피곤이 잘 풀리고 고요가 살에 잘 닿아올 때, 곰곰이 생각해 보면 역시 그렇다. 역시 중요한 생각은 그 '사랑'이라는 것이다.
> — 서정주, 「요즘 생각하는 것」 부분

이 글은 "나이 들어 중요하게 생각하는 것은 사랑이다"라는 말로 요약될 수 있다. 이 말을 빙빙 돌려서 이렇게 길게 진술하고 있는 것이다. 논술적 성격의 글에서 이렇게 말한다면 아마 최하 점수를 받을지 모른다. 핵심이 어디 있는지 모르게 빙빙 에둘러서 말하기 때문이다. 서정주만이 갖고 있는 독특한 진술 방법이다. 이 글을 읽으면서 우리는 곧 그의 시를 연상한다. 그의 시 대부분이 이런 발상으로 되어 있기 때문이다. 일찍이 T.S 엘리엇은 "훌륭한 내용을 담기 위하여 시를 쓴다는 사람은 싹수가 없는 사람이다. 그 말이 좋아서 시를 쓴다고 말하는 사람은 앞으로 기대해도 좋다"고 말한 적이 있다. 이 글에서도 쉼표가 많이 사용되고 있다. 그러나 이양하와는 전혀 다른 의미의 쉼표들이다. 이양하의 것은 의미를 뚜렷하게 하기 위해 찍는 쉼표지만 서정주의 것은 말을 좀 더 에둘러서 정감적인 함축을 높이기 위하여 사용하고 있는 것이다. 야콥슨은 언어의 기능을 6가지로 구분(emotive, conative, referential, poetic, phatic, metalingual)한 뒤에 언어는 선택(selection)과 결합(combination)으로 이루어져 있다고 말하고, "시적 기능은 선택의 축에서 그 동일한 원리를 결합의 축으로 투사하는 것"이라고 말했다.[6] 서정주의 글을 읽으면 줄거리가 중요하지 않다. 산문이니까 얼마간의 줄거리야 있겠지만, 글을 끌고 가는 과정이 중요하다. 다시 말하면 글의 의도가 중요한 것이 아니라, 글을 읽으면서 느끼는, 혹은 글의 맛이 중요한 것이다.

> 벌써 4월이라고 말하지 말라. 꽃벌은 꽃잎보다도 먼저 깨어나 그 노동을 시작하였다. 겨울이라 해서 땅속의 구근들이 죽어 있었던 것은 아니다. 봄을 설계하는 그 건축은 겨울의 침묵 속에서 마련되었고 삭풍 속에서도 수액은 4월의 강처럼 흘렀느니라.
> 벌써 4월이라고 말하지 말라. 꽃나무들은 계절의 통신을 받지 않고서도 지금 일제히 문을 열었다. 게으른 사람아! 눈을 비벼라. 당신이 홀로 잠에 취해 있을 때, 두더지는 땅 속에서 기어 나오고, 종달새는 이른 아침 구름 위에 떴다. 놀라지 말라. 천지가 창조되던 그 날부터 이미 4월은 있었느니라.
> — 이어령, 「벌써 4월이라고 말하지 말라」 부분

---

6 Roman Jakobson, Thomas Seoeok ed., 『Linguistics and Poetics. Style in Language』, The M.I.T. Press, 1964, p.358.

본 적이 있는가? 어느 아침에 하늘로 날아가던 새들이 일제히 방향을 바꾸어 급선회하는 그 삽상한 변화를, 까맣게 사려져 가던 점들이 황금빛으로 번뜩이면서, 가깝게 다가오고 있는 그 긴장, 그 때 당신은 한 세계가 바뀌고 운명이 달라지는 새로운 순간의 자세를 볼 것이다.

남루한 거지들이 제왕 같은 황금빛 관을 쓰고, 옆으로만 기어가던 게들이 이제는 똑바로 집게발을 세워 수평선을 향해 꼿꼿이 앞으로 나가고, 흩어졌던 꽃잎들이 다시 본래의 나뭇가지로 돌아가 제자리를 찾고, 늑대와 토끼가 나란히 누워 초원에서 낮잠을 자고, 월요일 다음에 일요일이 오고 목요일 다음에 예고 없이 토요일이 오는 놀라운 달력, 그리고 별안간 장송곡이 결혼 행진곡으로 바뀌고, 도시가, 우울한 우리들의 육중한 그 도시가 마법의 융단처럼 가볍고 허공으로 떠오르는 경쾌한 변모. 당신은 그 순간에 그러한 환각을 볼 것이다.

우리들의 언어도 그러하지 않은가? 새들처럼 떼지어 날아간다. 상상력으로 부푼 깃털을 세우고 끝없이 날개를 펄럭이면서, 지상의 중력에서 벗어난다. 그것은 구름과는 달리 자신의 의지에 의해 방향을 잡는다. 언어가 없었더라면 우리가 파충류처럼 배를 땅에 끌면서, 〈높이〉가 무엇인가를 모르며 〈평면〉 속에 영원히 갇혀 지냈을 것이다.

— 이어령, 「일제히 방향을 바꾸어 날아가는 새떼처럼」 부분

앞의 글은 명령문으로 시작하고 있다. 그러나 그 명령문은 일반화된 통념을 일을 부정하기 위하여 사용한 것이다. 뒤의 글은 의문문으로 시작하고 있지만 그 기능은 다르지 않다. 다음에 작자가 하는 말을 강조하기 위하여 사용한 것이기 때문이다. 명령문과 의문문이 같은 역할을 하고 있는 것을 알 수 있다. 그의 글은 탐색(探索)의 정신이 주축을 이루고 있다. "왜 그러한 현상이 일어나고 있는가?"라는 의문을 던진 뒤에 그 이면에 숨어있는 현상은 무엇인가를 분석한다. 위의 글은 그가 아포리즘이라고 분류한 글에서 뽑은 것이다. '아포리즘(aphorism)'은 흔히 우리말로 '금언(金言)', '격언(格言)'이라고 번역하고 있는데,

희랍의 히포크라테스가 처음 썼다고 한다. 지금은 '일반적으로 진실로 인정된 짧은 글'을 의미한다. 그러나 그가 경구(警句) 같은 짧은 글이 아니라, 보다 긴 글을 두고 쓴 글을 보면 일반적인 수필과는 다른 뜻을 내포하고 있다. 자연과 사물에 대한 그의 통찰이 번뜩이는 짧은 글이라고 할 수 있다. 어찌 보면 시와 산문의 중간쯤에 자리한 글이라고 생각된다. 그의 글에는 은유, 직유, 도치법, 과장법, 설의법, 명령법 등 다양한 수사법이 동원되고 있다. 문장 또한 단문과 중문이 적절히 배합되어 있어 독자로 하여금 잠시도 긴장을 늦추지 못하도록 하고 있다.

　앞의 글에서 보면 4월에서 겨울을 떠올리고 있다. "당신이 홀로 잠에 취해 있을 때, 두더지는 땅 속에서 기어 나오고, 종달새는 이른 아침 구름 위에 떴다"고 말하고 있는데, 이편에서 저편을 생각하고 저편에서 이편을 감지하는 방식이다. 뒷글의 둘째 단락은 장문이지만 독자로 하여금 숨 쉴 사이도 주지 않고 몰아가는 글이다. 수사법에서는 나열법이라고 할 수 있고, 또한 강조법이라고도 할 수 있다. 거듭 말함으로써 의도하는 바를 강조하고 있다. "우리들의 언어도 그러하지 않은가? 새들처럼 떼지어 날아간다."는 도치법이다. 또한 비교법이기도 하다. '언어'와 '새떼'를 비교하고 있기 때문이다. 작자는 두 사물을 비교함으로써 나타내고자 하는 사물의 의미를 보다 뚜렷하게 하고 있다. '남자'를 설명하기 위해서는 그와 대립되는 '여자'를 설명하는 것과 같은 이치다. 그는 기호학에 조예가 깊다. 기호학이란 양과 음의 이분법적 대립 구도에서 출발해서 사물을 분석하는 방법이다. 그의 글은 예사롭게 보아오던 사물에 대하여 새롭게 볼 수 있도록 독자의 눈을 뜨게 한다. 밝게 우리 눈앞에 나타나는 실재(reality)의 의미를 보다 뚜렷하게 알기 위해서는 그것에 가려져 있는 다른 의미를 보여준다.

4. 결론

앞서도 말한 바와 같이 문체론적 방법은 표현하는 형식을 통해서 그의 본질에 접근하는 방식이다. 어떻게 말해도 문학은 언어의 예술이다. 우리가 일상으로 쓰는 '말'과 문학의 '말'은 언어학적 관점에서 보면 동일한 말이다. 그런데 어떤 말은 일상의 '말'인데도 불구하고 다른 말은 문학이 되는 것이다. 그것을 어떻게 구분할 것인가? 그 해답은 문체론에 있다.

수필이 대중화되면서 옥석(玉石)을 거의 구분할 수 없게 되었다. 그 문학적 가치를 결정지어 줄 수 있는 것이 문체론이라고 생각된다. 우리가 흔히 러시아 형식주의(formalism)라고 말하지만, 형식을 중요하게 보라는 뜻이 아니라, 형식과 내용은 유기체와 같이 하나라는 뜻이 강조되어 있다. 체험이 중요한 바탕이 되어 있는 수필이야말로 문체론적 조명을 받아야 그 가치가 뚜렷하게 드러난다. 그만큼 문체론이 중요하다는 점을 강조해 둔다.

서술기법상에서 본 박태원의 문체

1. 서론

월북 작가에 대한 해금 조치가 취해진 이래 박태원만큼 단기간에 집중적인 조명을 받은 작가도 드물 것이다. 필자가 대충 조사한 바에 의하면 80년 말에서 90년대 초에 이루어진 연구만 해도 80여 편에 이르고 있다. 특히 젊은 세대의 연구가들에 의하여 관심의 집중을 받고 있다. 이는 박태원의 소설이 새롭게 해석할 여지가 많다는 뜻도 되지만, 그의 소설기법과 문체가 특별히 현대소설에 있어서도 관심의 대상이 되고 있다는 것을 의미한다. 박태원의 서사기법이나 문체는 소설 발표 당시에도 활발하게 논의되었으나 인상적 평문 수준을 벗어나지 못했던 것이 사실이다. 80년대 들어와서 젊은 학자들이 서구의 소설 이론을 습득한 이후 본격적으로 연구할 수 있는 여건을 갖추자 비로소 박태원의 소설은 관심의 대상으로서 조명을 받기 시작한 것이다. 이것은 문학연구의 주조적인 동향이 르네 윌렉(Rene Wellek) 등이 말한 이른바

"외재적 연구(extrinsic study)"가 "내재적 연구(intrinsic study)"로 이동해 간 맥락과도 일치한다.

박태원을 흔히 모더니즘의 소설가라고 말한다. 그러나 그의 소설 전체를 놓고 볼 때는 오히려 리얼리즘의 소설이 더 많은 양을 차지하고 있을 뿐 아니라, 더 장기간에 걸쳐 있다. 그럼에도 불구하고 모더니즘 소설가로서의 인상이 더 강렬하게 다가오는 것은 그의 소설기법과 문체 때문이다. 그의 소설기법이야말로 우리 문학사에서 그의 위치를 확고하게 만든 중요한 요인이 되는 것이다. 따라서 그의 소설기법이 우리의 관심이 되는 당연한 결과라고 할 수 있다. 1930년 당시 이상과 더불어 우리 소설 문학에 새로운 지평을 열어 준 작가로서 주목받아야 할 것으로 생각된다. 1980~90년대 집중으로 조명을 받은 것은 이 때문이다.

연구자들이 그의 소설을 작품론적 관점에서 고찰할 때는 대체로 그의 서사기법이 관심의 초점이 되고 있다.[1] 그러나 그의 서사기법이 어떻게 그의 문학적 특성과 밀접하게 관련되어 있는가는 깊이 다루어지

---

1 서사기법에 초점을 맞추어 연구된 것으로 다음과 같은 논문이 주목된다.

강헌국, 「박태원 소설의 서구구조」, 『박태원소설연구』, 깊은샘, 1995.

강혜원, 「박태원 소설의 구조분석」, 이화여대 석사논문, 1988.

공종구, 「박태원 소설의 서사지평」, 전남대 박사논문, 1992.

구수경, 「박태원 단편소설 연구」, 『어문연구 18』, 1988.

나병철, 「박태원의 모더니즘 연구」, 『연세어문학』 21, 1988.

나은진, 「박태원 소설의 기호학적 의미구조론」, 이화여대 석사논문, 1992.

손화숙, 「영화적 기법의 수용과 작가의식」, 『박태원소설연구』, 깊은샘, 1994.

안숙원, 「박태원의 소설 연구─倒立의 시학」, 서강대 박사논문, 1993.

우한용, 「박태원소설의 담론구조와 기법」, 『표현』 18, 1990.

오경복, 「박태원의 서술기법」, 이화여대 박사논문, 1993.

천정환, 「박태원 소설의 서사기법에 관한 연구」, 『현대문학연구』 189, 1997.

한국 현대문학의 문체론적 성찰

지 못하고 있다. 그것은 문체론적인 고찰을 통해서만 이루어질 수 있다. 문학이란 언어를 통해서 이루어지는 예술이기 때문에 서사기법 또한 언어의 문학적 용법에 불과하다. 이 서사기법이 그의 개성과 관련을 맺을 때 문체론적 연구가 된다. 황도경의 「관조와 사유의 문체」는 박태원의 문체를 통해서 그의 문학적 개성을 밝혀 보려는 노력으로 주목할 만한 것이다.[2) 그러나 이 논문은 박태원이 사용하고 있는 소설 문장에 관심을 한정하고 있어서 서사기법과의 관련에 등한하고 있는 편이다. 또 「소설가 구보씨의 일일」에만 한정하여 분석하고 있음으로 해서 그의 소설 전체를 통한 문체적 특성을 밝히는 데는 한계점을 갖고 있다고 볼 수 있다.

박태원은 우선 다양한 서사기법을 활용하고 있다. 그의 리얼리즘 소설과 모더니즘의 소설이 다른 양상을 띠고 있다. 그리고 소설에 따라 다양한 언어적 실험을 하고 있는 것을 볼 수 있다. 이 실험은 그의 소설 미학과 어떻게 연관되고 있으며, 그 뒤에 도사리고 있는 그의 문학적 개성이 무엇인가를 밝히는 것이 본고의 목적이다.

2. 언술의 미학

박태원의 소설은 우선 '이야기(story)'에 무게가 실려 있는 작품과 '언술(discourse)'에 무게가 실려 있는 작품으로 대별할 수 있다. 리얼리즘계의 소설이 전자에 속한다면, 모더니즘계의 소설이 후자에 속한다. 「성탄제」, 「골목안」, 「꿈」, 「윤초시의 상경」, 「춘보」, 「천변풍경」, 그리고 그의 역사소설 「계명산천은 밝았느냐」, 「갑오농민전쟁」 등이 리얼

---

2 황도경, 「관조와 사유의 문체」, 『박태원소설연구』, 깊은샘, 1995.

리즘계 소설이라고 할 수 있다면, 「적멸」, 「소설가 구보씨의 일일」, 「성군」, 「비량」, 「거리」, 「방란장 주인」 등이 모더니즘계 소설이라고 할 수 있다.

　가) 그러나 그들의 빨래는 오직 냄새를 풍기고 하늘을 가리고 그럴뿐이다. 달리 놀이터를 갖지 못한체, 진종일 이안에서 북석대는 아이들의 옷은 언제든 더러웠다. 더러운 것은 옷 뿐이 아니다. 목덜미와 종아리에 때는 몇 겹으로 달라붙고, 핏기 없는 그 얼굴에 입술위로 흘러 내리는 콧물이 또 쉴 사이 없다.
　　그래도 아이들은 질거우니 가엾다. 총도 칼도 세발자전거도 가지지 못한 이곳 어린이들은, '오오랴아, 이이랴아' 며, '잇센 도오까아', '열발에 나가서 여덜발에 처먹기'와, '자 치기', '찌께공기' …… 그러한놀이로 날이 날마다 바쁘다.
　　이 골목 안 막다른 집에 順伊네 식구가 살고 있었다.[3]

— 박태원, 「골목안」 부분

　나) 원래가 세월이 없는 방란장인지라 그 한산하고 또 소조함이 어찌 이 밤에 비롯하였으랴마는, 빗에 쫄리며, 그 날 밤거리에 궁하며, 그래도 어떻게 이년이라는 짧지 않은 동안을 장사라고 유지하던 이 다방이, 이제는 도저히 더 어떻게 하여 본다는 재주도 없이, 내일이라도 문을 닫아버린다든 그렇지 않으면 안될, 혹은 오늘이 마지막 밤일진댄, 한 가지로 소조하고 또 한산한 가운대도, 그 감회가 또한 크게 다른 것이 있을께 아니랴.

— 박태원, 「星群」 부분

---

3 본 논문에 인용되는 박태원의 소설은 다음의 원전에서 인용되었다.
　『小說家 仇甫氏의 一日』, 文章社, 1938.
　『박태원 단편집』, 學藝社, 1939.
　『聖誕祭』, 乙酉文化社, 1948.
　이상의 작품집은 태학사 간행의 복사판 『韓國近代短篇小說大系』에서 취함.
　『천변풍경』, 깊은샘, 1989.

가)와 나)는 상당히 다른 느낌을 주고 있다. 서술하려는 의도가 다르기 때문이다. 가)는 '이야기'의 선을 따라가면서 '제시'하고자 하는 의도가 작용하고 있지만, 나)는 상황 그 자체에 대한 생각이나 느낌의 '표현'이 더 중요한 듯이 보인다. 양자 모두 이른바 채트먼이 말하는 서사행위를 나타내는 과정진술(process statement)이 아니고, 상황을 나타내는 정태진술(stasis statement)이다.[4] 전자가 진술의 분절을 통하여 그 상황을 명확하게 전달하려는데 비하여, 후자는 서술자의 감정과 사고를 분절하지 않고, 그대로를 전달하려고 한다. 따라서 전자가 전달하는 메시지에 의미를 싣고 있지마는 후자는 서술자의 표현이 더 중요하다.

이처럼 박태원의 모더니즘계 소설은 대체로 메시지 전달보다는 메시지를 어떻게 전달하느냐에 관심을 두고 있다. 따라서 '이야기'의 선을 명확하게 하는 데는 오히려 방해를 받을 수 있다. 대체로 박태원은 다른 소설가, 특히 그 전대의 소설가, 이광수, 김동인, 현진건, 염상섭 등에 비하면 언술에 역점을 두고 있는 편이지만, 이 점은 그의 모더니즘계 소설이 그 정도가 심하다.

> 다) 윤초시가 가만히 물어 보니까, 갑득이는, 그가 자기 친구의 누이라는 것과 오늘 급한 볼일이 있는데, 역시 자기가 가치 가서 보아 주지 않으면 안 된다는 말을 한다.
> "하여튼, 홍수 하숙까지는 모셔다 드릴테니 거기 계시다가 저녁때 제게 다시 오십쇼그려. 저도 저녁 안으로 돌아가 있을테니요."
> 그리고 그는 종각 뒤 골목을 들어가, 바른편으로 서너째 자근 골목 안을 가리키고, "바로 저 막다른 곡목입니다. 그럼 이따가 제게로 다

---

4 Seymour Chatman, 『*Story and Discourse*』, Cornell University Press, 1978, pp.43~44.

서술기법상에서 본 박태원의 문체

231

시 오십쇼." 한마디를 남기고는, 윤초시가 채 무어라 대답할 사이도 없이, 그는 색씨와 함께 저편 담배 가게모퉁이를 돌아 나가 버렸다.

— 박태원, 「윤초시의 상경」 부분

라) ……그래 畵家는 첫달에 남은 돈으로 前부터 은근히 생각하였던 것과 같이 茶卓에 올려 놓을 몇 個의 電氣 스텐드를 산다든 그러지는 않고, 그 날 밤은 다 늦게 가난한 親舊들을 이끌어 新宿으로 "스끼야끼"를 먹으러 갔던 것이나, 그것도 이제 와서 생각하여 보면 亦是 한 때의 덧없는 꿈으로, 어이 된 까닭인지 그 다음 달 들어서부터는 날이 지날쑤록 營業 成績이 漸漸 不良하여, 장사에 익숙하지 못한 藝術家들은 새삼스러이 唐慌하여 가지고, 어쩌면 이 近處에 喫茶店이라고는 없다가, 하나 처음 생긴 통에 이를테면, 一種 好奇心에서들 찾아왔던 것이, 이제는 물리고 만 것인지도 모르겠다고, 萬若 그렇다면 將次 어떻게 하여야 좋을찌, 그들이 채 對策을 講究할 수 있기 前에, ……

— 박태원, 「방란장 주인」 부분

다)는 서사적 사건을 머릿속에 그릴 수 있다. 반면에 라)는 서사적 사건이 애매하게 인식된다. 다)는 서술자의 생각과 행동이 구별되어 드러나고 있지마는, 라)는 실제로 일어났던 서사적 사건도 서술자의 생각을 통해서 알 수 있기 때문이다. 전자는 작품을 다 읽고 난 뒤에 서사적 사건이 어떻게 시작되어 어떻게 진행되었고, 어떻게 마무리되었다는 것을 명확하게 인식할 수 있지만, 후자는 서술자의 관념 속에서 시작, 진행되어 끝나고 있기 때문에 서사적 사건을 독자가 인식하기가 쉽지 않다. 전자는 스토리 라인이 있어서 구성을 쉽게 이해할 수 있지만, 후자는 스토리 라인을 따라 가기가 매우 어렵다. 따라서 전자는 그의 리얼리즘계의 소설에서 주로 이용되는 기법이라면 후자는 모더니즘계의 소설에서 이용되는 기법이다. 그러나 그의 리얼리즘계 소설에서도 후자의 기법이 많이 나타나고 있어서 서스펜스가 약화되어 있고, 박진감이 떨어지고 있다. 그의 특장(特長)은 아무래도 후자 쪽에 있는 듯이 보인다.

「방란장 주인」은 전편이 한 문장으로 된 소설이다. 일종의 실험적 소설이다. 물론 이 소설을 면밀히 분석하면 몇 개의 서사적 단위를 추출할 수 있을 것이다. 그러나 그것은 별로 의미가 없다. 이 소설은 차라리 한 문장으로 어떻게 서술자의 생각을 이어 갈 수 있으며, 관념과 감정을 어떻게 한 문장으로 표현할 수 있는가에 의미가 있다. 곧 소설의 언술에 관심을 갖도록 하는데 의도를 두고 있다.

퍼시 러벅(Percy Lubbock)은 『소설의 기술(The Craft of Fiction)』에서 근대소설의 명작들은 대부분 장면(scene)과 요약(summary)을 적절히 교차함으로써 이루어내고 있다고 지적하고 있다. 이에 대하여 채트먼은 버지니아 울프(Virginia Woolf)가 이미 이론과 실천에서 보여준 것과 같이 모더니스트 소설은 요약을 가능한 피하그 분리된 일련의 장면을 통하여 그 효과를 대신하고 있다는 것이다. 장면과 장면 사이는 서술자의 설명이 아니라, 독자의 상상으로 채워 넣어야 하는 기법이다. 그것은 영화적 기법과 같은 것이다.[5] 박태원의 소설이 영화적 기법에 많이 영향을 받고 있다는 것은 널리 알려진 사실이다. 「천변풍경」과 「소설가 구보씨의 일일」의 분석을 통해서 손화숙은 '오버랩'과 '몽타주'의 기법이 동원되고 있음을 밝히고 있다.[6] 이런 서사기법은 시점의 이동이 매우 자유롭다. 즉 주관적 시점과 객관적 시점이 아무 경계도 없이 자유롭게 넘나들면서 서술되고 있다는 뜻이다. 가령, 우리가 영화를 본다고 가정할 때, 인물의 행위를 객관적인 시점에서 보고 있다가 어느

---

5 위의 책, p.75.
6 손화숙, 「영화적 기법의 수용과 작가의식」, 『상허학보』 제9권 3호, 1995.

새 그 인물의 시점으로 돌아가는 것과 같은 수법이다.

「소설가 구보씨의 일일」역시 그의 다른 모더니즘계 소설과 마찬가지로 언술(discourse)에 관심을 집중하도록 요구하고 있다. 이 소설이 다른 모더니즘 계열의 소설과는 달리 장문(長文)을 많이 채용하고는 있지 않지만, 같은 뜻의 말을 반복하면서 쉼표로서 독법을 조절하고 있다는 점에서 그 점을 드러내고 있다. 이 소설은 독자로 하여금 주관적 시점과 객관적 시점을 교대하여 보도록 요구하고 있다. 우선 구보(仇甫)라는 소설가 자신의 실명을 사용했을 뿐 아니라, 주인공을 소설가 자신으로 하고 있는데도 불구하고 3인칭 서술을 하고 있다는 점에서 우리의 주목을 받는다. 자신을 우선 객관적 대상으로 내세워 관찰하는 자세로 들어간다. 그러나 주인공이 남이 아니라, 바로 자신이라는 점에서 어느 때든지 주관적 시점으로 돌아올 여건을 갖추고 있는 것이다. 소설이 시작되자 어머니의 시점에서 서술이 진행되다가 곧 구보의 시점으로 돌아온다. 그러나 구보의 시점은 수시로 '이야기' 바깥으로 빠져 나가 구보를 객관적 대상으로 보는 것이다.[7]

> 마) 이곳을 나와, 그러나, 그들은 한길 위에 우두머니 선다. 亦是 좁은 서울이었다. 동경이면, 이러한 때 이러한 때 仇甫는 銀座라도 갈꺼다. 事實 그는 女子를 돌아보고 銀座로 가서 茶라도 안 잡수시렵니까, 그렇게 말하고 싶었었다. 그러나, 瞬間에 마악 보았을 지금 보았을 따름인 映畵의 한 場面을 생각해 내고, 仇甫는 제가 取할 行動에 自信을 가질 수 없을찌도 모른다. 閨中處子를 꼬여 오페라 구경을 하고, 밤 늦게 다시 自動車를 어느 別莊으로 향하던 不良靑年. 언뜻 생각하면

---

7 여기서 '이야기' 바깥이라는 개념은 Cleanth Brooks와 Robert Penn Warren의 『소설의 이해(*Understanding Fiction*)』(Appleton Century Crofts, 1959)에서 구분한 '이야기 속의 인물로서의 서술자'와 '이야기 속의 인물이 아닌 서술자'에서 채용한 것이다.

그의 옆 얼굴과 仇甫의 것과 사이에 一脈 相通하는 점이 있었던 듯 싶었다 (…중략…)

  참지 못하고, 구보는 걷기 시작한다. 사실 나는 卑怯하였을지도 모른다. 한 女子의 사랑을 완전히 차지하는 것에 幸福을 느껴야만 옳았을찌도 모른다. 義理라는 것을 생각하고, 非難을 두려워하고 하는, 그러한 모든 것이 都是 남자의 사랑이, 情熱이, 不足한 까닭이라, 女子가 울며 憚하였을 때, 그 말은 그 말은, 分明히 옳았다, 옳았다.

— 박태원, 「小說家 仇甫의 一日」 부분

예문 마)에서 밑줄 친 부분은 '이야기' 바깥에서의 서술이다. 노만 프리드만(Norman Friedmann)이 구분한 편집자적 전지(editorial omniscience)에 해당한다.[8] 독자는 주인공과 주인공이 서 있는 배경을 함께 조망하고 있다. "亦是 좁은 서울이었다."라든지, "銀座라도 갈께다." 등은 '이야기' 바깥에서 하는 편집자적 전지의 서술이다. 그러나 곧 '이야기' 속의 주인공 시점으로 돌아오고, 다시 주인공의 내면을 나타내는 서술이 이어진다. 고딕체의 예문에서 보는 것처럼 서술자를 그대로 일인칭 '나'로 나타내며, 내면의 독백이 서술되고 있다. 이것은 무엇을 말하느냐 하면, 서술자가 '이야기' 밖과 안을 자유롭게 들락거리면서 주인공을 거리를 두고 바라보게 하는가 하면, 또 주인공의 시점으로 바라보거나 주인공의 내면을 드러내기도 한다는 뜻이다. 그러나 설화나 고대소설에서 흔히 보이는 전지적 시점과는 구별된다. 설화의 그것은 서술자가 신과 같은 입장에서 서술하는 것이지만, 「소설가 구보씨의 일일」에서는 인간의 위치를 결코 벗어나지 않고 있기 때문이다.

8 Norman Friedmann, 『Form and Meaning in Fiction』, University of Georgia Press, 1975, pp.145ff.

서술기법상에서 본 박태원의 문체

이에 비하여 「천변풍경」은 다른 서사기법을 채용하고 있다. 「소설가 구보씨의 일일」은 주인공을 따라 서술이 진행되고 있지만, 「천변풍경」은 작가의 선택에 따라 서술이 진행된다. 단일 주인공과는 달리 복수 주인공이기 때문에 당연한 결과이기도 하지만, 시점의 객관화가 두드러진다. 영화적인 기법으로 말하면, 「소설가 구보씨의 일일」은 오버랩 기법이 많이 채용된 반면에, 「천변풍경」은 카메라 아이(camera eye)식 기법이 많이 채용되고 있다.[9] 전자는 구보라는 주인공의 눈에 들어오거나 사색의 범위에 들어오는 대상을 중심으로 하여 사유하거나 반추하고 있다. 반면에 후자는 여러 인물을 통하여 천변 주변의 서민생활을 보여 주고 있다. 따라서 「천변풍경」은 대체로 중립적 전지나 다중선택전지(multiple selective omniscence)의 시점을 취하고 있다. 이것은 전자가 '이야기' 안에 서술자가 머물러 있는데 비하여, 후자는 서술자가 '이야기' 안팎을 자유롭게 드나들고 있다는 의미가 된다.

「천변풍경」에서는 서술주체를 드러내지 않고 서술되는 경우가 많다. 물론 서술이 한참 진행된 뒤에는 서술주체가 누구라는 것이 밝혀진다. 이는 서술주체에 대한 독자의 궁금증을 유발하는 서사기법의 하나이기도 하지만, 서술주체를 애매하게 해 둠으로써 서술에 대한 객관성을 획득하려는 장치이기도 하다.

> 라) 대체 자기에게 대하여 참말 어떠한 그윽한 생각을 가지고 이렇게 서
> 울까지 데리고 왔던 것인지 그것은 물론 남자가 하던 말과 같이, 자기
> 의 신세를 가엾다 해서, 그래 정말 인심 후한 공장에라도 넣어 주고
> 그러는 마음에서 나온 것만은 아닌 듯싶으나, 그러면 또 그런 대로 좌
> 우간 무슨 동정이든 있을 듯싶건만, 이것은 참말로 뜻밖이라 아니할

9 손화숙, 앞의 책.

수 없는 것이, 남자는 자기를 이 하숙집에다 넣어둔 채, 잠깐 볼일 보고 돌아온다던 사람이 깜깜 무소식이기 이미 닷새가 넘었다.

— 박태원, 「천변풍경」 부분

감정이 많이 개입된 주관적인 서술이다. 서술자가 전혀 드러나 있지 않지마는 채트먼이 말하는 이른바 "비서술적인 이야기(nonnarrated story)"[10]가 아니라 서술자를 분명히 느끼게 하는 서술이다. 「천변풍경」의 서술이 대체로 이와 유사한 서술이다. 서술자는 대상을 향해 있는 것이 아니라, 독자를 향해서 말하고 있다. 퍼시 러버크가 구별한 바와 같이 모파상적 서술이 아니라, 새커리(W.M Thackeray)적 서술이다. 이런 경우 흔히 서술자의 주관적인 서술이 되기 쉽기 때문에 서술의 신뢰성이 떨어지기 마련이다. 그러나 서술자를 처음부터 드러내지 않음으로써 주관적 서술을 완화시켜 중립적 서술의 느낌을 받게 하는 효과를 주고 있다.

3. 목소리의 문제와 시각의 문제

문학작품의 문체란 작가의 개성과 밀접한 관련을 맺고 있다. 개성은 작품에서 어떻게 표현하느냐의 문제이다. 그 개성의 표현은 두 관점에서 생각해 볼 수 있다. 소설의 내용을 어떤 목소리로 나타내느냐의 문제와 무엇을, 어떻게 보면서 표현하느냐의 문제이다. 필자는 전자를 청각의 문제로, 후자를 시각의 문제로 말한 바 있다.[11]

먼저 청각의 문제부터 생각해 보기로 하자. 위대한 작가는 결국 그

---

10 S. Chatman, 앞의 책, p.147.

11 김상태, 『문체의 이론과 해석』, 집문당, 1982.

의 살아 있는 목소리에 의하여 남는다고 설파한 보나미 도브레(Bonamy Dobree)는 다음과 같이 말한다.

> 그렇다면 우리는 어떻게 그 사람과 접하게 되느냐고 물을 것이다. 대답은 "그 사람의 음성에 의해서"라고 하는 것이 될 것 같다. 왜냐하면 우리가 책을 읽을 때마다 낭독을 하지 않더라도, 혹은 의식적으로 마음속에서 말을 만들지 않더라도 그 음성을 알고 있다. 그것은 마치 우리들에게 무엇을 얘기하면서 혹은 우리들의 감정에 어떤 작용을 하면서 말을 했던 것과 같다. 우리가 대충 문체라고 하는 것은 이 음성인 것이다. 아무리 작가가 그의 성품을 무시한다고 하더라도, 일부러 패러디를 쓰지 않는다면, 그의 이 음성, 곧 문체를 감출 수가 없는 것이다.[12]

박태원은 그의 작품에서 어떤 호흡으로 어떻게 읽어야 하는 것에 큰 관심을 두고 있다. 그것은 당시의 다른 작가들에게는 보기 드물게 문장에서 쉼표를 유독 많이 사용하고 있다는 데서 드러난다.

> 자기가 한 女子의 앞에서 자기의 사랑을 告白하여도 결코 서투르지 않을 나이가 되었을 때, <u>女子는, 이미, 그 前에, 다른,</u> 더 나이 먹은 이의 사랑을 容納해 버릴께다.
> 그러나 그것에 대하여 아무른 對策도 講究할 수 있기 前에, <u>여자는, 참말,</u> 나이 먹은 男子의 품으로 갔다. 열 일곱 살 먹은 仇甫는, 자기의 마음이 퍽 괴롭고 슬픈 것 같이 생각하려 들고, <u>그리고, 그러면서도,</u> 그들의 幸福을 特히 男子의 幸福을 빌러 들었다. 그러한 感情은 그가 읽은 文學 書類에 얼마든지 쓰여 있었다. 結婚 費用 參千圓. 新婚 旅行은 東京으로. 觀水洞에 그들 夫妻를 위하여 改築된 집은 幸福을 保障하는 듯 싶었다.
> ─ 박태원, 「소설가 구보씨의 일일」 부분

---

12 Bonamy Dobree, 『*Modern Prose Style*』, Clarenden Press, 1956, p.3.

밑줄 친 부분의 쉼표는 박태원이 의도적으로 끊어서 읽도록 하기 위한 것이다. 어떤 문장은 쉼표를 두서너 개 넣어서 읽어야 마땅한 것 같은데도 오히려 쉼표가 없는 경우도 있다. 이러한 득법은 그의 문예관을 단적으로 드러내는 것이다. 그가 「표현, 묘사, 기교」라는 글에서도 이 점을 거듭 강조하고 있다. 핵심이 되는 말을 추려 보면 다음과 같다.

> 언어에 있어서든, 문장에 있어서든 우리는, 다만 내용을 통하여 어느 일정한 의미를 전할 뿐에 그쳐서는 안된다. 반드시 그와 함께 그 음향으로 어느 막연한 암시를 독자에게 주도록 하여야만 한다. 내용으로는 이지적으로, 음향으로는 감각적으로, 동시에, 언어는, 문장은, 독자의 감상 위에 충분한 효과를 갖지 않아서는 안된다. 그 때에 비로소 언어는, 문장은, 독자의 감상 위에 충분한 효과를 갖지 않아서는 안된다. 그 때에 비로소 언어는, 문장은, 한 개의 문체를--즉, '스타일'을 가졌다 할 수 있다. 문예 감상이란, (늘 하는 말이지만) 구경(究境) 문장의 감상이다.
> <u>까닭에, 만약, 어느 작품으로서,</u> 오직 그 내용에 있어 전체적 관념을 표현할 뿐이요 그 음향으로 그 의미 이외의 분위를 닞어내는 것이 못된다면 우리는 결코 그 작품에 흥미를 가질 수 없다.13) (필자 행간 조정)

"그 음향으로 그 의미 이외의 분위기를 빚어내는 것"이라는 말은 곧 그의 목소리를 통해서 작품에서 나타내는 것이 많다는 뜻이다. 그것을 그는 문체라고 했고, 그 문체를 무엇보다 중요하게 생각하고 있다는 말이다. 이처럼 박태원은 그의 목소리의 문체에 큰 의의를 두고 있었다. 그런데 우리는 이 예문에서 쉼표 사용의 자미있는 예를 발견한다. 밑줄 친 부분에서 쓰인 어휘는 사실상 별로 뜻이 없다. 그럼에도 불구하고 이 부분에 쉼표를 거듭 사용한 것에 비하여 이어지는 문장에서는

---

13 박태원, 「표현, 묘사, 기교」, 《조선중앙일보》, 1934. 12.

차라리 쉼표를 두어야 할 곳에서 쉼표를 생략하고 있다. 그의 쉼표는 다음 말을 강조하기 위하여 사용하는 경우가 허다하다. 소설 문장에서도 평론 문장의 쉼표 사용과 별로 다르지 않다.

문장의 의미를 이루는 단어를 그 기능상에서 구분할 때 크게 두 가지로 나누어 생각해 볼 수 있다. 수식적 기능을 수행하는 단어와 본질적 기능을 수행하는 단어가 그것이다. 전자는 후자의 의미를 한정하거나 수식하며, 또한 후자의 의미를 활성화시켜 준다. 어떠한 글이든지 이 두 기능의 단어가 유기적으로 결합하고 있을 때 좋은 문장이 될 수 있다. 물론 글의 종류와 취지에 따라 그 양자 중 한 쪽의 비중이 크다. 대체로 논설문은 수식적 기능의 역할이 미미한 반면에, 본질적 기능의 역할이 크다. 문예문은 대체로 이와는 반대되는 경향을 지니고 있다. 작가에 따라, 작품에 따라 그 기능의 의존도가 다를 것이다. 박태원의 문장은 수식적 기능의 단어들이 많다. 만약 메시지 전달만을 목적한다면 그 단어들은 생략해도 좋을지 모른다. 그러나 박태원에게 있어서는 수식적 기능의 말 그 자체가 그의 문학을 이루는 중요한 요소들이다. 박태원은 메시지를 전달하기 전에 수식적인 말로 주의를 환기시킨 다음, 메시지를 전달하는 어습(語習)을 갖고 있다. 그러나 그 메시지가 그의 작품에서 중요한 의미를 띄고 있는 것은 아니다. 따라서 그의 작품을 다 읽고 난 뒤에 어떤 의미를 추출해 내는 일은 그렇게 중요하지 않다. 그는 '무엇' 보다는 '어떻게' 표현하느냐에 더 관심을 가지고 있었다는 의미다. 그가 '이야기(story)' 보다는 '언술(discourse)'에 더 관심을 가지고 있는 것도 그 때문이다.

필자는 산문의 리듬을 미단위(微單位) 리듬(micro-rhythm)과 거단위(巨單位) 리듬(macro-rhythm)으로 나눈 바 있다. 미단위 리듬은 문장 내의 리듬이고, 거단위 리듬이란 단락 단위로 이루어지는 리듬이다. 미단위는 조리적(discursive), 운율적(metrical), 연상적(associational) 리듬으로 구분된다. 박태원의 문장에서 조리적 리듬을 느끼기는 미약하다. 그의 문장은 논리적으로 명쾌하거나 정연하지 않기 대문이다. 운율적으로도 정형화하기가 매우 어렵다. 국어의 문장을 패턴화하기 어렵기 때문이다. 그의 문장을 리듬상에서 규정한다면 연상적 리듬(associational rhythm)에 가까운 효과를 갖고 있다.

> 객적은 짓이라고 밖에는 할 수 없을 것이, 어느날 아침 그는 문깐 마루에 앉아 제 구두를 닦고 난 김에, 아주 옆에 놓여있는 여자의 구두마저 약칠을 하고 솔질을 하고 하였다. 제집을 떠나 동경ʸ의 그 보잘 것 없는 "아파트"에가, 별로 찾을 사람도 찾아볼 사람도 가지지 않은채, 하염없는 그 날 그날을 보낼 수밖에 없었던 그에게 있어, 그것은 역시 고독이 비쳐내인 사상이었으나, 무엇보다 그렇게도 조고맣고 또 귀여운 숙녀화가 흙투성이 대로 그 곳에가 아무렇게나 굴러 있는 것이 일종 예처로웁기 조차하여, 저녁때나 되어야 일어나는 여자가 '호올'로 나가려 층계를 나려와, 뜻밖에도 깨끗하게 닦아진 제구두를 발견할 때, 그는 대체 얼마나 신기하게 놀랄까, 하고, 고독한 젊은이는 그러한 것을 속으로 생각하여 보고는 그 곳에 참할 뜻 밖에도 그 예쁜 ……
>
> ── 박태원, 「진통」 부분

의미 단위로 분절된 리듬이 아니다. 끝없이 지껄이는 형태의 말이다. 연상적 리듬은 탁선적(託宣的, oracular) 리듬이라고도 한다. 기도를 드릴 때의 말은 대체로 탁선적 리듬을 취한다. 연상적 리듬은 독백이나 내면의 말과 특별한 관계가 있다.[14]

---

14 "어떤 인지할 수 있는 반복적 패턴 속에 있지 않는 것는 산문이라는 소박한 추단은 분명히 적절치 못한 것이고, 우리는 규약 화된 발화의 제3형이 존재한다는 것을 추정해야 한다. 이 제3형은 일반적인 말, 혹은 적어도 독백(soliloquy)과 내면적 말(inner

「소설가 구보씨의 일일」은 구보라는 이름 다음에 쉼표가 찍혀 있는 경우가 많다. 구보라는 인물에 대하여 강조해서 읽기를 바라는 필자의 의도임에 틀림없다. 대체로 문두의 단어 다음에 쉼표를 두고 있는 것은 그 단어를 강조해서 읽으라는 뜻이다. 따라서 그의 쉼표가 의도하는 대로 읽으면, 대체로 문두에 강조의 뜻이 들어 있는 것을 발견한다.

> 그야 主人의 職業이 職業이라 決코 팔리지 않는 油畵 나부랭이는 제법 넉넉하게 사면 壁에가 걸려 있어도, 所謂 室內裝飾이라고는 오직 그 뿐, 元來가 三百圓 남줏한돈을가지고 始作한장사라, 무어 茶집다웁게 꾸며볼려야 꾸며질 턱도없이, 茶卓과 椅子와 그러한 다방에서의 必需品들까지도 專혀 素朴한것을 趣旨로, 蓄音機는 [子爵]이 寄附한 포-타불을 使用하기로하는等 모든것이 그러하였으므로, 勿論 그러한 簡略한 裝置로 무어 어떻게 한미천잡아 보겠다든지 하는 그러한 엉뚱한 생각은 꿈에도 먹어 본 일 없었고, 한 洞里에서사는 같은 不遇한 藝術家들에게도, 장사로 하느니보다는 오히려 우리들의 俱樂部와 같이 利用하고 싶다고 그러한말을하여, 그들을 感激시켜 주었던 것이요 그렇길래 [子爵]은 自己가 數三年間 愛用하여온 手製型 蓄音機와 二十餘枚의 黑盤 레코-드를 自進하여 이 茶房에 寄贈하였던 것이요, [晩成]이는 ……
>
> ― 박태원, 「방란장 주인」 부분

밑줄 친 부분은 뜻이 다소 강조되어 나타나는 부분이다. 이 부분을 읽을 때는 어느 정도 목소리가 상승하는 기분을 느낀다. 장문장으로

speech)과 특별한 관계가 있다. 우리는 이것을 탁선적(oracular) 혹은 연상적 리듬(associational rhythm)이라고 부른다. 그 단위는 산문 문장도 아니고, 운율적 행(meteorical line)도 아니다. 일종의 사고 호흡(thought-breath), 혹은 사고 구(phrase)라고 할 수 있다. 연상적 리듬은 자유 운문이나 어떤 형태의 문학적 산문, 이를테면 '의식의 흐름' 등에 많이 나타나고 있다." 『*Princeton Encyclopedia of Poetry and Poetics*』(1965), 「Verse and Prose」 항.

된 박태원의 글을 읽을 때, 우리는 목소리의 강약과 높낮이가 교차되면서 읽어야 제 맛을 느낄 수 있다. 이것은 박태원이 그의 작품에서 의도한 바다. 당시 필자나 잡지 편집 담당자들이 모두 띄어쓰기가 정확한 편은 아니었으나, 박태원의 다른 글(비교적 단문장으로 된 글)에서는 띄어쓰기가 양호한 편에 속하는데 비해 이 작품에서는 유독 그 띄어쓰기가 무시된 곳이 많다. 이것은 작품의 독법을 더 중요시한 탓이 아닐까 하는 생각이다.

필자는 거단위 리듬을 平坦型, 低高型, 高低型, 凸型, 凹型, 波濤型으로 구분한 바 있다. 단락의 어느 부분을 강조하느냐에 따라 구분한 것이다.[15] 이 구분에 의하면 박태원의 문장은 고저형과 파도형을 많이 사용하고 있음을 발견한다. 단락의 처음이 강조되고 끝이 하강하는 형태의 산문 리듬이다. 그러나 「방란장 주인」과 같이 작품 전체가 한 문장으로 된 작품은 대체로 파도형을 취하고 있다. 곧 상승과 하강을 반복하는 리듬이라고 할 수 있다.

이제 박태원의 시각의 문제를 생각해 보기로 하자. 박태원의 소설은 장소의 이동을 통해서 스토리를 전개시키고 있는 것은 잘 알려진 사실이다. 소설 속의 인물이 특별한 이유 없이 배회하면서 그의 눈에 비친 사물과 상황을 통하여 인물의 내면을 드러내거나 스토리 라인을 전개시키고 있다. 그의 비교적 초기작인 「적멸」(1930)에서부터 이러한 경향은 두드러지게 나타나는데, 이후 「행인」, 「疲勞─어느 半日의 記錄」, 「소설가 구보씨의 일일」, 「딱한 사람들」, 「애욕」, 「길은 어둡고」, 「거리」, 「윤초시의 상경」, 「악마」, 「천변풍경」, 「염천」, 「애경」, 「여인성장」 등이 대체로 장소의 이동을 축으로 하여 소설이 전개된다. 「소설가 구

15 김상태, 「문체와 이론과 해석」, 집문당, 1993, 89쪽 이하. 특히 97~98쪽.

보씨의 일일」 서두를 보자.

1) 어머니는 아들이 제방에서 나와, 마루 끝에 놓인 구두를 신고, 기둥 못에 걸린 단장을 떼어 들고, 그리고 문간으로 향하여 나가는 소리를 들었다 ……

2) 구보는 집을 나와 천변 길을 광교로 향하여 걸어가며, 어머니에게 단 한 마디 "네" 하고 대답 못했던 것을 뉘우쳐 본다. ……

3) 구보는 마침내 다리 모퉁이에까지 이르렀다. ……

4) 한낮의 거리 위에서 구보는 갑자기 격렬한 두통을 느낀다. ……

5) 그러자 구보는 갑자기 옆으로 몸을 비킨다. 그 순간 자전거가 그의 몸을 가까스로 피하여 지났다. ……

6) 갑자기 걸음을 걷기로 한다. ……

7) 갑자기 한 사람이 나타나 그의 앞을 가로 질러 지난다. 구보는 그 사내와 마주칠 것 같은 착각을 느끼고, 위태롭게 걸음을 멈춘다. ……

8) 젊은 내외가, 너덧살 되어 보이는 아이를 데리고 그 곳에가 승강기를 기다리고 있었다.

9) 구보는 다시 밖으로 나오며, 자기는 어디 가 행복을 찾을까 생각한 다. ……

10) 전차가 와 사람들은 내리고 탔다. ……

— 박태원, 「소설가 구보씨의 일일」 부분

서두 12페이지에 걸쳐 인물의 행위만을 서술한 문장을 발췌해 본 것 이다. 이른바 서사적 사건을 나타내는 過程陳述(process statement)이다. 곧 이 문장에 이어서 靜態陳述(stasis statement)이 나온다. 대체로 구보의 마음속에 떠오른 생각들이다. 1)에 이어 어머니의 아들과 얽힌 상념, 2)에 이어 구보의 어머니에 관한 상념, 3)에 이어 구보의 망설임, 4)에 이어 두통과 관련된 병원에서의 일, 5)에 이어 聽力의 쇠약함에 대한 상념, 6)에 이어 길에 서 있는 것의 무의미함, 7)에 이어 視力의 쇠약함 에 대한 상념, 8)에 이어 젊은 내외의 행복, 9)에 이어 자신의 처지에 대한 뒤돌아봄, 10)에 이어 자신의 외로움 등을 기술하고 있다. 「소설가 구보씨의 일일」은 이처럼 어떤 대상을 보고 그것에 촉발된 상념을 서술하는 것으로 연속되어 있다. 행위, 상념, 곧 과정진술과 상태진술이 비교적 규칙적으로 교대되어 나타나고 있다. 그의 다른 산책자의 소설도 이 패턴에서 크게 벗어나지 않는다.

박태원은 대체로 행위 단위이기보다 장면 단위로 이야기를 전개시키고 있다. 그렇지만 그 장면은 세밀한 묘사를 통하여 독자의 마음속에 어떤 뚜렷한 그림을 이루고 있지는 않다. 이른바 객관적이고 치밀한 묘사 장면은 그의 소설에서 발견하기 어렵다. 장면의 분위기를 느끼게 하는 서술이 압도적이다. 장면을 보여주기보다 느끼게 하는 데 치중하고 있다. 장면마다 그의 감정을 강하게 개입시키고 있기 때문이다.

관철동 삼십삼번지…

그것은 내가 일찍이 꿈에도 생각하여 볼 수 없었던 서울에서도 가장 기묘한 한 구역이었다.

바른편 기둥에 "대항권번"(大亢卷番)의 나무간판이 걸려 있는 대문을 들어 서서, 오른편으로 바로 번듯하게 남향한 위치에 서 있는 제법 큰 한 채의 집이, 그것이 바로 "대항권번"이려니 하고 추측은 용이하여도, 무릇, 그 권번집과는 조화가 되지 않게, 좁은 들 하나 격하여 그 맞은 편에가, 올망졸망하니 일짜로 쭈욱 이어 있는 줄행랑 같은 건물의 그 하나 하나에, 제멋대로 아무렇게나 경영되어 가고 있는 각양각색의 가난스러운 살림살이와 맞부딪칠 때, **나는 저 모르게 가만한 한숨을 토하였다.**

— 박태원, 「報告」 부분

장면의 묘사는 서술자의 느낌과 연결되어 있다. 고딕체에서 보는 것과 같이 장면은 서술자의 느낌으로 채색되어 있다. 그의 소설 서두에서 보여주고 있는 장면 묘사의 예를 몇 개 보이면 다음과 같다.

어려운 사람들이 모여 사는 곳이란 으레들 그러하듯이, 그 골목안도 한 걸음발을 들여놓기가 무섭게 홱 끼치는 냄새가 코에 아름답지 않았다. 썩은 널쪽으로나마 덮지 않은 시웅창에는 사철 똥 오줌이 흐르고, 아홉가구에 도무지 네개 밖에 없는 쓰레기통에 속에서는 언제든지 구더기가 들끓었다.

　　　　　　　　　　　　　　　　　　　　　　— 박태원, 「골목안」 부분

큰 달로 한달을 꼭 한달을 채우고 나서야, 비로소 하늘은 우리에게 해 구경을 시켜 주었다. 생각하여 보면 참말이지 지루한 장마이었다. 이제는, 설혹, 앞으로 석달을 비가 아니 내리는 한이 있다더라도, 나는 결코 하늘을 원망하지 않으리라.

　　　　　　　　　　　　　　　　　　　　　　— 박태원, 「偸盜」 부분

토요일 오후…
멋 없도록이나 맑게 개인 날이다.
누구나 그대로 집안에 붓박혀 있지 못할 날이다.
볼 일도 없건만, 공연스리 거리를 휘돌아 다니고 싶은 날이다.

　　　　　　　　　　　　　　　　　　　　— 박태원, 「五月의 薰風」 부분

이렇게 밤늦어
燈불 없는 길은 어둡고, 낮부터 내린 때 아닌 비에, 골목 안은 골라 디딜 마른 구석 하나 없이 질척거린다. 쉽사리 흙물을 容納하고, 옆구리 미어진 구두는 그렇게도 어느 틈엔가비는 진눈까비로 변하여, 雨傘의 準備가 없는 머리와 어깨는 진저리 치게 젖는다. 뉘 집에선가 서투른 風琴이 讚美歌를 타는가 싶다.

　　　　　　　　　　　　　　　　　　　　— 박태원, 「길은 어둡고」 부분

대체로 그의 소설에서는 배경 묘사의 부분이 적은 편이지만, 이상의 예에서 보는 바와 같이 가능한 거리를 두는 객관적 배경 묘사가 아니라, 서술자의 주관적 감정이 침투된 배경의 묘사다. 밑줄 친 부분은 서술자의 감정을 두드러지게 드러내고 있는 부분이다.

이상의 예에서 보는 것처럼 박태원은 대상을 있는 그대로 제시하려는 서술태도가 아니라, 그 대상에 자신의 감정과 상념을 개입시켜 나타내려는 태도를 취하고 있다. 곧 장소를 이동허 가서, 관찰하고 관찰된 대상이나 상황을 서술자의 감정과 느낌을 통해서 표현하는 서술태도를 가지고 있다.

4. '현재'감의 문체

박태원의 소설에서 쉽게 눈에 띄는 것은 종지사(終止辭)에서 현재 시제와 과거 시제가 수시로 교대하여 나타나고 있다는 사실이다. 이것은 물론 1920년대와 1930년대의 소설에서는 흔히 있는 일이다.[16) 우리말 자체가 서구어와는 달리 시제 사용에 있어서 과거, 현재, 미래가 형태적으로 명확하게 구분되지 않는 점도 있지만, 당시의 작가들에게는 시제의 일치가 분명하게 의식되지 않는 적이 있었다. 그러나 현재 시제와 과거 시제가 구현하는 효과는 분명히 다르다는 점은 확실하다. 그 효과를 예민한 작가들은 작가적 감각으로 감지하고 있었을 것임에 틀림없다. 박태원은 언술의 미적 효과에 민감한 반응을 보인 작가이기 때문에 주의 깊게 관찰할 필요가 있다.

철겨운 봄 노래를 부르며, 열살이나 그 밖에 안된 아이가 <u>지났다.</u> 아이에게는 근심은 없다. 잘 안 돌아 가는 혀끝으로, 술주정꾼이 두명, 어깨 동

---

16 현재 시제와 과거 시제의 혼용은 1970년대 소설까지 흔하게 볼 수 있는 현상이었다. 그러나 1980년대 들어서면서 이러한 현상은 현저히 줄고 있다. 영어의 학습이 보편화됨으로써 받은 영향과 필자들의 시제 구분 의식이 보다 뚜렷하게 된 결과라고 생각된다.

무를 하고, 鄕心歌를 불렀다. 그들은 지금 滿足이다. 仇甫는, 문득, 光明을 찾는 것 같은 錯覺을 느끼고, 어두운 거리 위에 걸음을 멈춘다. 이제 그와 만날 때, 나는 이미 약하지 않다. 나는 過誤를 거듭 犯하지 않는다. 우리는 永久히 다시 떠나지 않는다.

— 박태원, 「소설가 구보씨의 일일」 부분

　‘이야기’의 현재는 과거 시제를 썼고, 서술자=인물의 현재는 현재 시제로 쓰고 있다.

　소설에서는 대체로 과거 시제를 사용한다. 그것은 서술자의 입장에서 보면 지나간 일을 기술하기 때문이다. 그러나 과거 시제가 사용되고 있음에도 불구하고 독자는 소설을 읽을 때 현재감을 느낀다. 그래서 소설에서의 과거 시제는 ‘서사적 현재(narrative Now)’라고 말한다. 그것은 또한 인물의 시제와는 구별된다. 채트먼은 소설 속의 시간을 ‘이야기의 현재(story-Now)’와 ‘언술의 현재(discourse-Now)’를 구별하고 있다.[17] 전자는 독자가 느끼는 현재감이고, 후자는 소설 속의 인물이 느끼는 현재감이다. 영어에서는 서술 시제를 과거 시제로 쓰면서도 인물의 현재감을 나타내기 위하여 현재 시제에 해당하는 시간부사로 그것을 나타내고 있다고 한다.[18] 우리말에서는 인물의 현재감을 나타내기 위해서 시간부사를 사용하는 것이 아니라, 서술의 종지를 그대로 사용한다. 따라서 일견 시제의 불일치처럼 보일 수밖에 없다.

17　Seymour Chatman, 『Story and Discourse』, Cornell University Press, 1978, pp.81~83.

18　"There was no hope for him this time : it was the third stroke......He often said to me: 'I am not long for this world.' and I thought his words idle. Now I knew they were true."
　이상의 예문에서 시제와 일치시키려면 ‘this time’을 ‘that time’으로, ‘now’를 ‘then’으로 고쳐야 맞을 것이다. 그러나 이것은 인물의 현재감을 나타내기 위한 장치인 것이다. Seymour Chatman, 앞의 책, p.80.

박태원의 소설에서도 서술 종지의 시제로서 '이야기'의 현재와 '인물의 현재'를 나타내기 때문에 서술 종지에 과거 시제와 현재 시제가 일견 무질서하게 나타나는 것처럼 보인다. 앞서의 예문에서 보는 바와 같이 서술자의 시제는 과거체로 서술되다가 인물의 시점(고딕체)에서는 현재 시제로 일관되고 있다.

「소설가 구보씨의 일일」에서 보면, 한 단락 내에서도 현재와 과거가 교대로 나타나기도 하고 단락을 단위로 하여 두 시제가 번갈아 나타나기도 한다.

> 가) 문득 仇甫는 그의 얼굴에 浮腫을 發見하고 그의 앞을 떠났다. 腎臟炎. 그 뿐 아니라, 仇甫는 자기 自身의 慢性 胃擴張을 새삼스러이 생각해 내지 않으면 안 되었다. …… 그것은 누구에게도 깨끗한 느낌을 주지 못한다. 그의 左右에는 座席이 비어 있어도 사람들은 그 곳에 앉으려 들지 않는다.

> 나) 仇甫는 孤獨을 느끼고, 사람들 있는 곳으로, 躍動하는 무리들의 있는곳으로, 가고싶다 생각한다. 그는 눈앞에 京城驛을 본다. 그 곳에는 마땅히 人生이 있을께다. 이 낡은서울의 呼吸과 또 感情이 있을께다. 都會의 小說家는 모름지기 이 都會의 港口와 親하여야한다. ……

> 다) 그러나 오히려 孤獨은 있었다. 仇甫가 한옆에 끼여 앉을수도 없게스리 사람들은 그곳에 빽빽하게 모여있어도, 그들의 누구에게서도, 人間本來의 온정을 찾을수는 없었다. 그네들은 그 옆에사람에게 한마디 말을 건네는 일도 없이, 오직 자기네들 事務에 바빴고, 그리고 간혹 말을 건네도, 그것은 자기네가 타고 갈 列車의 時刻이나 그러한 것에 지나지 않았다.……
>
> — 박태원, 「소설가 구보씨의 일일」 부분

가)는 현재 시제와 과거 시제가 한 단락 내에 혼재되어 있는 경우이고, 나)는 현재 시제로 일관되어 있는 경우이고, 다)는 과거 시제로 일관되어 있는 경우이다. 박태원은 「소설가 구보씨의 일일」에서 시제로서 서사의 거리를 조정하고 있다. 인물과 같은 시점으로 서술할 경우는 현재 시제로, 서술자로서 어떤 거리를 유지하고자 할 때는 과거 시제를 쓰고 있는 것이다.

여기서 우리가 주목해 볼 것은 박태원의 소설에 있어서 과거 시제는 인물의 현재 시제에 용해되어 버리는 느낌을 받는다는 것이다. 다시 말하면 그의 소설 속에 보이는 과거 시제의 서술은 인물=서술자의 현재 시제에 흡수되어 버리는 느낌을 받는다는 사실이다. 독자의 느낌 속에는 '이야기'의 현재감보다는 인물의 현재감이 강하게 인상 지워진다. 서술자가 현재 시제를 쓰고 있는 것은 '이야기'를 다시 서술자의 현재적 심리를 거쳐서 기술하는 방법이다. 박태원은 서사적 진행을 나타낼 때 과거 시제로 기술하고는 있으나, '이야기'의 결정적인 곳에서 현재 시제로 서술함으로써 '이야기' 전체의 구도를 현재화해 버리는 경향을 지니고 있다.

박태원의 소설 속에서 우리는 지문이 대화를 거느리고 있는 경우를 많이 보게 된다. 다른 말로 하면, 인물의 대화에 지문이 봉사하는 것이 아니라, 지문을 구체화시키기 위하여 대화가 사용되는 경우를 말한다.

> 지금 생각하여 보아도 어이가 없는 듯이, 빨래 흔들던 손을 멈춘 채, 입을 딱 벌리고 옆에 앉은 이의 얼굴을 쳐다보려니까, 그의 건너편으로 서너 사람째 앉은 얼금뱅이 칠성 어멈이,
> "그, 웬걸 그렇게 비싸게 주구 사셨에요? 어제 우리 안댁에서두 사셨는데 아마 한 마리에 팔 전꼴두 채 못된다나 보든데⋯⋯"
> 그리고 바른 손에 들었던 방망이를 왼손에 갈아들고는 한바탕 세차게 두들기는 것을, 언제 왔는지 그들의 머리 위 천변길에가, 우선, 그 얼굴이 감때 사나웁게 생긴 점룡이 어머니가 주춤하니 서서,

"어유우, 딱두 허우. 낱개루 사먹는 것허구, 한꺼번에 몇 두름씩 사 먹
는 것허구, 그래 겉담? 한 마리 팔전씩만 현담야 우리 겉은 사람두, 밤낮,
그 묵어빠진 배추김치 좀 안 먹구두 사알게?"

사내같이 우락부락한 소리로 하는 말에, 이쁜이 어머니는 고개를 끄덕
이어 동의를 표하기는 하면서도, 반은 혼잣말로,

"그 묵은 통김치나마 넉넉하게 있었으면 좋겠수. 우리는 그나마두 낼만
먹으면 그만야."

욧잇을 빨래돌 위에 올려놓은 채, 잠깐 손을 쉬고 한 그 말에는 대답이
없이,

"그, 저어번에 입었던 국사 저고리 아뉴?"

점룡이 어머니는 허리를 굽히고, 그의 옆에 놓인 빨래 광주리를 내려다
본다.

— 박태원, 「천변풍경」 부분

이상의 예문 전체가 한 문장이 되는 셈이다. 이런 경우 독자의 마음
속에는 서술자의 현재적 언술을 느낄 수밖에 없다. 설사 지문의 종지
가 과거 시제로 끝나도 거의 같은 효과를 내고 있다. 우리말은 문장의
중간에서는 그 시제가 과거인지 현재인지 확인하기 어렵기 때문이기
도 하다. 지문을 배제시키고 대화만을 연속시킨, 시나리오와 흡사하다
고 말하는 「星群」 같은 작품도 같은 효과를 내고 있다.

하타노 간지[波多野完治]는 요코미쓰 리이치[橫光利一]의 「紋章」과 가와
바타 야스나리[川端康成]의 「雪國」을 대비하면서 현재 시제가 빈용(頻用)
되고 있는 근대문학과는 다른 현대문학의 시저적 특징을 설명하고 있
다. 요컨대 그에 의하면 현대문학에서 현재 시제가 빈용되고 있는 것
은 19세기 문학처럼 사건의 묘사나 심리의 묘사가 아니라, 심리의 서
술에 주안이 놓여 있기 때문이라는 것이다.

박태원의 소설에서 언술적 현재감이 압도하고 있는 이유는 서술자
의 심리서술이 강한 인상으로 다가오기 때문이다. 우리 문학사에서

1930년대 중반을 전후하여 근대소설과 현대소설의 분기점을 이룬다고 보는 것도 박태원, 이상 등이 시도하고 있는 심리서술의 방법이 그 이전과는 다르기 때문이다. 스토리에 무게를 싣고 있던 소설을 언술에 무게를 싣는 쪽으로 바꾸어 놓았을 뿐 아니라, 인물의 현재감을 서술자의 현재감으로 바꾸어 놓고 있는 것이다.

5. 불확신의 문체

박태원의 글을 읽으면 마치 칡뿌리가 뻗어나간 것처럼 치렁치렁한 느낌을 받는다. 어느 말이건 뚜렷하게 단정 지어서 말하는 것이 아니라, 망설이고 유예하는 듯하다는 인상을 준다. 황도경의 말처럼, "이는 정돈되지 않는 사유의 전개 과정을 논리적인 조정을 거치지 않고 그대로 드러내고"[19] 있기 때문이기도 하지만, 말의 메시지 전달보다 독자와의 친교적(phatic) 기능을 더 중시하는데서 빚어진 결과이다.[20]

> <u>허지만 또 생각하여 보면,</u> 그 때 그것은 역시 애닯게 즐거운 일이기도 하였다.
>
> — 박태원, 「성군」 부분

> <u>그러면, 물론,</u> 영이라고 그 말을 가만히 듣고만 있지 않는다.
>
> — 박태원, 「성탄제」 부분

---

19 황도경, 「관조와 사유의 문체」, 『박태원소설연구』, 깊은샘, 1995, 178쪽.

20 Roman Jakobson, 「Linguistics and Poetics」, 『Essays on the Language of Literature』, Houghton Mifflin Co, 1960, pp.299~308. 야곱슨은 발신자와 수신자의 관계에서 언어 기능의 관점에서 emotive, referential, poetic, phatic, metalangual, conative의 6가지로 나누고 있다. 이 중에서 친교적(phatic) 기능이란, "안녕하세요." 등과 같이 화자와 청자의 심리적 접촉을 이루게 하는 말의 기능이라고 할 수 있다.

그러자, 그 때 옆에서, 동정만 살피고 있던 기순이가, "피선거권"도 가지지 못한 예쁘지 못한 계집애가, 망살거리며 자청을 하였다.
　　　　　　　　　　　　　　　— 박태원, 「오월의 훈풍」 부분

그는 거의 興奮이 되어 가지고, 얼마 동안은 그러한 생각을 하기에 골몰이었으나, 사실 말이 그렇지, 그것도 어려운 노릇이, 혹 자기 혼자라면 어떻게라도 길을 찾는 수가 없지 않겠지만,
　　　　　　　　　　　　　　　— 박태원, 「방란장 주인」 부분

　예문에서 볼 수 있는 것처럼 독자와의 친밀한 관계를 유지하기 위하여 쓰인 말이 많다. 「소설가 구보씨의 일일」은 대체로 서술자가 인물의 시점이 되어 구보의 의식을 드러내는 것으로 되어 있지마는, 그의 모더니즘 계열 소설 대부분이 이런 예에서 크게 벗어나지 않는다. 이 때문에 그의 글은 독자에게 사물에 대한 판단을 유예시키고 있는 인상을 주는 것이다.

　앞서 말한 바와 같이 그의 서술은 대체로 독자를 바라보고 있거나 독자와의 공감대를 이루고 있는 관계에서 이루어지고 있다. 그것을 우리는 그의 서술 어조에서 느낄 수 있다. 그가 유독 쉼표를 많이 사용하는 것도 이와 관련이 있다. 그의 호흡을 따라 읽어 달라는 주문이다. 서술자의 말의 내용에는 때로 공감할 수 없는 곳이 있다. 그러나 내포 작가와의 관계에서는 공감대를 형성해야만 그의 소설이 의미를 가진다는 뜻이다. 그러기 위해서는 말에 친교적 기능을 많이 부여해야 한다. 그의 소설 대부분이 메시지 뒤에 친교적 기능을 부과하고 있지만, 예문에서 보이는 것 같이 문장의 메시지 외에 일종의 군말을 많이 삽입하고 있다.

　황도경은 「소설가 구보씨의 일일」을 분석한 뒤에, "작품 전체의 서술은 주인공 구보의 '걷는' 행위와 '보는' 행위, 그리고 '생각하는' 행

위로 요약될 수 있다."[21]고 말하고 있다. 구보라는 인물이 배회하면서 본 대상들을 소설화한 것이니까 당연하겠지만, 그의 소설 대부분이 '여로(旅路)' 형의 '이야기' 구조를 가지고 있기 때문에 여타의 소설에서도 이 말은 적용될 수 있다. '걷는' 행위는 보고 생각하기 위해서 하는 행위이므로 박태원의 문체를 "관조와 사유의 문체"라고 단정한 것 같다. 「소설가 구보씨의 일일」에서도 '생각하다' 라는 서술어와 그에 유사한 기능을 가진 서술어 등이 많이 사용되고 있는 것은 사실이다. 그러나 그의 사유는 결코 사유의 체계를 이루고 있지는 못하고 있다. 대상에서 촉발된 생각이긴 하지만 사유라기보다 생각의 단편에 불과하다. 그 사유에 논리성을 가지고 있지 못하기 때문이다. 그의 '생각하다' 는 서술어는 진술된 사실에 대한 서술자의 사고 행위를 나타내기보다 서술자의 추단과 망설임의 기능을 나타내고 있다고 보아진다. 우리말의 문장에서 평서문은 판단을 내리는 명제가 되지만, 그 문장 끝에 '생각하다' 라는 동사를 붙이면, 오히려 판단을 유예하고 애매하게 하는 경향이 있다. 예를 들면, "철수는 돌을 던진다."라고 하면, 철수가 돌을 던지는 행위에 대한 판단이 되지만, "철수는 돌을 던진다고 생각한다."고 말하면, 철수의 돌 던지는 행위에 대한 판단을 유보시키고 불확실하게 만드는 것이다. 「소설가 구보씨의 일일」에는 확실히 '생각하다' 와 그에 준하는 서술어가 많이 쓰이고 있다. 정연한 '사유' 의 세계에 들어가기보다 "사유의 흔들림"(황도경이 또 다른 박태원의 특징으로 지적한 것처럼)을 드러내고 있는 것이라고 말할 수 있다.

박태원의 소설 전반에 걸쳐 '생각하다' 와 그에 유사한 기능을 가진 서술어가 많이 발견되지만, 이와 아울러 "-지는 않다.", "-수 없다"

등과 같은 불확실한 부정, "-지 모른다"와 같은 불확실한 긍정의 구문을 많이 쓰고 있다는 점이다. 진술의 판단에 대하여 확신을 갖지 못하고 유보하는 태도이다.

> 그것은 어쩌면 그럴지도 모른다. 진솔 두루마기라도 새로 대려입고서 단정히 갓을 쓰고 거리로 나설 때, 자못 기품과 위엄츠차 갖추고 있는 영감의 신수는, 어느 모로 보든, 가쾌나 그러한 사람으로 믿어지지는 않았다.
>
> ─ 박태원, 「골목안」 부분

> 벗은 또, 작자가 정말 늙지 않았고, 오즉 늙음을 가정하였을 따름이라고 단정하였다. 혹은 그럴찌도 모른다. 구보에게는 그런 경향이 있을찌도 모른다. 그리고 다시 돌이켜 생각하면, 그것이 오직 가장에 그치고, 그리고 작자가 정말 늙지 않았음은, 오히려 구보가 기꺼이 마땅한 일일께다.
>
> ─ 박태원, 「소설가 구보씨의 일일」 부분

> 혼자 서러워할 것은 없을찌도 몰랐다. 이제 그와 헤어져, 或은 多幸한 빛이 자기를 찾아 들찌도 몰랐다.
>
> ─ 박태원, 「길은 어둡고」 부분

이런 불확신의 어법은 "-께다" 혹은 "-것이다"라는 추측 서술어미와 "-듯싶다" 등의 보조형용사 빈용에도 드러나고 있다.

> 女子는, 이미, 그 前에, 다른, 더 나이 먹은 이의 사랑을 容納하여 버릴께다. 그는 분명히 나를 보았고 그리고 나를 나라고 알았을께다……. 그러한 그는 지금 어떠한 느낌을 가지고 있을까, 그것이 구보는 알고 싶었다. 여자는 자기를 보았을께다. 그러나 여자는 능히 자기를 알아 볼 수 있었을까.
>
> ─ 박태원, 「소설가 구보씨의 일일」 부분

> 그는, 아무도 자기를 맞아 주지 않을 때, 역에 나린채 퍽 고생할 께다.
>
> ─ 박태원, 「전말」 부분

그 사이 퍽 오랜 시간이 지냈던가 싶다…… 나의 안해는 분명히 내게로 돌아오는 길인 <u>듯 싶었다.</u>

— 박태원, 「전말」 부분

가난한 이가 돌아갔는<u>가 싶다.</u>

— 박태원, 「길은 어둡고」 부분

그러나, 仇甫는 多幸하게도 中耳炎을 가진 <u>듯 싶다</u>…… 강아지는 반쯤 감은 두눈에는 孤獨이 숨어있는 <u>듯 시펏다</u>…… 그와 함께 모든 것에대한 단념도 그곳에 있는 <u>듯 시펏다.</u>

— 박태원, 「소설가 구보씨의 일일」 부분

"듯싶다"는 보조형용사는 "주관적 기분적으로 미루어 헤아림의 뜻을 나타내는 말"[22]이다. 서술자가 자신의 진술에 대하여 확신을 가지고 있지 못한 말이다.

의문형의 終止 역시 많이 나타나고 있는데 같은 기능을 수행하고 있다.

이렇구, 저렇구, 그는 선량한 시민의 안해로서, 이미 돌이 지난 아들조차 가지고 <u>있다지 않나?</u>

— 박태원, 「鄕愁」 부분

무슨 예술이니 미술이니 그러고 있을 수는 양심으로든 자존심으로든, 참 정말 <u>없는 것 아니냐?</u>

— 박태원, 「星群」 부분

오직 그의 마음은 좀 더 아프고 그의 앞 길은 좀 더 어두어질 것에 <u>지나지 않지 않으냐.</u>

— 박태원, 「길은 어둡고」 부분

---

22 신기철, 신용철 편, 『새 우리말 큰사전』, 삼성출판사, 1989, 참조.

이러한 문체적 특성은 그의 문학적 행적과도 관련이 있는 듯이 보인다. 해방 전에는 좌경 문학단체에 가입하여 활동한 적이 없었을 뿐 아니라, 그런 경향의 문학작품을 별로 발표한 적도 없었는데, 해방 후 좌경 단체에 가입하였고, 마침내 월북까지 하였다는 사실은 우리들을 매우 의아하게 만들었다. 더구나 그의 문학관은 사회주의 문학과는 상당한 거리를 느끼게 하였음에도 불구하고 그들과 동조하였다는 사실이 그러하다. 이것은 그가 투철한 이념에 의하여 문학 활동을 하지 않았다는 사실이다. 모더니즘 문학과 리얼리즘 문학을 수시로 왕래하고 있었다는 자체가 그의 문학적 개성을 드러내는 것이지만, 그의 행적 역시 확고한 신념에 따라 취해진 것이 아니라는 사실이다. 해방 전의 친일 문학 활동은 그가 사사하던 춘원의 영향이 컸고, 해방 후의 좌익 문학 활동은 '구인회' 이후 그와 절친하게 지냈던 이태준의 영향이 컸다고 말하는 것도 그 때문이다. 월북 후에도 그는 다른 월북 문인과는 달리 문학 외적 활동에 적극적이지 못했다는 사실도 그 점을 방증한다. 이 점은 그의 가계와 출신 지역과도 관계가 있다. 그는 서울 중인 출신이다. 서울 중인 출신의 문인들이 대체로 그러하듯이 신념에 따라 행동하기보다 주변의 정세나 환경에 따라 적응하는 체질을 가지고 있다. 따라서 박태원의 소설 속에서 어떤 일관된 이념을 찾거나, 사상적 성향을 찾는 것은 무의미한 일이다. 그 대신에 그의 작품 속에서 우리는 그가 표현하고자 하는 문학적 진실을 찾아야 할 것이다.

휠라이트(Philip Wheelwright)는 문학적 진실은 열린 언어 속에 있음을 상기시키고 있다. 그는 '닫힌 언어(closed language)'와 '열린 언어(open language)'를 구별한다. 닫힌 언어란 논리적인 언어, 과학적 언어를 지칭한다. 상상이 개입할 여지가 없으며, 사물과 말의 일대일의 대응이 있을 뿐이라는 것이다. 이에 비하여 열린 언어는 애매모호하여 어떠한 생각도 포용할 수 있는 언어라는 것이다. 과학적 진실은 닫힌 언어로 지칭하는 것이 적합하지만, 문학적 진실은 열린 언어로 표현해야 한다. 문학은 인간의 정신 행위를 표현하는 것이기 때문에 의미가 확정되어 있는 닫힌 언어로 표현하는 것은 부적합하다는 것이다. 물론 휠라이트는 문학적 진실을 표현하기 위해서는 열린 언어만으로는 불충분하고 긴장된 언어(tensive language)로 나가지 않으면 안 된다고 말한다.[23]

박태원의 소설에서 쓰인 언어를 휠라이트의 '열린 언어'에 정확하게 적용할 수 없을지 모르겠으나, 그의 언어적 특성은 분명히 '열린 언어'를 지향하고 있다. 논리적이라기보다 비논리적이고, 분명한 진술이라기보다 불분명한 진술이다. 그의 진술은 또 단정적이라기보다 회의적이고, 확신적이라기보다 유보적이다. 그는 사실을 정확하게 전달하려는 것이 아니라, 그 사실을 언제나 서술자의 생각과 감정을 거쳐서 표현하려고 했던 것이다. 그는 사상이나 이념을 문학 속에서 구현하려한 것이 아니라, 문학적 진실 그 자체에 충실하려 했던 것이다.

6. 결론

박태원의 소설이 우리 문학사에서 뚜렷하게 남는 이유는 그의 서사기법과 문체 때문이다. 다양한 서사기법의 실험과 특이한 문체는 우리의 소설 문학을 근대소설의 수준에서 현대소설의 수준으로 끌어 올린 중요한 요인이 되고 있다. 그의 소설을 대별해서 본다면 리얼리즘계 소설과 모더니즘계 소설로 나눌 수 있는데, 본고에서는 후자 쪽에 초점을 맞추어 그의 소설기법과 문체의 특성을 살펴보았다.

23 Philip Wheelwright, 『*Metaphor and Reality*』, Indiana University Press, 1968, p.43.

우리가 소설을 간략하게 말한다면, '이야기'+언술이라고 할 수 있는데, 그의 소설은 전반적으로 언술에 역점을 두고 기술하고 있다. 특히 모더니즘 소설이 리얼리즘 소설보다는 그 정도가 심하다. 그의 소설은 대체로 독자로 하여금 서술자를 강하게 느끼게 하면서 '이야기'에 관심을 쏠리도록 하는 것이 아니라, 서술자의 말에 관심을 가지도록 그 문장의 독법을 조절하고 있다.

필자는 그의 문체를 청각의 문체와 시각의 문체로 나누어서 관찰해 보았다. 청각의 문체에서는 그의 목소리가 독자들에게 어떤 언술의 양상으로 전달되고 있는가를 살펴보았다. 그의 소설에서 흔히 볼 수 있는 잦은 쉼표의 사용은 특이한 그의 목소리를 조성하는 데 중요한 역할을 하고 있다. 그는 메시지의 전달에 앞서 독자의 주의를 환기시키는 말들이 많다. 또 그의 문장을 산문의 리듬상에서 살펴보면, 미단위에서는 연상적 리듬에 가까운 효과를 내고 있으며, 거단위에서는 단락을 중심으로 고저형과 파도형의 패턴을 많이 사용하고 있다. 그는 대개 스토리 라인을 장소의 이동을 통해서 이어 가고 있는데, 행위 단위이기보다 장면 단위로 이야기를 전개시킨다. 그러나 그 장면은 객관적 묘사를 통해서가 아니라, 서술자의 감정이 강하게 침투된 서술을 통해서 이루어진다.

박태원의 소설은 서술자의 현재 시제에 압도되어 있다. '이야기'의 결정적인 곳에서 서술자의 현재 시제에 용해되어 서술되고 있기 때문이다. 소설에서는 현재 시제와 과거 시제가 번갈아 나타나고 있지만, 독자에게는 서사적 현재감이 아니라, 서술자의 현재감을 강하게 인상 지어주고 있는 것이다. 이것은 그의 소설이 심리 묘사를 의도한 것이 아니라, 심리 서술을 의도한 때문이다.

박태원은 불확신의 문장을 많이 쓰고 있다. 그는 "-지 않는다", "-

수 없다" 등 불확신의 부정과 긍정의 문장을 많이 쓰고 있고, "–께 다", "–듯싶다" 등의 추측을 나타내는 서술어를 많이 쓰고 있는 것도 같은 이유다. 또 의문형의 서술어를 많이 쓰는데, 이는 그가 단정적으로 판단을 내리지 못하는 성향의 일단이다. 그는 언제나 서술자의 판단을 유보시키면서 독자와 더불어 생각하는 문장을 쓰고 있다. 이러한 문체적 특성은 그의 문학적 행적과도 관련이 있는 것으로 판단된다. 그는 결코 이념의 문학을 생각하지 않았으며, 일관된 사상을 그의 문학 속에서 표현하려고도 하지 않았다. 그 대신 그는 문학적 진실을 위해서 글을 썼던 것이다. 그것은 닫힌 언어보다 열린 언어를 통하여 그의 문학적 진실을 표현하고자 하는 데서 드러내고 있다.

이어령의 문체

1. 서론

글과 말을 함께 잘하는 사람은 드물다. 말을 잘하는 사람에게 글을 부탁하면 대개의 경우 그의 말만큼 재미있는 글을 쓰지 못한다. 반대로 글을 잘 쓰는 사람에게 강연을 부탁하면 그의 글에 값하는 말을 하지 못하는 경우가 많다. 물론 필자는 말 잘하는 사람이라든지 글 잘하는 사람이란 뜻을 별 내용도 없이 일사천리로 말을 이어간다든지, 닥치는 대로 잘 쓴다는 뜻으로 말하는 것은 아니다. 훌륭한 글과 말을 동시에 잘할 수 있는 능력을 가진 사람을 가리키는 뜻이다. 이어령은 그야말로 이 양쪽의 능력을 동시에 겸비한 희귀한 능력을 가진 사람이다. 25세부터 문필 생활을 시작했다고 하더라도 그는 장장 45년 간 다양한 장르의 글을 쓰고 다양한 주제의 대중강연을 할 때마다 대단한 바람을 일으킨 것만 보아도 알 수 있다. 독자의 심금을 울리고, 청중의 마음을 사로잡는 그 비결은 무엇일까? 분명히 그것은 이어령만이 가지고 있는 탁월한 재능이다. 이병주는 그를 가리켜 겹시각의 왕재라고 표현했지만, 사물을 꿰뚫어보는 예리한 통찰력이 그 재능의 핵심에 자리하고 있기 때문이라고 말하고 싶다.

필자는 그가 문필생활을 시작한 때부터 애독자의 한 사람으로서 그의 글을 탐독한 편이지만, 30대 이후부터는 이런저런 연유로 하여 비교적 가까운 거리에서 그를 지켜보았다. 대체로 천재라고 하는 사람들을 멀리서 볼 때는 감탄을 하지만, 가까이에 가서 보면 그 감탄은 사라진다. 그러나 이어령만은 다르다. 그의 천재적 발상에 늘 감탄을 금치 못하기 때문이다. 필자는 그의 벗들과 함께 그의 지방 강연에 동행한 적이 몇 번 있었다. 강연할 내용을 이미 알고 있는 터라 강연장에서는 당연히 흥미를 잃을 만하다. 그러나 전혀 그렇지 않았다는 사실은 무엇을 의미하는가? 그의 호소력은 강연의 내용만이 아니라, 그 내용을 어떻게 말하느냐에 크게 의거한다는 사실을 말하는 것이다. 말이나 글의 'what' 이 아니라, 'how' 가 문제라면 그것은 바로 'style' 의 문제인 것이다.

그의 고백에 의하면, 장안의 유명한 관상가가 그에게 말하기를 "당신은 말과 글을 동시에 잘하지만, 그래도 어느 쪽이 더 나으냐고 묻는다면 말이오." 라고 했다는 것이다. '사물을 꿰뚫어보는 예리한 통찰력' 이 그 재능의 핵심에 놓여 있다고 말했지만, 그것이 단적으로 드러나는 곳이 바로 '상황을 판단하는 센스' 라고 할 수 있다. 로만 야콥슨의 'communication' 의 구성요소로 말한다면, 'context' 의 파악이 빠르다는 것이다.[1] 어떤

---

1 Roman Jakobson에 의하면 communication의 필수 구성요소를 다음과 같이 도시한다.

CONTEXT

MESSAGE

ADDRESSER......................................ADDRESSEE

CONTACT

CODE

한국 현대문학의 문체론적 성찰

상황이든지 그는 빠른 순발력으로 판단한다. 그리고 그 판단은 대체로 정확하다. 가령, 그는 강연장에 들어서는 순간어 직감으로 청중이 어떤 상태에 있는지 무엇을 요구하는지 파악한다.[2] 글에 있어서도 마찬가지다. 상황이 요구하는 것이 무엇인가를 그는 정확하게 알고 있는 것이다. 그래서 필자는 그를 가리켜 '상황 문체의 마술사'라고 부르고 싶은 것이다.

필자는 문체를 형성시키는 요인에 의하여 네 가지 개념의 문체를 제시한 바 있다. 1)언어 환경에 의해 결정되는 문체, 2)주제, 장르, 혹은 기타 형식에 의하여 결정되는 문체, 3)수신자나 상황에 의하여 결정되는 문체, 4)작가의 품성에 의하여 결정되는 문체로 말이다.[3] 본고에서는 3)의 관점에서 관찰된 문체의 개념을 4)의 관점에서 보는 문체까지 확장해서 접근하고자 한다.

수신자나 상황에 의한 문체라고 했지만, 수신자와 상황은 물론 구별되어야 한다. 수신자는 발신자의 메시지를 받는 구체적인 대상이고, 상황은 작가가 글을 쓸 때 고려해야 할 형편이다. 따라서 양자 모두 그의 문체를 결정해 주는 가장 근거리의 요인이 되는 셈이지만, 상황은 보다 넓은 의미의 포괄성을 가지고 있다. 어떻게 보면 수신자는 상황을 만들어주는 한 요인에 불과할지 모른다. 그렇지만 상황을 만드는 요인으로 비중이 크기 때문에 분리해서 말한 것이다. 어쨌든 독자나

「Linguistics and Poetics」, 『*Essays on the Language of Literature*』, Houghton Mifflin Co, 1960, p.299.

2 그의 고백에 의하면, 청중이 그를 낭패시킨 일이 몇 번 있었다고 한다. 안동 사람들의 어떤 종친회로서 체육관 같은 곳에서 있었던 모양이다. 이런 곳에서는 청중과 우선 'contact'이 이루어지지 않았으니 그로서도 어쩔 수 없는 상황이다.

3 김상태, 『문체의 이론과 해석』, 집문당, 1982, 48~54쪽.

상황은 필자의 문체를 결정시켜 주는 중요한 요인이 된다. 상황은 당장 눈앞에 있는 독자만이 아니라, 이전의 독자들, 더 나아가서 사회 상황, 문학 조류 등 복합적 요인에 의해서 형성된다. 또 상황은 필자와 독자가 그 속에 함께 있으면서 영향을 받기 마련이다. 수신자에 의해서 형성되는 문체는 상황에 의한 것보다 직접성을 갖는다. 가령, 강연에서의 수신자, 즉 청중을 생각해보면 그것은 자명해진다. 청중에 따라 어떤 말투, 어떤 수준으로 이야기할 것인가를 화자는 결정해야 하기 때문이다. 강연만큼 현장성을 가지고 있지는 못하지만 글에 있어서도 독자는 필자의 문체를 결정하는 데 중요한 요인으로 작용한다.

어떤 필자이든 그가 속해 있는 상황에 영향을 받지 않고 글을 쓰는 필자는 없다. 그러나 작가(시인, 소설가, 극작가 등 창작 예술가)는 상황에 촉발을 받아 글을 쓰기는 하지만, 주제나 형식에 더 구애를 받기 때문에 그의 문체를 형성하는 데 상황은 간접적인 요인이 된다. 그러나 평론가의 경우는 다르다. 글의 형식보다는 독자나 상황이 그의 문체를 결정하는 데 더 직접적인 영향을 준다. 상황에 촉발을 받아 글을 쓰는 경우를 우리는 두 가지로 생각할 수 있다. 잘못된 상황을 광정(匡正)해야겠다는 의지가 담긴 경우와 현존의 상황을 고양, 촉진시키기 위하여 쓰는 경우가 그것이다. 전자는 비판적인 태도를 견지할 것이고, 후자는 우호적인 태도를 견지할 것이다.

독자 또한 특정한 독자와 일반적인 독자로 나누어서 생각해볼 수 있다. 특정한 독자란 그 글을 읽어줄 구체적인 독자, 즉 고유명을 가지고 있는 어떤 독자를 말한다. 반면에 일반적인 독자는 문인은 물론, 일반 대중의 독자, 독서 가능한 모든 독자를 가리킨다. 필자가 특정한 독자를 지칭하고 글을 쓰는 것처럼 보지만, 내심으로는 일반 독자를 향해 쓰는 수도 있고, 반대로 일반 독자를 향해 쓰는 것처럼 보이지만 내심

특정한 독자가 읽기를 원해서 쓰는 경우도 있다.

독자나 상황에 의하여 결정된 이어령의 문체를 살펴보려는 것이 본고의 의도다. 문체를 형성하는 데 전자는 구체적으로 드러나지만, 후자는 여러 요소들이 복합적으로 작용하기 때문에 다소 모호하다. 양자다 필자가 그의 문체를 결정하는 데 필수적으로 고려할 요소라는 점에서는 같다. 먼저 상황에 의하여 형성된 문체를 살펴 본 후에 독자에 따라 형성된 문체를 살펴보기로 하자.

2. 도발의 상황과 탐색의 상황

이어령은 1956년 「현대시의 Umgebung와 Umwelt-시 비평방법서설」이 『문학예술』지에 추천됨으로서 문단에 정식으로 데뷔한 셈이지만, 그 이전에 이미 소설 「幻想曲」(『예술집단』 1, 1955)과 「마호가니의 계절」(『예술집단』 2, 1955) 등을 발표한 바 있다. 그러나 그를 유명하게 만든 것은 역시 문단을 들끓게 한 도발적인 평론이다. 등단하기 몇 달 전에 발표된 「偶像의 誕生-문학적 혁명을 위하여」나 「나르시스의 虐殺-이상의 시와 그 難解性」 등은 기성 문단에 일대 충격을 준 것이다. 앞의 글은 우리 문단의 대가였던 김동리와 이무영, 그리고 시인 조향을 향하여 비판을 가한 글이고, 뒤의 것은 평론가이면서 『현대문학』지의 주간으로서 문인들에게 큰 영향력을 갖고 있던 조연현 씨의 글에 대하여 비판을 가한 글이다. 이후 많은 기존문인들의 작품이나 글을 비판함으로써 결과적으로 그들과 논쟁을 벌이게 되었는데, 이를 계기로 해서 이어령은 그의 문학적 관점을 더욱 뚜렷하게 밝히고 있다. 논쟁의 파트너로서는 김동리, 조연현, 염상섭, 이형기, 정태용, 김우종, 서정주, 김수영, 송욱 등이다. 논쟁이 있을 대마다 문단에 적지 않은 반향을 불러 일으켜 그를 단번에 유명하게 만들었다. 그의 글은 당사자들인 문인뿐만 아니라, 문학적 취향을 가진 일반 독자들에게도 강한 호소력을 지니고 있어서 광범위한 독자의 밭을 일구는 데도 큰 역할을 한 셈이다. 그것은 그의 문체가 지니고 있는 힘 때문이다. 명쾌하고 신랄하고, 통렬한 문장의 조사(措辭), 다양한 수사법을 구사한 호소력 등은 그 이전에 누구도 갖지 못한 그만의 문체였다.

> 가) 1950년대─또다시 아이코노클라스트의 깃발은 빛나야 했다.
> 　무지몽매한 우상을 섬기기 위하여 그렇듯 고가(高價)한 우리 세대의 정신을 제물로 받치던 우울한 시대는 지났다.
> 　그리하여 지금은 금가고 낡고 퇴색해버린 우상과 그 권위의 암벽을 향하여 마지막 거룩한 항거의 일시(一矢)를 쏘아야 할 대다.
> 　고루와 편협을 자랑하는 아나크로니스트들의 가소로운 독백과 관중들의 덧없는 박수 속에서 '자기(自己)'와 '트릭'마저 상실해 버린 마술사의 비극을 조소한다. 눈도 코도 없는 그 공허한 우상의 자태─그것은 우리 사색(思索)의 선혈을 흠씬 빨아먹고 교만한 웃음을 웃는 기생충의 모습이다.
> 　　　　　　─ 이어령, 「우상(偶像)의 파괴(破壞)」(1956) 부분

> 나) 끝없이 되풀이하는 그 희극엔 이제 정말 염증을 느꼈다. 웃을 만한 힘도 사실 없다. 그런데도 지금 한국의 문단에는 기상천외의 곡예가 한창이다. 시인, 소설가, 평론가…거창한 레테를 붙인 마리오넷의 군상들이 제목도 없는 희극을 연출하느라고 좌충우돌 야단들이다. 버젓한 남자인 상트뵈브를 여사(女史)라고 한 번역가가 있는가하면 에로 그로를 실존주의라고 생각하는 수상한 평론가도 있다. 거기에 또 간통문학론, 애정 비평론, 범실존주의와 같은 신안(新案) 특허용어가 등장하고…그래서 우습다못해 눈물겨운 광경이 전개된다. (…중략…) 생맥주를 따른 컵에서 거품이 일어나는 것을 보고, 몹시 놀라더라는 것은 어느 토인(土人)에 대한 이야기다. (…중략…)

토인에게 있어서의 생맥주처럼 조연현씨에게 있어서 전통이란 하나의 '향토성'으로 간단히 간주된다. 조씨의 '민족적 특성과 인류적 보편성'이란 평론은 내용의 혼란과 논리의 모순으로 하여 로제타 스톤의 '금석문(金石文)'을 해독하기보다 어렵다.

— 이어령, 「토인과 생맥주」(1958) 부분

다) 한 나라의 피와 문화는 요술 지팡이로 하룻밤에 만들어진 성곽(城郭)이 아니다. 일본인이라고 그것을 모를리 없을 것이다. 그런데도 일본인들이 자기 문화에 가장 오랜 세월을 두고 영향을 끼쳐온 중국이나 한국을 통해 자기 특성을 조명해 보려고 한 예는 극히 드물다.

— 이어령, 「축소지향의 일본인」(1982) 부분

대체로 이 시기의 글은 참을 수 없는 우리 문단의 상황에 대하여 도발되어 쓴 글이거나, 아직도 迷夢에서 깨어나지 못하고 있는(적어도 그로서는 그렇게 생각되는) 문인들에 대하여 비판을 가한 글들이다. 앞의 두 글에서 보는 바와 같이 그는 논지에 들어가기 전에 비유로 시작한다. 우리 문단을 이끌어가고 있는 저명한 몇 분의 문인들은 아나크로니스트(시대착오자)라는 것이다. 그들은 우리 문단의 우상(偶像)이 되어 있고, 베이컨이 철학을 시작하기 전에 우상파괴부터 해야 한다고 주장하는 것처럼 미몽에 빠져 있는 그 우상들을 파괴하는 과제가 선결되어야 한다고 주장하고 있다. 뒤의 글은 전통이란 말을 바르게 이해하지 못하고 있는 조연현의 글을 비판하기 위하여 토인이 본 생맥주의 비유로 글을 시작하고 있다. 논쟁적인 글이니 당연히 논증의 형태를 취해야겠지만, 비유로 시작함으로써 논증이 흔히 취하는 직설법보다 그 효과가 월등히 높다.

그의 문단생활 초기에 해당하는 1956년부터 1960년 후반까지는 상황에 도발되어 쓴 글이 압도적으로 많다. 대표적인 것을 든다면, 「火田

民地帶-신세대문학을 위한 각서」(1957), 「우리 문화의 반성-신화 없는 민족」(1957), 「현대의 신라인들-외국문학에 대한 우리의 자세」(1958), 「작가와 저항-Hop Frog의 암시」(1958), 「흙 속에 저 바람 속에」(1963), 「지성의 오솔길」(1964), 「하나의 나뭇잎이 흔들릴 때」(1966), 「'에비'가 지배하는 문화-한국문화의 반문화성」(1967) 등이다. 이 시기 글을 대략 두 가지로 나누어 볼 수 있다. 수신자가 특정인으로 정해져 있는 경우와 그렇지 않은 경우가 그것이다. 앞서 든 글들이 대체로 전자라면, 수신자가 김우종으로 되어 있는 「바람과 구름과의 대화-왜 문학논쟁이 불가능한가」(1958), 김동리가 수신자인 「영원한 모순-김동리씨에게 묻는다」, 「못박힌 기독은 대답 없다」, 「논쟁과 초점」(1959), 김수영이 수신자인 「문학은 권력이나 정치 이념의 시녀가 아니다」, 「서랍 속에 든 '불온시'를 분석한다」, 「논리의 이론검증을 똑똑히 하자」(1968) 등이 후자의 예가 된다. 상황에 의했거나 수신자에 의했거나 도발을 받아 쓴 글은 그 어조가 신랄한 것이 특징이다. 아마 이 시기의 글을 읽은 사람들은 이어령을 문단의 싸움꾼으로 인식할지도 모른다. 문체 자체가 논쟁적이기 때문이다. 어조란 수신자와 전달할 메시지에 대한 필자의 태도라고 할 수 있는데 이 시기의 이어령의 태도는 대체로 전투적이었다. "저항", "분노" 등 이와 유사한 어휘가 많이 쓰이고 있는 것도 주목할 일이다. 따라서 논쟁적인 문체가 압도적으로 많이 쓰이고 있다.

수신자나 상황에 도발되어 쓰는 글의 형식은 대체로 (1)상황에 대한 비유(vehicle)+비유에 대한 본체(tenor)의 풀이+결어로 되어 있다. 위의 글에서 본다면 가)에서는 아이코노클라스트가 運器(vehicle)이고, 나)에서는 마리오넷이 운기이다. 본체는 가)에서는 김동리, 조향, 이무영이고, 나)에서는 조연현 등의 일군의 문인들이다. 대체로 담론(discourse)

도 논증(argument)의 형태를 취하고 있을 것은 당연하다. 대상이 되는 수신자나 상황은 잘못되었음을 논증해내는 것이다. 걸어는 여러 가지 형태로 나타난다. 가)에서는 반격이 올 것을 각오하고 있다는 것으로 말을 끝내고 있다. 나)에써는 대상이 되는 수신자를 야유함으로써 끝내고 있다.

이와는 달리 상황에 도발을 받아서 쓴 글이 아니라, 상황을 탐색하기 위하여 쓴 글이 있다. 「시인을 위한 아포리즘」, 「카타르시스 문학론」(1957), 「실존주의 문학의 길」(1958), 「불란서의 앙티 로망 ─ 새로운 소설 형식의 탐구」(1960), 「흙 속에 저 바람 속에」(1962), 「노래여, 천년의 노래여」, 「사랑과 여인의 풍속도」(1968), 「한국문학의 구조분석」(1974), 「축소지향의 일본인」, 「신한국인」, 「하이꾸 문학의 연구」, 「이것이 여성이다」(1986), 「나를 찾는 술래잡기」(1994) 등을 들 수 있을 것이다.

> 가) 실존주의적 사상은 17세기의 파스칼에게까지 거슬러 올라갈 수 있다. 그러나 이러한 사상이 문학적 경향으로 나타나서 하나의 주의를 형성하게 된 것은 20세기로 들어 선 후의 일이었다.
> — 이어령, 「실존주의 문학의 길」(1958) 부분

> 나) 밤과 낮은 하루를 대표하는 두 개의 얼굴이다. 이들은 서로 반동하면서 교체한다. 어둠에서 밝음으로, 밝음에써 어둠으로 (…중략…) 그래서 끊임없는 밤과 낮의 되풀이 속에 긴 시간이 그리고 하나의 역사가 전개된다.
> — 이어령, 「앙티로망의 미학」(1960) 부분

> 다) 한국 사람들은 흰옷을 좋아한다고 했다. 옛날 아주 옛날 부여 때부터 내려오는 풍속이라고 했다. 그래서 심지어 백의민족이란 말까지 생겼던 것이다. 어째서 하고많은 빛 가운데 흰색을 택하였을까? 또

우리는 정말 흰옷을 좋아했던 것일까?

　　　　　　　　　　　　　　— 이어령, 「백의시비(白衣是非)」(1962) 부분

라) 隱者의 마을, 그 情神의 마을은 인간계에서 가장 멀리 떨어진 곳에
　　있다. 그 隱者의 마을을 찾아가려고 하는 사람이 있다면 그는 지도를
　　찾아서는 안될 것이다. 결코 지도 위에 표기되어 있지 않은 자연 속에
　　그들은 숨어살고 있다. 다만 인적이 없는 곳, 가장 그윽하고 조용한
　　곳을 향하여 학과 桃花의 안내를 받아야 한다.

　　　　　　　　　　　　　　— 이어령, 「노래여, 천년의 노래여」(1968) 부분

바) 어쩌다 본 적이 있을 것이다. 낮잠을 자다가 문득 눈을 떴을 때 여름
　　햇살이 그물처럼 팽팽하게 퍼져 내리는 것을. 무수한 나무 이파리들
　　이 번쩍거리는 비늘을 세우고 꿈틀거리다가, 그 햇살의 그물에 걸리
　　는 것을 아니다. 이파리들만이 아니다. 그런 여름에는 모든 사물들이
　　물고기 떼처럼 헤엄치다가 투명한 그물코에 사로잡힌다. 바람까지도
　　그런 것이다.

　　　　　　　　　　　　　— 이어령, 「햇살에 그물에 걸린 여름 풍경들」(1968) 부분

　　위의 글들은 어떤 상황이나 수신자에 도발되어 쓴 것이 아니다. 설
사 상황이나 수신자에 의해 촉발 받은 바가 있다고 하더라도 그것은
어디까지나 모티브에 불과하다. 이에 준하는 글을 두 가지로 나누어
볼 수 있는데, 하나는 상황의 이해를 위해 쓴 글과 다른 하나는 상황에
서 어떤 의미를 찾아내려는 글이다. 앞의 글은 어떤 텍스트에 근거해
있거나 그 방면의 전문가들의 이론에 의거되어 있는 반면에 뒤의 것은
이어령 자신의 치밀한 분석과 풍부한 상상력이 더해진 글이다. 글의
제목만 보아도 대체로 짐작할 수 있듯이 우리가 흔히 무심히 보아 넘
겨버릴 대상들을 예리한 촉수로 포착해서 의미를 부여하는 것이다.

　　가)는 연문체(軟文體)로 된 논문의 서두를 연상시킨다. 50년대 후반은

실존주의가 전 세계의 문학계를 휩쓸던 시대인 만큼 한국도 예외는 아니었다. 이 글은 자신이 이해한 실존주의와 문학과의 관계를 밝힌 글이다. 나)는 제목 그대로 프랑스에서 시험되고 있는 앙띠 로망의 소설형식을 이해해서 한국문단에 알리고자 하는 목적에서 쓰인 글이다. 이 소설의 미학을 설명하기 위하여 "교사로서의 예술과 창부로서의 예술"예로 들고 있는데 이는 설명(exposition)의 담론을 쓰면서도 비유를 통하여 이해시키려는 그의 독특한 방식의 한 예다. 다)는 그가 이른바 '한국문화의 탐구'로 눈을 돌리면서 쓰기 시작한 글 중의 하나다. 이 글의 서두는 "한국사람들은 흰옷을 좋아한다고 했다. …… 우리는 정말 흰옷을 좋아했던 것일까?"로 되어 있다. 전제를 던지고 그 전제에 대한 의문을 나타내면서 분석, 탐구하는 형식이다. 예의 글은 단락이 그렇게 되어 있지만, 글 전체가 이런 형식으로 되어 있는 글이 많다. 전제는 중립적인 상황이다. 상황에 의문을 나타내고 그 의문을 요리조리 따져본 뒤에 탐색한 결과를 내어놓는 형식이다. 라)는 텍스트를 분명히 제시하고 있다. 『악장가사』와 『청구영언』이다. 이 글들은 그가 우리의 고전 작품을 재해석하면서 쓴 글들이다. 초기의 글들과 비교한다면, 같은 필자의 글로 단정하기가 어려울 정도로 낮고 조용한 톤의 글이다. 라)는 그가 『문학사상』의 주간으로 있으면서 그 권두언으로 쓴 짤막한 글 중의 하나다. 후에 『아포리즘』이라는 제하에 편집되어 있다. 글의 형식은 「흙 속에 저 바람 속에」와 유사하지만, 보다 정감적이다. 상황을 의식하기보다 짧은 글 속에 시적 상상력이 가장 많이 돋보이는 글들이다.

3. 지식인 독자와 대중 독자

이어령이 술회한 바에 의하면 그가 일본으로 강연 초청을 받아 갔을 때 이런 일이 있었다는 것이다.[4] 먼저 미쓰비시 회사의 대강당에서 일 반사원(2,000명 정도로 추산)을 상대로 강연을 한 후에, 같은 날 동경 대 교수들을 상대로 강연을 했다. 미쓰비시의 강연은 그 특유의 재담 을 섞어가면서 청중을 웃기고 울리며 완전히 사로잡았던 것 같다. 그 러나 동경대에서는 그런 스타일로 강연을 해서는 안 되겠다고 판단했 다는 것이다. 내용도 물론 다른 것이지만 (보다 전문적인 것이 되어야 할 것으로 생각된다.), 말하는 방식이 또한 달라져야 한다고 생각했다. 대중 앞에서처럼 너무 유창해도 안 될 뿐 아니라, 대중적인 재담은 오 히려 거부감을 줄 수도 있다. 그래서 그는 아카데믹한 자세를 취하기 로 했다. 내용을 치밀하게 분석하면서 결과를 신중하게 제시했다. 하 이 톤이 아니라, 로우 톤으로 차분하게 문제를 풀어가는 방식을 취했 다. 때로는 고의로 약간 더듬거리면서 말하기도 했다.

그는 이처럼 말을 하든 글을 쓰든 수신자를 철저히 의식한다. 상황 판단에 천부적인 재능을 갖고 있는 것이다. 동경대학 총장은 이 양쪽 의 강연장에 다 가서 경청했던 모양이다. 강연이 끝난 다음 회식 자리 에서 식사를 하지 않고 이어령을 뚫어져라 쳐다보고 있었다는 것이다. 그 연유를 물었더니 말하기를, 미쓰비시에서의 이어령과 동경대학에 서의 이어령은 전혀 딴 사람이었으니 어찌 된 일이냐고. 당신 나라는 몇 백 년 동안 칼로 싸운 역사였지만, 한국은 조선조 5백 년을 말로 싸 운 역사 아닌가요, 라고 대답했더니, 총장은 "과연" 하고 고개를 끄떡 이었다는 것이다. 어떤 청중인가에 따라 그의 말하는 방식은 달라진

---

4 『축소지향의 일본인』이 일본의 독서계를 강타한 이후 이어령에게 일본 각계에서 강연 요청이 많았다. 이 중에는 문화계뿐 아니라, 거대한 기업에서 일반사원을 상대하여 강연을 해 달라는 요청도 적지 않았다. 이 이야기는 그에게 직접 들은 바지만, 필자의 말투로 바꾼 것이다.

다. 그의 강연이 성공하는 이유도 거기에 있다. 청중에게만큼 민감하게 반응하는 스타일은 아니지만 분명히 독자에 따라 다른 스타일을 갖고 있다. 그것을 우리는 지식인에게 말하는 방식과 일반 대중에게 말하는 방식을 생각해 보기로 하자.

이어령만큼 광범위한 독자를, 그리고 장기간의 독자를 가지고 있는 작가는 아마 없을 것이다. 필자가 기억하기로는 해방 후 몇몇 인기 있었던 저자가 있었다. 그와 비슷한 장르의 글을 써서 상당한 인기를 끌었던 L씨, A씨가 있었던 것으로 기억된다. 이어령만큼 광범위한 독자층을 형성하지 못했을 뿐 아니라, 그만큼 장기간에 걸쳐 꾸준한 독자층을 형성하지 못했다. 그는 이른바 하이 브로우의 독자에서부터 일반 대중의 풀뿌리 독자에 이르기까지 넓은 독자층을 가지고 있다. 그럼에도 불구하고, 우리는 그의 글을 읽어줄 주된 수신자가 어떤 계층인지, 어느 정도의 수준에 있는 사람인지, 어떤 취향의 사람들인지 구별할 수 있다. 글을 쓰는 그도 분명히 그것을 의식하고 있는 듯이 보인다. 물론 수신자의 그룹을 칼로 도려내듯이 분명하게 구별해낼 수는 없다. 왜냐하면, 독자층 자체를 분명하게 선을 그어서 갈라낼 수 있는 것은 아니기 때문이다. 그래서 그가 의식한 독자층을 감안해서 지식인 독자를 주 대상으로 한 글과 일반 대중을 주 대상으로 한 글이 어떻게 다른 스타일을 갖고 있는지 생각해 보기로 한다. 여기서 우리는 주 대상과 종 대상이 동전의 안팎처럼 함께 공존한다는 사실을 기억해야 한다. 즉 주 대상을 향해 말하고 있는 듯이 보이지만 사실은 종의 대상에게 말하는 경우도 있고, 그 반대도 있는 것이다.

A 그룹

가) 한국인의 유흥은 곧 노래를 부르는 것이다. 술집이고 잔칫집이고 어디에든 사람들이 모여서 논다 싶으면 으레 노랫소리가 흘러나온다. 겉으로 보기엔 조금도 이상할 것이 없다. 그러나 자세히 관찰하면 한국이 아니고서는 도저히 찾아보기 힘든 진경(珍景)이다.

노래라고 하는 것은 직업 가수가 아닌 이상 즉흥적으로 부르게 마련이다. 더구나 여러 사람이 모여 놀 때 흥에 겨우면 절로 합창이 터져 나오는 것이 보통이다.

그런 면에서 인간은 개구리와 닮은 데가 잇는 것이다. 그런데 우리의 경우에는 그렇지를 못하다. 이상스럽게도 노래를 권유한다.

— 이어령, 「누구의 노래냐」 부분, 『흙 속에 저 바람 속에』(1962)

나) 남자가 흘리는 눈물은 아무리 점수를 후하게 주어도 그것을 진주나 다이아몬드의 물이라고 표현할 수 없을 것이다. 남성의 눈물은 아름다움이 아니라 그 얼굴을 추악하게 만든다. 하지만 여자에게 있어서 눈물은 훌륭한 장신구의 구실을 한다. 목은 목걸이의 보석으로, 손에는 반지의 보석으로, 귀는 귀걸이의 보석으로 장식한다. 눈물은 목걸이이나 반지나 귀걸이처럼 눈을 장식해 주는 천연의 보석인 것이다.

— 이어령, 「땀과 눈물」 부분, 『이것이 여성이다』(1986)

다) 나는 기업문화에 대하여 강연을 할 때마다 우리의 옛날이야기 하나를 소개하곤 합니다. 관운장처럼 긴 수염을 기른 할아버지를 보고 어린아이 하나가 이렇게 물었다는 거지요. "할아버지는 수염이 그렇게 기신데 주무실 때에는 그것을 이불 속에 넣고 주무세요. 빼놓고 주무세요?" 할아버지가 막상 대답하려고 하니까 그 동안 어떻게 잤었는지 영 생각이 나지 않는 겁니다. 그래서 할 수 없이 오늘 밤 자보고 내일 가르쳐 주마고 약속을 합니다.

— 이어령, 「기업이란 무엇인가」 부분, 『그래도 바람개비는 돈다』(1992)

B그룹

라) 가령 중세기의 시대적 환경을 E라 하고 그 시대의 인성을 P라 한다면 르네상스를 일으킨 인간 행위는 R라 할 수 있다. 만약 인간이 객관적 환경에만 지배된다면 E와 R만이 함수 관계에 있을 것이므로 르네상스의 저항 운동(人間의 自由)이 야기되지 않을지도 모르고, 반대로 인간의 행위가 인간의 감정적 주체적 소인에만 의한 것이라면 오늘날과 같은 메카니즘의 환경이 생겨 날 리 없을 것이다. 그 암흑기에서 벗어나려던 행동은 어디까지나 환경의 압력과 그 환경의 압력을 감수하는 주체자 즉 단순한 기계적 반응이 아니라 다른 무엇을 회강하려는 인간의 자유(중세기의 E와 P의 두 조건) 밑에 이룩된 것이라 할 수 있다.

— 이어령, 「비평의 기준」(1957) 부분

마) 크리스마스 카드 대신에 이 편지를 씁니다. 빨간 색종이를 오려 붙인 것 같은 신비한 겨울꽃 포인세티어가, 실은 꽃이 아니라 이파리라는 사실을 알고 난 뒤부터, 크리스마스카드에 대한 환상이 깨져 버렸기 때문인지 모릅니다.

당신도 나와 똑 같은 경험을 했을 것입니다. 크리스마스를 지낼 때마다 그에 대한 환멸도 하나씩 늘어갑니다. 환상의 꺼풀이 한 겹씩 벗겨져 나가는 것입니다. 이 세상에는 빨간 망토에 방울 달린 모자를 쓴 쌘터크로즈가 존재하지 않는다는 것을 알고 난 뒤부터 우리들은 조금씩 어른이 되어 갔기 때문입니다.

— 이어령, 「사랑과 고통의 의미」 부쿤, 『떠도는 자의 우편번호』(1986)

바) 5월이었을 것이다. 감꽃이 뚝뚝 떨어지고 있었으니까. 바깥뜰에서 나는 감꽃을 주워서 목걸이를 만들고 있었다. 노랗고 파란, 그리고 말랑말랑한 그 감꽃을 하나하나 실에 꿸 때의 촉감. 그것이 바로 5월이었다.

"야, 그것 멋진 목걸이구나."

나는 흠칫 놀라서 뒤를 돌아다보았다. 검은테 안경을 쓴 약장수가 북을 툇마루에 내려놓으면서 그렇게 말했던 것이다.

— 이어령, 「악기와 사상가」 부분, 『하나의 나뭇잎이 흔들릴 때』(1987)

이어령의 문체

얼핏 보기에는 A그룹과 B그룹이 별로 차이가 없는 듯이 보인다. 그러나 자세히 관찰해 보면 수신자가 다른 것이다. A는 일반 대중에게, B는 그에게 귀를 기울일 만한 소수에게 말하고 있는 것이다. 가)는 한국인의 특질을 이야기하면서 노래를 권유하는 한국인들의 습성을 말하고 있다. 나)는 남성과 여성의 차이에 대하여 이야기하고 있다. 다)는 기업인들을 모아놓고 강연한 내용을 글로 쓴 것이다. 경어체를 쓴 것은 거의 강연체 그대로라는 뜻이다. 가)와 나)보다 쉽게 풀어서 이야기하는 것을 볼 수 있다. 내용도 일반인 누구나 공감할 수 있는 그런 것이다. 대체로 비유나 예화로 시작해서 그것을 설명하는 것으로 강연은 전개된다.

B그룹은 분명히 일반 독자를 대상으로 해서 하는 말이 아니다. 그 방면의 소수의 독자, 그 방면에 관심을 두고 있는 사람을 수신자로 상정해서 말하고 있는 것이다. 라)는 비평의 기준이 무엇인가에 대해서 말하고 있다. 일반 대중이 읽기에는 난해하기도 하거니와 별로 흥미를 느끼지도 못할 것이다. 한국의 문학이 제대로 확립되지 못한 시기에 비평가들의 무원칙한 비평을 비판하면서 가능한 객관적인 기준을 마련해 보려는 의도에 의해 쓰인 글이다. 설명을 기호로 나타낸 곳이 많은데 가능한 주관적 판단을 배제해서 객관성을 확보하려는 의도로 보인다. 건조한 문체도 문체려니와 일반 독자가 읽기에는 난삽하고 재미가 없다. 마)는 문면에 나와 있는 것처럼 어떤 독자에게 쓰는 편지 형식의 글이다. 표면으로는 단 한 사람의 독자를 향하여 쓰고 있지만, 많은 대중의 독자를 의식하고 있음이 분명하다. 바)는 이어령의 '자전적 인생론'이라는 부제로 출판한 책의 한 대목이다. 소설과 수필의 중간쯤에 해당하는 글이다. 분명히 일반 대중이 아니라 특정한 독자를 의식하고 쓴 글이다. 성장하면서 자기 주변에서 보고 느낀 대상을 섬세

한 감각으로 펼쳐 보이고 있다. 일상에서 흔히 지나쳐버릴 작은 사건을 의미 있는 인생의 한 경험으로 받아들이면서 음미하고 있다. 이와 같은 미세한 움직임, 즉 '하나의 나뭇잎이 움직일 때' 생기는 인생의 의미는 소수의 예민한 감각을 지닌 사람만이 공감할 것이다.

이 두 다른 그룹을 향한 문체는 수신자의 취향과 지적 수준을 의식하면서 거기에 따라 이루어진 것이다. 그러나 주목할 것은 수신자를 언제나 이중으로 보고 있다는 것이다. 소수가 전면에 나와 있으면 그 뒤에는 대중이, 대중이 전면에 나와 있으면 그 뒤에서 지켜보고 있는 엘리트를 동시에 보고 있다는 사실이다. 그의 글이 언제나 대중과 엘리트로부터 동시에 환영받고 있는 비결은 이어령이 은유를 생산하는 이치와 같다. 그 뒤에는 높고 치밀한 전략이 숨어있는 것이다.

A그룹의 글은 서사적(narrative), 논증적(argumentative)인 글을 쓰고 있는 반면에, B그룹의 글은 대체로 묘사적(descriptive), 설명적(expositive)인 담론(discourse)을 쓰고 있다. 묘사와 서사가 다른 점은 전자가 사물을 공간적으로 보고 있음에 비하여 서사는 시간적으로 보고 있다는 점이다. 즉 전자는 공간의 담론이 핵심을 이루는 데 비하여 후자는 시간이 그것을 대신하고 있다. 논증이 상대의 의도를 돌려 자기의 의도에 따르도록 하는 담론이라면, 설명은 독자의 이해를 돕는 데 목적이 있다. 『흙 속에 저 바람 속에』, 『이것이 여성이다』, 『그래도 바람개비는 돈다』, 『신한국인』 등이 주로 전자의 담론에 의거했다면, 『떠도는 자의 우편번호』, 『하나의 나뭇잎이 흔들릴 대』, 그리고 『문학사상』의 권두언으로 연재했던 단편의 글은 후자의 담론이 우세한 글이다.

4. 여성 독자와 남성 독자

반드시 그 내용에 의해서가 아니라, 그 문체에 의해서 남성이 좋아하는 필자와 여성이 좋아하는 필자가 다를 수 있다. 그러나 이 점에 대해서는 아직도 조사된 바가 별로 없는 듯하다. 이어령의 독자층에 남성이 많을까, 여성이 많을까 생각해 보는 것은 흥미 있는 일이다. 조사를 못해보았으니 알 수 없으나, 엇비슷하지 않았을까 생각한다. 60년대와 70년대는 10대 소녀들에 의하여 흔히 베스트셀러가 좌우되었다고 해도 과언이 아니다. 베스트셀러를 만든 다른 작가와는 달리 이어령은 20대의 젊은 남녀 대학생이나 갓 사회생활을 시작한 직장인들에게 인기가 있었다. 당시의 30대 이상은 사실상 특별한 경우를 제외하고는 독서 인구에서 제외해도 상관이 없을 것이다. 이런 점을 감안한다면 이어령의 것은 엘리트층에 의하여 만들어진 베스트셀러라고 할수 있다. 그럼에도 불구하고 그 엘리트의 뒤에 대중독자가 없었다면 베스트셀러가 이루어질 수 없었을 것이다.

이제 그가 글을 쓸 때 구체적으로 수신자가 남성인가 여성인가를 생각해 보고자 한다. 대체로 수신자가 유표화(marked)되지 않으면 남녀성을 초월한 중성적 독자라고 할 수 있다. 그러나 예민한 필자라면 주된 수신자가 어느 쪽인가를 상정하지 않을 수가 없다. 50~60년대에 있어서 베스트셀러들은 주(主) 수신자가 여성으로, 종(從) 수신자가 남성으로 되어 있는 경우가 많았다. 이와는 달리 이어령은 분명히 주된 수신자를 남성으로 의식하고 문필생활을 시작하고 있음을 본다. 전투적이며 논쟁적인 문체가 압도하고 있음이 그것을 증명한다. 명쾌하면서도 신랄하고, 분석적이면서도 통렬한 그의 문체에 박수를 보낸 사람들은 대체로 남자 대학생들이었을 것이다. 그럼에도 불구하고 종 수신자가 되어 있는 많은 여성 독자를 절대로 무시할 수가 없다. 『흙 속에 저 바람 속에』에 오면 그 주종의 우위를 구별하기 어렵게 되어 있다. 이어령에게 있어서 특별히 여성 수신자를 상정해 본 것은 다음과 같은 이유에서다. 30대 초반부터 그는 거의 40년간을 여자대학에서 봉직하고 있었고, 또 봉직하면서 입학 초년생에게 오리엔테이션이 되는 대규모 강의를 누구보다 많이 했다. 물론 재학생을 대상으로 한 강연도 많았지만.

페미니즘의 이론을 누구보다 일찍이 수용하여 그의 실천비평에 적용하고 있다는 점이다. 또 하나의 다른 이유를 더 든다면, 수신자의 반응을 민감하게 받아들이는 그의 예민성을 치지도외(置之度外)할 수 없다는 것이다. 여성들은 대체로 남성들보다 필자의 언술을 민감하게 받아들인다. 그 표현도 즉각적이다. 여성 청중과 남성 청중을 생각해 보면 그것은 자명해진다. '어머!' 라든지, '아이!' 라는 감탄사를 남성보다 자주 발하는 것이 여성 청중이다. 요컨대 여성 수신자가 더 민감하게 반응한다는 뜻이다. 청중 앞에 말한 횟수(강연과 수업을 가리지 않는다면)로 따진다면 단연 남성보다 여성 쪽이 많았을 것이다. 그뿐 아니라 반응이 느린 수신자(독자)보다 반응이 빠른 수신자에 더 신경이 가는 것은 발신자의 공통된 성향일 것이다. 이런 점을 감안할 때 수신자와 상황의 적용에 누구보다 민감한 이어령이 무심하게 지나쳤을 것이라고는 생각되지 않는다.

　　가) 여성들이 남성들보다 더 많은 관심을 갖고 있다는 사실은 곧 호도 속보다 호도 껍데기에 더 집념하고 있는 그 성격의 한 단면을 상징하고 있는 것이라 해도 빰맞을 소리는 아니다. 아니 그렇다 해서 여성을 비난할 처지도 못된다. 본질보다 외형을 더 소중히 생각하는 인간소외의 시대, 그것이 지금 우리가 표류하고 있는 현대문명의 조류가 아닌가? 정치도 문화

도 속보다 의상에 집착하는 여성화(女性化)속에서 한 대목을 단단히 누리고 있는 셈이다.

—이어령, 『이것이 여성이다』(1986) 부분

나) 그것은 어두운 그늘 속에서 퇴색하고 있는 물건은… 그것은 무엇이었을까? 먼지처럼 묻어있는 매캐한 그 냄새는… 그리고 무엇이었을까? 낡은 사진첩에서 먼 옛날 죽어버린 사람들의 얼굴을 찾아냈을 때 같은 그 서글픈 놀라움은… 아! 그것은 무엇이었을까? 수채 구멍과 같이 역겹고, 폐가(廢家)처럼 적적하고 시효(時效) 넘은 증서와도 같고, 해진 모닝코트 자락에서 떨어진 나프탈렌 같고, 추녀 밑에서 녹슬어가는 풍경(風磬)같고, 삭아서 끊어진 구두끈 같고, 입김이 새어버리는 낡은 호루라기 소리 같은 그것은 대체 무엇이었을까? 사라져버리는 사물에의 감각은, 폐품의 퇴적 같은 생활은, 그 애수(哀愁)는 어디에서 오는 것인가?

— 이어령, 「잃어버린 물건들」 부분, 『하나의 나뭇잎이 흔들릴 때』(1987)

다) '노(の)'의 중복으로 공간을 수축해 가는 시적 이미지가 실용적 기물에 나타나게 되면 일본인의 이레꼬(入籠)문화가 된다. 여기 상자가 하나 있다 하자. 그것을 '노'로 연결해 보면 '상자의 상자의 상자의……'가 될 것이다. 그것은 상자 속에 상자가 있고 그 안에 또 그보다 작은 상자가 들어가는 이레꼬 상자의 형식이다. 수십 개의 상자라도 점점 작게 만들어 순서대로 하나하나 넣어 가면 '상자 하나'에 모두 들어갈 수 있다. 일본에는 대소(大小)의 순서대로 집어넣을 수 있게 만든 이레꼬 솥(入籠鍋)도 있고 보통 7개가 한 세트로 된 이레꼬 화분(入籠鉢)도 있다.

— 이어령, 『축소지향의 일본인』(1982) 부분

라) 우리나라는 편리하게도 개인 속도를 한눈으로 측량할 수 있는 기회가 많은데 그 중의 하나가 애국가가 울릴 때이다. 길거리 같으면 오후 다섯 시 국기 하강식이 있을 때, 극장 같은 곳이라면 영화가 상연되기 직전 장엄한 애국가가 울려 퍼지는 바로 그 순간인 것이다. 사람들은 하던 일을 멈추고 일제히 서서 애국가가 끝날 때까지 기다린다. 기다리기보다, 정직한 표현으로 하자면 참고 서 있는 경우가 많은 것 같다. 그런데 국기에 대

한 존경심이든 마지못한 참을성이든 간에 그것은 애국가의 한 소절을 다 채우지 못하고 무너져간다.

대개는 '길이 보전하세'의 '길이'에서 움직이고(조급지수가 제일 높은 사람이다) 다음에는 '보전'의 대목, 그리고 가장 굼뜬 사람이라 해도 '하세'에 이르러서는 이미 다른 행동으로 옮겨져 있다. <u>권총을 빼어 결투를 하는 황야의 총잡이도 아닌데 초 단위 이하로 움직이는 것이다. 그래서 '길이 보전하세'라는 우리 애국가의 끝 소절은 무언을 당하듯이 늘 길이 보전하지 못한 것이다.</u>

— 이어령, 「누가 더 빠른가?」 부분, 『신한국인』(1986)

위의 예문에서 보면 가)와 나)의 수신자가 여성이 앞에 나와 있고, 남성이 그 뒤에 서 있는 것으로 생각된다. 다)와 라)는 그 반대로 되어 있다. 가)는 책의 제목이 『이것이 여성이다』라고 여성을 소재로 해서 쓴 글만 모은 것이다. 여성의 형태를 야유하는 듯한 목소리가 있을 때는 수신자가 오히려 남성이 아닌가 하는 느낌도 없지 않지만, 머리말에서 필자가 밝힌 것과 같이 여성을 수신자로 쓴 글이다.

그의 화술처럼 '여성들을 욕한 것도 아니며, 추어올린 것도 아니'고, '현대 문명의 한 성격을 진단한 글'이라고 생각되지만, 여성의 비위를 거스르지 않겠다는 배려가 깔려 있는 것은 부인할 수 없다. 여성의 약점을 꼬집다가도 종당에는 그 약점을 장점으로 반전시키는 글이 많다. 밑줄 친 부분은 여성 독자를 의식한 단적인 표현의 하나라고 생각한다. 나)는 마루 밑에서 발견된 낡은 외짝 장화를 보고 느낀 대목이다. 이 느낌은 야콥슨이 말한 '시적 기능은 등가의 원칙을 선택의 축에서 결합의 축에 투사하는 것(The poetic function projects the principle of equivalence from the axis of combination)'이라는 예가 충실히 이행되어 있는 담론이다. 이와 비슷한 글을 그는 아포리즘이라는 저 하에 많이 썼다. 시라고는 말할 수 없지만, 대체로 야콥슨이 달하는 시적 기능을 가진 글들이다. 시적 기능을 가진 글들이 반드시 여성 수신자로 상정한 것이라고는 말할 수 없지만, 산문이 남성에 가까운 것이라면 시는 여성에 가까운 것이다. 왜냐하면 시는 이성보다는 감성의 촉발을 받아 쓰인 것이 많기 때문이다. 언어의 섬세성에 있어서도 그것은 여성성이 강하다.

이에 비하여 다)와 라)는 그 반대편에 서 있다. 다)는 한국이 아니라, 일본에서 히트한 저서다. 다른 어떤 저서보다 많은 증거가 제시되어 있다. 그때까지 그의 저서의 문체에서 감성이 압도하고 있다는 느낌이지만, 이 저서야말로 가능한 감정을 배제시키고, 이성에 입각한 추론을 전개한다. 가능한 함축적(connotative) 어휘를 삼가고 표시적(denotative) 어휘를 쓰고 있다. 종래에 흔히 보이던 정감적 어조를 삼가고, 냉정한 자세를 견지한다. 그의 메시지에 신빙성을 얻기 위함일 것이다. 그러나 이 저서가 통렬한 풍자(satire)에서 출발하고 있어서 그 전체적인 컨텍스트가 이 풍자의 영향을 받고 있음을 볼 수 있다.

풍자는 수신자가 여성이라기보다 남성을 향해서 발하는 경우가 많다. 라)는 산업사회에 본격적으로 진입하고 난 뒤의 한국인의 변한 모습을 서술한 글이다. 추론을 이성과 논리에 입각해서 전개하고 있는 것 같으나, 해학(諧謔)을 곁들이고 있는 것이 다)와 다르다. 밑줄 친 대목을 읽으면서 우리는 실소를 하지 않을 수 없다. 다)와 라)는 대상을 감성보다는 이성으로, 어사를 시적 혹은 그가 이전에 잘 쓰던 아포리즘과 같이 운용하기보다 산문적, 논증적으로 운용하고 있다.

5. 결론

이어령의 메시지만이 아닌, '청중과 독자의 마음을 사로잡는 그 비결'의 일단을 해명해 보겠다는 것이 필자의 출발이었다. 그러나 본고를 끝맺는 이 자리에 와서 보니 그것은 어림없는 생각이었다. 그가 쓴 글의 문체를 '상황과 수신자'에 의하여 분류해 보는 것으로 끝을 내고 말았다. 앞서 필자는 이어령을 가리켜 '상황 문체의 마술사'라고 했지만, 그는 언제나 상황에 민감하게 반응하면서 글을 썼고, 그때마다 적절한 문체를 채용하였다. 따라서 그것을 규명하는 일은 이어령의 문체를 밝히는 데 필수적인 작업이라는 확신에는 변함이 없다. 다만 그 저작의 분량이 엄청나고 매번 새로운 시도를 하고 있어서 짧은 기간 내에 그의 개성적 문체를 밝히는 일은 지난한 일이라고 생각된다. 이 글은 그의 문체를 밝히는 데 있어서 길을 가리키는 하나의 막대 구실을 했으면 하는 바람으로 쓴 글이다.

최인훈의 표현 미학

1. 문학화의 형식

　다양한 형태의 최인훈 소설을 읽으면서 소설이란 문학 장르를 새삼스럽게 뒤돌아보게 된다. 왜냐하면 여러 다른 형태를 취하고 있는 작품들을 한 묶음으로 소설이라고 부르고 있지만 과연 같은 장르에 묶어 둘 수 있을까 하는 생각이 들기 때문이다. 그만큼 소설이라는 장르는 다양한 형태의 글들을 포괄할 수 있다는 뜻도 되겠지만, 최인훈의 예술 정신이 살아 있다는 뜻도 된다. 아마도 최인훈 자신은 형식의 매너리즘에 빠질 수 없다는, 그래서 늘 문학의 형식을 쇄신해보려는 창작의 욕구 때문이라고 할지 모른다. 그 시도가 성공한 작품으로 결실을 거두었는지 못했는지는 잠시 미루어 두고라도 부단히 그런 시도를 하고 있다는 점만으로도 그의 창작의지를 높이 평가해도 좋을 것이다.

　소설은 서사적 사건과 행위의 기록이라고 흔히 말한다. 사건은 당연히 가시적인 것이니까 문제가 없다고 볼 수 있으나, 행위는 인물들의 행위를 말하는 것이므로 사고와 감정까지를 포함한다. 사고와 감정은 비가시적인 것이다. 따라서 사건이 없고 사고와 감정만을 기록한다면 서사물의 하나인 소설이라고 할 수 있을까 하는 의문이 든다. 물론 소설은 대체로 그 중간 어디쯤의 형식을 취하고 있다.

미술계에서는 흔히 구상과 비구상으로 나누고 있다. 구상은 현실세계에 있는 사물을 충분히 연상할 수 있을 만큼의 형태를 묘사한 그림을 말하고, 비구상은 형태상으로는 전혀 그렇지 못한 경우를 말한다. 소설에서도 이 구분은 그대로 적용될 수 있을 것으로 생각된다. 인물이나 배경, 플롯이 현실 세계를 재현시켜 주는 소설과 그렇지 않은 소설이 그것이다. 전자를 흔히 사실적 소설, 후자를 비사실적 소설이라고 구분한다. 혹은 의미의 영역은 다소 다를지라도 리얼리즘 소설과 모더니즘 소설로 구분하기도 한다. 대체로 작가들은 어느 한 쪽을 취하면 그의 문학세계는 그 노선을 따라 전개된다. 그러나 최인훈의 경우는 양쪽의 노선을 동시에 취하여 그의 문학세계를 펼쳐 보이고 있다. 그의 선배 격에 해당하는 사람을 든다면 박태원이나 이상으로 꼽을 수 있을 것이다.

앞서 필자는 최인훈이 다양한 형식으로 그의 소설 문학을 전개했다고 말한 바 있다. 그것을 우리는 어떤 경로를 통해서 파악해야 할까? 다음과 같은 키워드로 찾아볼 수 있을 것으로 생각된다. 첫째, 서술자의 입을 통하여 그는 우리 독자에게 말해야 한다는 사실, 둘째, 소재 혹은 제재를 우리가 살고 있는 이 세상뿐 아니라 저 세상 또는 고전 작품 속에서 취하고 있다는 사실, 셋째, 그의 소설 자체가 아이러니 혹은 패러독스로 되어 있다는 사실, 넷째, 그의 작품은 기존의 작품에서 패러디로 되어 있는 작품이 많다는 사실, 기타 고도한 수사법이 많이 통원되어 있다는 사실을 명심해 두어야 할 것이다. 이런 키워드를 통하

여 그가 전개시키는 문학 형식의 정체를 찾아볼 수 있을 것으로 생각
된다.

2. 서술자

문학과 지성사에서 발간한 최인훈 전집 7권 『총독의 소리』만 보아도
그의 서술자 목소리가 얼마나 다양하게 나타나고 있는가를 알 수 있
다. 다음에 그 목소리가 달라 보이는 서두 부분을 추려보자.

> 가) 첫 여름의 알맞은 햇살이 <u>마음껏 평화스러운</u> 인사를 원내(園內)의
> 모든 물건 위에 부드럽게 보내고 있었다. 마침 점심때라 그렇게 북적거리
> 던 관람 군중들은 저마다 구내 음식점으로 빙과점으로 시원한 그늘 아래
> 로 자취를 감추어 버리고 한산해진 구내는 힘차게 움직이던 물건이 갑자
> 기 멈추었을 때의 한결 휑뎅그렁한 면모를 그대로 드러내고 있었다.
>
> — 최인훈, 「동물원」 부분

> 나) 어느 여름날 구보씨는 다방 문안으로 막 사라져 가는 맨발 뒤꿈치를
> 보았다. 문이 닫혔다. 구보씨는 망막에 남아 있는 기억을 천천히 더듬어
> 보았다. 소다를 넣어 약간 부풀린 듯이 보통보다는 유별나게 부은 큼직막
> 한 뒤꿈치, 그것은 거지의 맨발이었다. 도시의 인파 속에서 문득 갈라진
> 애인의 머리칼이 휘날리는 뒤꼭를 발견하고 우뚝 멈춰 서는 순간의 사람
> 같은 그러한 충격을 구보씨는 받았다.
>
> — 최인훈, 「小說家 丘甫氏의 一日」 Ⅲ 부분

> 다) 황해도 구벽군 상실리에 가면 견례총이라는 사당이 있다. 사당인데
> 총이라 부르고 한자로 쓰기는 〈犬禮塚〉이라 쓴다. 한 해 한 번 온 마을 개
> 들은 이 사당 앞에 끌고 와서 사당에 절을 시키는 풍습이다. 이 풍습의 유
> 래는 다음과 같다.
> 옛날 이 마을에 바보 봉길이라고 하는 사람이 살고 있었다. 이 사람은

동네에 궂은 일이 있으면 거들고 혹 약초도 캐고 작은 짐승을 사냥하기도 하면서 살았는데, 어디서 온 사람인지는 모른다.

— 최인훈, 「犬禮塚」 부분

라) 충용한 제국 신민 여러분. 제국이 재기하여 半島에 다시 영광을 누릴 그날을 기리면서 은인자중 맡은 바 고난의 항쟁을 이어 가고 있는 모든 제국 군인과 경찰과 밀정과 浪人 여러분. 제국의 불행한 패전이 있은 지 이십유여 년. 그간 아시아를 비롯한 세계의 정세도 크게 바뀌었거니와 특히나 제국의 아시아에 있어서의 자리는 어둡고 몸서리쳐지던 패전의 그 무렵에 우려했던 것과는 전혀 다른 모습을 디고 전가되어 오고 있습니다.

— 최인훈, 「總督의 소리」 부분

마) 옛날 옛적, 호랑이가 담배 피우다 말고 사람이 담배 피우던 때의 일입니다. 그 무렵 서울에 구보라고 하는 시인이 살고 있었습니다. 구보는 훌륭한 시를 쓰고 싶다는 것이 소원이었습니다. 시인이니깐 으례 그럴 일이지요. 그러나 웬일일지 구보는 훌륭한 시를 쓸 수 없었습니다. 그런데도 구보는 훌륭한 시를 짓고 싶다는 생각을 버릴 수가 없었습니다. 구보가 살던 시대는 험한 때였는데도 그런 생각을 버릴 수 없었던 것을 보면 시란 것이 아마 대단한 것인 모양이지요.

— 최인훈, 「하늘의 소」 부분

바) 東海神州의 바다 저편에 傲來라는 나라가 있어 가까이에 큰 바다를 끼고 있었다.

그 바닷 속에 한 명산이 있어 花果山이라 불렀는데 이 산이야말로 세상 모든 땅덩이의 한 가운데였다.

그 꼭대기에 한 仙石이 있었다. 높이는 三丈六尺五寸이며, 天周의 三百六十五度에 따르고, 그 둘레는 二丈四尺, 曆書의 二十氣에 따르고, 바위 위의 구멍은 天神들의 九宮八卦를 본뜬 것이었다. 천지가 열린 이후 이 돌은 밤마다 날마다 천지의 기운과 일월의 정기에 젖어 있었는데 오랜 세월이 지남에 따라 이윽고 靈氣를 머금어 안으로 仙胎를 배었다.

— 최인훈, 「西遊記」 부분

위의 예문을 읽어보면 각기 다른 서술자가 다른 목소리로 말하고 있
는 것을 보게 된다. 소설은 서술자가 어떤 자격으로, 어떤 경로를 통
해, 어떤 자세로 말하고 있는가의 문제가 무엇보다 중요하다. 이른바
시점의 미학이라고 말할 수 있을 것이다. 가)는 소설가들이 흔히 내세
우는 3인칭 전지 시점의 서술이다. 서술자는 신의 지위에 있으면서 저
위에 서서 내려다보고 있는 시점을 취하고 있다. 그런데 특히 눈에 띄
는 것은 "마음껏 평화스러운"과 같이 서술자의 사고와 감정을 듬뿍 담
고 있는 것을 볼 수 있다는 것이다. 프리드만(Norman Friedmann)의 분
류에 의하면 편집자적 전지시점에 해당한다.[1] 나)는 같은 3인칭 시점
이긴 하지만 서술자는 구보의 시점과 인식에 국한되어 있다. 중립적
전지의 시점이다.[2] 구보라는 인물의 내면을 보여주는 데 효과적인 서
술자일 것이다. 다)는 완전히 설화체로 되어 있다. 옛날부터 전해 내려
오는 '이야기'성이 중요하다. 반면에 인물의 내면은 전혀 보여주지 않
는다. 서술자의 모습도 거의 드러나지 않는다. 이런 형태의 소설은 서
술자의 역할은 중요하지 않다. 라)는 일제의 총독이 한국 어디에선가
숨어서 방송하는 음성으로 되어 있다. 나란히 실려 있는 「주석의 소리」
와 서술자는 다르지만 목소리의 방식은 같다. 다)의 경우 서술자의 역
할은 거의 보이지 않는 반면에 '이야기'만으로 작품이 전개되고 있다.
이에 비하여 라)는 '이야기'는 없고 서술자 목소리만으로 이 소설을 이
루고 있다. 마)의 경우는 다)와 라)의 기능을 반반씩 나누어서 갖고 있
다. 즉 '이야기'를 얼마쯤 갖고 있으면서 동시에 서술자의 목소리에도

---

1 Norman Friedmann, 『Form and Meaning in Fiction』, University of Georgia Press, 1975,
  pp.145~148.
2 위의 책, pp.148~150

귀를 기울이도록 하고 있다. 마)의 밑줄 친 부분은 전형적인 설화체의 형식이다. 그럼에도 불구하고 이 작품은 '이야기'에 목적이 있는 것이 아니다. 경어체를 채용하고 있는 것도 그 때문이다. 바)는 '이야기'가 중요한 서사 미학이지만, 담론(discourse)도 중요한 기능을 담당하고 있다. '이야기'는 기존의 『서유기』를 상당한 부분 채용하고 있으면서도 이런 작품을 발표하는 이유는 담론을 달리 하면 전혀 새로운 작품이 된다는 작가로서의 자신감이 있기 때문이다. 이 소설은 채트먼이 말하는 이른바 비서술자 이야기(non-narrated story) 형태를 취하면서 서술자의 모습은 감추는 대신에 원전 『서유기』와는 다른 담론을 취하고 있는 것이다.[3]

이상 예문에서 보았듯이 최인훈은 다양한 서술자를 내세워 그의 소설 미학을 구성하고 있다는 것을 확인할 수 있다.

3. 아이러니와 패러독스

신비평에서 모든 시는 원천적으로 아이러니나 패러독스로 되어 있다고 보고 있지만, 소설 역시 어떤 형태로든지 아이러니나 패러독스를 담고 있다고 보아도 틀린 말은 아니다. 비록 리얼리즘 기법으로 삶을 충실하게 재현한 소설이라고 하더라도 다 읽고 난 후 우리의 삶에 비추어 보아 어떤 아이러니나 패러독스를 느끼기 때문에 문학성을 인정받는 것이 아닌가? 우리의 삶 자체가 아이러니와 패러독스로 얽혀 있는 것도 사실이지만 그것을 얼마큼 우리 독자가 공감할 수 있도록 제시하느냐가 문제일 것이다. 최인훈 역시 그의 문학에 접근할 수 있는

---

3 Seymour Chatman, 『Story and Discourse』, Cornell University Press, 1978, pp.146~195.

중요한 키워드가 아이러니와 패러독스라는 것은 의심할 여지가 없다.

뮤케는 아이러니를 언어적 아이러니(verbal irony)와 상황적 아이러니 (situational irony)로 구분한 바 있다. 언어적 아이러니는 표현하는 말 자체에서 아이러니를 느끼게 하는 것인데 비하여, 상황적 아이러니는 그 일이 있고 난 뒤에 앞뒤를 살펴보니까 아이러니적 상황이 되어 있는 것을 말한다. 최인훈의 소설 속에서는 양자 다 풍부하게 나타나고 있다. 우선 상황적 아이러니부터 보기로 하자. 예시문 가)에 이어서 다음과 같은 문장이 이어져 있다. 가)만 보면 아이러니임을 감지할 수 없다.

> 가′) 쓴 듯이 인적이 사라져 버린 동물 우리 한쪽에 오직 한곳에만 오륙 명의 관객이 묘하게 다정스럽게 몰려져서 구경을 하고 있었다. 그것은 당원(當園)의 인기물인 원숭이 우리 앞이었다. 육칠세 가량 되어 보이는 카우보이 모자를 쓰고 허리에 <u>무시무시하게 쌍권총으로 무장한</u> 순 서부 취미로 차린 소년과 그의 아버지로 보이는 콧수염이 몹시 어울리는 점잖은 중년 남자의 한 쌍과 남방 셔츠를 입고 키가 후리후리한 데다가 입매가 몹시 상냥스러워 보이는 청년과 얼굴이 몹시 탄 품이 어느 전방 참호 진지에서 바로 휴가를 내어 온 듯한 젊은 소위 그리고 갓에다 흰 두루마기를 단정히 입은 김삿갓의 풍자시에 나오는 저 단지멱(但知覓) 훈장님을 떠올리게 하는 노인과 그 동행인 삿갓 중 그리고 맨 마지막으로 이들 남자군과 얼마쯤 사이를 두고 떨어져 선 산뜻한 양장의 아가씨 한 사람, 이렇게 그 그룹은 형성되어 있었다.
>
> ― 최인훈, 「동물원」 부분

동물원에서 원숭이를 구경하기 위하여 한 무리의 사람이 모여 서 있지만, 사실은 원숭이가 사람을 구경하고 있다는 아이러니를 지니고 있는 것이다. 형형색색의 차림을 하고 있는 모양이라든지, 원숭이 부부의 말을 번역해 내고 있는 서술자를 통해 전도된 상황의 아이러니를 보여 주고 있다. 가′)의 밑줄 친 부분은 이 대목이 아이러니임을 드러내는 예라고 할 수 있다. 라)는 글 전체가 언어죠 아이러니로 되어 있다. 특히, "충용한"이란 말은 일제하에서는 긍정적 의미를 지닌 말이지만, 해방 후부터는 부정적인 의미를 띄고 있다. "불행한 패전"이라든지, "우려했던 것과는 전혀 다른 모습을 지고" 있다는 말은 언어적 아이러니임을 단적으로 보여주는 말이다.

그의 출세작이라고 할 수 있는 「광장」 역시 상황적 아이러니를 극명하게 보여주는 작품이다. 살기 위하여 중립국행 선박을 선택한 그가 결국에는 몸을 던져 자살하고 말았다는 것은 아이러니가 아닐 수 없다. 「구운몽」에서 독고민이 청취한 이른바 혁명군의 방송(환청의 소리)은 언어적 아이러니임에 틀림없다.

> 여기는 혁명군 방송입니다. 여러분은 그들의 방송을 들었을 것입니다. 압제와 굶주림에 못 이겨 빵과 자유를 달라며 일어선 사람들에게, 그들은 음담패설로 맞받았습니다. 농담이란 악마의 것, 그들은 우리들 놀려주고 있는 것입니다. 시민 여러분 무기를 잡으십시오. 전투 가능한 모든 시민은 무장하고 거리로 나오십시오. 압제자들은 악을 쓰고 있습니다. 압제자들은 짓부쉬질 것입니다. 여러분의 힘을 빌켜 주십시오. 여러분의 앞날을 만들어 내십시오. 여러분의 애인들에게 경멸을 받지 않겠거든, 이 줄에 끼십시오. 지난 날에 매달리지 마십시오. 우리의 과거는 아편과 마취제의 과거였습니다. 압제자들은 우리들의 연인을 빼앗고 썩은 주검을 대신 안겨 주었습니다. 우리들의 침실은 썩은 몸뚱아리의 냄세로 울렁거리고, 우리의 피는 문둥이처럼 검게 흐렸습니다. 사슬을 끊으십시오. 교활한 휴전 제의를 물리치십시오. 그들은 빵과 자유를 위하여 일어선 사람들에게, 농담과 음담패설로 맞받았습니다. 농담은 악마의 것, 그들은 우리를 놀려주고 있는 것입니다.
>
> ― 최인훈, 「구운몽」 부분

비록 독고민의 환청으로 들리는 것이지만, "빵과 자유를 위하여 일어선 사람들에게, 농담과 음담패설로 맞받았습니다. 농담은 악마의 것"이라고 하는 것은 언어적 아이러니다. 원작 『구운몽』도 아이러니 상황이다. 성진이 양소유가 되어 여덟 명의 아름다운 여인을 만나 화려한 일생을 보내게 되나 결국 덧없는 한평생임을 깨닫게 한다는 것이지만, 최인훈의 「구운몽」 역시 독고민의 환상 속에서 온갖 인생 경험을 하였지만, 현실적으로는 한 데서 동사한다는 이야기다.

> "인제 됐다. 아무래도 옥이가 끼어서는 깊은 맛이 있는 얘기는 못하지?" 하셨다. 나는 망설였다. 옥이보다 내가 잘났다고 시인하는 결과가 되는 것은 괴로운 일이었기 때문이었다.
>
> "얘 말이 그렇지, 그게 무슨 희생까지야 되겠니. 나는 희생이라고는 생각지 않는다. 안 그러냐?"
>
> "그 점에 대해서는 더 신경을 쓰지 말기로 합시다."
>
> "그래 네 말이 옳다. 시 세상에 있는 모든 사람에 대해서 하나하나 관심을 가진다는 건 고단한 일이니까."
>
> "옳습니다. 산다는 것은 생략한다는 일이고, 훌륭한 삶이란, 기술적으로 뛰어난 생략이 행해진 경우를 말하는 것이 아니겠습니까?"
>
> "그럼 자살은 어떻게 될까?"
>
> "자살은 다릅니다."
>
> "완전한 생략일 텐데"
>
> "그런 경우에는 생략이라 할 수 없습니다. 생략이라면 남는 것이 있어야만 하는데 자살하면 남는 것이 없지 않습니까?"
>
> "있지."
>
> "네?"
>
> "시체와 추억이 안 남겠니?"
>
> — 최인훈, 「크리스마스 캐럴」 부분

이 소설은 크리스마스 저녁 부자(父子) 간에 진행되는 대화로 된 소설이다. 그 대화는 서로 말꼬투리를 잡아서 의문을 표시하거나, 그 말의 뜻을 되새김질하면서 진행되고 있다. 그 의문이나 되새김질이 대체로 언어적 아이러니이거나 패러독스로 되어 있다.

4. 패러디

최인훈은 이미 잘 알려진 고전 작품과 동명의 제목을 채용하고 있다. 「九雲夢」, 「小說家 丘甫氏의 一日」, 「西遊記」, 「熱河日記」, 「金鰲神話」, 「놀부뎐」, 「춘향뎐」 등이 그러한 예다. 「서유기」는 같은 제명의 소설로서 내용은 전혀 다른 두 개의 소설이 되어 있다. 문학과 지성사의 1977년판 「서유기」는 주인공이 독고준으로 현실적 사건은 거의 없는 대신에 상상과 환상의 세계가 펼쳐져 있는 데 비하여, 같은 출판사의 1980년판 「서유기」는 원본의 주인공 손오공이 그대로 주인공이 되어 등장하면서 서사적 사건이 있고 줄거리가 있는 소설이 되어 있다. 전혀 다른 내용의 두 개 소설을 왜 같은 제명으로 출판했는지 알 수 없다. 그러나 같은 제명의 두 개의 다른 소설을 읽으면서 리얼리즘 소설과 모더니즘 소설을 경험하게 하는 것은 재미있는 일이다.

독고준이 주인공으로 되어 있는 「서유기」는 「회색인」의 주인공과 이름이 일치한다. 따라서 같은 인물의 서사적 행위라고 볼 수 있다. 「회색인」의 독고준은 이유정의 방으로 들어가는 것으로 끝이 나고 있다. 반면에 「서유기」의 시작은 이유정의 방에 들어갔던 독고준이 그 방에서 나오는 것으로 시작하여 자기 방으로 뒤돌아오는 것으로 끝이 나고 있다. 「서유기」는 독고준이 이유정의 방에서 나와서 자기 방으로 돌아가는 사이의 짧은 시간 속에서 떠오른 온갖 상념을 기록한 소설이라고 할 수 있다. 따라서 「회색인」 역시 이상의 세 작품과 동궤(同軌)의 기법을 구사한 소설이다.

그런데 재미있는 것은 「회색인」은 매 장을 시작할 때마다 프롤로그를 기입하고 있는데, 그것은 모두 우리의 입에 자주 오르내리는 고전의 명구이거나, 시구이거나, 유행 가사이거나 격언 따위에서 패러디한 것이다.

想念의 走馬燈을 한 계단 한 계단 천천히 밟으면서 그는 이층 자기 방으로 올라갔다.
有朋自遠方來不亦樂乎
爆音의 丹楓 사이로 난 검은 숲을 헤치고 나의 님은 갔습니다.
역적의 공산당을 때려부수자. 역적의 김일성을 잡으러 가자.
청춘을 따르자니 부족이 울고 부족을 따르자니 청춘이 울더라.
하늘과 나만이 아는 데 왜 악을 놓칠 수 것인가? --생활의 발견
엷은 졸음에 겨운 늙으신 아버지가 짚베개를 돋아 고이시는 곳이라 한들.
風雪夜淸談 國破村翁在
생활, 그것은 아무것도 아니다. 맘만 먹으면─마음 먹는다는 게 좀 대단한 일이지만.
나는 한가하다. 그러므로 존재한다.

— 최인훈, 「회색인」 부분

논어, 한용운의 시, 반공 구호, 유행가사, 명심보감(天網恢恢 疏而不漏를 연상시킴), 정지용의 시, 두보의 시, 데카르트의 말 등을 인용하거나 변용한 것이다. 각 장 전체의 내용을 이 패러디로 비추어 보라는 뜻이다. 이런 프롤로그를 쓴 이유가 무엇일까? 말할 필요도 없이 그의 소설의 서술 효과를 높이기 위해서다. 이 프롤로그들은 진지성을 잃는 대신에 패러디로 작용하면서 서술되는 내용에 대하여 사시(斜視)로 바라보도록 암시한다.

5. 사실주의 문체와 비사실주의 문체

문학과 지성사 1976년 간행의 『최인훈 전집』 1권에는 「광장」과 「구운몽」이 함께 실려 있다. 그런데 이 두 소설은 흔히 작품 경향이 전혀 다른 것으로 말해지고 있다. 앞의 것이 사실주의적 기법으로 쓰인 것이라면 뒤의 것은 비사실주의 기법으로 쓰인 것이라고 한다. 앞의 것에 익숙한 독자들에게는 뒤의 것은 매우 난해하다고 말해지고 있다.

마) 늘 묵직하게 되새겨지는 일 한 가지가 있긴 있다. 신이 내렸던 것이라 생각해온다. 대학에 갓 들어간 해 여름. 교외로 몇몇이 어울려 소풍을 나간 적이 있다. 한 여름 찌는 날씨. 구름 한 점 보이지 않고 바람도 보이지 않고 누운. 뿔뿔이 흩어져서 여기저기 나무 그늘로 찾아들다가 어느 낮은 비탈에 올라섰을 때다. 아찔한 느낌에 불시에 온몸이 휩싸이면서 그 자리에 우뚝 서 버린다. 먼저 자리에 온 것은 그 전에, 언젠가 바로 이 자리에 똑 같은 때, 이런 몸짓대로, 지금 겪고 있는 느낌에 사로 잡혀서, 멍하니 서 있던 적이 있다는 헛느낌이었다. 그러나 분명히 그건 헛느낌인 것이 그 자리는 그 때가 처음이다. 그러자 온 누리가 덜그럭 소리를 내면서 움직임을 멈춘다.

조용하다.

있는 것마다 있을 데 놓여서, 더 움직이는 것은 쓸 데 없는 것 같다. 세상이 돌고 돌다가, 가장 바람직한 아귀에서 단단히 틈니가 물린, 그 참 같다.

— 최인훈, 「광장」 부분

바) 그런 소리를 지르면서 사람들은 뜻밖에 가깝게 바싹 쫓아온다. 무서워서 헉헉 느끼면서, 휑한 거리를 민은 자꾸 달렸다. 어느 모퉁이를 돌아가면서 그는 뒤를 돌아다본다. 그들은 저만치서 이쪽을 손가락질하면서 달려오고 있다. 그는 몇 번이나 모퉁이를 돌았다. 더는 달릴 수 없이 지친 민은 쓰러질 듯이 길가 벽돌담에 가 기댄다. 가슴이 풀무처럼 부풀었다 꺼졌다 한다. 입으로 숨을 쉬면서 귀를 기울인다. 아무 소리도 들리지 않는다. 그

는 눈을 지그시 <u>감았다.</u> 차가운 벽돌담이 얼음처럼 선뜻 볼에 닿는다. 그는 눈을 뜬다. 하늘을 올려다 본다. 웬일일까. 별빛이 찬란한 하늘에 수없이 많은 探照燈 빛줄기가 오락가락 헤매고 있다.

　그 때, 얼어붙은 공기를 찢으며, 스피이커의 쨍쨍한 쇳소리가 쏟아져 <u>나왔다.</u> 그 소리는 마치 도시의 하늘 한복판에 둥실 뜬 애드벌루운에서 보내는 것처럼, 공중에서 <u>들렸다.</u> 스피이커는 말한다.

— 최인훈, 「구운몽」 부분

　두 개의 문장 자체만을 보았을 때는 별로 차이를 느낄 수 없다. 그저 최인훈의 개성적인 문장일 뿐이다. 그러나 다음 서사가 이어지는 순간 두 개의 서사물은 길을 달리 하는 것이다. 「광장」은 다음 서사가 줄거리 중의 하나로 작용하지만, 「구운몽」은 줄거리로 이어지는 것이 아니라, 주인공의 공상이나 상념으로 이어지기 때문이다.

　최인훈의 소설의 문장을 보면서 우리는 그의 시제 사용에 주목한다. 왜냐하면 그의 소설에는 종지사의 '현재형'과 '과거형'이 다른 작가에 비하여 유난히 많이 혼용되어 있기 때문이다. 위의 두 예문에서는 과거 종지가 앞의 것은 꼭 한 번 쓰인 것에 비하여 뒤의 것은 거의 같은 비율로 혼용되어 있다. 물론 다른 경우에는 과거와 현재 시제가 일관되게 쓰인 경우도 있다. 그렇다면 어떤 원칙으로 최인훈은 종지사의 시제를 쓰고 있는가? 인구어(印歐語)는 대체로 사건과 사건과의 관계나 행위와 행위의 관계에서 시제가 결정된다. 어느 사건이 먼저 일어나고 뒤에 일어났는지가 매우 중요하다. 문장에 있어서도 시제의 일체를 중시한다. 주문장과 종속문장의 시제는 반드시 일치해야 하기 때문이다. 그러나 우리말은 그렇지 않다. 문장의 시제는 사건과 사건의 연관이나 문장 내의 시제 관계에서라기보다 화자(대체로 작가 자신)의 사고와 느낌에 의하여 결정되는 것이다. A에서 보는 것과 같이 현재 시제의 문장 속에 이렇게 과거 시제를 내포해서 쓰기도 하는 것이다. 우리말은 서구적 관점에서의 시제의 일치로 생각하면 맞지 않는 경우가 많다. 그러나 근년 영어의 영향으로 이 점도 많이 바뀌어 가고 있다. 대체로 70년대를 기점으로 하여 이전의 작가들은 문장의 시제 일치와는 관계없이 작가의 사고와 느낌에 의하여 문장의 시제가 결정되었다. 따라서 두 시제의 혼용은 차라리 흔한 것이었다. 이에 비하여 그 이후부터는 과거 시제로 통일되어 가고 있음을 볼 수 있다. 이것은 시제의 통일을 의식하면서 서사적 사건은 과거 시제로 기술되어야 한다는 원칙이 작용한 것이다. 서구 사실주의 소설은 '서사적 현재(narrative Now)'라고 해서 특별한 경우를 제외하고는 대체로 과거 시제가 보편적으로 사용되고 있다. 최인훈 소설에서 특별히 현재와 과거 시제가 많이 혼용되어 쓰이고 있는 것은 서사자의 느낌을 통하여 소설의 미학을 전개하려는 그의 의도가 깔려 있는 것이다.

과거 시제를 사용하면서 '서사적 현재'를 느끼게 하는 것은 서사물이 갖고 있는 특성이다. 서사물은 언제나 과거에 일어났던 일을 현재의 시점에서 기술하기 때문일 것이다. 소설에서 현재 시제를 사용하는 것은 서사적 사건의 일반적인 기술과는 달리 서술자의 느낌을 그 속에 담고 있음을 뜻하는 것이다. 과거형은 지난 일을 보고하는 형태임에 비하여 현재형은 행위의 와중(渦中)에 있다는 느낌을 주기 때문이다.

어느 소설가나 시점에 대하여 깊이 생각하지 않은 사람이 없겠지만, 특히 최인훈은 그의 소설 미학을 시점을 통하여 표현하려는 의도가 강했음을 알 수 있다. 시점을 통하여 그가 피력한 시제에 관한 견해를 들어보기로 하자.

소설은 진행형으로 쓸 수 있고 회상형으로 쓸 수 있고 미래형으로 쓸 수 있다. 현재형, 과거형, 역사적 현재할 때, 시점이란 말은 서술적 시점이라는 뜻으로 사용되고 있다. 일인칭 소설에서 현재형을 사용한다면 논리적으로 모순이겠지만 역사적 현재라는 것이 사용되고 있다. 행동에 대한 표현은 과거나 미래 말고는 있을 수 없는데 현재형으로 사용한다는 것은 허구의 약속이다. 이때 시점은 현재에 밀착하는 것으로 보고 행동과 언어는 하나가 된다. 그때 언어는 행동의 표현이 아니라 행동이다, 라는 허구가 진행되는 것이다. 여기서도 소설의 시간이 결코 현실의 시간이 아님을 알 수 있다. 현실의 시간이 가지는 불가역이 극복되는 것이다. 소설이 남의 경험을 사는 것이라는 것은 이런 뜻이다. 타인의 시간을 사는 것이다.

— 최인훈, 「시점에 대하여」 부분

최인훈이 현재 시제를 사용하는 것은 서술자가 행동의 와중에 있다는 느낌, 그의 표현대로 하면 "행동과 언어가 하나가 되"는 느낌을 표현하기 위해서다.

불어의 자유 간접 화법이 직접 화법과 다른 점은 시제에 의해서다. 그러나 우리말은 그 시제로서는 나타낼 수 없다. 인용부호가 있느냐 없느냐에 의하여 인물이 직접 한 말인가, 서술자의 의식을 거친 말인가를 판단할 뿐인데, 작가에 따라서는 아예 인용부호를 생략하거나 무시하는 경우도 흔하다. 따라서 우리의 소설 속에서 자유 간접 화법과 유사한 기능을 수행하는 문장들을 볼 수 있다. 연구자에 따라서는 그런 문장들을 자유 간접의 문장이라고 말하는 사람도 있다. 그러나 그것은 시제 때문에 불어의 자유 간접 화법과는 다른 것이다. 최인훈의 소설에는 3인칭 소설이 많다. 그러나 그것은 인칭만 3인칭이지 1인칭으로 대치해도 상관이 없는 대목이 많다. 3인칭이지만 1인칭이 가지는 주인공의 내면을 토로하는 경우가 많기 때문이다. 최인훈은 3인칭 소설을 쓰면서 이른바 불어의 자유 간접 화법의 기법을 쓰고 있는 것이다.

최인훈 소설에서 사실과 비사실의 차이를 문장 단위에서는 거의 구별할 수 없다. 사실주의 소설도 비사실주의 소설에서처럼 주인공의 공상이나 상념에 빠져들면서 외부적 사물보다는 인간의 내부에 초점을 맞춘 대목이 많기 때문이다. 그러나 이 양자의 구별은 '이야기(story)'가 소설의 골격이 되고 상념이 그에 따른 것이면, 아무리 상념이 많아도 사실주의 소설이 되고, 상념의 토로가 주가 되고 '이야기'는 그 상념을 잇는 연결 고리의 역할만을 할 때는 비사실주의 소설이 되는 것이다.

6. 결론

최인훈도 여느 작가들과 마찬가지로 적지 않은 평문과 수필을 썼다. 그런 글들은 대체로 평이한 글로 자기의 생각을 명료하게 드러내는 것이 일반적이다. 그러나 이런 종류의 글이라고 해서 쉽게 읽을 수 있도록 평이하게 쓰여 있지 않다. 생략이 많기 때문이다. 말을 논리적으로 전개하기보다 비약적으로 전개하는 것이다. 그의 전집에 실려 있는 「문학과 이데올로기」는 그러한 글들로 대개 되어 있다. 뿐만 아니라, 서술자를 통해 보는 외부 세계도 그는 은유적으로 보는 것이다.

> 명준이 북녘에서 만난 것은 잿빛 공화국이었다. 이 만주의 저녁노을처럼 핏빛으로 타면서, 나라의 팔자를 고치는 들뜸 속에 살고 있는 공화국이 아니었다.
>
> — 최인훈, 「광장」 부분

'이야기'가 비교적 잘 이어져 있는 「광장」에서도 예문에서 보는 바와 같이 주인공의 생각을 은유로 나타내고 있다. 또 다른 작가 같으면

추상명사로 표현했을 것 같은 '들뜸' 같은 말을 자주 쓰고 있다. 이 말은 일상적 구상어로서 얼핏 보기에는 어울리지 않는 말 같기도 하다. 그러나 그는 말의 자동화에 제동을 걸면서 의외성의 작은 반란을 꾀하고 있는 것이다. 이 반란은 그의 인물에도, 플롯에도, 기법에도 모두 적용할 수 있을 것이다. 그는 기존의 문학에 대하여 끊임없는 반란을 꿈꾸며 창작하고 있었던 것이다.

제4부

박태원의 수필 세계

1. 서론

수필은 대체로 문학인의 여기(餘技)로 생각하는 경향이 있다. 시인 소설가 희곡 작가들이 자기 분야의 작품을 쓰는 사이의 틈새로 쓰는 경향도 있지만, 청탁하는 문예지나 잡지의 편집인도 대개는 그런 뜻을 알고 수필을 청탁하는 경우가 많기 때문이다. 물론 수필만을 쓰는 작가도 있고, 그중에는 수필가로서 명망을 얻은 작가도 없지는 않다. 그러나 그런 경우는 극소수에 불과하다. 1920년대나 30년대와는 달리 지금은 등단한 수필가만 해도 엄청나게 많다. 문단에서는 그들의 작품 자체의 평가는 차치하고 문학인으로 대우하는 것조차 꺼리고 있다. 그 단적인 예로 수필은 다른 분야와는 달리 작가에게 주는 상도 드물거니와 후원하는 단체나 기관도 찾아보기가 드물다. 약간의 지원금이 있다고 해도 대체로 다른 분야의 문인들에 의해서 결정되고 있다는 사실이 그것을 증명한다. 여러 가지 이유야 있겠지만 수필을 본업으로 하는 문인은 한수 아래로 낮추어 보려는 경향이 지배적으로 작용한 것이 아닌가 하는 생각이 든다. 출판이 쉬워진 탓으로 인해 수준 이하의 수필이 범람하고 있는 것이 그 주된 이유이겠지만 그렇다고 해서 수필 분야 자체가 하대받아야 할 이유는 없다. 관점을 바꾸어 생각한다면 다른 장르에서 시험하지 못한 새로운 가능성을 수필 분야에서 이룰 수 있다. 수필이야말로 어떤 문학의 장르보다 열린 형식을 갖고 있기 때문이다. 뿐만 아니라, 수필가가 많이 배출되고 있다는 사실을 굳이 나쁘게 해석할 필요는 없다. 볼프강 이저(Wolfgang Iser)가 말하는 문학도 일종의 행위에 의해서 이루어진다고 생각한다면 많은 사람이 어떤 형태로든 문학행위에 참여하고 있기 때문이다. 환언하면 문학을 단지 인쇄된 글자로서가 아니라, 독자의 마음속에 일어나는 일종의 '문학적 행위'로 간주한다면 수필의 대중화 곧 문학의 대중화를 반드시 외면할 필요는 없다. 수필의 열린 형식이 앞으로의 문학에 새로운 지평을 열어줄 수 있는 가능성이 있기 때문이다.

수필이 폄하되는 또 다른 이유는 다른 분야에서 이미 문명(文名)을 얻은 작가에게 수필을 청탁하면서 생기는 부작용이다. 작자 자신도 문학성이 미흡하다고 생각하면서도 '수필'이니까 하고 발표하는 경우도 있고, 게재하는 측의 요구에 의해서 그 의도에 맞게 집필기도 하기 때문이다. 서하진의 「퇴짜 맞은 원고」란 글에서 우리는 그런 점을 확인할 수 있다.

소설가라고 해서 소설만 쓰는 것은 아니다. 소설 아닌 글 중 가장 빈번하게 쓰게 되는 것이 수필이다. 소설에 비해서 분량도 내용부담도 적다. 단어 하나, 문장 하나 때문에 고민하는 점이야 다를 수 없고 글의 특성상 내 사생활, 혹은 감정 노출의 수위를 조절하는 일이 성가시다 할 수 있으나 소설 쓸 때보다 마음이 가벼운 것은 사실이다. 뿐이랴. 분량에 견주어

원고료도 상당히 높은 편이며 본업이 아니그로 성과에 대해 자유로울 수
있다는 결정적인 매력이 있다.

　　　　　　　　　　　　　　　— 「퇴짜 맞은 원고」 부분(《동아일보》, 2009.9.25.)

　소설이 "본업"인 작가이므로 이런 말을 할 수 있다. 그녀의 첫 원고
가 "퇴짜"를 맞은 이유는 편집자가 청탁하는 콘셉트와 맞지 않았기 때
문이라고 했다. 집을 지어 분양하는 회사의 홍보에 도움이 되는 원고
를 부탁한 것인데 그 의도와는 조금 어긋나는 내용이 있기 때문에 다
시 써달라고 했다는 것이다. 수필작품을 이런 곳에 이용한다는 것 자
체가 씁쓰름하기도 하지만 문학 전문 편집자가 아닌 사람의 의도대로
써준다는 것도 개운치 않은 뒷맛을 준다. 물론 박태원의 수필도 이와
같이 편집자의 청탁에 의해 써진 것도 많고 자신이 편집자의 의도를
짐작해서 쓴 것도 적지 않다. 그러나 편집자의 요청에 의했거나 자유
의지에 의해 쓰였거나 일단 발표된 작품이라면 양자에 큰 차이를 둘
수는 없다고 생각된다. 작품 그 자체가 말하기 때문이다.

　박태원의 수필은 그의 소설작품을 이해하는 데 중요한 자료가 될 뿐
아니라, 수필 그 자체로서도 작품 가치가 충분하다고 생각된다. 이상
(李箱)의 경우에서 그 명확한 예를 보는 것과 같다. 만약 이상에게 있어
서 수필이 없었다면 그의 다른 작품을 제대로 평가했을까 하는 생각을
필자는 종종 갖는다. 특히 그의 난해한 시로만 평가하였다면 단지 괴
이한 작가로서만 기억될 가능성이 크다. 그러나 다행히도 많지는 않지
만 몇 편의 수필 때문에 우리는 그의 천재성을 확인할 수 있었던 것이
다. 박태원은 많은 작품을 남겼고, 또 작품 활동 기간도 비교적 긴 편
이어서 이상의 경우와는 다르지만 그의 수필작품을 제쳐 두고 그의 문
학 전체를 평가한다는 것은 온전치 않다고 생각된다. 다만 아쉬운 것
은 월북 이후의 그의 수필을 접할 수 없어 그의 수필문학 전체를 논하

는 것은 한계가 있다.

본고에서 필자가 다룬 작품들은 류보선이 편찬한 「구보가 아즉 박태원일 때」에 전적으로 의존하였다. 그 작품들 또한 그가 월북하기 전의 작품이어서 그의 수필 전체를 살필 수 없는 한계를 지닌다. 그의 수필은 대강 다섯 종류로 분류할 수 있을 듯하다. 첫째가 생활수필, 그의 일상생활에서 보고 느낀 것을 소재로 해서 쓴 작품이다. 둘째는 작품을 쓰는 원칙, 즉 박태원의 문예관을 피력한 글이다. 셋째는 문예시평으로서 대체로 잡지사나 신문사의 요청에 의해 당시에 발표되었던 작품들에 대한 평이다. 넷째는 저명인사나 문인을 만나 인터뷰한 내용, 혹은 탐방 기사 등이다. 다섯째는 다른 작가의 작품을 읽고 그에 대한 감상 및 비평을 쓴 글, 추도사, 편지 기타 등으로 분류해 볼 수 있다.

2. 생활 수필

일상생활에서 겪은 일들을 소재로 해서 쓴 수필이다. 분량으로 보아 이런 종류의 수필이 가장 많다. 가정생활을 하면서 겪는 사소한 일들(「어린 것들」, 「에고이스트」, 「결혼 5년의 감상」, 「모화관 잡필」), 이웃사람이나 동네 사람들과 마주치면서 겪은 일(「옆집 중학생」, 「우산」, 「영일만담」, 「신변잡기」), 자신에 관해서 쓴 수필(「여백을 위한 잡담」, 「나의 생활보고서」) 등이 있다.

> 아빠가 와이셔츠를 입고 넥타이를 매려 들 양이면 설영이가 재빠르게
> 그것을 보고,
> "아빠아, 어디 가우."
> 한다. 그럼 소영이가 저도 덩달아
> "아빠아, 어디 가우."

그런다. 아빠가 가는 곳을 밝히지 않고, 그냥

"어디 간다."

하고만 말할 양이면,

"어디? 인쇄쇼?"

하고 설영이는 고개도 아프지 않은지 턱을 잔뜩 치켜들고 아빠의 얼굴만 치어다본다. '인쇄쇼'란 물론 인쇄소다.

— 「어린 것들」(1939) 부분[1]

외출하는 구보에게 가는 곳을 묻고 있는 두 딸과의 대화다. 이 작품은 대화가 많아 소설과 비슷한 느낌이 준다. 내용으로 보아 구보는 엄격한 아버지라기보다 자녀들과도 정답게 지내는 자상한 아버지다. 단란한 가정생활이라는 것을 충분히 짐작할 수 있다.

내가 안해로 하여서 '밑지는' 것은 그러나 물론, 한두 번의 재채기라든 그러한 것으로 그치지 않는다. 안해는 실로 모성대라든 그러한 것을 표방하여 가지고 대체 얼마나 자기 몸을 이로웁게 하여왔든 것인지 모른다.

나는 무어 이 자리에서 언제 이러한 일이 있었다 언제도 이러한 일이 있었다—하고 일일이 들어 말하지는 않는다. 그러나 어쨌든 그 심정을 얄미웁다고 생각한 나는 마침내 어느 날 큰 아이에게 굳이 젖꼭지를 물리려 몰두하는 안해를 발견하고 크게 꾸짖었다.

"아니—니, 왜 싫다는 걸 애써 어린애한테 젖은 멕일려는 게야. 대체 왜 그러는 게야."

아모러한 안해로서도 이 말에는 대구(對句)가 없어 얼마동안 눈만 껌뻑 껌껌뻑 한다. 나는 마음에 매우 상쾌하게 느꼈다.

— 「어고이스트(愛己而修道)」(1937) 부분

아내와의 사소한 다툼이 소재가 된 수필이다. 아내의 허물이라고 열

---

1 독자의 편의를 위하여 작품이 써진 연도를 밝혀둔다

심히 말하고 있지마는 사실에 있어서는 구보 자신의 에고이스트적 행위에서 연유된 것이라는 뜻이 내포되어 있다. 역설이 주된 문학 장치라고 할 수 있다.

> 그러나 5년의 시일을 두고 언제든 변치 않은 것은 나의 '가난' 입니다. 나는 남들만큼은 안해와 어린 것을 사랑하는 까닭에 내가 가난하므로 하여 저들을 좀 더 다행하게 하여 주지 못함을 생각할 때가 못내 죄스럽고 또 슬픕니다.
> 그리고 보니 결혼 생활 5년에 절실히 느낀 것은 '돈의 귀함' 입니다. 내 집에 안해를 처음으로 맞아들였을 때 나는 안해를 위하여 비로소 '돈의 귀함' 을 배웠거니와, 이제 세 어린것의 아버지 노릇을 하게 되매 그 느낌이 절실한 바가 있습니다.
>
> ──「결혼 5년의 감상」(1939) 부분

글의 서두에 잡지사로부터 같은 제목으로 원고의 청탁이 와서 쓰는 것이라고 밝히고 있다. 발표된 지면이 『여성』이고 보면 이런 제목의 청탁이 들어올 만하다고 생각된다. 구보는 당시 이미 중견 문인으로 대접받는 위치에 와 있었다. 1939년이라면 일제의 황민화(皇民化) 정책이 그 정점을 향해 치닫기 시작한 시기로서 우리말로 된 신문이나 잡지가 완전히 폐쇄되기 직전이다. 아내와 "때때로 말다툼"도 해 보고, "불쾌한 순간"도 가졌다고 했지만, 아이들을 지극히 사랑하고 아내와는 금슬이 좋은, 단란한 가정을 이루고 살았던 구보였던 것으로 짐작된다.

> 장작은 나도 패지만 찬거리 흥정이라든 그런 것은 할멈의 소임이었고 물은 수상조합에 말하여 길어 먹는 터라. 사실 알고 보자면 그 생활 정도에 있어 우리와 그들 사이에 큰 차이란 없을 것을, 그래도 그들은 우리를 전연 종류가 다른 인물인 거나 같이 생각하고 은근히 경이원지(敬而遠之)하는 싹이 보였다. 어느 날 고등어를 두 마리 사들고 가는 뒷집 여인을

보고 집의 할멈이

　"그 을마 주셌소?"

　물었드니 거기 대답은 하지 않고

　"이건 어려운 사람이나 먹지 양반은 못 잡숫는 거야요."

　하고 그러한 가소로운 말을 하였다 한다.

　이것에는 집의 할멈에게 책임의 태반이 있다.

　이리로 나오든 때부터 그는 그것이 무슨 큰 자랑인 거나 같이 동리 사람에게

　"우린 문안서 나왔죠. 이 댁은 문안서 나오신 덕이죠. 문안도 다방굴서 사셌섰죠."

　그따위 객쩍은 선전을 하여 우리에게 대한 그들의 첫인상을 좋지 못하게 만들어 놓았다.

　　　　　　　　　　　　　　　　　　　　　—「모화관 잡필」(1937) 부분

　서대문 밖의 관동(館洞)에 이사를 와서 겪는 일을 적은 글이다. 당시 이곳은 사대문 안의 사람과는 빈부의 차가 많이 드러나는, 가난한 사람들이 살았던 곳이다. '두께비집', '고등어'. '죄인과 상여', '모화관－용두리' '불운한 할멈' 등의 소제목을 붙여 그와 관련된 일을 쓰고 있다. 경제적 사정으로 이곳으로 이사를 왔지만 이곳의 풍속에 익지 않아서 구보는 "이 동리가 싫어졌다."고 말하고 있다. 자신의 집에서 일어난 일도 있지만 동네에서 일어난 일을 보고 듣고 느낀 점을 쓴 글이다. 가난하지만 아직 '할멈'을 고용할 정도이니 오늘의 풍속과는 많이 다른 점이 있다.

　우리 옆집, 어린 여학생들이 어찌나 유난스러웁게 웃고, 울고, 재꺼리고, 노래를 하고, 그러는지, 우리들, 나와 안해는 봄내, 여름내, 하루라도 일즉어니 그들에게 경사가 있으라고, 오즉 그것 하나만을 은근히 바라고 있었던 것이, 이번 가을 들어서자, 색씨들은 고사(姑捨)하고, 그 집 식구가

전부 어데로인지 이사를 가는 모양이라, 이제는 글 한 줄이라도 조용히 읽고 쓰고 할 수 있을 게라고 좋아하였던 것도, 그러나 부질없은 일로, 새로이 집에 든 사람은, 그들 자신이 학교에 다니는 딸을 가지고 있지 않은 대신에, 바로 그 먼저 유난스런 색씨들이 거처하든 방에다, 어느 중학에 다니는 남학생을 둘씩이나 친 까닭에, 혹시나 펴지는가 싶었든 우리들의 눈살은 다시 찌프려지지 않으면 안 되었다.

　　　　　　　　　　　　　　　　　　　　　— 「옆집 중학생」(1936) 부분

　옆집에 사는 학생으로부터 괴로움을 당하는 내용의 글인데, 「방란장 주인」에서 보이는 문체의 실험이 보인다. 잦은 쉼표의 사용이나, 그것을 이용하여 장문(長文)의 글을 시도한 점 등이 그렇다. 큰 소리로 암송하면서 공부하는 것, 소란스러운 것, 늦게까지 공부하고 난 뒤에 유행가를 부르는 행위, "수풍금"을 켜는 행위 등이 구보의 글쓰기에 방해가 된다는 내용이다.

　　　나는 물론 이러한 경우에 냉담할 수 있는 종류의 사람이 아니면 그렇다고 하여 나는 감히 나의 우산 아래 절반의 지대를 그에게 빌려 줄 수 있는 일일까. (…중략…)
　　　그러나 나의 생각은 이를테면 부질없는 것으로 내가 현저정 정류소에서 전차를 나렸을 때 나와 함께 나리는 그들을 위하여 그곳에는 일즉부터 그들의 가족이 우산을 준비하여 기다리고 있었고, 박쥐우산을 그들은 반가이 받어들고 그들의 어머니와 그들의 안해와 혹은 그들의 누이와 어깨를 나란히 하여 그들의 집으로 향하여 돌아가는 것이 아닌가.

　　　　　　　　　　　　　　　　　　　　　　　— 「우산」(1941) 부분

　위의 「우산」이라는 글은 두 개의 소제목을 붙이고 있다. '가소로운 장면'과 '아름다운 풍경'으로 되어 있다. 우산으로 인하여 일어난 일을 적은 글이다. 앞의 글에서는 마침 우산을 갖고 나와 비를 피하며 걸을 수 있었으나 보퉁이를 두 개씩이나 든 여인이 비를 그대로 맞고 서 있는 것이 안쓰러워 우산을 나누어 쓰고 싶었지만 그렇게 하지 못하는 그의 심정을 적고 있다. 여인도 선뜻 그의 호의를 받아들이지 못할 것이 뻔하고 그도 그런 제의를 할 수 없었다. 그런 우리 문화가 안타깝다고 느끼고 있다.

비 올 것을 예상 못하고 저녁에 돌아올 때 비를 맞을 수밖에 없는데 가족들이 우산을 가지고 마중을 나와 함께 우산을 받고 가는 모습들이 몹시 아름다운 풍경이라고 그는 생각하고 있다.

> "그 오 전으로 얼음 한 덩어리 사오죠!"
> "무슨 오 전으로?"
> "영감께서 공차 타시고 버신 것 말이에요!"
> "이 사람아, 남이 무엇하게 들으리. 공차를 타고 싶어 탄 것인가? 고만 잊어버려 그렇게 됐지."
> "그럼 잊어버리시고 안 내신 오 전으로 얼음이나 한 덩어리 사오죠네?"
> "날더러 달라지 말고 자네도 어떻게 그렇게 벌게."
> ―「영일만담(永日漫談)」(1931) 부분

이웃집 영감과의 객쩍은 농담을 주그받는 글이다. 수필이라기보다 장편소설(掌篇小說)과 유사하다. 서두에서 더운 여름 날씨를 느끼는 구보의 서술을 빼고는 거의 이웃집 영감과의 대화체로 일관하고 있다. 박태원 23세 때의 글로서 문단에 데뷔한 지 얼마 되지 않아서 쓴 글이다.

> 혹, 나의 사진이라도 보신 일이 있으신 분은 아시려니와 나는 나의 머리를 다른 이들과는 좀 다른 방식으로 다스리고 있다.
> 뒤로 넘긴다거나, 가운데로나 모으로나 가름자를 타서 옆으로 가른다거나 그러지 않고, 이마 위에다 간즈런히 추려 가지고 한일자로 짜른 머리―

조선에는 소위 이름 있는 이로 이러한 머리를 가진 분이 없으므로, 그래, 사람들은 예를 일본 내지에 구하여 등전(藤田 후지다) 화백에게 비한 이도 있고, 농조를 좋아하는 이는 만담가 대십사랑(大辻司郎 오쓰지 시로)에 견주기도 하였으며, '주부지우(主婦之友)' 라는 가정 잡지의 애독자인 모 여급은 성별을 전연 무시하고 여류작가 길옥신자(吉屋信子 요시야 노부코)와 흡사하다고도 하였으나 그 누구나 모두가 나의 머리에 호감을 가져 주지 못하는 것은 사실이다.

— 「여백을 위한 잡담」(1939) 부분

그의 머리에 대하여 세간의 분분함을 해명하는 글이다. 그의 특이한 머리 모양을 보고, '당시 유행했던 갓바 머리' 라고 말하기도 했지만 사실은 다스리기 어려운 그의 빳빳한 머리카락을 그 나름대로 불편하지 않게 하기 위하여 깎은 머리라고 말하고 있다. 구보가 진정 바라는 머리 스타일은 "빗질도 않고 기름도 안 바른 제멋대로 슬쩍 뒤로 넘긴 머리 모양이었다."고 말한다.

이 생각 저 생각 끝에 가만히 귀를 기울이면 요란한 빨래터 수선보다도, 머리맡에서 째깍거리고 있는 시계 소리가 그야말로 골수까지 사모쳐 든다. 시계를 손에 들고 볼 양이면, 시계란 참말로 이상하다 — 시계라고 한 것은 기실 인생이란 말이다 — 하는 생각과 함께 참으로 우스꽝스럽다는 생각이 뒤미처 일어난다.

이, 아무 능력이란 없는 시계가, 그나마 맞춰 주고, 태엽을 감어 주어야만 억지로 제 몸 간수를 하게 되는 시계가, 우리 인생이라는 것을 각일각(刻一刻) 묘지로 몰고 있는 것이라곤 아모렇게 해도 생각되지 않는다. 이상하다는 것보담도, 우스꽝스러웁다는 말이 적절할까 한다.

— 「병상잡설(病床雜說)」(1927) 부분

병상에 누워 있으면서 이 생각 저 생각을 써놓은 글이다. 이 글의 서두에 '장수', '단명', '시가', '사색' 이라는 소제목을 붙여두고 있는

데, 제목에 따라 일관된 주제도 없이 단상(斷想)처럼 평소에 느꼈던 점을 쓴 글이다. 사람들이 장수를 원하는 것은 "이 세상에서 영구히 소멸하여 버린다는 것을 다시없이 두려워"하기 때문이라는 것이다. 장수의 반대 개념인 '단명'을 생각하면 도향의 요절이 생각난다고 말하고 있다. 이 글 속에는 그의 시도 두 편 소개되어 있다. 이제 막 문단에 나온 19세 중학생의 글인데도 맛깔스럽게 쓰고 있는 그의 스타일을 우리는 볼 수 있다.

> 나는 위선 부채를 한구석에 치워 버립니다. 한여름의 더위와 희롱하기에 지친 한 자루 부채를 가져, 어찌 이리드 맑고 새로운 계절을 맞이하겠습니까. 나는 또 옷을 벗어 안해에게 장 속 깊이 간추어 버릴 것을 명합니다. 나의 여름옷은 본래는 가벼운 것이었으나, 한여름 흘린 땀에 그것은 또 무거울 대로 무거워지지 않았습니까.
> 나도 이 계절에 합당한 새 양복을 가든히 입고, 오랫동안 간직하여 두었던 단장을 벗 삼아, 거리로 나갑니다.
> ― 「계절의 청유」(1936) 부분

더운 여름을 보내고 가을을 맞는 느낌을 쓴 글이다. 이와 비슷한 짧은 글로 「영춘수감(迎春隨感)」, 「원단일기」, 「화단의 가을」, 「유월의 우울」, 「초하풍경」, 「성문(聲聞)의 매혹」, 「무한한 정취의 동굴」, 「차중의 우울」, 「만원전차」, 「이상적 산보법」 등이 있다. 대개는 편집자의 요청에 따라 집필된 것으로 생각되지만 한 페이지 내외의 짧은 글이 대부분이다. 이 중에 「이상적 산보법」같은 것은 그의 문제 소설 「소설가 구보씨의 일일」(1934)의 출현을 예견시키는 작품이다. 또 「춘향전 탐독은 이미 취학 이전」(『문장』, 1940)은 그의 작가적 생애를 이해하는 데 도움이 된다.

3. 문예관을 밝힌 글

구보는 많지는 않지만 자신의 작품 창작에 대한 견해를 밝힌 글을 몇 편 남겼다. 1937년 《조선일보》를 통해 발표한 「내 예술에 대한 항변」이란 글은 '작품과 비평가의 책임' 이라는 부제를 달고 있다. "무책임한 비평가의 부당한 논평에 대하여서 나는 그 게으름에도 불구하고 쉽사리 흥분하고야 만다."라고 전제하고, "그래 지극히 불쾌하고 또 우울한 가운데서 나는 나의 불평을 아무에게든 토로하지 않으면 안 된다."고 말하고 있다. 이 글은 월평을 통해서 이기영과 유진오가 자신의 작품에 대하여 혹평한 것에 반박문 형식으로 쓴 것이다. 그의 작품 「오월의 훈풍」, 「옆집 색시」, 「거리」, 「딱한 사람들」 등을 예로 들어 그 부당한 해독을 질타하고 있다.

> 어째 이러한 무위한 청년을 그려놓았느냐 하는 것에 이분들의 분개는 있었든 듯싶으나, 내가 내 작품 속에 무기력한 룸펜 인테리를 취급하는 것은 이분들이 그들의 작품 속에 '투사' 라는 '주의자' 를 취급하는 것과 동등한 권한에서 나온 것으로 다만 이곳에서 우리가 명심하여 둘 것은 이 「오월의 훈풍」이 나의 이제까지 제작한 작품 속에서 결코 우수한 것이 아님에도 불구하고 이 '철수' 라는 인물이 그분들의 어느 '주의자' 나 '투사' 보다도 훨씬 책임감을 가지고 있었다는 한 가지 사실이다.
>
> — 「내 예술에 대한 항변」 부분

1934년을 전후하여 발표된 작품들에 대한 평으로서 그의 말처럼 "프로문학 이론이 득세하고 있던 시절"이라 무기력한 인물들이 대부분 등장하는 작품을 좋게 평가할 리는 없었겠지만, 그의 작품을 오해하고 있는 이들에게 공격의 화살을 겨누고 있다. 오늘날에 보면, 당시 프로문학을 지지하면서 그의 작품을 혹평했던 유진오, 백철 등은 해방 후

오히려 우익으로 돌아서서 반대편의 입장을 취했고, 박태원은 사회주의자의 노선을 추종하면서 월북 문인으로 분류되는 사실을 보면 아이러니를 느끼지 않을 수 없다. 「소설가 구보씨의 일일」에 대해서도 "그 제재는 잠시 논외에 두고라도 문체, 형식 같은 것에 있어서만도 가히 조선문학에 새로운 경지를 개척하였건만 역시 누구라도 한 사람, 이를 들어 말하는 이가 없었다."고 말한다. 대단한 자부심을 가지고 당시 평가들의 몰이해를 질타하고 있다.

1934년 《조선중앙일보》에 발표된 「표현, 묘사, 기교」라는 글은 소설 창작에 대한 근본적인 태도와 다양한 의장(意匠)의 기능을 밝힌 글로서 그의 소설을 이해하는 중요한 단서가 된다. '창작여록' 이라는 부제가 붙어 있는 것에서 짐작할 수 있듯이 체계를 세워 쓴 글은 아니지만 작가가 평소에 생각하고 있던 문장 운용에 대한 소신과 소설 창작의 기법을 단편적으로 피력한 글이다. 이 글은 열 세 항목의 소제목을 붙여 각기 그의 의견을 개진하고 있다.

'한글 맞춤법 통일안' 이 발표된 것은 1933년 10월 29일이다. 이 글이 발표된 것은 1934년 12월 7일부터였으니까 그로부터 겨우 1년을 조금 넘긴 시점이다. 한글 맞춤법 통일안이 제정되기 이전에는 철자에 대한 확실한 규칙이 없으므로 제멋대로였다고 할 수 있다. 통일안이 발표되었다고 해서 하루아침에 달라질 수는 없었겠지만, 작가들은 그 통일안을 많이 유의했을 것으로 생각된다. 표현 문장에 특별한 관심을 갖고 있던 구보도 통일안을 유념하면서 글을 썼을 것으로 짐작된다. 그러나 그는 맞춤법 통일안을 보면서 소설에 있어서 살아있는 표현은 어떻게 이루어낼 것인가에 더 많은 곤심을 가졌다. 가령, "어디 가니?"라는 말에 어떤 대답이 도출될 것인가? 이 말을 쓴 작자의 원뜻은 무엇일까에 관심을 가질 필요가 있다고 그는 말한다. 지금으로 말하면 언어행위(speech act)적 관점에서 보아야 한다는 생각이다. 화용론(話用論, pragmatics)적 발상을 보이고 있는 것은 구보의 탁견이다. 이때부터 콤마를 어디에 찍느냐에 따라 말의 의미가 얼마만큼 달라질 수 있는가를 생각하고 있었다고 할 수 있다. '한 개의 콤마'라는 소제목을 붙이고 있다.

20세기에 들어서면서부터 우리말은 경음화(硬音化) 현상이 일어나기 시작한 것 같다. 지금도 우리말 표기에 완전히 반영하고 있지 못하지만 당시에도 실제로 쓰는 말과 표기 사이의 차이를 느끼면서 구보는 표현에 고심한 것을 역력히 드러내고 있다. '된소리'라는 소제목을 달고 있다.

구보는 소설의 대화에 있어서 남자의 말과 여자의 말을 구분해서 사용해야 하는 점을 역설하고 있다. 화용론의 연장선상에 있는 발상이라고 생각된다.

> 우리는, '우리말'에도 '여성의 말'이 있다는 것과, 그러나 그것이 무엇보다 수량에 있어서 퍽이나 빈약하다는 것을 알았다. 사실, 창작의 실제에 있어서, 우리들의 고심은, 제법, '여인의 회화'를 어떻게 특색 있게 하나, 함에 있다.
>
> 여기서 우리는 또다시 '어조의 표현'이라는 것을 생각 아니할 수 없다. 우리가 귀로 들어 이를 느끼는 것은, 남자들의 말이 직선적인 것에 비겨, 여자들의 말이 곡선적이라는 것이다.
>
> ―「표현, 묘사, 기교」부분

예로 들고 있는 것이 반드시 옳은지 어떤지는 확신이 가지 않지만, 남자의 말과 여자의 말을 구분해서 기술해야 한다는 자각이 일찍부터 있었던 것을 우리는 볼 수 있다. '여인의 회화'라는 소제목을 붙이고 있다.

4. 문체에 관하여

1930년대에 서구적인 의미의 'style'을 운위한 작가는 구보가 최초라고 생각된다.

> 언어에 있어서든,
> 문장에 있어서든,
> 우리는, 다만, 내용을 통하여 어느 일정한 의미를 전할 뿐에 그쳐서는 안 된다. 반드시 그와 함께, 그 음향으로, 어느 막연한 암시를 독자에게 주문하여야만 한다.
> 내용으로는 이지적으로,
> 음향으로는 감각적으로,
> 동시에, 언어는, 독자의 감상 우에 충분한 효과를 갖지 않아서는 안 된다.
> 그 때에 비로소 언어는, 문장은 한 개의 문체를—즉, '스타일'을 가졌다고 할 수 있다.
> 문예 감상이란, (늘 하는 말이지만) 구경, 문장의 감상이다.
>
> —「표현, 묘사, 기교」 부분

동양에서는 이미 오래 전부터 '문체(文體)'라는 말을 써 왔지만, 그 것은 차라리 장르 개념에 가깝다. 개성과 연관된 개념이 아니었다. 우선 인용된 문장부터 박태원 특유의 문체를 사용하고 있는 것을 볼 수 있다. 특히 그가 말하는 콤마의 사용이 특이하다. 또 어휘의 표시 (denotation)와 함축(connotation)을 분명하게 의식하고 있는 점은 말에 대한 작가적 센스를 보여주는 것이다. 소설가임에도 불구하고 "문예감상이란, 구경, 문장의 감상이다."라고 단언하는 것은 러시아의 형식주의(formalism)나 미국의 신비평(New criticism)의 관점을 예견한 듯한 느낌이 든다. '문체에 관하여'라는 소제목 하에 쓴 글로서 그의 문예관을 단적으로 내비친 대목이다.

'여류작가'라는 소제목으로 쓴 글이다. 한국에는 여성 작가가 많지마는 "작가가 여성됨을 주장하는", "여류다운 표현"을 하는 작가가 없다는 점을 지적하고 있다. '총명하다는 것'에서는 "표현, 묘사, 기교"에 있어서 "신선"하고 "예민"한 감각이 필요하다는 점을 역설한다. '박물지초(博物之抄)'에서는 쥘 르나르의 예를 들어 참신한 표현이 필요하다는 점을 강조하고 있다. '어느 두 개의 비교'에서도 표현에 있어서 기발한 발상이 필요한 점을 강조한 것이다. '도데'에서는 알퐁스 도데의 작품을 예로 들어 명시적 서술보다 암시적 표현이 더 감명을 줄 수 있다는 점을 역설한다. '단편의 결말'은 어떻게 짓는 것이 가장 효과적인가를 모파상의 「목걸이」를 예로 들어서 제시하고 있다. "작품의 결말에 한 개의 '경이'를 담아놓는 것"이야말로 "우수한 기교"라고 역설한다. '심경소설'을 무조건 "배척"하고 있는 경향은 옳지 않다고 주장한다. "이른바 신변소설이라는 것은 그 세계야 좁은 것임은 틀림없으나, 그 대신에 그곳에는 '깊이'라는 것이 있는 것이 아닌가?"하고 반문한다. '인명에 대하야'는 작품 속의 인명이 매우 중요하다고 강조하면서 부르는 소리에 따라 작품 전체에 미치는 영향이 크다는 점을 말하고 있다. "인명에 있어, 우리가 존중하는 것은, 그 자체(字體)나, 자의(字義)도 오히려 그 자음(子音)이라야 하겠다."고 말하고 있다. 인명의 발음을 더 중요시한다는 뜻이다. 인명으로 '성격', '교양', '취미'까지 암시할 수 있으면 좋겠다는 의도를 가지고 있다.

'이중노출'은 "영화 수법의 효과적 응용"으로 생각한 것이다. 구보 이전에도 '이중노출적' 기법을 사용한 작가가 없다고 말할 수는 없겠지만(그것은 작가의 본능적 서술기법의 자연스러운 노출이다.) 구보야말로 당시에 소개된 서양영화를 보면서 '이중노출'의 기법을 의식적으로 응용한 것 같다.

나는 그 중에서도 특히 '오후 뻬렙'(오버 랩―필자 주)의 수법에 흥미를
느낀다. 그리고 나는 실제로 나의 작품에 있어, 그것을 시험하여 보았다.
그러나 물론 그것은 나만이 생각할 수 있었던 것은 아니었을 게다. 최근에
「율리시즈」를 읽고 제임스 조이스도 그 같은 시험을 한 것을 알았다.

워낙이 과문인지라, 이 밖에 또 다른 예를 아지 못하거니와, 그래도 하
여튼, 이 '이중노출'의 수법은 문예가들에게 적지 않은 흥미를 주는 것임
에 틀림없을 것이다.

―「표현, 묘사, 기교」 부분

「표현, 묘사, 기교」는 인용한 글에서 본 바와 같이 체계적인 서술이
아니라 생각나는 대로 펼쳐보인 것이다. 그러나 그 짧은 토막글 속에
서 구보의 번뜩이는 아이디어를 볼 수 있고, 그 창작 세계를 이해하는
데 도움을 받을 수 있다.

「옹로만어(擁虜漫語)」 역시 '작가와 건강', '나의 일기', '점정(點睛)과
사족(蛇足)', '여인의 행복', '다작(多作)의 변' 등 소제목을 붙여 일견
전혀 소재의 통일성이 보이지 않은, 구보의 즉흥적인 느낌을 개진한
글이다. '작가와 건강'은 건강이 중요하다는 말을 서두에서 잠깐 언급
할 뿐 실은 그의 창작태도를 말하고 있다. 그는 실제의 사물을 보지 않
고는 소설 속의 상황을 묘사할 수 없다고 한다. 작가로서의 상상력이
부족해서 그렇다고 스스로 인정하면서(액면 그대로 우리는 받아들일
수 없지만) "내가 한때 '모데로노로지오'―고현학(考現學)이라는 것에
열중하였든 것도 이를테면 자신의 이 '결함'을 얼마쯤이라도 보충할
수 있을까 하여서에 지나지 않는 일이다."라고 고백한다.

「나의 일기」에서는 일기를 쓰다가 그만둔 나력을 적고 있다. 보통학
교 3학년부터 쓰던 일기를 중학교에 와서 영어 교사가 "단어에 재주가
있어."라는 말을 듣고 영어로 일기 쓰기를 시작했다는 것이다. 문단에
나오고부터는 위대한 문인으로 남을 것이라는 자만(自慢)으로 '일기급

단편(日記及斷片)'이라는 수첩을 만들어가지고, 훗날의 독자가 볼 것을 고려하여 사실과 어긋나는 기록도 서슴지 않고 썼다는 것이다. "결국에는 자기기만에 스스로 혐오"를 느껴 그 일기를 불살라 버렸다고 기술하고 있다.

「점정(點睛)과 사족(蛇足)」은 어떻게 하면 좋은 글을 쓸 것인가 스스로를 반성하면서 쓴 글이다. 「여인의 행복」은 그의 소설 「향수」라는 작품의 소재가 되었던 여인에 대해서 말하고 있다. 동경에서 기생으로 있을 때 만났던 정인이 후에 다른 사람을 만나 결혼하여 행복하게 살고 있다는 친구의 얘기를 듣고 쓴 소설이다. 「다작(多作)의 변」은 그의 창작관을 나타내는 글이다.

> 누구나 범용(凡庸)한 작품만을 쓰고 싶어 쓰는 것이 아니요, 또 걸작이란 모다 작자의 의도 하나만으로 쉽사리 이루어지는 것은 아니다. (…중략…)
> 한 개의 작품이 그 제작되는 여정에 있어 작자가 오즉 전력을 경도하기만 하면 능히 걸출한 것일 수 있는 운명을 가지고 있을 때 동시에 제작되는 다른 작품으로 하여 그 공부와 정력이 분산되어 마침내는 아까웁게도 한 개 평범한 작품이 되어 버린다든 그러한 경우는 물론 있을 수 있다.
> 그러나 그러한 희귀한 묘상(妙想)이 머리에 떠오르기만을 기다리기로 하여 일체의 창작 활동을 삼간다는 것은 오즉 부질없는 일이요, 또 그렇게 마음을 고요히 갖는다고 아모러한 영감이고 작가를 찾아오는 것이 아니다.
> ― 「다작의 변」 부분 《조선일보》(1938)

이와 같은 견해는 대부분의 작가들이 가지고 있는 창작관이라고 할 수 있다. 작품 창작에 임하면 최선을 다해서 그 작품이 완성되도록 노력한다. 그 작품이 훌륭한 작품이 될지 어쩔지는 차후의 문제다. 좋은 작품만을 쓰겠다고 벼르면서 착수를 미루는 것은 결국 아무 작품도 쓸 수 없다고 생각된다. 빚에 쪼들려 미리 돈을 받고 쓴 도스토예프스키의 『죄와 벌』도 불후의 명작으로 전해지고 있다. 구보도 많은 작품을 남길 수 있었고, 또 후세에 높이 평가될 수작을 남기게 된 것도 이와 같은 작품관을 갖고 있었기 때문이라고 생각된다.

「백일만평(百日漫評)」은 "시 소품 등과 여가의 편상(片想)을 모두아 논 것이다." 일관된 주제가 없다. "문학과 문단"을 혼동하고 있는 사람이 많다고 하면서 좋은 작품을 쓰려는 노력보다 문단을 기웃거리는 사람이 많다고 나무란다. '역시풍류(譯詩風流)'라는 소제목하에 곽진, 이익, 정지상 등의 한시를 번역하고 있다.

5. 문예시평

박태원은 많지는 않지만 몇 번에 걸쳐 소설· 희곡, 시에 대해 평을 썼다. 아마도 신문사의 요청에 의하여 씨진 것으로 짐작된다.

「초하창작평(初夏創作評)」은 1929년에 발표된 것으로 희곡으로서는 김영팔의 「대학생」, 송영의 「정의의 칸바사(캔커스)」, 방인근의 「돌아나는 싹」, 김탄실의 「모르는 사람같이」 등이고, 소설로서는 이종명의 「조고만 희열」, 송영의 「꼽추 이야기」 등이다. 이종명의 「대학생」에 대해서는 "어느 정도까지 성공하였다."고 평가한 반면에 송영의 「정의의 칸바스」에 대해서는 "너무나 애처럽게도 실패로 돌아갔다."고 혹평하고 있다. 이념만 앞세웠지 작품화가 되어 있지 않다는 것이다. 송영의 소설 「꼽추이야기」도 우선 실망했다는 말을 전제한 다음, "읽고 나자 '알맹이'에 비하여 이야기가 너무나 장황하다는 것을 우리는 깨달았다." 라고 결론짓고 있다. 김탄실의 「모르는 사람같이」는 "이러한 아무 짝에도 소용없는 작품의 내용을 써놓을 필요는 조금도 없다."고 혹평하고 있다. 방인근의 「돌아나는 싹」에 대해서는 "약간의 과장은 있으나 대사도 무난하고 극도 순조롭게 진행되었다. 물론 뛰어난 작품은 못되나 그리 흠 없는 작품이다."라고 평가한다.

　시에 있어서는 김안서, 양주동, 임화, 엄흥섭, 주요한, 이상화, 김해강, 적구, 박세영 등을 다루었다. 먼저 안서의 시에 대하여 시취(詩趣)가 10년 여일하다면서 "시인으로서의 '소견'이 여차히 비시적"이라고 지적하고 있다. 이장희의 시 3편에 대해서도 "취할 점도 없다."고 말한다. 양주동의 시 「조선의 맥박」, 「이리와 같이」, 「탄식」 등에 대해서는 긍정적인 평을 내리고, "무애여! 우리 같이, 우리에게도 미약하나마 조선의 동맥이 있고 병들었으나마 조선의 폐가 있는 이상 같이 일합시다."고 동조하면서, "작자의 시상도 좋거니와 폐량(肺量)도 크다."고 추장하고 있다. 이들 시에서 민족의식을 느낄 수 있은 듯하다. 김여수, 적구, 김대준 들의 시에 대해서 모두 짤막하게 평을 하고 있으나 부정적인 시각으로 보고 있다. 임화의 「봄이 오는구나」에 대해서는 "오자(誤字)와 오식(誤植)과 문법이 가장 틀린 조선문의 대표"라고 혹평하고 있다. 대신 엄흥섭의 「새거리로」에 대해서는 다소 긍정적인 시각으로 보고 있다. 김창술의 「기차는 북으로 북으로」는 실망을 주는 시로 평한다. 주요한의 「생의 찬미 1,2,3」은 민요적 색채가 농후한 작품이라고 단정하고, 「其三」에 대해서는 "3편 중 가히 백미가 될 것이다."라고 평가한다. 김해강, 박세영의 시에 대해서도 별로 긍정적인 평을 내리지 않고 있다.

　당시 발표되었던 작품들에 대해서 박태원은 대체로 부정적인 견해를 가지고 있었던 것을 알 수 있다. 박태원이 우수한 작품이라고 내세운 작품은 적어도 「초하창작평」에서는 발견되지 않는다.

　다음은 1933년에 발표된 『문예시평』. 당시에 발표되었던 작품들에 대한 박태원의 평을 들어보기로 하자. 이 글은 본격적인 시평을 하기 전에 '소설을 위하여'라는 소제목을 붙여서 '수필'에 대한 그의 의견을 말하고 있다. 먼저 김기림이 "수필이야말로 소설의 뒤에 올 시대의 총아가 될 문학적 형식이 아닌가 하고……", "향기 높은 유머의 보석과 같이 빛나는 위트와 대리석같이 찬 이성과 아름다운 논리와 문명과 인생에 대한 찌르는 듯한 아이러니와 파라독스와 그러한 것들이 짜내는 수필의 독특한 맛은 이 시대의 문학의 처녀지가 아닐까 한다."라고 한 말에 대하여, 대비되는 조용만의 말을 인용한다. 수필은 "문학의 한 작은 방류이지 결코 문학의 주류는 아니었다."고 단언한 뒤에 "문인들은 두뇌의 피로를 쉬기 위하야 쓰고 독자들은 딱딱한 글을 저작(詛嚼)한 뒤에 디저트로 읽는 것이니 수필류는 대개 이같은 가벼운 청량제로서 문학 사상의 여천(餘喘)을 보전하여 온 것이다."라그 한 말에 구보는 동감을 표하고 있다. 조용만의 말은 현 수필가들이 들으면 대로(大怒)할 말이라고 생각된다. 김기림은 앞으로의 문학을 내다보고 한 말이지만 조용만은 있어왔던 문학에 집착해서 한 말이다. 수필에 대한 이러한 견해는 시평과는 별로 관계없는 말이지만 그의 문학관을 살펴보는 데는 도움이 된다.

다음은 '평론가에게'라는 소제목 아래 이헌구의 글 「평론계의 부진과 그 당위」에 동감을 표하면서 당시 한국에는 평론가다운 평론가가 없다는 것으로 시작하고 있다. 한국문학에 기여한 것이 무엇이 있느냐고 반문하면서, 평론가란 "활동사진에 있어서 변사와 같다."는 김동인의 말에 진실이 있다고 말한다. 그러니까 박태원은 평론가의 존재를 인정하기는 하지만 소설가의 보조역할 정도로 보고 있다는 것을 알 수 있다.

'9월 창작평'이라는 소제목 아래에서는 이태준의 「아담의 후예」를 다루고 있다. "무릇 문예의 전부는 그 묘사에 있다고 할 것이다. 묘사가 졸렬한 작품은 어떠한 사람의 손으로 어떠한 소재가 취급되었다 하더라도 그것을 문예라고 할 수 없을 것이다. 이와 반대로 묘사가 능숙한 작품에서 우리는 '진(眞)'과 '미(美)'와 '희열'까지 느낄 것이다." 이태준의 묘사력이 탁월하다는 말이다. 평론가는 '활동사진의 변사'와 같다는 김동인의 말을 충실히 이행이라도 하는 듯이 이 작품을 비교적 상세히 해설하고 있다. 그러나 이 소설에서도 몇 군데의 흠을 지적하고 있다. 안 영감을 묘사하면서, "내 집이나 내 사람이 있는 곳이 아니니 불이 난들 싸움이 난들 무서울 것이 없이 그저 구경거리였다."는 기술에 대하여 구보는 여지없이 "천박한 설명구"라고 몰아붙인다. 이 외에도 묘사에 설명이 끼어들면 "작자의 부주의"라고 타박한다. 소설에서 말하기(telling) 기법을 지양하고 보여주기(showing)로 나아갈 것을 구보는 이미 인식하고 있었다고 보인다.

다음은 김안서의 「기차」에 대하여 평한 것인데, 내용은 우선 차치하고 "이외다", "하외다" 식의 문체가 틀렸다는 것이다. 또 "용만한 문장, 객쩍은 문구가 도처에 산재해 있다."고 지적한다. 함대훈의 「전향(轉向)」에 대해서는 실망만 느꼈다고 말하고, 이유는 작자가 외국어를 전공하고 있기 때문에 걸작에 대하여 "기오쿠레(주눅)"가 들어서 그렇다는 것이다. 「순이와, 나와─」는 상당히 길게 평을 하고 있지마는 "대체로 이 작품은 실패작이다."는 결론이다. 실패작을 이렇게 장황하게 설명하고 있는 구보의 심사를 이해하기 어렵다. 차일로의 「홍수」는 "우수한 농민소설이다."라고 말하고, 문단 경력을 가지고 있지 않는 작자가 이 정도의 작품을 창작했다는 것에 대하여 좋은 평가를 내리고 있다. 그러나 어색하거나 치졸한 문장을 찾아내어 그 예를 보이면서 꾸짖고 있다. 구보의 "문예감상이란 구경 문장의 감상"이란 창작관이 내내 작용하고 있는 것을 알 수 있다. 강경애의 「채전(菜田)」은 "위선 문장이 치졸함이 눈에 띈다."는 말로 시작하고 있다. 내용도 설득할 만한 줄거리를 갖고 있지 못하다고 평한다. 이동구의 「도향노동자」는 "호개(好個)의 소재를 가지고서도 이씨에게는 그것을 요리할 힘이 없었다."고 말하고 있다. 김유정의 「총각과 맹꽁이」에 대해서는 높은 평가를 내리고 있다. "일종의 경이이기조차 하였다. 그 간결한 수법이며 정확한 묘사는 이 작가에 범수(凡手)가 아님을 표백한다."고 말한다.

'3월 창작평'은 「표현, 묘사, 기교」에서 썼던 말 "문예감상은 문장의 감상"이라는 말을 거듭 서두 소제목으로 붙이고 시작한다. 지금까지의 평가들은 "거의 모두가 '형식'이나 '문장' 같은 것보다 '내용'이나 '이데올로기'에 대한 논란에 그 중심이 두어졌다."고 말하고, "예술이라는 것을 모르는 이만이 대담하게도 가질 수 있는 태도"라는 것이다. 시평인데도 불구하고 경어체로 쓰고 있다. 팔봉의 「봄이 오기 전에」, 석북진의 「꽃 피였던 섬」, 최독견의 「약혼전후」, 조벽암의 「실직과 강아지」, 이향파의 「남의(南醫)」, 박미강의 「새우젓」들을 다루었다.

「봄이 오기 전」은 팔봉이 아직도 KAPF의 영향 하에 있던 시기라서 구보가 이데올로기 소설로 색안경을 끼고 볼 만할 것이다. 그러나 이데올로기 소설은 아니라고 결론짓고 있다. 이 소설이 별반 감격을 주지 못하는 것은 "억양이 결여된 문장"이라고 한다. 이 소설은 3인칭 대신에 1인칭 소설로 쓰였더라면 좋았을 것이라고 충고한다. 「꽃 피는 섬」은 "지방어"가 풍부하게 쓰이고 있긴 하지만, "지방색을 나타내기 위하여 효과적으로 쓰여 있는 경우"에만 한한 것이지, 서술은 표준어로 써야 한다고 말하고 있다. 「약혼전후」는 유더 소설로 보고 "성공하였다고도 못하였다고도 할 수 없습니다."라고 말하고, 그 이유는 이 항목의 소제목, "통제를 잃은 재필(才筆)의 난보(亂步)"이기 때문이라는 것이다. 「실직과 강아지」는 "무시된 어감, 어신경(語神經)"이라는 말로 미묘한 어감 차이를 살리지 못한 소설이라고 단정하고 있다. 「남의」는 농촌을 잘 스케치하고 있으나 소설의 내용이 별로 없다고 지적하고 있다. 「새우젓」은 상식에 맞지 않은 서술이 있어 인생 공부를 더 하고 난 뒤에 소설을 쓰라고 권고하고 있다.

박태원이 소설 시평을 쓰면서도 작가가 쓰는 문장에 언제나 주목하고 있는 점을 볼 수 있다. "신춘작품을 중심으로 작가, 작품 개관"이란 부제가 붙은 「문예시감」(1935)에서도 작품을 제일 먼저 문장의 관점에서 보고 있는 것을 확인할 수 있다. 서두 2장을 작가들이 잘못 쓰고 있는 문장을 예로 들어 지적하고 있다. 이어서 유진오의 「김강사와 T교수」, 강경애의 「모자」, 엄흥섭의 「악희」, 「순정」, 박영준의 「생홀아비」 등에서 문맥이 맞지 않거나, 어색한 표현 등을 일일이 예로 들어 보이며, 그 잘못된 문장을 지적하고 있다. 그러나 김유정의 「소낙비」와 김시종(김동리)의 「화랑의 후예」에 대해서는 높은 평가를 내리고 있다. 두 작품 다 우리 문학사에 길이 남을 만한 작품들이란 점에서 그의 눈은 정확했다고 말할 수 있다. 이런 눈을 가졌기 때문에 그의 작품도 그 빛을 잃지 않고 전해지고, 그를 연구하는 학자들도 많다고 생각된다.

6. 독후감

박태원은 자기가 마음에 드는 사람의 작품에 대한 독후감을 썼다. 「춘원 선생의 근저 「애욕의 피안」」(1937), 「이광수 단편선」(1938), 「이태준의 단편집 『달밤』을 읽고」(1934), 「우리는 한갓 부끄럽다 — 「남생이」 독후감」(1938) 등이다.

「애욕의 피안」은 줄거리를 따라 인물들의 행위를 간략하게 설명하고 있다. 춘원은 문단의 선배로서뿐 아니라 그에게 작가가 되도록 이끌어

준 가히 정신적 스승이라고 할 수 있다. 춘원을 향한 무한한 존경심이 글 곳곳에 담겨 있는 것을 볼 수 있다.

> '혜련'의 관 앞에 김장로가 가슴을 치고 참회하는 대목은 「어둠의 힘」에서 '니키다'가 그의 모든 죄를 고백하는 장면을 방불하여 읽는 자로 하여금 옷깃을 바로잡게 하거니와 천하의 절승 금강산을 무대로 '혜련'과 '강선생' 두 사람의 지고지귀하게 발현되는 정신의 기록은 역시 거장의 영필(靈筆)이라 사람의 가슴을 때리는 자가 있다.
>
> ─「춘원 선생의 근저 「애욕의 피안」」 부분

구보가 이와 같은 찬사를 보낸 경우는 극히 드물다.

「이광수 단편선」은 독후감을 쓰기 전에 "평자와 작자의 친소관계, 작품이 평자의 호상(好尙)에 맞고 안 맞는 것…… 우선 그러한 것만 보더라도 참말 공정한 비평이 있기 어려운 것이 아닐까."라고 말한다. 특히 그와 이광수 사이에서라면 독자들이 충분히 오해할 만하다고 보는 것이다. 그러나 그런 오해를 불식시킬 만큼 그의 눈은 정확하다. 「단편선」 중에서 특별히 「무명」에 대해서 그는 극찬을 아끼지 않고 있다. "이 「단편선」 중에는 실로 춘원 선생 일대의 명작 「무명(無明)」이 수록되어 있는 것이요, 「무명」은 실로 주옥같은 작품임에도 불구하고, 일부 평가에게 일찍이 부당하게 학대를 받은 일이 있는 까닭이다."라고 말하고, "「무명」을 가지고 있는 이상, 외국 문단에 대하여도 구태여 과히 겸손할 필요가 없다."고까지 격찬하고 있다.

「이태준 단편집 『달밤』을 읽고」에서도 그는 최대의 찬사를 보내고 있다. "청탁도 받지 않은 글을 초하는 것은 오로지 거기서 내가 맛본 감격에 말미암은 것이다."라고 전제한 다음 좋은 작품을 추천하는 취지로 쓰는 글이라고 밝히고 있다. 시평 때와는 어조부터 사뭇 다르다.

이런 치우침을 의식한 때문인지, "나는 내 자신의 작가적 양심을 가져, 이 주옥같은 단편집을, 독자에게 추천한다. 이 책이 단 한 권이라도 더 팔리기를 바람은, 저자나 서점을 위해서가 아니라, 진실로 우리의 문학애호가를 위함으로써이다."라고 말한다.

「우리는 한갓 부끄럽다―「남생이」 독후감」은 신춘문예에 당선된 현덕의 「남생이」라는 작품에 대해서 언급한 것이다. 30년대 중반에 신춘문예에 당선되어 나오는 작품들에 대하여 두려움을 갖고 있었다는 것을 고백하고 난 뒤에 이 「남생이」에 대해서도 "두려워하기보다 먼저 고개를 숙였다."고 말하고 있다. 김시종, 김유정, 정비석 등의 신춘문예의 작품을 경이로 바라보았다는 말을 한 뒤에 한 말이다.

7. 인터뷰, 탐방 기사 및 기타

「네 자신을 알라」라는 제목의 글은 조광사 편집실의 부탁으로 감리교 총리원의 양주삼 목사를 찾아 가서 인터뷰한 것이다. 문예물 수필과는 다소 거리가 있지마는 구보가 쓴 글이니까 넓은 범위에서의 수필로 보고 살펴보기로 한다. 이 글은 총리사실로 찾아가 양 목사를 만나기까지의 일을 자세히 기술하고 있다. 다른 글(수필이나 평문)과는 달리 매우 겸손한 어법을 쓰고 있다. 비슷한 연령의 문단인에게는 다소 조롱조이거나 비판적인 어조를 견지하던 구보이지만, 인터뷰 기사를 그대로 기록한 때문이지 어조가 사뭇 다르다. 공대어와 겸양어법을 쓰고 있는 것을 볼 수 있다.

> 그러나, 지금부터 이래서는 안 되겠다 생각한 나는, 바로 이제 가장 대단한 말씀이나 선생에게 물을 듯싶게 혹은 경우에 따라 지극히 실례되는 말씀, 당돌한 말씀 그러한 것을 물어볼지도 모르나, 그러한 일이 있더라도

결코 허물하지 말아주십사— 미리 말씀 드렸던 것이나 그 즉시 나는 당황
하여 하지 않으면 안 되었다.

— 「네 자신을 알라」 부분

연세가 어떻게 되는지, 자녀는 몇인지, 식사는 주로 어떻게 하는지,
주로 양복을 입고 지내는지 한복을 입고 지내는지, 부인과 나이 차이
는 얼마나 되는지, 생활철학은 무엇인지 등을 물어보는 내용이다. 그
러나 구보는 이 종교계의 높은 분에게 꼭 물어브고 싶은 것이 있었다
는 것이다.

그야 물론 선생을 뵈옵고 꼭 여쭈어 보리라 마음먹은 것이 있기는 있었
던 것이다.
대체 천국은 정말 가까워왔는지 만약 그것이 사실이라면 아무리 바쁘더
라도 나는 얼른 회개하여만 할 것이나 이러한 교활한 불신자도 능히 하나
님의 용납하시는 바이 될는지, 나는 그것을 선생에게 배워야만 하겠다.

— 「네 자신을 알라」 부분

"나는 대체, 어떠한 실례되는 말씀을 여쭈어 보아야 선생의 기대에
어긋나지 않을 것인가 —자못 걱정이었다."고 술회하고 난 뒤에 한 말
인데, 여기서 우리는 구보의 기독교에 대한 태도를 짐작할 수 있다.

박태원은 동 시대의 문인들에게 몇 편의 편지와 추억담을 남겨놓고
있다. 제일 먼저 「김동인씨에게」라는 편지를 살펴보면 「배따라기」,
「목숨」, 「감자」 같은 좋은 작품을 쓴 분이 근년에 와서 왜 신문소설, 통
속소설을 쓰느냐고, 정중한 항의가 담겨 있는 편지다. 물론 생활을 위
해서 쓰는 줄을 알고 있지만, 발표한 「신문소설론」을 읽고 매우 실망했
다는 내용이다.

김동인 선생,

　'흉금을 열어' 라는 방벽을 가져 당돌한 말씀을 한 것을 용서하여 주십
시오. 그러나 현명하신 선생은 이 글 속에 소생의 선생에 대한 아끼고 존
경하는 뜻을 알아주리라 믿습니다. 모든 들으시기에 괴로우신 말씀도 그
곳에서 우러나온 것에 틀림없습니다.

─「김동인씨에게」 부분, 《조선중앙일보》(1934)

　「유정과 나」는 박태원이 김유정과 교류하던 짧은 한 때의 일을 기억
을 더듬어 쓴 글이다. "그가 초면 인사를 할 때 그가 술냄새 날 것을 두
려워하야 모자 든 손으로 입을 거의 가리고 말하든" 기억이 난다고 술
회하고 있다. 건강이 나쁜데도 술을 좋아해서 자주 취해 있었던 일, 극
도의 곤궁 속에 지내고 있는 유정의 형편 등을 말하고 있다. 「고 유정
군과 엽서」 역시 그를 우연히 신문사 앞에서 만나고 난 뒤에 구보에게
엽서를 보내온 일과 그의 극도의 가난을 적은 글이다. 구보는 그 때 아
내의 발병과 생활비 때문에 걱정을 하고 있었던 때라고 한다. 그 표정
을 읽고 유정이 엽서를 보내온 것이다. "그러나 나의 요만한 '우울' 이
유정의 마음을 그만치나 애달프게 하여 준 것은 나로서는 이를테면 한
개의 죄악이다."라고 표현한 것은 구보의 독특한 문체적 표현이라고
할 수 있다.

　「이상(李箱)의 편모(片貌)」는 이상이 죽고 난 뒤에 그와 생전에 가졌던
일을 회상하며 쓴 글이다. 이 글은 박태원의 소설, 「애욕」(《조선일보》,
1934)이나 「보고」(『여성』, 1936)와 함께 읽어보는 것이 좋을 듯하다. 소
설은 이상을 모델로 하여 거의 실제와 같이 썼지만, 허구가 얼마쯤은
들어있다고 할 수 있다. 「이상의 편모」는 이상의 생활을 가감 없이 쓴
글이다. 특히 주목되는 것은 《조선중앙일보》에 연재하였다가 독자나
문단으로부터 호되게 공격을 받았던 「오감도」와 얽힌 사건을 이태준과

더불어 주선 게재하게 한 본인의 기술(記述)이라는 점에서 흥미롭다. 이 글에서 나오는 "그들은 「오감도」를 정신이상자의 잠꼬대라 하고 그것을 게재하는 신문사를 욕하였다."고 한 말은 연구자들에게 자주 인용되는 말이다. 생전에 이상과 가장 가까웠던 친구로서 그의 이 글은 이상 연구에도 귀중한 자료가 될 수 있다.

> 조선 문단이 이상을 잃은 것은 가히 애석하여 마땅한 일이나 그는 그렇게 계집을 사랑하고 벗을 사랑하고 또 문학을 사랑하였으면서도 그것의 절반도 제 몸을 사랑하지는 않았다.
>
> ― 「이상의 편모」 부분, 『조광』(1937)

선의의 경쟁을 하고 있는 문단 친구이면서도 이상의 천재성을 인정하고 있는 글이다. 「이상(李箱) 애사(哀詞)」는 일종의 추도문이다. 이 글은 "여보, 상―" 하고 고 이상에게 직접 면전에서 말하듯이 쓴 글이다. 친하게 지냈던 박태원조차 이상이 불현듯 동경으로 떠나간 "참뜻"을 모르겠다고 말하고 있는 점은 주목할 만한 대목이다.

8. 결론

구보의 수필을 대체로 항목별로 살펴보았다. 구보 자신은 수필에 큰 무게를 두지 않았던 것으로 보인다. 소설 장르가 그의 주된 관심거리였고 시에 대해서도 많이 쓰지는 않았지만 항상 관심은 두고 있었던 듯하다. 그러나 그의 수필을 살펴보면서 그의 언어 감각을 확인할 수 있었다. 다른 어떤 장르의 문학보다 수필은 작가의 체험이 중요한 바탕이 된다고 말하고 있다. 그의 문학을 이해하는 데 수필을 보지 않으면 그의 작품을 바르게 이해하였다고 말하기는 어렵다는 점을 말하고 싶다.

그의 수필을 읽으면서 그의 소설의 문체를 좀 더 세밀하게 관찰할 수 있을 것이라는 생각이 든다. "문예감상이란(늘 하는 말이지만) 구경, 문장의 감상"이란 소신을 끝까지 지켰는지 어쨌는지는 확인할 수 없지만(월북 후의 그의 소신에 다소 변화가 있지 않았나 하는 생각도 들지만) 적어도 남한에 머물고 있을 때까지는 그가 견지하던 문학적 소신임에 틀림없다. 30년대의 문학만으로도 그를 높이 평가할 수 있는 것도 그 때문이다. 그는 확실히 우리 문학사에 한 획을 그어 놓은 작가임에는 틀림없다.

이상의 수필, 그 천재성의 증명

— 문체를 중심으로

1. 서론

우리가 통칭 문체라고 말하는 것은 서구어 'style'을 일본 사람들이 번역해서 쓰는 말이다. 따라서 'style'이라는 말과 문체(文體)라는 말 사이에는 다소거리가 있다. 'style'이라는 말은 건축, 미술, 의상 등에 두루 쓸 수 있지만 '문체'라는 말은 글 이외에는 쓸 수 없다. 그리고 문체는 당연히 한자(漢字)에서 온 말로 우리가 오늘날 쓰고 있는 문체의 개념과 전혀 다르다. 중국에서는 차라리 장르나 형태 혹은 형식이라는 말과 더 연관이 있다.

문체를 대체로 네 관점에서 구별하고 있다고 필자는 지적한 바 있다.(졸저, 『문체의 이론과 해석』, 1982) 첫째, 시공간의 다름으로 인해서 형성된 문체, 정철이 살고 있던 시대의 문체와 오늘날의 문체가 다르다면 시간의 차이에서 생긴 문체의 다름이라고 할 수 있다. 경상도 지방에서 쓰는 말과 전라도 지방에서 쓰는 말기 달라서 문체의 차이가 생긴다면 공간의 다름에 의해서 생긴 문체 개념이다. 두 번째, 청자나 독자의 차이로 인해서 형성되는 문체가 있을 수 있다. 외국인과 본국인을 구별해서 하는 말이나 글, 혹은 어른과 아이를 구별해서 다른 어법을 사용한다면 바로 이 경우에 해당한다. 셋째, 주제나 소재에 따라 다르게 표현하는 경우가 있을 것이다. 조상(弔喪)하는 말과 시위(示威)를 선동하는 말은 그 어조도 다르거니와 표현하는 방법도 다를 것이다. 말하는 사람이 다른 문체를 쓴다고 볼 수 있다. 네 번째가 개성(個性)에 의한 문체다. 앞의 세 가지 문체에 대해서는 주로 어학자들이 연구의 대상으로 취급하고 있지만 개성에 의한 문체는 문학자들이 주목하는 문체다. 그렇지만 앞의 세 관점의 문체를 무시하고 개성의 문체를 다룰 수는 없는 것이다.

이상의 수필을 읽으면 현금의 수필을 읽는 것과 거의 차이가 없는 것을 느낀다. 오히려 오늘날에 있어서도 그 참신성이 돋보여 우리들을 감탄케 한다. 어떤 문장은 오늘날의 젊은 세대 작가들의 실험적인 문장보다 한 걸음 앞서 가 있다는 느낌을 받는다. 그의 문학은 문체적인 관점에서도 확실히 시대를 앞서 간 문인이라고 할 수 있다. 그간에 70년의 세월이 지났음에도 불구하고 조금도 퇴색하지 않고 아직도 독특한 문체의 힘을 지니고 있다는 것은 그의 천재성을 말해 주는 것이다.

지난 100여 년을 문체적인 관점에서 뒤돌아본다면 한국의 문학은 세계에 유례없는 격동기를 겪었다고 할 수 있다. 우선 한국 최초의 신문인 《한성순보》(1883 창간)와 오늘날의 신문 문장을 비교해 보면 그것은 한 눈에 들어난다. 《한성순보》는 한문 문장으로 되어 있어서 한문이 능통하지 않는 일반인은 읽을 수도 없었다. 몇 년 후에 나타난 《한성주보》에 와서야 겨우 국한문 혼용체의 문장을 보여 주는데 일반 대중이 접근하기에는 아직도 불가능했다. 이후 우리 문학의 국문화는 빠른 속도로 진행되었다. 불과 10년 내외에 나타난 개화기의 논설과 소설, 창가 등은 그 전과 엄청난 차이를 보여준다. 물론 훈민정음의 전통이 있었기 때문이기도 하다. 그때까지 한문이 공식문자이고 훈민정음은 비공식문자로 사사로운 글에만 쓰였기 때문에 대중화되지 못했던 것이다. 그런 점에서 개화기에 사용된 문장은 엄청난 변혁이라고 할 수 있다. 그러나 개화기 문학 역시 이후 10년이 되지 않는 사이에 등장한 신문학과는 큰 차이를 보여주고 있다. 1920년대 들어와서야 비로소 명실상부한 언문일치의 시대에 들어섰다고 말할 수 있을 것이다. 그러나 문학의 언어로서는 아직도 미흡했다. 문학의 언어로 영글어진 것은 1930년대로 접어들고부터라고 해도 좋다. 그러니까 19세기 말부터 시작해서 1930년까지 불과 30년 동안에 우리 문학의 언어는 엄청난 변혁을 겪은 후에 오늘날과 같은 언어로 정립되었다. 보는 바와 같이 1930년대 쓰고 있는 문장어는 오늘날 우리들이 쓰고 있는 문장과 매우 유사하다고 말할 수 있다. 내가 유사하다고 말한 것은 아직도 그 시대와 오늘날과는 다소의 거리가 있다는 뜻이다. 시간적 관점에서 본 문체의 차이일 것이다.

1920년대의 문장과는 확실히 다르면서 그 언어 미학에 탁월한 공이 있는 작가로서 우리는 이상, 김유정, 박태원, 이태준 등을 들 수 있다. 그 중에서도 이상의 문체는 그 탁월한 언어미학뿐 아니라, 전위적인 성격을 띠고 있어서 문체론적인 관점에서도 볼 때 그 시대를 앞서 간 작가라고 할 수 있다. 그의 문학은 당대의 문단에 상당한 논란을 불러일으켰다. 다른 이유도 있었지만 그의 문체가 당대의 독자들에게 큰 충격을 주었기 때문이다. 대체로 그의 시나 소설은 난해한 것으로 알려져 있다. 단지 소설 「날개」만은 평이(平易)한 언어로 기술되어 있기 때문에 지금도 많은 애독자를 갖고 있다. 그의 문학은 당대의 문학에 분명히 새로운 지평을 열어주었다는 점을 부인할 수 없을 것이다. 연구가들의 주목을 받고 있는 것도 바로 그 점이다. 사실 그의 문학은 오랫동안 아방가르드적인 성격 때문에 일반 독자들은 특이한 작가, 좀 더 심하게 말하면 괴이한 작가란 인식을 갖고 있었다. 십여 년 전만 해도 포즈만 괴이하게 취하고 있는, 실상보다는 고평되어 있는 작가라는 생각을 갖고 있는 평자도 더러 있었다.

만약 그의 수필이 없었다면 이상에 대한 이러한 견해가 상당한 설득력이 있었을지 모른다. 그의 시나 소설과는 달리 그의 수필은 극히 평이한 문체 미학을 갖고 있으면서도 그의 천재성을 여실하게 드러내 주는 데 조금도 부족함이 없다. 만약 그의 수필이 없었다면 그의 천재를 인정하는 데 연구가들조차 인색했을지도 모른다는 생각을 한다.

2. 장르를 넘나드는 문체

이상의 작품을 읽으면 종래에 가지고 있는 장르 개념에 혼란이 온다. 소설인지, 시인지, 수필인지 매우 애매하다. 그의 소설을 수필이라고 해도 괜찮은 것이 있고, 그의 수필을 소설이라고 해도 괜찮은 것이 있다. 시도 리듬을 거의 고려하지 않았기 때문에 수필로 분류해도 괜찮을지 모른다. 실제로 임종국이 편집한 『이상전집』에도, 이어령이 교주한 『이상전집 1,2,3』에서 우리는 그러한 예들을 얼마든지 찾을 수 있다. 이상 자신도 소설과 수필은 거의 구별하지 않고 썼던 것 같다.

이상은 문학예술을 장르에 구애받지 않고 형상화하겠다는 의지가 강하게 표출되고 있다는 뜻이다. 그의 소설로 분류한 작품들이 일인칭으로 쓰진 것이 많고, 3인칭으로 쓴 작품이라고 해도 마치 그의 개인적이고 주관적인 감정을 표출하는 듯한 인상을 주기 때문이다.

나는 지금 가을바람이 蕭瑟한 내 구중중한 방에 홀로 누워 終生하고 있다.

어머니 아버지의 忠告에 의하면 나는 秋毫의 틀림도 없는 滿 二十五歲와 十一個月의 「紅顔美少年」이라는 것이다. 그렇건만 나는 확실히 老翁이다. 그날 하루하루가 「人生은 짧고 藝術은 기다랗다」하는 엄청난 巭生이다.

나는 날마다 殞命하였다. 나는 자던 잠─이 잠이야말로 언제 시작한 잠이었더냐─을 깨이면 내 痛切한 生涯가 開始되는데 여지없이 蕩盡되는 것은 이불을 푹 뒤집어쓰고 누웠지만 歷歷히 目睹한다.

— 소설 「종생기」 부분

그는 醫師의 얼굴을 몇 번이나 치어다보았다. 「醫師도 人間이다. 나하고 조금도 다를 것이 없는 !」이렇게 속으로 아무리 부르짖어 보았으나 그는 醫師를 한낱 偉大한 魔法師나 預言者 쳐다보듯이 보지 아니할 수 없었다. 의사는 붙잡았던 그의 팔목을 놓았다. (가만히) 그는 그것이 한없이 섭섭하였다. 부족하였다. 「왜 벌써 놓을까 그만 놓을까? 그만 보아가지고도 이 묵은 (老) 重病患者를 뚫어들여다 볼 수 있을까_ 꾸지람을 듣는 어린 아이가 할아버지 눈치를 쳐다보듯이 그는 可憐(참으로)한 눈으로 醫師의 얼굴을 언제까지라도 치어다보아 고만두려고 하지 않았다.

— 수필 「볏상이후(病床以後)」 부분

앞의 것은 소설로 뒤의 것은 수필로 분류되어 있다. 그러나 인용한 대목만이 아니라 글 전체를 보아도 큰 차이를 느낄 수 없다. 특히 「병상이후」는 수필로 분류되어 있지만 3인칭으로 기술되어 있다. 수필을 3인칭 서술자로 내세워 기술하는 것은 지금도 드문 일이지만 당시 다른 문인의 글에는 거의 볼 수 없는 일이다.

여름이 아직 풀리기 전 어느 날 덕수궁 마당에 혼자 서 있었다. 마른 잔디 위에 날이 따뜻하면 여기저기 쌍쌍이 벌려 놓일 사람더미가 이날은 그림자도 안 보인다. 이렇게 넓은 마당을 텅 비워두는 뜻이 알 길이 없다. 땅이 심심할 것 같다. 땅도 인제는 초목이 우거지고 奇巖奇石이 배치되는 데만 만족해하지는 않을께다. 차라리 초목이 없고 怪石이 없더라도 집이 서고 집속에 사람들이 북적북적하고 또 집과 집 사이에 참 아끼고 아껴서 남겨놓은 가늘고 길고 요리 휘고 조리 휘인 얼마간의 地面――卽 길에는 늘 구두 신은 남녀가 뚜걱뚜걱 오고 가고 여러 가지 車輛들이 굴러가고 하기를 希望한다. 그렇게 땅의 성격도 嗜好도 變하는 것이다.

― 수필 「조춘점경(早春點景)」 부분

이 수필은 소설에서처럼 배경 묘사가 상당히 섬세하다.

달이 天心에 왔으니 이만하면 물은(潮) 아직 좀 들어온 것 같다. 젖은 모래와 마른 모래의 경계선이 월광 아래 멀리 아득하다. 찰락 찰락―한 여남은 메―터는 되나 보다. 斷崖 바위 위에 우리들은 걸터앉아 그 한 순간을 기다리고 있다.

「자 인제 일어나요.」

마른 아홉 개 꽁초가 내 앞에 무슨 푸성귀 싹처럼 헤어져 있다. 나머지 담배가 한 대 탄다. 요것이 다 타는 동안에 내가 최후의 결심을 할 수 있어야 한다.

「자 어서 일어나요.」

仙이도 일어났고 인제는 정말 기다리던 그 순간이라던 그 순간이라는 것이 닥쳐왔나 보다. 나는 仙이를 걷어치켜 주면서

「겁이 나나」

「아―뇨」

「좀 춥지?」

「어떻가요?」

입술이 뜨겁다. 쉰 개째 담배가 다 탄 까닭이다. 인제는 아무리 하여도 피할 도리가 없다.

「자 그럼 꼭 부뜰어요.」

「꼭 부뜨세요.」

― 수필 「행복」 부분

인용한 대목만 보아도 한 편의 소설로 충분히 느낄 만하다. 사실 「행복」이란 작품 전체가 이상의 다른 소설에 비교히 보아도 소설 요건으로 빠진다고 말할 수 없다. 인물의 대화를 많이 쓰고 있는 점도 그렇지만 소설적 허구도 어느 정도 가지고 있다.

그런가 하면 이런 소설작품도 있다.

> 친구를편애하는약속하는고집이그의발간몸둥이를친구에게그는그렇게
> 도쉽사리내어맡기면서어디친구가무슨짓을하기도하나보자는생각도않는
> 못난이라고 하기도하지만사실에그에게게는그가二의발간몸덩이를가지고
> 다니는무거운노역에서벗어나고싶어하는갈망이다.
> — 소설 「지도(地圖)의 암실(暗室)」 부분

띄어쓰기를 하지 않고 줄글로 문장을 쓰는 것은 그의 시에서도 흔히 보는 것이지만 이 소설 역시 그의 수필과 구별이 가지 않는다. 소설의 특성인 허구성이 보이지 않는데다가 행위나 사건의 전개가 거의 없는 대신에 서술자의 주관적인 감정이 끝없이 표백되고 있기 때문이다. 소설 「지주회시」도 이와 비슷하다. 띄어쓰기가 없는 줄글에다 서술자의 내면 의식이 생각의 단락도 없이 끝없이 이어지고 있다. 요컨대 이상은 장르의 의식이 없이 작품을 쓰고 있다고 말할 수 있다. 러시안 포멀리즘에서 말하는 '문학성'을 중시하는 문학관을 갖고 있다는 점이다. '문학에 있어서 중요한 것은 어떤 내용을 갖고 있는가, 혹은 어떤 형식으로 기술되었는가가 아니라 그것이 문학성을 지니고 있는가, 없는가의 문제다.' 라는 관점과 일치한다. 문단 전체가 형식이 우선하느냐 내용이 우선하느냐로 열전을 벌이고 있을 때 이상은 이미 그 단계에서 초월해 버린 것이다.

3. 역설과 반어의 문체

이상의 수필을 읽고 있으면 도처에서 패러독스와 아이러니를 만나게 된다.

> 건너편 팔봉산에는 노루와 멧도야지가 있답니다. 그리고 기우제(祈雨祭) 지내던 개골창까지 내려와서 가재를 잡아먹는 「곰」을 본 사람도 있습니다. 동물원에서밖에 볼 수 있는 짐승, 산에 있는 짐승들을 사로잡아다가 동물원에 갖다 가둔 것이 아니라, 동물원에 있는 짐승들을 이런 산에다 내어 놓아준 것 같은 착각을 자꾸만 느낍니다. 밤이 되면 달도 없는 그믐칠야에 팔봉산도 사람이 침소로 들어가듯이 어둠 속으로 아주 없어져 버립니다.
>
> ―「산촌여정」(이하 인용되는 글은 전부 수필)

이상은 서울에서 출생해서 주로 서울에서 생활한 도회인이다. 가축은 가끔 보았겠지만 야생동물은 거의 볼 수 없었을 것이다. 노루와 멧돼지를 팔봉산 기슭에서 볼 수 있다는 것이 신기했던 것 같다. 마치 동물원의 짐승을 이곳에 풀어놓은 것 같은 착각을 한다는 것이다. 역설이요 아이러니다. 팔봉산이 침소에 든다는 것도 아주 재미있는 표현이다. 이상의 이런 아이러니와 역설을 통해서 우리는 시골의 정경과는 전혀 다른 이미지를 갖는다.

> 얼마 있으면 목이 마릅니다. 자리물―深海처럼 가라앉은 冷水를 마십니다. 石英質 鑛石 내음새가 나면서 肺腑에 寒暖計 같은 길을 느낍니다. 나는 白紙 위에 그 싸늘한 곡선을 그리라면 그릴 것도 같습니다.

> 靑石 얹은 지붕이 별빛이 나려쪼이면 한겨울에 장독 터지는 것 같은 소리가 납니다. 벌레 소리가 요란합니다. 가을이 이런 時間에 葉書 한 장에

적을 만큼式 오는 까닭입니다. 이런 때 참 무슨 재조로 光陰을 헤아리겠습니까? 脈搏 소리가 이 방안을 방채 時計로 만들어 버리고 長針과 短針의 나사못이 돌아가느라고 양쪽 눈이 번갈아 간질간질합니다. 코로 기계기름 냄새가 드나듭니다. 石油燈盞 밑에서 졸음이 오는 기분입니다.

—「산촌여정」 부분

자리물을 "심해처럼 가라앉은 냉수"라고 표현하는 것은 그가 머물고 있는 방안의 분위기를 말하고 있다. "폐쿠에 한난계 같은 길을 느낍니다."는 폐부의 이미지를 클로즈업 시키면서 자신의 처지에 아이러니를 느끼게 한다. "싸늘한 곡선"이라고 함으로써 곡선도 생명력을 가진 어떤 것이 된다. "별빛이 나려쪼이는 것"도 일종의 과장법이지만 별빛으로 인해서 "장독 터지는 것 같은 소리"가 나는 것은 역설이다. 벌레 소리를 듣고 가을이 엽서 한 장에 적을 만큼 온다고 표현하는 것도 이상만이 할 수 있는 특이한 표현이다. 맥박 소리가 이 방안을 방채 시계로 만들어 버린다는 것도 그만이 사용할 수 있는 역설이다.

용서한다는 것은 最大의 惡德이다. 간음한 계집을 용서하여 보아라. 한 번 간음에 맛을 들인 계집은 두 번째도 세 번째도 간음하리라. 왜? 불의라는 것은 재물보다도 매력적인 것이기 때문에—

—「십구세기식」 부분

평상의 도덕률을 완전히 뒤집어서 말하고 있다. 그의 수필에서는 아내의 간음이 소재가 된 글이 많다. 그러나 그의 아내였던 김향안의 증언에 의하면 실제의 생활과는 전혀 달랐다고 한다. 평소에는 전혀 눈치도 챌 수 없을 정도로 평범한 가장이었다는 것이다. 그녀의 말에 자기변명이 많이 섞여 있다고 하더라도 기술 그 자체만 보아도 이상의 창작적 상상이 더 큰 부분을 차지한다고 보인다. 간음이라면 차라리 이상이 더 심한 편이고, 또 어떤 점에서는 여자의 정조에 대해서는 크게 개의하지 않는 듯한 태도를 취한 것으로 알려져 있다. 밖으로의 행동과 그의 내면과는 전혀 달랐는지 모른다. 그는 생활 자체를 아이러니로 생각하고 있는 듯이 보인다.

　이상의 수필 중에는 전편이 일종의 패러독스와 아이러니로 되어 작품이 많다. 가령, 「조춘점묘(早春點描)」 중에 '차생윤회(此生輪廻)'라는 소제목이 붙어있는 작품에서 "길을 걷자면 '저런 인간일랑 좀 죽어 없어졌으면' 하는 인간들이 많다"고 말한다. 그런 인물의 예로 "遺傳性이 확실히 있는 不治의 難病者 狂人 酒精中毒者 所遺傳의 危險이 없더라도 接觸 혹은 空氣遺傳이 되는 惡疾의 遺者 또 도무지 어떻게도 손을 대일 수 없는 絶對乞人 등 다 자진해서 죽어야 하든지 그렇지 않으면 某種의 權力으로 一朝一夕에 깨끗이 掃蕩을 하든지 하는 게 옳을 것이다." 라고 말한다. "그러나 또 생각해 보면 乞人도 없고 범죄인도 없고 하여간 오늘 우리 눈에 거슬리는 온갖 것이 다 깨끗이 없어져버린 打作마당 같은 말쑥한 세상은 만일 그런 것이 실현할 수 있다면 지상은 그야말로 심심하기 짝이 없는 倦怠 그것과 같은 세상일 것이다." 그는 「권태(倦怠)」라는 작품 속에서 '권태' 야 말로 그가 가장 염기(厭忌)하는 사항이라는 것을 말하고 있다. 소탕되어야 할 인간들이 득실거리는 것은 싫지만 그들이 깨끗이 사라지고 나면 권태로운 세상이 될 수밖에 없으니 아이러니다. 더 큰 아이러니는 이 글의 끝에 기다리고 있다. 종로를 지나다 그는 걸인에게 '파기록적(破記錄的)' 적선을 세 번이나 하고 나서 "네 놈 덕에 나는 사람 노릇을 하는 것이다. 알기나 아니?"라고 하면서 궁한 허영심에 苦笑하였다는 것이다. 그러나 "自身 亦 지상에 살 자격이 그리 없다"는 것을 느낀다. "나를 먹여 살리는 上部構造가 또 이렇게 滿足해 하겠지 하고 소름이 聯 끼쳤다. 그때의 나는 틀림없이 어떤 점잖은 분들의 허영심과 생활원동력을 제공하기 위하여 꾸멀꾸멀 하는 '거지적 존재'구나, 눈의 불이 번쩍나지 않을 수 없었다." 라고 술회하고 있다. 동정심의 역설과 아이러니를 말하고 있는 것이다. 그것은 그에게만 해당하는 것이 아니다. 산다는 자체가 바로 그런 아이러니로 점철되어 있는 것이다.

4. 유머와 위트의 문체

이상의 수필을 읽고 있으면 도처에서 재기발랄한 위트와 유머를 만나게 된다.

> 수수깡 울타리에 오렌지 빛 여주가 열렸습니다. 당콩넝쿨과 어우러져서 세피아빛을 배경으로 하는 일폭의 屛風입니다. 그 끝으로는 호박넝쿨 그 素朴하면서도 대담한 호박꽃에 스파르타식 꿀벌이 한 마리 앉아 있습니다.
> ─「산촌여정」 부분

이 글에서 『이상전집』(갑인출판사)의 교주자는 '여주'를 '유자'의 오기라고 하고 있다. 그러나 '여주'는 유자가 가지고 있지 않는 함축을 지니고 있는 듯한 느낌을 받는다. "세피아빛을 배경으로 하는 일종의 병풍"이라고 말하는 것은 위트다. "소박하면서도 대담한 호박꽃에 스파르타식 꿀벌이 한 마리 앉아 있다."는 것은 위트이며 유머. 글을 읽는 사람의 입가에 웃음을 머금게 하고 있다.

> 옥수수 밭은 일대 觀兵式입니다. 바람이 불면 甲冑 부딪치는 소리가 우수수 납니다. 「카마인」빛 꼭구마가 뒤로 휘면서 너울거립니다. 팔봉산에서 총소리가 들렸습니다. 莊嚴한 禮砲 소리가 분명합니다. 그러나 그것은 내 곁에서 小鳥의 肝을 떨어뜨린 空氣銃 소리였습니다. 그러면 옥수수 밭

에서 白, 黃, 黑, 灰, 또 白, 가지각색의 개가 퍽 여러 마리 열을 지어서 걸어 나옵니다. 「센슈얼」한 계절의 흥분이 이 「코사크」觀兵式을 한층 더 화려하게 합니다.

―「산촌여정」 부분

옥수수 밭을 관병식으로 본 것도 재미있지만, 옥수수가 부딪치는 소리를 갑주 부딪치는 소리로 듣는 것도 유머러스하다. 공기총 소리를 예포로 표현하는 것도, 그 옥수수 밭에서 여러 가지 색깔들의 개들이 열을 지어서 걸어 나오는 것도, 코사크 관병식으로 표현하는 것도 유머러스하다.

웨인 부스는 아이러니를 표현적 아이러니(verbal irony)와 상황적 아이러니(situational irony)로 구분한 바 있는데, 유머도 같은 이치로 구분이 가능하다고 생각된다. 표현적 유머는 말 자체에서 유머를 느낄 수 있는 경우이고, 상황적 유머는 어떤 일이 벌어지고 난 뒤에 앞뒤를 생각해 보니 유머로 다가오는 경우일 것이다. 표현적 유머는 대체로 비유의 형태로 나타난다. 직유나 은유의 형태를 취하고 있다.

> 모든 별의 고개가 한쪽으로 일제히 기울어졌습니다. 근심스러운 <u>體操</u>
> 이 여인의 얼굴에는 그런 <u>空地</u>가 없습니다.
> 악마는 어디 가서 횡재를 하고 돌아왔다.
> 규방에는 늘 추풍이 蕭條히 불었다.
> 네 復讐가 畢하는 것이 네 薄命의 날이라는 것을.
> 창 밖에서는 빗소리가 내 懶怠를 이러니 저러니 하고 是非하는 것 같은
> 새벽이다.
> 지금 토실토실한 살 속으로 따끈따끈 葡萄酒가 흐릅니다.
> 삼단 같은 머리에 다홍빛 댕기가 <u>고추처럼</u> 열렸습니다.
> 도회와 달라 떠들지 않고 오는 봄, 조용히 바뀌는 아이와 어른.

그의 표현 속에는 의표를 찌르는 날카로운 위트가 있으면서 그 위트는 다시 유머가 되어 우리를 빙그레 웃게 한다. 때로는 그것이 다시 반어와 역설이 되어 삶을 되돌아보게도 한다.

「19세기식」이라는 글은 소제목을 붙여 마치 경구처럼 짧게 쓴 글이지만 이상의 위트가 넘치는 글이다.

> 이런 경우—즉 「남편만 없었던들」「남편이 용서한다면」 하면서 지켜진 아내의 貞操란 이미 간음이다.
>
> — 「19세기식」 부분, 「貞操」

> 내가 이 세기에 용납되지 않는 최후의 한꺼풀 幕이 있다면 그것은 오직 「간음한 아내는 내어좇으라」는 鐵則에서 영원히 헤어나지 못하는 내 곰팡내 나는 道德性이다.
>
> — 「19세기식」 부분, 「貞操」

> 비밀이 없다는 것은 재산이 없는 것처럼 가난할 뿐 아니라 더 불쌍하다. 情痴世界의 秘密—내가 남에게 간음한 秘密, 남을 내게 간음시킨 秘密, 즉 不義의 兩面—이것을 나는 萬金과 오히려 바꾸리라. 주머니에 푼錢이 없을 망정 나는 天下를 놀려먹을 수 있는 실력을 가진 큰 부자일 수 있다.
>
> — 「19세기식」 부분, 「秘密」

> 나는 아내를 버렸다. 그러나 내가 아내를 몹시 사랑하는 동안 나는 우습게도 아내를 변호하기까지 하였다. 「될 수 있으면 그것이 간음은 아니라는 결론이 나도록」나는 나 자신의 峻嚴 앞에 哀乞하기까지 하였다.
>
> — 「19세기식」 부분, 「理由」

> 안전을 헐값에 파는 가게 모퉁이를 돌아가야 最低樂園이 浮浪한 막다른 골목이오 기실 뚫린 골목이요 기실은 막다른 골목이로소이다.
>
> — 「19서기식」 부분, 「最低樂園」

> 銀座는 한 개 그냥 虛榮讀本이다. 여기를 걷지 않으면 投票權을 잃어버
> 리는 것 같다. 여자들이 새 구두를 사면 자동차를 타기 전에 먼저 銀座의
> 鋪道를 디디고 와야 한다.
>
> ──「19세기식」부분,「東京」

이상의 위트는 가끔 예리하다 못해 냉소(sarcasm)에까지 이를 데도 있
다. 상식을 완전히 뒤집어놓는 위트를 구사하다가도 자신의 처지에 미
치면 냉소로 변한다. "비밀이 없다는 것은 재산이 없는 것처럼 가난하
다"고 말하고 난 뒤에 자기는 비밀이 많기 때문에 부자라는 것이다. 이
것은 위트로 독자의 의표를 찌른 뒤에 다시 "비밀을 많이 가졌으니까
부자"라고 하는 역설로 결국은 유머가 되고 있다. "안전을 헐값에 파는
가게"는 위트지만 그 곳에 최저낙원이 있고, 거기로 가는 길은 뚫린 골
목인 동시에 막다른 길이라는 것은 아이러니다.

이상의 수필 어디를 보아도 자세히 관찰하면 아이러니와 패러독스
로 점철되어 있다. 그것은 그의 글에서 그만이 가지고 있는 문체적 매
력을 준다.

5. 다양한 문장의 구사

이상의 문장을 읽으면 다양한 조사(措辭)를 구사하고 있는 것을 본다.
필자가 그의 문장을 표본 조사한 결과 그 문장의 길이가 다른 작가들
에 비해서 특별히 다양하다는 것을 발견한 바 있다. 작가들이 애용하
는 문장 길이를 조사하면 긴 문장을 애용하는 작가, 짧은 문장을 애용
하는 작가, 그 중간을 애용하는 작가 등 세 가지로 분류할 수 있다. 이
효석, 김동인 등이 짧은 문장을 애용하는 작가로 분류되는 대신에 염
상섭은 긴 문장을 애용하는 작가로 분류된다. 그런데 이상은 아주 짧

은 문장과 아주 긴 문장을 동시에 쓰는 작가로 판명되었다.(졸저 『문체의 이론과 해석』(1982) 참조) 다시 말하면 문장의 평균차착율(平均差錯率)이 가장 높은 작가인데 이는 긴 문장과 짧은 문장의 차이가 다른 어떤 작가보다 많다는 것을 의미한다.

우리 문장은 대체로 '-다.'로 종지(終止)되고 있다. 서술어가 문장의 끝에 오는 우리말의 구문상 어쩔 수 없는 현상이라고 생각된다. 다른 작가에 있어서는 그 종지의 형태가 대체로 4~5종 많아야 10여 종이지만 이상은 20종에 가까운 형태의 종지사를 쓰고 있다는 것이 조사되었다. 이는 이상이 우리말에서 흔하게 쓰는 종지사조차도 나름대로 다양하게 쓰려고 노력하였다는 것을 증명하는 것이다.

그 외에 그는 비약어법(飛躍語法)을 애용하고 있다는 것을 볼 수 있다.

> 어서-차라리-어둬 버리기나 했으면 좋겠는데-僻村의 여름-날은 거리에서 죽겠을 만치 길다.
>
> —「권태」 부분

—로 표시된 부분에는 어떤 말이 들어가야 하지만 생략되었다. 말과 말 사이에 구구한 설명을 붙이지 않고 비약해서 말하는 방법이다. 그러나 독자들은 문맥으로 말과 말 사이의 비약을 짐작한다. 이런 비약어법은 서술의 지루함을 덜어줄 뿐 아니라, 때로는 문장의 진행에 유쾌한 속도감을 준다. 소설의 대화에서도 비약어법을 많이 쓰고 있는 것을 볼 수 있다.

> 정말 결혼하기 싫다. 트집을 잡아야겠기에—
> 「몇번?」
> 「한번」

「정말?」

「꼭」

이래도 안되겠고 間髮을 놓지 말고 다른 방법으로 拷問을 하는 수밖에
없다.

— 소설 「동해(童骸)」 부분

이런 정도의 대화라면 대화 사이에 서술이 있든지 아니면 대화 간의
연관이 보다 밀접한 것이 통례라고 할 수 있다. 이상은 대화와 대화 간
에도 비약이 심하다. 매너리즘의 대화를 싫어하는 성격을 나타내는 것
이다.

文學을 버리고 文化를 想像할 수 없다.

도야지가 아니었다는 데서 悲劇은 出發한다.

인생은 인생이라는 그만 理由로 이미 판도폰 3 그람의 靜脈注射를 處方
받아 있는 것이다.

— 「사회여, 문단에도 一顧를 보내라—작가의 呼訴」 부분

일종의 평문이라고 할 수 있는 호소문에도 그는 이처럼 비약어법을
썼다.

이상은 또 반복어법을 즐겨 썼다.

그가 製鐵工場의 職人이건, 그가 外科醫室의 執刀人이건, 그가 交通整
理警官이건, 그가 法廷의 論告人이건, 그가 하잘것없는 日傭雇人이건, 그
가 千萬長者의 외獨子이건, 묻지 않는다.

— 「추등잡필(秋燈雜筆)」 부분

방문을 닫고 죽은 꿩털이 아깝듯이 네 허전한 쪽을 후후 불어본다. 소리
가 나거라. 바람이 불거라. 恰似하거라. 고향이거라. 情死거라. 每 저녁의

꿈이거라. 丹心이거라. 펄펄 끓거라. 백지 위에 엎디거라.

—「최저낙원(最低樂園)」 부분

靜物 가운데 靜物이 靜物 가운데 靜物을 껴며내이고 있다.

—「실낙원(失樂園)」 부분

그 수염난 사람은 시계를 꺼내어 보았다. 나도 시계를 꺼내어 보았다. 늦었다고 그랬다. 늦었다고 그랬다.

—「월상(月像)」 부분

해는 百度 가까운 볕을 지붕에도 벌판에도 암탉 꼬랑지에도 내려쪼인다. 아침이나 저녁이나 뜨거워서 견딜 수가 없는 炎署 繼續이다.

—「권태」 부분

위의 글은 비약어법과 반복어법을 동시에 사용하고 있는 것을 볼 수 있다. 문장과 문장 사이에 많은 생략이 있다. 독자로 하여금 그 생략을 채워가면서 읽는 재미를 느끼도록 하고 있다.

또 그는 무심하게 읽어버리는 독자에게 충격을 주기 위하여 통상의 문맥에서 흔히 쓰지 않는 거창한 어휘를 쓸 때도 있다.

이윽고 밤이 오면 또 巨大한 구렁이처럼 빛을 잃어버리고 소리도 없이 잔다. 이 무슨 巨大한 謙遜 이냐.
이윽고 겨울이 오면 초록은 失色한다. 그것은 襤褸를 갈기갈기 찢은 것과 다름없는 醜惡한 色彩로 벌판을 바라보고 지니면서 그래도 自殺 悶絕하지 않는 농민들은 불쌍하기도 하려니와 巨大한 天痴 다.

—「권태」 부분

「권태」라는 작품 자체가 역설로 엮어져 있다. 그 역설은 통상의 문맥에서는 어울리지도 않는 무거운 어휘를 씀으로서 그 효과를 보고 있다. 그는 '연구' 라는 어휘도 잘 쓰는데, '연구' 라는 어휘는 큰 과업을 수행하기 위하여 조사하고 탐구할 때 쓰는 말이지만, 그는 일상의 하잘 것 없는 일에도 이 말을 씀으로서 아이러니를 나타내기도 하지만 예상치 못한 충격을 주는 것이다.

리파테르(Michael Riffaterre)는 글에서 문체를 구별하는 기준으로 예측성(predictable)과 불예측성(unpredictable)을 제시한 바 있다. 어떤 말이 나오면 그 다음에 이어질 것으로 당연히 예측되는 말은 문체에서 제외한다. 반면에 다음의 예측이 불가능한 말은 문체의 요소로서 취급하는 방법이다. 이러한 발상은 러시안 포멀리즘에서 그 근원을 볼 수 있다. 비친숙화 혹은 자동화되지 않는 말 등의 술어로 불리고 있는 것도 같은 맥락이다. 통상의 문맥에서 무거운 어휘를 사용하고 있는 것은 불예측성의 문장을 쓰고 있다는 말이다. 불예측성의 글을 쓰고 있는 이상은 분명히 독특한 문체를 지니고 있는 작가임에 틀림없다.

6. 결론

이상은 1931년부터 작품을 쓰기 시작해서 1937년 28세의 나이로 요절하기까지 불과 5~6년의 작품 활동의 기간을 가졌을 뿐이다. 그의 짧은 생애에 비하면 결코 적은 작품의 양이라고 할 수 없지만 30~40년 동안 작품 활동을 한 다른 작가에 비하면 어림도 없다. 그럼에도 불구하고 그의 문학사적 위치는 확고하다. 그를 건너뛰고 1930년대의 문학을 논할 수는 없기 때문이다. 그만큼 그는 우리 문학사에서 주요한 자리를 점하고 있다.

이상을 흔히 천재라고 말한다. 문학을 형식과 내용으로 분리해서 말할 수는 없지만, 그의 문학은 심원한 사상이나 철학을 담고 있지 않다.

또 그 시대의 사회를 잘 표현하고 있다고도 말할 수 없다. 그럼에도 불구하고 우리 문학사에서 그를 소홀히 다룰 수 없는 것은 무엇 때문인가? 그가 보여준 탁월한 문학성 때문이다. 결코 많다고 할 수 없는 작품에서 그는 우리 문학사에서 불멸의 문학성을 우리에게 보여준 것이다. 그 문학성은 증명해 준 것이 바로 그가 보여준 개성의 문체다. 이 글을 끝낼 시점에 와서 뒤돌아보니 여러 가지 아쉬움이 남는다. 필자에게 주어진 시간도 적었지만 젊은 시절과는 달리 의욕만 앞섰지 도무지 연구가 정력적으로 진척되지 않았기 때문이다. 보다 면밀히 자료를 분석하고 검토하지 못했다. 보다 좋은 연구의 성과를 위해서 훗날을 기한다는 말도 이제는 자신이 없다. 다만 이 글이 후학들에게 이상의 문체 연구에 길잡이 역할을 할 수 있다면 그것으로 나의 큰 보람을 삼겠다.

시적 발상과 자연 친화의 정서

— 유경환의 수필 세계

1. 서론

유경환의 문학적 생애는 시인으로 출발했다. 1957년 『현대문학』지에 「바다가 내게 묻는 말」이 초회 추천되고 이듬해 「석화(石花)」, 「혈화산 (血火山)」이 추천되어 문단에 등단한 시인이다. 그러나 그의 생애를 보면 언론인으로서 더 많은 활약을 한 것을 알 수 있다. 그의 언론 활동도 한국의 민주주의가 고난을 겪고 있을 때 그가 몸담고 있던 직장과 함께 투쟁의 대열에 참여하지 않을 수 없었고, 문인으로서의 그의 생애와 늘 함께하고 있었다. 이 나라 지성을 대변하던 『사상계』가 군부의 혹독한 탄압을 받을 때 그 속에 있었고, 군부와 맞섰던 『사상계』 창설자 장준 하 지사와 뜻을 같이한 것, 이후 《조선일보》, 《문화일보》 등 언론매체 의 중요한 간부로 활동한 것 등이 그의 이력을 잘 말해 주고 있다.

그러나 그는 문학 활동을 그만 둔 적은 없었다. 1970년 '현대문학상' 을 수상한 것도 그간의 시작 활동을 높이 산 것이며, 이듬해 그는 『오

한국 현대문학의 문체론적 성찰 ─

누이 가게』라는 동화집도 간행했다. 1974년에는 첫 수필집 『길에서 주운 생각들』을 발표한 것을 비롯해서 이후 많은 시집과 수필집으로 그의 문학세계를 우리들에게 잘 보여주었다. 뿐만 아니라 사회 자선단체의 여러 이사직(예를 들면 한국뇌성마비복지회 등)을 맡아서 사회사업에 헌신하기도 했다. 또 《조선일보》, 《문화일보》 등의 논설위원을 오랫동안 담당하기도 했기 때문에 사회적 이슈에 민감할 것이라는 생각을 가질 수도 있고, 어쩌면 정치적 성향도 있지 않았을까 하는 생각을 할 수 있다. 더구나 그는 연세대학교 정치외교학과 출신이 아닌가. 이런 추측은 그의 시와 수필을 읽게 되면 전혀 터무니없다는 것을 깨닫게 된다.

그는 서울 시내의 직장에 근무하면서도 오랫동안 서울에서 꽤 떨어진 역곡에서 생활했다. 그곳에서 서울 시내의 직장으로 출근하기 위하여 새벽 네 시에 일어났다. 콘크리트와 아스팔트로 뒤덮인 서울 시내를 벗어나 잠시 쉬는 여유마저 없다면 그는 숨쉬기조차 어렵다고 적고 있다. 요컨대 서울의 직장 생활을 위해서 도시를 벗어나 자연 속에 잠시나마 안식을 구하지 않으면 살아가기가 힘들었다는 점을 그의 수필에서 우리는 읽을 수 있다.

생활을 위하여 언론인 생활을 하고 있었지만 그는 천생으로 시인으로 타고 난 사람이다. 그의 수필은 대부분 시적 발상으로 이루어져 있다. 취향에 따라 그의 수필에서 시적 발상을 즐기는 사람도 있을 것이고, 그의 수필 모두가 그게 그거네 하고 재미가 없다고 할 사람도 있을 것이다. 왜냐하면 그의 수필 속에서 어떤 교훈을 얻거나 재미있는 얘기를 기대한다면 전혀 맞지 않기 때문이다. 그러나 그의 도란도란 풀어가는 말소리, 지극히 사소한 일상, 자연의 미묘한 변화, 누구도 눈치채지 못하는 은밀한 관찰을 음미하게 되면 그의 문학적 흡인력에 끌려

들 것으로 생각된다.

2. 시적 발상(發想)

우리는 문학의 글을 대체로 시와 산문으로 나눈다. 글의 운율로 보아서는 운문과 산문으로 나눌 수 있겠지만, 운문으로 되어 있다고 해서 시라고 할 수 없듯이 산문이라고 해서 모두 시가 아니라고 말할 수 없다. 산문시가 버젓이 존재하기 때문이다. 요컨대 시적 발상이 매우 중요하다. 그러나 시적 발상으로 쓰인 글이라고 해서 모두 시가 되는 것은 아니다. 시가 되는 요건을 갖추어야 하기 때문이다. 유경환의 수필은 비록 그 자체를 시라고는 말할 수 없지만, 시적 발상(發想)으로 쓰진 것이 많다.

로만 야콥슨(Robert Jakobson)은 언어의 기능을 여섯 가지로 나눈 바 있다. '아! 아이구!' 등과 같이 자기의 감정을 표현하는 말이 있는가 하면(emotive), 듣는 사람이 자기의 말에 따르도록 하는 말(conative)이 있다. 또 말에 분명히 뜻이 담겨 있는 말(referential), 시적인 말(poetic), 친교적인 말(phatic), 말 자체를 설명하는 말(metalingual) 등으로 나눈다. 시적 기능을 지니고 있는 말은 말 그 자체에 가치를 부여하는 말이라는 것이다. 물론 시적인 말이라고 해서 모두 시가 되는 것은 아니다. 그것은 시가 될 수 있는 자질을 갖춘 말이라고 할 수 있다.

시는 연쇄적(syntagmatic)인 발상(發想)이 아니라 선택적(paradigmatic) 발상이어야 한다고 그는 말한다. 문장을 만들 때 그 뜻이 앞뒤로 연결되도록 쓰는 것은 연쇄적 발상에 근거하는 것이고, 여러 다른 말 중에서 그 말을 선택해서 쓰는 것은 선택적 발상에 근거한다는 것이다. 가령, "아름다운 꽃이 피었다."라는 말을 표현했다면 이 말이 되도록 각 단어를 순서대로 배열해야 한다. 만약 이 단어들을 거꾸로 배열한다든지 토씨나 어미를 맞게 사용하지 않으면 이상한 말이 된다. 한편으로 '아름다운'이란 말 대신에 '예쁜'이란 말을 쓸 수 있고, '꽃' 대신에 '장미'라는 말을 선택해서 쓸 수 있다. 그런데 글 전체로 보아서 연쇄적 발상으로 쓰인 글은 어떤 사실이나 이야기를 만들어갈 수 있는 데 비해 선택적 발상에 근거한 말은 어떤 대상이나 일에 대하여 반복해서 말하는 것이 되는 것이다. 시는 본질적으로 선택적 발상에 근거하고 있다. 시에서 이미지가 중요한 이유도 그 때문이다.

> 별빛이 내려와 바둑을 두는 논두렁, 이런 전원에서 개구리 소리를 듣지 못하게 된다면 우리들의 메마른 정서는 어디서 위로받을 수 있을까.
> 이런 생각을 하면서 이른 새벽에 숲으로 들어선다. 숲을 이루는 모든 목숨들은, 그들이 숨겨 지닌 숨소리처럼 깊은 겸손과 그리고 첫 햇살을 맞아들이는 자존심을 결합시킨다.
> 이것이 새벽 숲 침묵의 바탕이다.
> ―「숲의 침묵」 부분

이 글은 "새벽에 숲으로 들어선다."는 말의 반복이라고 할 수 있다. 단지 그 정서를 다른 말로 표현하고 있을 뿐이다. 이 글 속에는 숲에 얽혀 있는 이야기가 없다. 다시 말하면 서사적이지 않다는 뜻이다. 물론 숲에서 얻는 명상이 있고, 숲을 보면서 깨달은 바를 말하고 있다. 그러나 그것은 숲에서 연유된 이야기가 아니라, 숲 자체를 이렇게 저렇게 달리 보고 있을 뿐이다.

아무도
걷는 이 없는데
길은

뉘를 따라 간다.

나는 갈대. 시린 몸으로 서 있다. 따뜻한 방. 깔깔대는 목소리. 초롱초롱
한 눈망울. 뺨살 덥히는 찻물. 이런 것들이 그리운 맨몸의 갈대다.
　　내 안에 추위 타는 영혼이 떨고 있고 그것을 달랠 아무런 지혜도 갖고
있지 않다. 그래서 그냥 혼자 눈물겹다.
　　　　　　　　　　　　　　　　　　　　　　　　—「흔들리는 불빛」 부분

　앞의 네 행은 시로 생각하고 썼다. 그러나 그 다음의 글도 이 시와
별반 다르지 않다. 이런 수필을 필자는 수필의 갈래를 지으면서 '시적
수필'이라고 부른다. 미당은 그의 시를 수필에 섞어 쓰지 않았지만 그
의 수필 대부분은 시적 수필이다. 시적 수필은 이야기를 거의 만들지
않는다. 만든다고 해도 극히 단편적이다. 대상에 대한 정감만이 크게
확대되어 독자 앞에 다가오는 것이다. "나는 갈대. 시린 몸으로 서 있
다." 시에서처럼 자신을 갈대로 은유하고 있다. "은유는 시의 심장"이
라고 러너는 말하고 있지만, 그만큼 시에서는 은유가 중요한 몫을 하
고 있다는 것을 강조하고 있는 것이다. 위의 글을 보면 "나는 갈대"라
는 말을 다른 말로 표현하고 있을 뿐이다. 곧 선택적 발상으로 글을 이
끌고 있다는 것을 알 수 있다.

　산은 하늘이 내리는 비로만 장식이 가능하다. 그래 산비는 고스란히 맞
아야 하는 비. 산비는 산 숲에 고마운 비다. 산 숲이 지닐 수 있는 장식이
란 일체의 사치나 허영이 배제된 장식. 산비 맞고 깨끗해진 산의 표정은
수줍은 신부가 화장도 마다하고 서 있는 그런 표정이다. 일체의 수식어를
거부한 문장이 더함도, 덜함도 없이 보여주는 담백함과 다르지 않다.
　　　　　　　　　　　　　　　　　　　　　　　　　—「산비」 부분

이 작품의 주제를 찾는다면 "산비를 맞으며 걷는다."쯤 될 것이다. 산에서 비를 맞고 걸으면서 이 생각 저 생각 떠으르는 대로 어떤 줄거리도 없이 엮어나가고 있다. 산에 갔다가 비를 맞은 것인데, 작자의 존재를 빼고 "산에 오는 비는 산비"라고 스스로 이름을 붙이고 그 사실에 경탄한다.

> 삶터 주변에 고개 숙이고 걸을 수 있는 길이 있다.
> 내 우거(寓居) 뒤쪽에 자리하는 산과 산 사이에 있다. 아늑한 이 공간은 철따라 다른 계절로 충만해진다. 길은 언제나 준비된 분위기로 날 기다리고 있는 듯싶다. 참으로 다행스러운 분위기이다. 이런 분위가 아니었다면 벌써 이곳을 떠났을지도 모른다.
> —「길」 부분

위의 글은 「길」이라는 작품의 서두다. 어떤 길을 걷는 것이 좋은지 우리에게 알려준다. 그 길은 "철따라 다른 계절로 충만해" 있기 때문에 그는 좋아하고 있다는 것이다. 「길」 작품 중간쯤에 다음과 같은 대목이 나온다.

> 같은 길을 십여 년이나 거닐어도 싫증이 나지 않는 것은, 철따라 들리는 산의 목소리, 산이 뿜는 음률이 같지 않기 때문이다. 그래 나만의 길이라는 다소 독선적인 작명을 하기도 한다. 나만이 길의 음률을 즐긴다면 '나의 길'이라 불러도 과히 자만스럽지 않으리라. 그러나 오솔길이라 부르는 것이 소박해서 좋고 더 예쁘게 들려 좋다.
> —「길」 부분

이 대목 역시 첫 대목의 정취를 다른 갈로 표현하고 있을 뿐이다. 한 페이지를 건너서 이런 대목이 나온다.

오솔길은 바람의 통로가 아니다.

철따라 몰려오는 들의 향기, 바람에 묻어오는 냄새, 그리고 하늘이 높아질 때 채워지는 색깔, 또 색감(色感)을 지닌 모든 것들을 맞아들인다. 더 구체적으로 적어보면, 초록향에서 시작해서 꽃색깔, 꽃내음 이를테면 아카시아향 따위로부터 꿀처럼 짙은 과향에 이르기까지 오솔길은 자연향을 모두 맞아들인다. 그 가운데 더러는 길 위다 떨어뜨려 향기로 깔아놓기도 한다.

―「길」 부분

이 대목에 와서도 길에서 느끼는 정서를 그는 다른 말로 표현하고 있을 뿐이다. 따라서 유경환의 수필은 작품 중 어느 한 대목을 보면 그 작품 전체를 대강은 짐작할 수 있다. 그렇다고 해서 그의 작품을 읽을 때 재미가 없다고 말할 수는 없다. 선택적 표현을 통해 그의 문학적 향기는 더 짙게 풍겨준다고 말할 수 있을 것이다. 요컨대 그의 수필은 시적 발상에 근거해 있다.

3. 자연친화적 정서

시적 발상을 말하는 앞서의 인용문에서 이미 우리는 짐작할 수 있었던 것처럼 유경환은 그의 글 도처에 자연친화적 정서로 가득 차 있는 것을 알 수 있다.

아침 산책의 시원함을 상쾌하다고만 써 왔는데 이런 표현으로는 충분치가 않다. 온몸이 가볍게 해체되는 그런 느낌 비슷하다고 할까.

비 온 뒤 바로 갬. 아니 낮은 구름이 벗겨지면서 햇살이 뚫고 들어옴. 이런 일들이 불과 몇 발자국 앞서 이루어진 것이 틀림없다.

이왕이면 아이들이 사는 곳에서 멀지 않은 곳에 살자고 아내는 되풀이 말한다. 얼마 남지 않은 직장생활을 좀 더 편히 할 수 있도록 직장 근처 아파트에 살자고 보챈다. 그러나 그런 이야기를 꺼낼 때마다 나는 돌아서며

아내가 날 이해 못한다고 여긴다.

　산이 있고 물소리가 있고 산숲과 함께 사는 날고 기는 목숨들이 있고. 그리고 계절에 따른 변화가 있는……이 아름다움을 모르면 내 아내가 아니라고 생각한다.

—「오동나무 꽃그늘」 부분

역곡에서 서울 시내로 매일 아침 출근하는 일은 예삿일이 아니다. 아마 차 위에서 몇 시간씩 소비해야 할 것이다. 그렇게 불편한데도 그는 역곡을 떠날 생각을 하지 않는다. 역곡은 서울 시내보다 자연과 더 가까워질 수 있기 때문이다. 그는 산을 보고, 숲을 보며, 자연스럽게 돋아난 들꽃을 즐길 수 있는 그 곳을 떠날 수 없기 때문이다.

　오솔길. 원미산 기슭의 오솔길은 가공되지 아니한, 자연으로 남은 한줄기 구원이다. 내겐 이렇게 생각된다. 사치스러운 생각일까.

　내 삶의 원형을 삶터에서 지니고 싶은 겸은 본능에 가까운 욕구이다. 직장에 나가지 않아도 되는 일요일엔 이 욕구를 위해 오솔길을 찾는다. 내 삶의 원형이 어떤 것인지를 확실하게 알 수는 없다. (…중략…)

　흙과 바람, 비와 눈, 산시내와 개울, 그리고 나무와 언덕, 또 겹겹으로 숨어 있는 산자락과 산어깨, 이런 고화질의 사진 같은 삶터의 배경은 신선한 바람의 향기를 흠뻑 마시게 한다. 조상에게는 이보다 더 맑고 짙은 향기를 마시게 해 두었으리라.

　자연 속에서 자연의 한 가지로 나를 인식하고 자연의 품에 기댄다고 여기면, 자연은 부드럽고 넉넉한 품이며 고마운 품이다. 그런데 이를 알면서도 모르는 척한다. 깨뜨리고 헐고 깎아내리고 하여 평면으로 만들고 나서 그 위에 모나게 벽을 세운다. 이런 식으로 깔고 덮고 하면 발밑에 든 자연은 언제인가 다른 방법으로 정복당한 앙갚음을 우리에게 하게 마련이다. 자연은 산신처럼 영혼을 지녔기 때문이다. 이를 놓고 어떤 사람은 생령이라고 말하지 않는가.

—「산노을」 부분

시적 발상과 자연 친화의 정서 —

359

오솔길을 걸으며 떠오른 갖가지 생각과 느낌을 나타낸 글이다. 이 글의 제목이 '산노을'이 된 것은 "산노을이 안개처럼 고울 땐, 나도 오솔길 옆에 조용히 눕고 싶다."란 말에서 따온 것 같다. '산노을'이란 낱말은 이 글 전체에서 꼭 여기서만 나온다. 주제나 소재에 따라 제목을 붙인다면 '오솔길'이라는 말이 더 적당하다. 아마도 유경환의 수필 작품에 '오솔길'이란 제목도 많지만 '오솔길'이란 말이 너무 흔하게 쓰이고 있어서 이 글의 제목을 '산노을'이라고 붙였을 가능성이 크다.

오솔길은 우마차가 다닐 수 있는 큰길이 아니다. 차가 점령하고 있는 도시 속의 아스팔트길에 넌더리를 내는 사람이 걷는 길이다. 좁은 길이라고 해서 도시 속의 골목길과는 전혀 다르다. 도로나 골목길은 인간들의 편리를 위해서 인위적으로 만든 것이지만, 시골의 오솔길은 누가 만들었는지도 모르는 길이다. 옛날 옛적부터 있어온 사람만이 다닐 수 있는 좁은 길이다. 우마도 다닐 수 없고, 차도 다닐 수 없다. 이 길에서 낯모르는 사람을 만나면 가벼운 목례를 하면서 상대가 지나가도록 잠시 비켜서 주어야 한다.

유경환은 오솔길을 유난히 좋아했다. 차의 매연도 없을 뿐 아니라 도시의 소란도 그 길에는 없다. 오솔길을 걸으면서 자연과 자연스럽게 마주칠 수 있기 때문이다. 이렇게 만나는 자연은 그에게 삶의 활력을 주기도 하지만, 사색(思索)할 수 있는 여유의 공간을 주고 있다. '오솔길'이라는 말 외에 여러 다른 이름으로 명명하지만(가령, '나무울타리 옆길'이나 '미루나무길' 등) 유경환에게는 그런 길에서 자연을 만나고 그 자연과 대화를 나누며 마음의 안식을 얻는다. 오솔길은 자연과 교감하기 위한 통로라고 할 수 있다.

> 녹색 손을 흔드는 산이 기어온다. 날 마중하는 산이다. 산이 날 알아본
> 다. 얼마나 놀라운 기쁨이냐. 아무데로나 훌쩍 떠나온다고 왔지만, 와 보

니 자주 오는 길, 외포리로 가는 길목이다.

산이 가까이 엎드려 오자 초록빛을 품고 있는 숲이 먼저 얼굴을 부벼대고, 그 다음 골짜기가 성큼성큼 건너 뛰어온다. 농드 다른 녹색 산이 겹겹으로 기어와 이제 내 앞에 엎드려 있다.

산숲에 들어서 가슴 시원하도록 큰 숨 수어 초록 바람을 마음껏 내 것으로 만들 수 있듯, 우리에게 최고 최선의 공짜는 그 대가를 현장에서 요구하지 않는다. 그러기에 그 고마움을 잊고 사는 것이 아니랴.

— 「외포리 가는 길」 부분

강가에서 만나는 모든 것은 느리다. 서두를 필요가 없는 것들만 모여 자리한 곳이 강가다. 그래 나도 강가를 찾는다. 물 흐름도 느리고 바람도 느리다. 풀잎이 누웠다 일어나는 것도, 미루나무 끝가지가 흔들리는 것도 느리다. 끝간데 없이 퍼진 하늘에 떠다니는 구름도 느리다. 이런 움직임 밑에 누워 보면, 서두르며 살아온 세월이 속도를 늦추는 느낌과 비로소 만날수 있다.

— 「강가에서」 부분

빠른 것, 효율적인 것만을 추구하는 도시 생활 속에서 산과 강은 그에게 삶의 지침을 일러준다. 천천히 느리게 다가와서 그 앞에 엎드려 있기도 하고 그가 그 속에 안기기도 한다. 느리게 사는 법을 그는 오래 전에 터득한 것 같다. 그는 "산에 영혼이 있다고 믿어온 지는 오래 된다. 그것은 산에 사는 모든 목숨들의 숨결, 그 총화의 기운이다."라고 말한다. 산에 오면 그는 "산에 가득한 목숨들"을 느낀다. "푸를 대로 푸른 목숨, 푸른 숨결로 일렁이는 목숨의 빛"을 볼 수 있다. "그러나 모두 고개 숙인 겸손의 자태"를 그 속에서 읽는다. "산은 한데 어우러져 사는 지혜를 보여준다."고도 말한다. 산에서 아니 자연에서 그는 삶의 철학을 터득하는 것이다. 그리고 그 철학은 그의 생활과 수필세계를 뒷받침하고 있다.

4. 결론

유경환이 시인으로 남을지 수필가로 남을지 아니면 아동문학가로 남을지 아직은 미지수다. 그러나 그가 어떤 글을 썼든지 간에 시적 발상에 근거해 있다는 것은 부인할 수 없다. 또 언론계에서는 탁월한 언론인으로서 기억할지 모른다. 사회사업에도 열정적으로 헌신했으므로 그 쪽에서도 높이 평가받을 수 있다. 그의 능력을 어느 한 곳에 한정해서 평가하는 것은 옳지 못하다는 생각도 든다. 어느 분야를 전심하든지 간에 최선을 다해서 살았음을 우리는 인정한다. 그간에 여러 곳으로부터의 수상 경력을 그는 갖고 있다. 현대문학상을 비롯하여 대한민국상, 한국동시문학상, 한국문학상, 정지용문학상, 제4회 시인들이 뽑는 시인상 등이 그것들이다. 주로 그의 시를 평가해서 수여한 상이다. 그러나 그의 시 세계나 생활의 신조는 그의 수필에서 명료하게 읽을 수 있다. 그의 작품을 읽어보면 허욕이 보이지 않고, 사심(私心)이 시키는 대로 행동하지 않으며, 세속의 영예(榮譽)에 연연하지 않았음을 알 수 있다. 그를 잘 아는 사람은 실제의 생활도 그와 조금도 다르지 않다고 말하고 있다.

한국 남자의 평균 수명이 76세로 발표된 것을 보았다. 반드시 그런 발표가 아니더라도 80세 전후의 노인들이 활발하게 활동하고 있는 것을 주위에서 흔하게 본다. 그런데 그가 71세의 나이로 타계해 버린 것은 실로 안타까운 일이다. 지금까지 그의 능력으로 보아 좋은 작품을 앞으로 많이 기대할 수 있기 때문이다.

그는 시인으로서 많은 시집을 남겼다. 또한 수필가로서도 적지 않은 수필집을 남겼다. 그의 수필은 시정신이 바탕이 되어 있다. 그는 서울에서 주로 직장생활을 했고, 서울이 생활근거지였지만 언제나 그의 정신은 자연 속에 있었다. 자연의 품에 안겨서 자연과 함께 숨 쉬며 자연의 아름다움에 심취하여 생활하였고 그의 문학 드한 그렇게 이루어진 것이다. 이제 그 자연 속으로 되돌아간 것이니, 생각해 보면 그의 서거를 슬퍼할 이유가 조금도 없는 듯하다. 다만 그와 함께 생활하면서 정을 들인 사람들이 이승에서 그를 더 볼 수 없는 것이 안타까울 뿐이다.

전숙희의 수필 세계

— 삶과 장르의 관점에서 살펴보다

1. 서론

수필을 어느 장르에 귀속시키느냐로 한동안 논란이 있었다. 서구문학의 장르 개념을 한국문학에 그대로 적용시키려는 안목 때문이다. 문학을 서정, 서사, 극 양태로 구분한 것은 희랍 이래 서구문학의 큰 흐름이었다. 수필은 물론 서사양태에 속한다. 그러나 수필은 다른 양태의 요소를 많이 간직하고 있는 것이 특성이다. 한국의 근대문학은 서구문학의 영향으로 시작되었다고 해도 과언이 아니다. 따라서 한국문학을 세계문학의 일원으로 보기 위하여 서구문학의 관점에서 어떤 장르에 편입시키느냐 하는 문제로 그동안 상당한 논란이 있었다. 즉 한국문학만이 갖고 있는 장르의 특성을 어떻게 분류하느냐가 늘 관심의 초점이었다. 그러나 그럴 필요가 전혀 없다. 장르는 문학작품을 보다 쉽게 이해하기 위하여 편의상 구분한 것이기 때문이다. 해방 이후 서구문학이 물밀듯이 밀려오니까 우리 문학을 세계문학의 관점에서는 어떻게 볼 것인가가 하는 점에서 관심을 가졌던 한 과정이라고 생각된다. 장르가 우리 문학 연구에서 한동안 논의의 대상이 되었던 것도 그 때문이다. 그러나 지금은 어느 장르에 속하느냐가 문제되지 않는다. 그 작품이 문학성을 지니고 있느냐 없느냐가 더 중요한 문제이기 때문이다. 특히 러시아의 형식주의가 문학연구에 중요한 자리를 차지하면서 그러한 경향은 가속화되었다. 미국의 '신비평'이나, 불란서 구조주의도 이에 가세하여 이 관점을 보다 보강시켰다고 생각된다.

문학의 장르를 편의상 시, 소설, 희곡, 수필, 평론으로 구분한다. 그러나 수필과 평론은 형태론적으로 구분하기가 머우 애매하다. 다만 그 방면에 전심하고 있는 문학인의 호칭을 위하여, 혹은 그 방면의 문학 형태를 쉽게 구분하기 위하여 그렇게 불렀다고 볼 수 있다. 가령, 시인, 소설가, 수필가, 평론가 등으로 부르는 것이 일반화되어 있으나 시, 소설, 희곡은 그 형태상으로 구분한 것에 비하여 수필과 평론은 그 내용상으로 구분했기 때문에 일관성이 없다고 할 수 있다. 그러나 장르는 앞서 말한 바와 같이 어디까지나 우리의 이해를 돕기 위하여 존재하기 때문에 반드시 잘못되었다고 말하기는 어렵다. 가능한 일관성을 유지하는 것이 좋다. 단지 같은 형태의 문학에서 지나친 엄격주의는 작품 자체를 편협하게 평가할 우려가 있다. 무슨 장르의 문학이 중요한 것이 아니라, 어떤 작품이 우수한 문학적 성취를 이루었느냐가 더 중요하기 때문이다.

그럼에도 불구하고 장르의 개념이 필요하고, 작품을 이해하는 데 중요한 이유가 되는 것은 작품의 특성을 보다 면길하게 이해하기 위해서이다. 가령, 막연하게 '사람'이라고 하는 경우보다 '여자'인가, '남자'인가를 분류하면 보다 명확하다. 다시 '청년'인가, '노인'인가, '교육을 받은 사람'인가, '받지 않은 사람'인가 등을 구분해서 이해하면 보다 명확하고 또렷한 개념을 가질 수 있다. 담론(discourse)에서 분류와 분석이 필요한 이유도 여기에 있다.

필자는 포괄적인 관점에서 수필을 보고 있다. 종전에 흔히 '경수필' 과 '중수필'로, '연수필'과 '경수필' 등으로 나누는 데 이러한 막연한 구분은 수필 이해에 아무런 도움이 되지 못한다. 차라리 시 같은 수필, 소설 같은 수필, 희곡 같은 수필 등등으로 나누는 것이 편리하다. 수필은 다른 여러 문학 형태를 차용해서 완성할 수 있다는 말이다. 어떤 문학 형태를 차용하든 수필작품으로 좋은 작품이면 상관없다는 뜻이다.

영어의 'essay'라는 말을 우리말의 '수필'이란 말 대신에 흔히 쓰고 있다. 우리 것에 대한 콤플렉스가 작용한 것이다. 수필이라는 말보다 세련된 멋을 풍겨준다고 해서 쓰는 것 같으나 이는 잘못이다. 내포하고 있는 의미가 다르다. 미국에서는 석사논문을 흔히 'essay'라고 한다. 교수가 학생에게 제출하라고 요구하는 과제를 'essay'라고도 한다.

필자는 수필을 '서정수필', '서사수필', '논술수필'로 나누는 것이 바람직하다고 생각한다. 서정수필은 작자의 정감이 많이 실려 있는 수필이고, 서사수필은 수필의 주요소가 스토리가 되어 있는 것이고, 논술수필은 논증이나 설득의 방법으로 독자가 작자의 의도한 바를 받아들이도록 유도하는 수필이다. 영어의 'miscellanies'를 문예수필로 보자는 주장도 있으나 이는 잘못이다. 'miscellanies'라는 말 속에는 '잡동사니'라는 뜻이 너무 강하게 스며있기 때문이다. 우리말의 문예수필과는 거리가 있는 듯이 보인다.

문학작품이 대체로 그러하듯이 서정, 서사, 논술 요소가 함께 섞여 있다. 어느 요소가 주조를 이루고 있느냐에 따라 서정수필, 서사수필, 논술수필을 구분할 수 있다. 이제 전숙희의 수필을 살펴보면서 이들 중 어느 요소가 주조가 되어 독자의 심금을 울리고 있는지 점검해 보기로 하자.

2. 서정수필

앞서 말한 것처럼 서정수필은 작자의 정감이 듬뿍 스며있는 수필이다.

> 5월의 대지(大地)는 구석구석 새 고동소리가 들려온다. 그 골짜기를 흘러내리는 시냇물 소리, 잎이 핀 나뭇가지를 오가며 노래하는 새소리, 가볍게 대지를 축여주는 봄비 소리, 허물없는 친구의 두름처럼 살며시 창문을 흔들어 주는 바람소리, 그리고 골목마다에서 들려오는 아이들의 웃음소리, 이 모든 것이 봄의 합창처럼 대지에 퍼져 흐르고 있다.
>
> ──「대지(大地)」 부분

이 수필은 약간의 논술이 뒷받침하고 있지만, 전체의 내용으로 볼 때는 작자의 서정이 주조를 이루고 있다. 달나라 정복을 말하고, 펄 벅의 『대지』를 상기하지마는 "그 대지는 바로 우리 생명의 근원이요, 우리가 발을 딛고 선 뿌리인 것이다."라고 힘주어 말한다. "물가고에 어떻게 살까. 찌들은 마음과 떠들썩한 거리를 떠나 저 푸른 대지로 나가 보자."고 말하고, "많지도 않은 이 좋은 날들을 저 빛나는 대지 위로 가슴 열고 달려보자. 우리 앞에는 영원한 푸른 대지가 뻗어 있지 않은가." 하는 말로 끝맺고 있다. 그러니까 작자는 대체로 긍정적인 미래를 조망하고 있다.

> 그 지루하고 긴 여름날에서 초가을로, 또 거기서 늦가을철로 옮아가는 계절은 내 마음속에 마치 시원한 샤워를 머리 위로부터 뒤집어쓰는 상쾌한 기분이기도 하다. 흐리멍덩하게 조는 듯한 머릿속 저 밑바닥까지 씻어주는 듯한 그 청신한 가을 아침의 싸늘함! 그리고 새로 바른 새하얀 창호

지 문을 닫아 버리고 스탠드의 불빛이 오렌지색으로 아늑한 그늘을 드리워주는 가을밤의 즐거움, 나 혼자만의 사색과 나 혼자의 생활을 마음껏 만끽할 수 있는 가을밤의 그 차분한 분위기를 나는 진정 아끼고 사랑한다.

　　　　　　　　　　　　　　　　　　　　　　　—「여자의 기쁨」 부분

제목이 '여자의 기쁨'이라고 했지만, 가을을 맞는 작자 자신의 기쁨을 술회한 것이다. "가을은 꽃이 지고 잎이 지고 소슬한 바람소리에 추억은 슬프고, 그래서 자고로 많은 시인들이 조락하고 기울어가는 가을의 슬픔과 감상을 수없이 노래했던가 보다."라고 전제했지만, "그러나 나는 그와 반대로 이 가을의 영광과 의욕을 찬양하고 싶어진다. 더욱이 갖가지 곡식이 여물어 거두고 풍성한 과실들이 가두에 그득하며 하늘은 높이 틔어 맑고 푸르러 사람들의 움직임마저 활기를 띠는 한국의 가을을 나는 마음껏 찬양하고 싶다."고 적고 있다. 계절을 보는 눈도 그렇지만, 삶을 긍정적으로 보는 그의 태도를 우리는 읽을 수 있다. 그가 한국의 PEN클럽 회장, 여류문학회 회장, 방송심의위원 등을 성공적으로 수행한 것도, 계원예술학교를 설립하여 후진 양성에 큰 공헌을 한 사실도 바로 이와 같은 삶에 대한 긍정적인 태도가 큰 역할을 한 것이다. 그러니까 그의 서정성은 건전할 뿐 아니라, "여자의 기쁨"만이 만인에게 기쁨을 느끼게 하는 아름다운 서정이 그 저변에 흐르고 있다고 말할 수 있다.

　　손바닥만 한 뜨락에 핀 라일락의 향기는 가난한 골목 안에 향그러운 바람을 풍겨주고 조그만 테라스에 핀 빠알간 꽃들도 밝은 미소를 담뿍 머금고 있습니다.
　　자연의 만물이 찬란한 생명력을 발산하는 5월의 아침, 모두가 가슴 벅차고 모두가 아름답게 떠오릅니다.
　　사랑하는 사람에게는 더욱 그리움을 아름다운 사람에게는 더욱 아름다움을 축복해 주소서. 모든 추한 것, 모든 비천한 것, 모든 부정한 것들은 이 맑은 5월의 바람으로 날려 버리고 오직 아름다움만이, 오직 정의로움만이, 오직 선함만이 우리들 가슴에 채우게 하소서!

5월의 태양 아래서 나는 무겁고 더러운 겨울옷을 벗어 던지듯 내 마음의 장막을 걷어 버립니다. 그리고 그 아름답고 신선한 5월의 색채와 공기를 가득 받아들여 봅니다.

이토록 아름다운 세상, 이토록 청결하고도 투명한 자신을 새로 발견이나 하듯, 나는 영영 딴 사람처럼 변화해 버리는 것입니다.

— 「이토록 아름다운 세상에」 부분

5월에 피어나는 자연의 아름다움에 대하여 새삼 경이를 나타내며 감탄하고 있다. 마치 자연에 대한 기도와 같다. 이 글 전체는 그의 서정이 압도하고 있는 느낌이다. 반복법, 나열법이 수사의 주종을 이루고 있다. 이 글 역시 낙관주의적 인생 태도가 숨김없이 표현되어 있다. 인간에 대한 태도도 마찬가지다.

밉고 싫은 것 같으면서도 자기 몸처럼 소중하고 연민스러운 것, 또 사랑스럽고 좋기만 한 것 같으면서도 또 때때로 권태롭고 허전한 것, 이런 것이 부부의 밑바닥에 흐르는 감정이 아닐까. 항상 같이 있어도 마주보면 마음이 놓이고 푸근한 것 같으면서도 어딘지 따분하고 권태로운 것, 그러면서도 오래 없으면 서운하고 가엾고 또 아쉬운 것, 이래서 날이 갈수록 하나의 물체처럼 쪼개질 수 없는 인간관계, 이것이 설명할 수 없는 부부의 본질이 아닐까.

— 「부부의 묘」 부분

비단 부부에서만이 아니다. 그가 만나는 모든 사람과의 관계에 있어서도 그는 긍정적인 태도에서 시작된다. 이 글에서도 반복법이 자주 쓰이고 있는 것은 그의 긍정적인 태도를 강조하기 위해서다. "글은 그

자신의 인간이다."라고 말한 문체론자의 말이 이 작자에게는 그대로
적용될 수 있는 말이다.

3. 서사수필

서사수필은 작품의 골조가 스토리인 경우를 말한다.

> 내가 솔이만 했을 때… 그러니까 이미 반세기 전이다. 그때는 일제시대
> 이기도 했지만 어린이 잡지라고는 방정환 선생이 출간하셨던 '어린이' 라
> 는 잡지 하나밖에 없었다. 달이 바뀔 때마다 나는 당시 정가 십전인가 하
> 던 그 잡지 한 권을 사기 위해 얼마나 엄마를 졸라 댔는지 모른다. 그리고
> 엄마가 준 십 전짜리 한 개로 어린이 잡지 한 권을 사들고 뛰어 들어올 때
> 면 그렇게도 발걸음이 가벼울 수가 없었다. 책을 펴들면 그 속에는 재미있
> 는 이야기들, 신기한 세상 일 등 어린 내 마음을 기쁨과 만족으로 가득 채
> 워 주는 모든 것이 들어 있었다. 굶주린 어린 영혼은 그 모든 것에서 영향
> 을 흡수하며 자랐다.
>
> —「아이들의 세상」 부분

이 수필은 손자인 솔이와 작자가 말을 나누는 것으로부터 시작한다.
마치 소설에서의 대화처럼 할머니와 손자 간의 대화를 인용부호를 써
서 표현하고 있다. 인용된 부분 다음 글은 6 · 25 직후 미국인의 모 재
단에서 한국인을 돕기 위한 모금 운동을 나갔을 때의 이야기, 이란을
여행했을 때 박물관 앞에서 구걸하고 있는 아이를 본 일, 아프리카에
갔을 때 사진을 같이 찍자고 하니까 돈을 달라고 하는 일종의 구걸행
위를 하고 있는 아이들의 이야기, 소설가 이문구씨가 그의 자식들을
위해서 동요를 썼던 이야기를 적고 있다. 이처럼 작자가 경험했던 일
을 서사적으로 기록해서 작품을 만든 것이다.

아는 외국인 부인이 한국에 관광을 와서 다니다가 이태원 부근에서 쇼핑을 해들고 들어와 몹시 즐거워했다.

무엇을 샀느냐고 물으니 실크 옷들과 가방 종류. 그 중에도 뱀가죽으로 된 핸드백과 지갑 종류, 그리고 유기 제품들과 골동에 가까운 목기 종류들이었다. 그 중에서 가장 무거운 물건이 유기로 된 촛대였다.

금색으로 빛나는 높은 촛대 가운데에는 나비의 조각이 붙어 있어, 더욱 유정하고 아름답게 보였다. 그러나 비행기를 타고 가야 하는 먼 길 나그네에게는 지나친 짐이 되지 않을까 걱정이 되어 어떻게 가지고 가려고 샀느냐고 물었더니 고생이 되더라도 한국까지 왔다가 한국적인 재미있는 이야기가 얽혀 있는 물건을 기념으로 가지고 가서 항상 한국을 생각하고 싶어서 샀노라고 했다. 그래서 대체 그 촛대에 얽힌 이야기가 무엇이냐고 물었더니 유기를 파는 골동 상인이 해주더라는 이야기를 나에게 그대로 옮겼다.

— 「노래가 있는 생활」 부분

"첩의 촛대"라고 이름을 붙인 그 촛대에 대한 내력을 이야기한다. 그 외에 삼성혈 얘기, 외국에 관광을 가서 보고 느꼈던 이야기를 곁들여서 작품을 이루어 내고 있다.

그때 나는 육군 군의관인 남편과 네 남매와 함께 시내 모 부대 사택에 살고 있었다. 며칠째 우울한 침묵 속에 밤 근무를 계속하던 남편은 27일 드디어 의정부 이남까지 북괴군이 침범해 들어왔다면서 자기는 전투에 참가해야 하니 아이들을 데리고 혼자라도 피난을 가라고 비장한 표정으로 말했다. 나는 믿고 싶지 않던 일을 현실로 부닥쳐 온 것을 깨달았다.

— 「그날의 아픔」 부분

6·25 전쟁이 났을 때의 일을 적고 있다. 어린 아이들을 데리고 피난민 대열에 끼어 남하하던 이야기, 피난 생활에서 고생하던 이야기, 9·28 수복으로 서울에 돌아와 문우들을 만났던 이야기, 외삼촌이 인민군에게 끌려가 총살당한 이야기 등을 말하면서, "31년 그날의 아픔과 눈

물과 굶주림을" 잊어서는 안 된다는 것으로 끝을 맺고 있다.

> 내게는 고모님이 한 분 계셨다. ―뛰어난 미모에 정이 넘치는 여성다운 여성이었다. 그런데 왜 그렇게 남자복이 없었던지 첫 번 결혼에 실패한 이래 후손도 없이 젊은 날들을 혼자서 보내셨다.
>
> 외로움에 지친 그는 40대 후반에서부터는 나와 함께 사시며 내 아이들을 돌봐 주셨다.
>
> 고모님이 우리집에 올 때 가지고 오신 자기 소유의 재산이란 옷가지가 든 고리짝 하나와 큰 쌀뒤주였다. 그 뒤주 속에는 혼자서 살던 살림도구들이 들어 있다고 했다. 큰 대청마루 한 구석에 놓여 있는 그 뒤주를 바라보며 고모님은 지난날의 자기 삶을 그리워하기도 하고 또 언젠가 다시 들고 나가 오붓한 살림을 꾸리고 싶은 소망 또한 그 뒤주 속에 담겨 있었으리라.
>
> ― 「가족」 부분

이 작품은 고모님이 작자의 살림을 돌봐주는 이야기로 점철되어 있다. 일본에서 온 여류 소설가도 곁들어 있다. 이분과는 나눈 이야기는 생생하게 전하기 위하여 인용부호를 사용하여 그 대화를 그대로 표현하기도 했다. "고모님은 밖에 나가 다니실 때면 언제나 깊은 생각에 잠겨 머리를 푹 수그리고 땅만 보고 걷는 버릇이 있으셨다." "그날도 고모님은 가슴에 쌓인 한을 안고 깊은 생각에 잠겨 땅만 보고 걷다가 마주 오는 트럭에 스쳐 쓰러지면서 뇌진탕으로 다시 깨어나지 못하시고 말았다." "눈물과 아픔과 뉘우침 속에 장례식을 치른 다음, 고모님이 생전에 그토록 아끼던 뒤주 속을 열어 보았다." "…내 가정을 가져 보려는 준비와 그림이 가득 담겨 있었다. 그 슬픈 사연 조각들을 지켜보노라니 자기의 가정을 갖지 못했던 여자의 한이 굽이굽이 사무쳐 왔다." 작자는 "오월은 가정의 달이다."라고 전제한 다음, "내 가정을 잘 지키고 거기서 행복을 찾는 동시에 그런 가정을 지키지 못한 외로운 사람들, 보호받지 못하는 노인이나 어린이나 혼자 사는 이웃들도 따뜻한 마음으로 돌보는 마음의 여유들을 가졌으면 한다."로 끝맺고 있다. 고모님이 살아온 삶을 예화로 보여주면서 작자는 이 글의 주제를 드러내고 있다.

4. 논술수필

논술수필은 논증(argument)이나 설득(persuasion)의 방법을 통해서 자기의 주장을 전개한 수필이다.

> 음악은 참 이상한 매력을 지녔다. 음악을 듣고 있노라면 기쁜 마음에는 기쁨을 더해 주고, 슬픈 마음에는 위로를 주고, 상처입은 마음에는 부드러운 손길로 상처를 어루만져준다. 음악은 성난 마음을 가라앉혀주고 좌절해서 주저앉은 마음에는 용기를 주어 일으켜주기도 한다. 그래서 사람들의 흥겨운 모임에는 반드시 음악이 함께 한다. 싸우러 나간 군인들도 전선에서 군가를 들으며 용기를 얻어 죽음도 두려워하지 않고 앞으로 돌진한다. 사랑하는 가족이나 친지들이 세상을 떠났을 때도 장송곡이나 이별의 노래로 우리들의 이별과 사랑을 더욱 절실하게 하준다.
>
> ─「음악이 주는 기쁨」 부분

논증은 논리를 통하여 상대방의 의도를 자기의 의도에 따르도록 하는 것이라면, 설득은 상대방의 감정을 움직여 자기의 의도에 따르도록 하는 서술방식이다. 신문의 논설문이나 논문 등이 주로 논증에 의거해서 서술하는 방식이라면 웅변이나 광고는 설득의 방법을 취한다. 특별한 예가 있기는 하지만 논술수필의 대부분 또한 설득의 방법을 취한다. 따라서 설득의 담론을 쓰는 논술수필은 반드시 논증의 방법을 따르지 않거나 논리가 주축이 된 추론(推論)을 쓰지 아니한다. 독자와의 공감을 전제로 하면서 자기의 주장을 펴는 것이다. 이 수필의 시작은 "음악을 들을 때마다 나는 한 사람 한 사람이 평생을 힘들여 갈고 닦은 예술을 나누고 쉽게 향유한다는 고마움과 동시에 미안함을 느낀다."고 했다. 하지만 단락을 바꾸어 "하루의 삶을 끝내고 잠자리에 들었을 때, 음악 소리를 들으며 잠드는 일처럼 행복한 순간은 없을 것이다." 라고 독자의 공감을 유도하고 있다. 논리를 초월해서 작자와 독자가 한 마음이 되는 서술 방법이다.

셋째 단락은 인용한 부분이고 넷째 단락은 "음악이 없는 세상은 불 꺼진 방안처럼 어둡고 차가울 것이다."라고 적고 있다. 아프리카 여행 중에 원주민이 춤추며 들려주던 소리를 상기하면서 자연의 소리와 닮아 있는 것을 발견한다. 다시 논리를 비약해서 음악은 모든 사람이 좋아한다는 것, 인간의 병도 치료한다는 것, "음악은 우리 인간에게 주어진 축복"이라고 힘주어 말한다. 작자는 음악가를 몹시 부러워한다고 말하면서 음악가로 일가를 이루기 위해서는 "뼈를 깎는 아픔과 노력 없이는 이룰 수 없다."고 단정한다. 논리를 비약해서 기술하고 있지만, 우리는 작자의 마음을 전해 받을 수 있다.

남쪽의 바다와 강과 계곡, 약수터인들 얼마나 아름다운 곳이 많은가. 그러나 북쪽의 특이한 바다와 강과 계곡들이 하나로 합해진다면 우리는 정녕 아름다운 금수강산의 통일된 민족으로서 마음껏 그 모든 자연의 혜택을 누릴 게 아닌가. 더구나 남북의 산천이 하나일 때 태어나서 살았던 나 같은 사람은 남북이 남남처럼 분단된 오늘의 상황이 이상할 뿐, 둘이 하나라는 사실은 의심할 여지도 없다. 그러나 생각해보면 이 무슨 하늘의 형벌인가. 왜 우리는 남북통일을 마치 남의 나라를 통일하는 듯 어렵게만 생각하는가. 내 마음, 아니 우리 세대 사람들의 마음은 이미 하나가 되어 있다. 언젠가 통일이 되면 예전처럼 기차를 타고, 아니면 자가용이라도 몰고 두어 시간, 서너 시간만 달려도 개성 땅 어디메고, 황해도 강원도 땅 어디인들 다다를 게 아닌가. 지금 우리가 여름에 부산 해운대나 대천 해수욕장에 가듯, 원산의 송도원이나 명사십리, 석왕사인들 외 못 가리. 세월은 강물처럼 흘러가고 그 세월에 역사의 강물도 원류를 따라 흘러가리니, 우리는 지그시 기다리라.

—「강이 주는 깨달음」 부분

이 글의 시작은 "인생의 행과 불행은 마음먹기에 달려 있다는 평범한 진리를 잊고 살아가는 우리들이다."로 되어 있다. 사계절이 분명한 한국 자연의 아름다움을 말하고, 노력하면 "과거보다 좀 더 나은 삶을 누릴 수 있었다."고 강조한다. 가뭄과 물난리로 고통을 겪을 때도 있지만, 역시 아름다운 강산이라는 것이다. 작자는 주제로 다시 돌아와 "여름은 물의 계절이다."란 말로 시작한다. "바다와 강은 화면이나 꿈에서만 만나지 않는다."고 전제한 다음, 요즘은 직장 동료끼리 혹은 가족과 함께 바캉스를 즐기는 것이 "풍속처럼" 되었다는 것이다. 바다나 산의 계곡으로 가서 "맑은 물줄기를 지켜보며" 육체의 위안과 휴식을 얻기도 하고, 정신의 심오한 깨달음을 얻기도 한다는 것이다. "그래서 물은 정녕 신의 선물이요, 우주의 신비요, 공포요, 또 기쁨이기도 한 것이다."라고 말한다. 작자는 어릴 때 물놀이를 즐기러 다니던 함경도 고향을 상기한다. 그 외에 라인 강을 관광하고 났을 때의 느낌, 갠지스강가에서 본 광경을 말한 다음 "생각하는 바다, 약동하는 바다, 슬픔의 바다…. 나는 때때로 바닷가에 앉아, 아니면 그 바다와 강물을 쳐다보며 인생을 생각한다."고 적고 있다. "바다나 강물은 말이 없다. 그저 우리에게 말없이 보여줄 뿐이고 생각하게 해줄 뿐이다. 나처럼 이렇게 순리에 따라 흘러가며 맑고 담담하게 살아가라고."라고 끝맺고 있다. 그의 인생관을 피력하고 있는 것이다. 사실 그의 삶은 그의 인생관을 충실히 이행하면서 살았다고 생각된다. 수필은 자신의 체험을 바탕으로

전숙희의 수필 세계

해서 쓴다는 말을 작자의 작품 속에서 확인할 수 있다.

5. 기행수필

형식상에서 기행수필의 장르를 구분한 것은 불필요한 듯이 보인다. 왜냐하면 기행수필은 일종의 서사수필인 셈이고, 서정성이 많이 가미된 수필이 많기 때이다. 그럼에도 불구하고 여기서 기행수필의 항목을 따로 설정하여 살펴보려는 것은 전숙희 수필에서 특별히 기행수필을 많이 볼 수 있기 때문이다. 그는 3번이나 한국 펜클럽 회장을 연임했을 뿐 아니라, 국제펜클럽 회의로 누구보다 해외 각국을 많이 방문했고, 각국 풍물을 많이 접했다고 볼 수 있다.

> 벌써 오래된 일이다. 독일의 하이델베르크에 갔을 때 한 여행 안내원 여성의 인상을 잊을 수 없다.
> 원래 독일 사람들은 무뚝뚝하고 좀처럼 미소를 보이지 않아, 마음은 깊고 성실한 사람들인 줄은 알지만 하루나 이틀 여행으로 들르는 사람들에게는 친숙해지기 어려운 분위기를 주는 곳이 바로 독일이다.
> 특히 하이델베르크는 아름다운 자연 속의 철학과 대학 도시이다. 그래서 많은 지식인들이 이 고장을 찾아온다. (…중략…)
> 동경에서 브로치를 살 때도 그랬다. 일본 여자들이란 워낙 상냥하고 자랄 때부터 친절과 미소가 생활화되어 있기 때문에 식당이나 다방, 백화점 등 어디서고 그들의 친절과 예절은 몸에 배어 있어 자연스러운 행위이다. 게다가 마음먹고 국제적으로 친절과 미소를 생활화하고 있는 그 나라의 분위기는 누구에게나 기분 좋은 것이 아닐 수 없다.
> ―「돈으로 살 수 없는 것」 부분

위의 작품은 기행문으로 쓴 것이 물론 아니다. 그렇지만 그의 수필 중 도처에서 외국에서 경험했던 일이 기술되고 있다.

함부르크는 독일의 유명한 항구 도시이다. 세계 각국의 무역선이 몰려들고 또 고장나서 수선할 배들이 정박되어 있다. 세계 각국의 선원들이 몰려드는 고장이어서 부둣가에는 그 뱃사공들을 위한 공창가(公娼街)까지 공공연히 마련되어 있고, 그 때문에 함부르크는 '섹스 도시'로도 소문나 있는 고장임을 알 수 있다.

국제 펜 대회가 개최되고 또 세계 각국에서 온 정대표들이 투숙한 애틀랜틱 호텔은 바로 그 호반에 있어서 호텔 방 안에서 내다보면 푸른 숲으로 둘러진 그 바다처럼 넓고 끝없는 아름다운 호수와 그 위에 떠다니는 배들과 또 닻을 내리고 있는 배들이 한눈에 들어왔다.

— 「마음의 행로」 부분

제목이 「마음의 행로」인 것을 보면 기행수필이 아닌 것을 한눈에 알 수 있다. 그러나 독일의 함부르크를 방둔한 것이 이 수필을 쓰게 된 중요한 모티브가 되고 있는 것을 알 수 있다. 작자는 "내가 존경받고 잘 살기 위해서는 먼저 내 나라를 위해 무언가를 해야 하겠다는 평범하고도 일상적인 각성을 다시 하게 되었다."는 각오를 다지면서 이 수필을 끝내고 있다. 물론 이 말은 독자의 각성을 촉구하는 글이기도 하다.

100일 전쟁을 치르고 난 시나이 반도와 아직도 그 앞에 모여 통곡을 하는 통곡의 벽, 그리고 나치스의 유태인 학살 기념관 등 너무나 피비린내 나는 이 나라 역사의 유적이 곳곳에 있어 어릴 때 아버님에게 듣던 구약 이야기와 그 성서의 유적을 동경하던 마음은 현실의 상처들 속에서 오히려 빛을 잃은 듯했다. 그러나 이상한 일은 이스라엘 사람들의 표정이 남녀 없이 조용하고 성실해 보인다는 것이었다. 거리에서 땅을 파고 돌을 깨며 상수도 건설을 하는 등 새 집을 짓듯, 폐허의 땅 위에 새 나라를 자기들 손으로 건설하는 기쁨과 보람에 곁눈질 흘 사이도 없이 일하는 거리의 인상은 믿음직스러운 것이었다.

— 「모세의 지팡이」 부분

이스라엘을 여행하고 쓴 수필이다. "해외서 몰려든 젊은이들이 자기들 손으로 땀 흘려 폐허되고 부서진 땅 위에 물을 대고 돌을 깨어 집을 짓고" 있는 현장을 둘러보면서 느낀 점을 적고 있다. 목사의 집안에서 자라 기독교적 신심이 두터운 그가 이스라엘 성지를 방문했을 때의 느낌은 남다르겠지만, 성서의 유적을 둘러보면서 "감격의 눈물"을 흘리기도 한다. 키부츠, 히브리대학, 겟세마네동산을 둘러본 것은 서사수필이지만, 곳곳에서 그의 느낌이 오히려 강하게 나타나고 있다.

그의 첫 수필집 『탕자의 변』(1954)도 제3장은 '나를 떠나는 길'이다. 거의 기행수필로 되어 있다. 2년 후에 나온 「이국의 정서」도 그 제목만으로도 기행수필임을 암시하고 있다. 따라서 국제펜클럽에 관계하면서 그의 수필소재는 대부분 외국을 여행하면서 보고 듣고 느낀 바를 쓴 것이다.

『전숙희 문학전집』 6권은 아예 '러시아 기행'으로 되어 있다.

> 하나의 거대한 도시와도 같은 크렘린으로 걸어들어가며, 또한 감격하지 않을 수 없었다. 여기가 어딘데 우리가 활개치며 다닐 수 있단 말인가. 그야말로 크렘린의 속을 누가 다 짐작이나 한단 말인가.
> 나는 가슴 속에 떠오르는 여러 가지 감격과 희한을 되새기며 걷고 있는데, 드미트리는 열심히 따라오며 설명을 했다. 이 수많은 거대한 건축물과 거기에 얽힌 역사적인 이야기들은 미리 상당한 연구와 공부가 없이는 상상하기조차 벅찰 정도로 크렘린은 살아 있는 역사의 현장이었다.
> ―「예술의 성 크렘린」 부분

크렘린을 관광하면서 보고 느낀 바를 적은 글이다. 철의 장막이 걷힌지 얼마 되지 않는 시점이라 필자의 느낌은 더욱 특별했을 것이리라 짐작된다. 이 수필집의 전면에는 여러 페이지에 걸쳐 러시아를 방문했을 때 찍었던 사진을 보여주고 있다. 그가 작가이고 펜클럽 일로 방문했기 때문이기도 했지만 문학 혹은 문학인과 관계된 곳을 주로 방문했던 것을 볼 수 있다. 그 제목만으로도 충분히 암시받을 수 있는데, '적막한 고리키 거리', '푸시킨 시와 표트르 대제', '도스토예프스키를 만나다', 『카라마조프가의 형제들』을 썼던 마지막 집', '톨스토이, 생명의 입김', '시인 예프투센코를 만나다' 등의 제목 등이 충분히 암시하고 있다.

> 카자흐 공화국의 특징은 서울에 한강이 흐르고 있듯이 '발하시' 호수가 있으며 이 호수에는 바로 이웃의 중국과 러시아의 국경을 흐르고 있는 기나긴 강 '일리' 의 물이 모여들고 있었다.
> '일리' 란 몽골어로 빛난다는 뜻으로 중국의 험산 준령 골짜기를 따라 흘러 러시아의 산간벽지 계곡을 누비며, 낮이면 햇살을 받고 밤이며 달빛에 반사되어 눈부시게 아름다우며 신비를 품고 있다. 그리고 그 강은 두 나라의 국경을 이어주고 있다.
>
> ─「고려인을 찾아 알마아타로」 부분

이 수필집은 기행수필이라고 했지만, 러시아의 풍광을 그리는 데 초점이 맞추어져 있지 않다. 거듭 말했지만, 펜클럽 일로 방문했기 때문에 문학 이야기가 더 많이 점철되어 있다. 따라서 엄밀한 의미에서 기행수필이라고 말하기는 어려울지 모른다. 그러나 앞서 분류한 세 종류의 수필 장르 중에서 서사수필의 특성을 가장 깊이 띠고 있는 것은 분명하다.

6. 결론

울만(Ullman)은 문체 연구 방법은 두 가지로 귀결될 수 있다고 단정한다. 외적 형식(outward form)에서 출발하여 내적 의미(inner meaning)

를 추구해 가든지, 그 역으로 추구하든지 두 방법 중의 하나라는 것이다. 즉 O→I 가 되든지, I→O 되든지 한다는 것이다. 이 방법을 문학 전반에 걸쳐 적용해도 그대로 적용된다고 말할 수 없다. 문학작품을 하나의 유기체로 본다면, 표현매체와 내용, 즉 사상이나 감정은 혼연일체가 되어 표현되는 것이니까 예술성이 있는 내용이 적합한 표현매체를 가질 때 훌륭한 문학작품이 되는 것이다.

그런 관점에서 전숙희의 문학을 표현매체에 따른 장르의 관점에서 살펴보는 것은 의의가 있다. 전숙희의 작품을 3기로 나눈다면 초기는 대체로 서정성이 짙은 작품이 많다. 중기 작품들은 설득의 담론이 주조가 된 논술 수필의 형태가 많다고 할 수 있다. 후진들에게 바르게 살기를 권유하는 수필들이다. 후기 작품들은 대부분 기행수필이라고 할 수 있는 서사수필이 주종을 이루고 있다. 국제펜클럽에 관계하면서 외국을 방문했을 때의 이야기가 많다. 이 수필들은 수필작품으로서의 가치도 중요하지만, 한국 펜클럽의 역사를 증언하는 데 있어서도 중요한 자료적 가치를 지니고 있다고 볼 수 있다.

조경희 수필의 문체

1. 서론

이 지상에는 수십억의 사람이 살고 있다. 그런데 신기하게도 한 사람도 꼭 같은 사람은 없다. 가끔 용모나 체격은 아주 근사해도 마음이나 성격까지 꼭 같은 사람은 없다. 이렇게 각기 다른 성격이나 외모를 가진 것을 우리는 개인적인 특성을 지녔다고 말하고 있다. 줄여서 개성이라고 말한다. 개성이라고 말하면, 외모보다는 내면적 특성에 더 중점을 둔다. 이 개성에 의해서 표현되는 글, 다시 말해서 글을 통해서 보는 그의 개성이 문체론(stylistics)이다.

문체(文體)라는 말을 많이 들어보았을 줄 믿지마는 조금 생소한 느낌을 갖는 사람을 위해서 간단히 설명해 두는 것이 좋을 듯하다. '문체'라는 말은 서구의 'style'이라는 말의 개념을 빌려서 쓴 말이다. 동양, 즉 중국에서도 오래 전부터 '문체(文體)'라는 말을 써왔다. 그러나 오늘날 우리가 문체라고 쓰는 말과는 사뭇 거리가 있다. 중국의 문체라는 말은 서구 개념에서 말한다면 '장르genre'에 가깝다. 개성에 근거한 개념이 아니라, 양식에 근거한 개념이기 때문이다. 굳이 'style'과 비슷한 개념을 찾는다면 '문채(文彩)'라는 말이 옳다는 것이다. 문채는 물론 개성에 근거한 개념이 아니라, 수사(修辭)에 더 중점을 두고 있다.

'style'이라는 말을 문체라고 말하고 있지만, 그 말이 점하고 있는 범위나 핵심은 상당히 다를 수가 있다. 'style'이라는 말은 비단 글뿐 아니라, 예술 전반에 관해서 광범위하게 쓸 수 있다. 미술, 음악, 건축, 옷입는 맵씨, 걸음걸이 등에도 다 'style'이라는 말을 쓸 수 있지만, '문체'는 오직 글에서만 사용할 수 있다. 뿐만 아니라, 문체는 문법적 양식에 따라 다르게 사용하는 것도 문체라고 한다. 가령, 하라체, 합쇼체, 하시오체 등 경어법의 체계도 문체라고 흔히 이야기한다. 내가 여기서 말하려는 것은 어법에 따른 문체가 아닌 것임을 밝혀둔다.

2. 솔직 담백한 문체

조경희는 『우화』(1955), 『가깝고 먼 세계』(1963), 『얼굴』(1966), 『음치의 자장가』(1971), 『면역의 원리』(1978), 『골목은 아침에 나보다 늦게 깬다』(1986), 『웃음이 어울리는 시대』(1988), 『낙엽의 침묵』(1994), 『치자꽃』(1999), 『하얀 꽃들』(2000), 『조경희 수필집』(2005) 등 11권의 수필집을 간행한 바 있다. 그런데 이 수필집을 읽어보면 그 내용은 각기 다르지만 표현하는 방식은 크게 달라진 것이 없다는 생각이 든다. 다시 말하면 표현하는 방식을 그 내용에 따라 새롭게 시도하지는 않았다는 사실이다. 솔직하면서도 명확한 문장, 뜻이 애매하거나 모호한 표현은 거의 쓰고 있지 않다는 말이다. 이것은 그의 성품을 그대로 드러내는 것이기도 하지만, 오랫동안 기자로 활동한 후천적 습성도 많은 영향을 끼쳤을 것이라고 생각된다.

　　나는 규칙적인 생활을 하려고 노력한다. 아침 5시에 기상한다. 어둠이
가시지 않은 새벽이지만 나는 도장에서 배웠던 단전호흡 준비운동을 집에
서 혼자 한다. 머리, 눈, 입, 몸, 경락 부분을 찾아서 눌러주기 부터 시작한
다. 머리운동, 목운동, 팔운동, 허리운동, 누운 자세로 팔 다리를 위로 올
리고 흔든다.
　　운동이 끝나면 조반을 준비한다. 가정부 없이 직접 하는 일이 즐겁다.
혼자서 식사담당을 하면 신뢰할 수 있어서 좋다. 음식 만드는 것에서부터
나중 뒷설거지까지 내 손으로 한다. 나이가 든 관계로 힘에 부칠 때도 있
지만 음식을 손수 가룬다는 것은 식구들을 위해서도 중요한 일이다.
　　조반을 들고 나서 사무실로 출근한다. 때론 일이 사람을 고달프게도 하
지만 일은 사람을 행복하게 만드는 것 같다. 생명이 다 하는 날까지 젊음
의 리듬을 잃지 않으려고 노력한다.

— 「젊음의 리듬」 부분

　참으로 평범한 주부의 일과와 같다. 여러 공직을 두루 거치고 예총
회장과 제2정무장관까지 지낸 이른바 여걸로 인식되는 분의 이미지로
는 쉽게 떠오르지 않는다. 그러나 그의 일상을 적은 글(필자는 생활수
필이라고 분류하지만) 속에는 평범한 가정주부의 생활을 그린 수필이
많다. 러시아 형식주의의 관점에서 말한다면 비친숙화(unfamiliar)된 표
현으로 문학성을 가름하려고 생각하지도 않았고, 또 실천한 문학인은
아니라고 생각된다. 그렇지 않았더라면 여성의 사회진출이 아직도 활
발하지 않았던 그 시기에 그처럼 중요한 지위어 있지 못했을 지도 모
른다.
　불톤은 문체의 개념을 공통문체(Common style)와 개별문체(Individual)
로 나누어서 말할 수 있다고 했다. 전자는 건전한 양식을 가진 사람이
면 흔히 쓰는 문체, 그러니까 어법에 맞고 일반에게 쉽게 읽힐 수 있는

문체를 말한다. 반면에 후자는 일반인이 쓰는 글과는 다른 특이한 어법과 연결성을 가진 문체를 말하는 것이다. 물론 문학인은 후자의 글을 높이 산다. 문학성을 지니고 있기 때문이기도 하다. 그러나 전자의 글은 기초가 탄탄해서 아무리 긴 글이라도 쉽게 읽을 수 있고 그 뜻이 명확하다. 전자의 문체가 확립되지 못한 글 위에서 개별문체는 모래성을 쌓는 것과 같다. 공통의 문체가 확립되어 있는 풍토 속에서 개별문체는 꽃을 피울 수 있다. 그 예로 우리는 한국문학의 초창기 소설 문체의 기초를 닦은 이광수를 들 수 있다. 이광수 동시대 독자들은 이광수의 문체에 매료되어 "유려한 문장"이라고 극찬을 한 사람들이 많다. 그러나 오늘날 이광수의 작품에 매료되어 읽는 독자는 극소수에 불과하다. 연구자들이 그를 연구하기 위하여 읽는다고 말할 수 있다. 반면에 이상(李箱)의 작품은 지금도 그 특이한 문체에 매료되어 거듭해서 읽는 사람이 많다. 조경희 수필의 문체를 굳이 구분하자면 공통문체에 가깝다고 말할 수 있다. 특이하게 눈을 끄는 표현은 없으나 쉽게 읽히고, 그 뜻이 명확하게 전달되어 온다.

3. 보고(報告)의 문체

조경희는 이화여전 시절 문학교수였던 이태준에 의하여 발견되어 글을 쓰기 시작했다고 한다. 이후 1938년 『한글』에 「측간단상」이라는 수필로 문학계에 등단한 셈이다. 알다시피 『한글』은 문예지가 아니다. 국어학의 논문을 주로 게재하는 차라리 얇은 논문집이다. 하지만 당시로서는 이 얇은 팸플릿과 같은 것이 몇 안 되는 국어학의 논문집이었고 또한 한글 보급과 그 연구에 큰 성과를 올렸다고 말할 수 있다. 논문집에 수필을 실렸다는 것은 그의 수필적 운명을 암시하고 있다고 볼

수 있다. 어법에 어긋나는 글이라면 비록 「측간단상」이지만 게재할 리
가 없다.

이후 그는 여러 신문 혹은 잡지의 학예부 기자로 일하면서 틈틈이
수필을 써 왔다. 따라서 기자들이 일반적으로 갖고 있는 보고체의 문
장이 그의 글의 주류를 이루고 있다.

常夏의 나라 「하와이」에는 지금 우리의 二世, 三世들이 여러 방면에서
활동하고 있다. 그들은 두 말할 것 없이 전부 移民의 후예들이다. 우리 교
포의 移民은 1903년부터 1908년까지 六년 간 계속도 었다.
내가 하와이에 가서 유숙했던 정봉순 댁도 移民이었다. 정봉순 여사의
이민 갔을 때 이야기를 들으면 그들의 지난날의 생활을 이해할 수 있을 것
이다.
경상남도 동래가 고향인 정여사가 「하와이」로 이민 간 것은 그의 나이
열아홉 살 때였다. 지금은 고인이 된 夫君 정성백지와 함께 1903년에 「하
와이」로 갔다고 하니 이미 60년이라는 세월이 흐른 셈이다.
　　　　― 「하와이 移民僑胞들의 생활: 開拓의 꿈속에 깃든 鄕愁」 부분

내가 여기에서 「하바드」대학의 偉容을 다시 한 번 소개하려는 의도는
이 학교가 미국에서 가장 역사와 전통이 긴 학교라는 관점에서 미국 유학
을 지망하는 우리나라 젊은이들에게 다소라도 도움이 될까 하는 생각에서
이다.
미국 最高의 대학인 「하바드」는 여러 가지 敎育施設이 그넓은 면적에
散在해 있다. 그 전날에는 校庭에 현재의 재학생들이 주로 사용하는 건물
이 있어서 대학원생과 연구생들은 「야드」라고 부르는 교정 밖에 있는 여
러 건물에서 연구생활을 하고 있었다. 「하바드」대학의 특징은 아홉 개의
「하우스」라고 불리어지는 기숙사에 각 대학생들을 수용하는 제도이다. 각
「하우스」에는 각각 도서관, 식당, 강당, 체육관이 있고, 대학의 저명한 교
수들이 館長 직함을 가지고 기숙생의 訓育을 맡아 보고 있다.
　　― 「심대하게 具備 된 敎育施設: 極東硏究機關도 가진 「하바드」대학」 부분

신문이나 잡지의 칼럼이나 기사문과 아주 유사하다. 보고 들은 대로 보고하는 형식의 글이며 그러한 문체로 되어 있다. 이글은 미 국무성 초청으로 미국을 다녀와서 미국의 이곳저곳을 둘러보고 쓴 『가깝고 먼 세계』(1963)에서 발췌한 글이다. 우선 글의 소제목과 부제부터 신문기사를 연상시킨다.

흔히 논설문이나 기사문을 수필로 간주하지 않으려는 경향이 있지만 그것은 잘못이다. 수필은 모든 장르의 글을 포괄하는 글이다. 단지 문학성을 지니고 있느냐 없느냐 하는 것은 별개의문제다. 대체로 이러한 글은 논리적 추론(推論)이 중요하기 때문에 창조적 상상력이 끼어들 여지가 적다. 또 정감적인 언어로 쓰이지 않기 때문에 독자들이 수긍은 하겠지만 감동을 받기는 어렵다. 그러나 논리적인 글이라고 해서 문학이 아니라고 할 수 없다. 근대수필의 시조 격인 몽테뉴나 베이컨의 수필도 반드시 정감적인 언어로 쓰였다고는 볼 수 없다. 기행문이 아닌 조경희의 다른 수필집에 실린 수필들도 정감적인 언어가 많은 편이기보다 본대로 들은 대로의 사실적인 문체가 압도하고 있다. 가령 「낙엽의 침묵」, 「치자꽃」, 「하얀 꽃들」같은 수필집은 그 제목만 볼 때는 정감적인 언어로 생각되지만 반드시 그렇지 않다.

4. 계몽의 문체

춘원 이광수는 한국 근대문학 개척에 가장 위대한 업적을 남긴 작가이지만 계몽적이고 교훈적인 내용이 많이 담겨 있다고 해서 오히려 폄하(貶下)되는 경향이 있다. 당대에 경쟁 관계에 있었던 김동인에 의해서도 그러했지만 후세대인 조연현 같은 평론가에 의해서도 문학적인 면에서 높은 평가를 받지 못했다. 그에 의하면 이광수는 문호와 같은 풍모는 지니고 있지마는 그 개개의 작품은 어느 것 하나 높이 평가할 작품이 없다고 말했다. 이와는 대조적으로 김동인의 작품 중에서는 그 문학성을 높이 평가해야 할 작품이 많다고 했다. 이광수의 문장은 공통문체에 가깝고 김동인의 문체는 개별문체에 가깝다고 말할 수 있을지 모른다. 그러나 어법에 맞는 바른 문장이냐 아니냐를 기준으로 삼는다면 김동인의 문장은 비교가 되지 않는다. 춘원은 비록 공통의 문체를 가진 글이라고 하더라도 문장의 미학에 있어서도 당대에 그를 따를 사람이 없었다. 훈민정음 창제 이래 우리 국문은 한문에 눌리어 지식인들에 의하여 제대로 사용되지도 못한 것을 우리는 잘 알고 있다. 개화기에 와서야 훈민정음은 우리 국문으로 자리 잡기 시작했다. 그런 점에서 본다면 이광수의 공적은 아무리 높이 칭하해도 결코 지나치다고 할 수 없다.

조경희 문체의 계보를 따지자면 바로 이광수와 맥을 같이 한다고 할 수 있다. 문체도 그러하지마는 그의 수필에 나타난 사상 역시 이광수와 같이 계몽사상이 짙게 드리워져 있다. 그의 수필의 끝맺음은 대체로 계몽적이고 교훈적이라고 할 수 있는데 그의 문체 또한 그렇다.

집으로 돌아가는 길에서 주로 옛이야기에 깊은 진리가 있다는 것으로 이야기꽃을 피웠다. 그리고 옛날이야기는 옛이야기에 그치지 않고 오늘도 모두 산중 늙은 호랑이가 되어서는 어찌 흑백을 가릴 수 있으며 양심과 정의의 길을 찾을 수 있겠는가? 하면서 떠들기에도 기운이 지친 우리들의 주위가 아닌 성 싶다던 것이다.

―「우화」 부분

수필집의 제목을 『우화』라고 한 것부쳐가 교훈적인 성격을 지니고 있다. 직장을 파한 후 친구와 어울려 한동안 즐거운 시간을 보내다가

집으로 돌아온다는 내용인데 '우화'를 통해서 '양심과 정의의 길'을 찾아서 살아야 할 것으로 끝을 맺고 있다.

> 그러나 그런 것보다도 어렸을 때 아버지께서 주신 훈시가 내 나이 들면서 한층 생활의 신조로 되어졌기 때문이다.
> 즉 사람은 외양의 아름다움보다도 마음이 고와야 하느니라는 아버지의 말씀은 다분히 진리와 진심을 품고 있었다.
>
> ─「얼굴」부분

「얼굴」이라는 작품도 이상에서 보는 바와 같이 외양보다는 마음이 고와야 한다는 극히 평범한 결론으로 끝을 맺고 있다.

> 봉오리의 아름다움은 또한 새로운 맛이 돌았다. 여인의 머리를 길이로 둥글둥글 커트한 송이송이 같았다.
> 길게 말아 세운 하나하나가 풀리면서 꽃이 되는 듯하였다. 꽃이 예쁘고 잎사귀가 아름답고, 봉오리가 묘하여도 그 중에서 제일 이 꽃이 자랑으로 삼는 것은 역시 내 풍기는 향기였다.
> 치자꽃의 높은 화격(花格)은 내음에 있다고 생각한다. 외모보다도, 육체미보다도 정신과 높은 교양과 양식은 꽃에서 향기를 제일로 치는 것과 마찬가지다.
>
> ─「치자꽃」부분

치자꽃의 아름다움을 여러 가지 말하지만 그 꽃이 제일 마음에 드는 것은 그 향기에 있다고 말한다. 그것은 곧 인간에 비유하자면 교양과 양식을 갖추고 있음이 아름답다는 말이다.

> 요즈음의 세대는 여기에 비기면 아주 자유분방하다고 할 수 있다. 그만큼 웃음의 울타리도 넓어지고 또 주변의 눈치를 볼 필요가 없이 되었다.

웃음의 어휘를 따져보면 귀격(貴格), 천격(賤格)이 있는 듯싶지만 하여튼 여인의 웃음은 언제나 즐겁고 밝은 것이다. 언젠7· 나는 어떤 화장품 잡지에다 한국 여성의 피부는 이미 식민지화 되어버렸다는 말을 했다. 여성의 입가에 아름답고 즐거운 미소가 우러나오려면 그것은 여성만의 뜻으로 되어지는 것도 아닐 것이다. 웃음이 어울리는 주위 환경이 아쉽다.

—「웃음이 어울리는 시대」부분

여성들의 '즐거운 미소'가 얼마나 주위를 기분 좋게 만드는가를 말한 뒤에 그것은 여성들의 노력만으로 이루어지는 것이 아니라, 그들을 웃게 만드는 주위의 노력이 필요하다는 것으로 끝을 맺고 있다.

군자(君子)는 대로행(大路行)이라 한 것은 형이하학(形而下學)적인 길을 말함이 아니요, 사람이 마땅히 취해야 할 태도를 말했을 것이다. 군자는 대로행이라 한 이 말을 따르려는 현대의 군자들은 종종 앞의 큰 길보다 위의 작은 골목길을 걷기를 즐기는 듯하다.

—「골목」부분

군자는 대로행이라는 말을 수긍하면서도 골목길을 걷는 것이 얼마나 즐거운가를 말하고 있다.

면역의 경지도 바로 이런 것이 아닌가 싶다. 슈바이처는 오늘의 비극은 인간이 물질을 지배할 수 있는데 반하여 자기 자신을 제어하지 못하는 데 있다고 하였다.
자기 자신을 제어할 수 있는 인격이라고 할지, 거기에 도달하기까지에는 유년 시대에 맞은 예방주사만 가지고 잘 되지 않는 것 같다.
지랄 외에는 모든 걸 다 배워 두라는 말도 깊이 생각해 보면 면역의 원리를 표현한 말인 듯도 하다.

—「면역의 원리」부분

이 글의 본문에서 "그 중에서 중요한 것이 교육이라면 문학, 연극, 영화 같은 예술에서도 교훈적인 것을 찾아서 마치 면역에 해당하는 체험을 얻을 수 있는 것 같다."라고 하고 있는데, 병에 예방주사가 필요하듯이 옳고 바르게 자라기 위해서는 체험의 면역이 필요하다는 것이다.

위에서 본 바와 같이 거의 모든 글의 결말을 교훈적인 것으로 끝내고 있다. 따라서 그의 문체도 글의 문맥에 따라 다소곳하고 교훈적이다.

5. 결론

중용(中庸)이 지덕(至德)이란 말을 우리는 자주 쓴다. 넘치는 것을 경계하는 말이다. 조경희의 수필은 중용을 가장 존중하는 미덕을 갖추고 있다. 쉬운 말로 상식에서 벗어나지 않는다는 말도 된다. 충격을 주는 문체가 아니다. 급격하게 몰아가는 글도 없거니와 마냥 지체하며 완만하게 끌고 가는 문체도 아니다. 그의 양식이 건전하듯이 그의 글 역시 어법에 벗어나는 문장을 잘 쓰지 않는다.

| 참고문헌 |

金敎濟, 『과학쇼셜 비힝션(飛行船)』, 동양서원, 1912.

김근수 편, 『한국잡지개관』, 영신아카데미.

김미현, 『한국여성소설과 페미니즘』, 신구문화사, 1996.

김상태, 「1950년대 소설의 문체」, 『한국의 전후문학』, 한국현대문학회, 1991.

_____, 『한국현대문학론』, 평민사, 1994.

_____, 『문체의 이론과 해석』, 집문당, 1982.

김안서, 「詩壇 一年」, 『開闢』 42호, 1923. 12.

김영민, 『한국근대소설사』, 솔출판사, 1997.

김용운, 김용국, 『동양의 科學과 사상』, 일지사, 1992.

김우종, 『한국현대소설사』, 선명문화사, 1968.

박성래, 『한국과학사』, 한국방송사업단, 1982.

박태원, 「표현, 묘사, 기교」, 《조선중앙일보》. 1934. 12.

_____, 『박태원 단편집』, 學藝社, 1939.

_____, 『聖誕祭』, 乙酉文化社, 1948.

_____, 『小說家 仇甫氏의 一日』, 文章社, 1938.

_____, 『천변풍경』, 깊은샘, 1989.

백 철, 「『開拓者』의 作品意圖」, 『이광수 전집』 1. 삼중당, 1971.

성기옥, 『한국시가 율격의 이론』, 새문사, 1986.

손화숙, 「영화적 기법의 수용과 작가의식」, 『상허학브』 제9권 3호, 1995.

송민호, 『韓國開化期小說의 史的 研究』, 일지사, 1975.

신기철, 신용철 편, 『새 우리말 큰사전』, 삼성출판사, 1989.

윤장근, 「개화기 시가의 율성에 관한 연구」, 『아세아연구』 39호, 1970.

윤홍로, 『이광수 문학과 삶』, 한국연구원, 1992.

이광수, 「우리의 사상」, 『학지광』, 1917. 12.

_____, 「懸賞小說考選餘言」, 『靑春』 12호, 1918. 3.

이병기, 백철, 『국문학전사』, 신구문화사, 1959.

이 상, 『이상선집』, 백양당, 1947.

이용범, 『중세서양과학의 조선전래』, 동국대출판부, 1988.

이해조, 『과학소설 텰셰계(鐵世界)』, 안동서관, 1908.

장덕순, 『국문학통론』, 신구문화사, 1985.

전상운, 「實學者들의 西歐科學 導入 제7차 한일합동회의 발표문」, 1993.

전영표, 『韓國出版論』, 대광문화사, 1989.

정정호, 강내희 편, 『포스트모더니즘론』, 터, 1992.

조연현, 『한국신문학고』, 문화당, 1966.

_____, 『한국현대문학사』, 성문각, 1980.

조지훈, 「반세기의 가요문화사」, 『한국문화사서설』, 탐구당, 1964.

천이두, 『한국문학과 한』, 이우출판사, 1985.

_____, 『한의 구조 연구』, 문학과 지성사, 1993.

최 준, 『한국신문학사』, 일조각, 1993.

황도경, 「관조와 사유의 문체」, 『박태원소설연구』, 깊은샘, 1995.

_____, 「여성의 말하기와 글쓰기」, 『한국 여성 시학』, 깊은샘, 1997.

『Oxford English Dictionary』(second edition), Oxford Clarendon press, 1994.

『The American Heritage of Dictionary of the English Language』, Houton Mifflin Company, 1992.

Alvin Toffler, 『Future Shock』, A Bantom Book, 1971.

Anthony Smith 저, 최정호, 공용배 역, 『세계 신문의 역사』, 나남출판, 1994.

Bonamy Dobree, 『Modern Prose Style』, Clarenden Press, 1956.

Cleanth Brooks, Robert Penn Warren, 『Understanding Fiction』, Appleton Century Crofts, 1959.

David Harvey, 『The Condition of Postmodernity』, Basil Blackwell, 1990.

Ian Watt, 『The Rise of the Novel』, University of California Press, 1957.

Ihab Hassan, 『The Culture of Postmodernism.』 Theory, Culture and Society 2, 1985.

Leo Spitzer, 『Linguistics and Literary History: Essays in Styistics』 Princeton University Press, 1948.

M. M. Bakhtin, Michael Hoffman and Patrick Murphy, ed., 『Essentials of the Theory of Fiction』, Duke University Press, 1990.

M.H. Abrams, 『The Mirror and the Lamp』, New York, Oxford University Press, 1971.

Norman Friedmann, 『Form and Meaning in Fiction』, University of Georgia Press, 1975.

Northrop Frye, 「Novel」, 『Harper Handbook to Literature』, Longman Publishing Group, 1997.

Philip Wheelwright, 『Metaphor and Reality』, Indiana University Press, 1968.

Roman Jakobson, 「Linguistics and Poetics」, 『Essays on the Language of Literature』, Houghton Mifflin Co, 1960.

Roman Jakobson, Thomas Seoeok ed., 『Linguisticsand Poetics, Style in Language』, The M.I.T. Press, 1964.

Seymour Chatman, 『Story and Discourse』, Cornell University Press, 1978.

Stephen Ullmann, 『Language』, Oxford Basil Black, 1964.

T. S. Eliot, 「Tradition」, 『Selected Prose』, Penguin Books, 1953.

Wolfgang Iser, 『The Implied Reader』, The JohnsHopkins University Press, 1974.

| 찾아보기 |

ㄱ

ㅈ

저자 **김상태**(金相泰)

서울대학교 문리과대학 국문학과 및 같은 대학원 석사·박사과정, 워싱턴대
학교 비교문학과 박사과정을 수료하였다. 전북대학교, 한양대학교, 이화여
자대학교 교수를 지냈으며, 한국비교문학회 및 한국현대소설학회, 구보학회
회장을 역임하였다. 현재 이화여자대학교 평생교육원에서 생활수필 쓰기를
지도하고 있다. 저서로 『문체의 이론과 해석』, 『언어와 문학 세계』, 『한국현대
문학론』, 수필집 『먼 꿈 가까운 꿈』, 『선생님 우리 선생님』, 『정겨운 친구들』,
『아름다운 삶을 위하여』, 콩트집 『유리구슬』 등이 있다

푸른사상 학술총서 12

한국 현대문학의 문체론적 성찰

인쇄 2012년 5월 10일 | 발행 2012년 5월 15일

지은이 · 김상태
펴낸이 · 한봉숙
펴낸곳 · 푸른사상사
주간 · 맹문재 | 편집 · 지순이 | 마케팅 · 박강태

등록 제2-2876호
주소   서울시 중구 초동 42번지 아시아미디어타워 502호
대표전화   02) 2268-8706(7) | 팩시밀리   02) 2268-8708
이메일   prun21c@yahoo.co.kr / prun21c@hanmail.net
홈페이지   www.prun21c.com

ⓒ 김상태, 2012

ISBN 978-89-5640-916-0 93810
값 28,000원